모산 마을

금강

②

저 혼자 부르는 영혼의 노래

금강

제1부

한 만 수 대 하 장 편 소 설

2

글누림

제1부

저 혼자 부르는
영혼의 노래

떠도는 자들의 영혼

백리 밖에서 정종병에 석유를 사 오다가 방문 앞에서 석유병을 깨트린 기분이 이럴까.
노망 걸린 노인네하고 서방질을 하다 쫓겨나는 기분이 이럴까.
곰보째보한테 몸 주고 돈 빼앗기고 따귀 맞은 기분이 이럴까.
상규네라면 박태수의 아내를 말하는 것 같았다.
박태수의 아내라면 학산까지도 소문이 난 여자다

마당에 어둠이 내려앉으면서 는개가 축축하게 내리기 시작했다.

들례는 대청마루에서 무릎을 세우고 잔뜩 웅크린 자세로 마당을 응시하고 있다. 화단에 있는 꽃이며 잡초들은 서리를 맞아서 누렇게 주저앉아 있다. 오늘도 이동하는 오지 않을 모양이라고 생각하니 누렇게 뜬 접시꽃 줄기가 자신의 신세처럼 처량하게 보인다.

이동하는 요즘 들어서 일주일에 두세 번씩은 아무런 언질도 주지 않고 모산으로 간다. 일주일에 절반은 모산에 가는 셈이다. 이동하가 모산에 가면서 들례에게 보고하고 가라는 법은 없다. 아니 일주일 내내 모산으로 퇴근을 한다고 해도 입도 뻥긋 못할 처지다. 그래도 정이라는 것이 있다. 개도 한 집에서 며칠만 살아도 주인을 제 가족으로 여긴다. 하물며 만물의 영장이라는 사람과 한 이불 속에서 살을 섞은 지 십 년이 넘는다. 아무리 비천한 신세라고 하지만 대문 안으로 들어서는 거지에게 적선도 한다. 거지한테 적선하는 셈치고 넌지시 말 한마디 정도는 해 줄 수도 있을 것이다. 그런 걸 생각하면 자신이 거지 신세만큼도 못하다는 생각에 속이 부글부글 끓다 못해 열불이 나는 것 같았다.

어느 때는 화를 참다못해 멍석말이를 당하는 한이 있더라도 냅다 모산으로 달려가서 면장 댁 마당에 퍼질러 앉아서 통곡이라도 하고 싶었다. 하지만 그래봤자 벌집을 건드리는 꼴이 되어, 이동하에게 내쫓기는 결과가 될 것이라는 생각에 입술을 깨물며 참았다. 깨문 입술에 피가 나도록 참아야 할 때는 가슴이 터져 나가 버릴 것 같았다. 그럴 때는 정신이 나간 년처럼 방 안을 정신없이 맴돌며 학! 학! 가슴 속에서 타고 있는 열기를 뿜어내야 간신히 진정이 된다.

이년은 왜 여즉 안 끄대 오능 겨?

이동하가 모산으로 들어가는 횟수가 늘어 갈수록 새로운 습관이 생겼다. 밥맛은 잃어 버렸고 술맛은 알아 버렸다. 밥은 몇 수저 뜨는 둥 마는 둥 해도 상관없지만 막걸리라도 몇 잔 마셔야 잠을 잘 수가 있다. 술 주전자를 들고 막걸리를 받으러 간 춘임이는 벌써 올 시간이 지났는데도 좀처럼 오지 않는다.

그년이 그 지랄로 날 우려먹을 줄 누가 알았겠어……생간을 끄내서 자근자근 씹어 먹어도 시원찮을 년.

자신도 모르게 한숨이 새어 나오면서 꼬막네의 해해 웃는 얼굴이 떠오른다. 그동안 꼬막네에게 갔다 바친 돈만 해도 쌀로 치면 열댓 가마니가 넘는다.

작년에 춘임이를 시켜서 날망에 사는 꼬막네를 은밀하게 부른 것은 설 이튿날이다.

이웃들은 먹고살기 힘든 시절이라고 하지만 설날에도 궁색을 떠는 집은 없었다. 없으면 없는 대로 간단하게 부침 몇 가지에 가래떡을 만드는 데도 부산을 떨었다. 먹고살 만한 집에서는 부침에, 떡에, 어육에, 나물이며 고기를 삶느라 온 동네가 땅바닥에서 한 치는 공중부양을 하고 있는 것 같은 날 들례는 정지를 들락거려야 할 일도 없었지만, 적당하게 시간을 보낼 소일거리도 없었다. 떡국을 차려 놓고 차례를 지낼 일도 없고, 동네 어른을 찾아 세배 할 일도 없어서 선물을 준비할 필요도 없거니와, 오는 손님에게 떡국이며 과일에 전 따위를 내놓을 일도 없었다.

들례는 동네 개들까지 이리 뛰고 저리 뛰며 골목을 바쁘게 누비던 낮에는 춘임이와 심심풀이 화투를 쳤다. 지난밤에는 자식이래도 자식이라고 부를 수 없는 승철을 그리워하며 뜬눈으로 밤을 새웠다. 돈내기 화투를 치는 것도 아니어서 깜박깜박 졸렸다. 하지만 막상 베개를 베고 누우면 정신이 말똥말똥해지면서 가슴이 답답해서 잠이 오지 않았다.

토요일 날 설을 쉬러 모산에 간 이동하는 월요일 설을 보내고 화요일 저녁에도 오지를 않았다.

들례는 저녁때라도 이동하가 불쑥 들어서면 지난 사흘 동안 외롭고 쓸쓸하게 보냈던 기분을 다소나마 보상 받았을지도 몰랐다. 하지만 이동하는 이렇다 할 연락도 안 하고 모산에서 머물렀다. 이동하 성격에 옥천댁하고 같이 있고 싶어서 못 오는 것은 아닐 것이다. 술에 취해서 오지 못할 거라는 생각이 들기는 했으나 서운한 감정을 지울 수는 없었다. 아쉬운 대로 승철이라도 모습을 비쳤더라면 덜 쓸쓸하고 덜 외로울 것이다. 그러나 수요일까지 학교에 가지 않는 날이라서 승철이도 오지 않았다.

대관절 언지까지 이렇게 살아야 하능 겨……

이동하가 오면 같이 먹으려고 준비한 떡국은 팅팅 불어서 멀건 풀죽으로 변했다. 그것을 힘없이 한 수저씩 떠먹고 있으려니까 신세가 처량하기 짝이 없었다. 자식을 자식이라고 부를 수가 있나, 서방을 서방이라고 부를 수가 있나. 그렇다고 세상사는 재미가 있는 것도 아니다. 기한을 정해 놓고 몇 년 동안 산 뒤에는 팔자를 고쳐 옛날 다나가 시절처럼 기와집에서 산다는 보장이 있는 것도 아니다.

남들은 저녁마다 이동하의 품에 안겨 꿀잠을 잘 거라고 믿을 것이다. 그러나 속사정은 그렇지가 않다. 서울역전이나 종로 3가의 창녀들처럼 이동하가 불러야 안방 문을 열 수가 있다. 아무런 기척이 없으면 건넛방에서 이리 뒤척 저리 뒤척 하다 보면 꼬박 날밤을 새우기 일쑤다.

이동하의 품에 안겨 열락의 시간을 보낼 때도 마음이 편한 것은 아니다. 다른 이들은 유부남 유부녀 간에도 통정을 할 때도 아줌마, 아저씨가 아니다. 남부끄럽게 창호 씨, 순덕이라고 이름을 부르는 것도 예사고 서슴없이 여보, 서방님이라고 부른다. 그도 아니면 이녘이네, 그짝이며 이짝이라고 정겹게도 부른다고 하는데, 이동하는 밥상 앞에서도 부면장님, 이불속에서도 부면장님, 올라타서도 부면장님, 누워서도 부면장님이라서 늘 건너지 못할 강이 가로 막고 서 있는 것 같은 기분을 벗어 버릴 수가 없다.

명절 끝에 쓸쓸한 기분으로 식어빠지고 퉁퉁 불은 떡국을 먹고 있자니, 내가 왜 이 집에서 이 지랄로 비 맞은 제비 꼴로 살고 있어야 하는 생각이 문득 들었다. 성주옥의 기생이라면 팔자가 그러려니 하고 술잔이나 기울이며 뭇 남정네들 품에 안겨 세월을 보낸다고 하지만 기생의 신분도 아니다. 그렇다고 여염집의 가정주부도 아니면서 첩의 흉내를 내고 있다. 첩도 아닌 것이 첩의 흉내를 내며 명절 끝에 식모하고 겸상이나 하고 있다고 생각하니 처량하다 못해 한심하고 한심하다 못해 불쌍하기까지 했다.

"너, 즈녁 상 치우고 날망에 올라가서 꼬막네 좀 오라고 해야겄다."

들례는 생각하면 생각할수록 자신이 너무 처량하고 한심하다 못해 화가 났다. 떡국을 먹다 말고 수저를 내려놓고 상 앞에서 물러앉았다. 언제까지 화투판의 흑싸리 껍데기로 살아 갈 수는 없었다. 팔자가 박복해서 환갑까지만 산다고 해도 마르고 닳도록 세월이 남아 있다. 남은 인생이라도 사람답게 살려면 무언가 수를 내야 된다는 생각에 마음을 다져 먹었다.

"나 혼자만 명절 끝에 적막강산에 앉아 있는 줄 알았는데 이 방에도 있었구면."

들례의 애간장을 까맣게 태워 버린 꼬막네가 춘임이 뒤를 따라 싸락눈 속을 걸어 들어왔다. 들례는 운동회 날 부채춤을 추는 아이들처럼 노란저고리에 빨간색 치마를 입고 들어오는 꼬막네를 반갑게 맞이했다. 밤중에 찾아오는 남정네도 없을 터인데 동백기름을 자르르 바른 꼬막네의 머리카락 위로 싸락눈이 허옇게 앉아있다.

"춘임이 너는 어여 술상 좀 봐 와."

"명절 끝에 술대접 할라고 날 부른 거는 아닐 테고, 동무삼아 밤 새워 말놀음하자고 부른 것은 더욱 아닐 테고 부면장님이 나이도 한 살 더

잡샀응께 올해부텀 남남하자고 통보라도 보냈 겨?"

척하면 삼척이다. 꼬막네는 춘임이한테 들례가 자신을 부르는 이유를 대충 전해 들었다. 반갑게 맞이하는 들례의 눈치를 살피며 넌지시 미끼를 던졌다.

"꼬막네, 내가 요새 사는 기 말이 아니구먼……"

들례는 간단하게 술상을 차려가지고 온 춘임이를 제 방으로 보냈다. 꼬막네가 쉬엄쉬엄 막걸리 한 잔을 달게 마시기를 기다렸다. 꼬막네가 마침내 술잔을 비웠다. 빈 잔에 다시 술을 채워주고 마흔다섯 살의 꼬막네를 보고 아랫사람에게 하소연하는 표정으로 입을 열었다.

"먼 말을 하고 싶은지 장군님이 말씀을 해 주시는구먼. 허지만 세상에는 올라가지 못할 나무라는 것이 있는 벱여. 개가 밥을 먹는다고 해서 사람이 되는 거 봤남? 한마디로 말해서 욕심이 과하믄 배가 터지는 벱이라 이 말여. 사람이 배가 터지믄 워치게 되겄어. 북망산천 가는 수뻑에 읎잖여. 그랑께 이기 내 팔자려니 하고 쥑히 사는 기 현명한 방법이여."

꼬막네는 들례 팔자나 자신의 팔자나 어깨동무 하고 강강술래를 할 만큼 똑같다고 생각했다. 아니, 온갖 식물은 뿌리가 있는 것처럼 사람에게는 근본이라는 것이 있다. 어쩌면 근본도 없는 들례에 비해, 비록 신의 딸로 살기는 하지만 근본이 있는 자신이 한 수 위라고 생각했다. 잘만 하면 한 시절 끼니 걱정 없이 살 수 있는 물주가 될 수 있을 것이라는 생각에 말을 놓아도 모르는 척했다.

"나도 내 주제를 알만큼은 아는 사람이여. 솔직히 부면장님이 나 같은 년을 이만큼이나 걷어 먹여 주시는 것도 황송하게 생각해야겄지. 그기 은혜를 갚는 방법이라는 것도 알고 있구만. 하지만 원래 간사한 것이 사람이라고 했잖여. 서믄 앉고 싶고, 앉으믄 둔너자고 싶은 기 사람이잖여. 그릏다고 꼬막네 말대로 올라가지 못할 나무를 올라가야겠다는 욕심을 부리고 싶은 것도 아녀. 다만……"

들레는 갑자기 승철의 얼굴이 떠오르며 목이 콱 막혀버린다. 남의 점이나 봐주고, 굿이나 해 주며 먹고 사는 하찮은 무당에 불과한 꼬막네 앞에서 눈물을 보여서는 안 된다고 입술을 깨물었다. 입술을 깨물고 눈물을 참으려고 천장을 바라보며 눈을 끔벅끔벅 거렸으나 그예 눈물이 솟구쳤다. 슬그머니 돌아앉아서 천장을 바라보며 솟구치는 눈물을 찍어 냈다.

"그려, 할 말이 많겠지. 암, 집에서 지르는 개도 새끼가 팔려 나가믄 목 끈을 끊어 버릴 것처럼 발광을 하는데, 하물며 사람인데 오죽하겄어. 울어, 이럴 때는 우는 기 보약 잉게."

꼬막네는 막걸리 주전자를 들어서 스스로 잔을 채운다. 천장을 바라보며 몸을 떨던 들레가 고개를 꺾더니 손바닥으로 입을 막고 꺽꺽 흐느껴 울기 시작한다.

"아녀, 울기는……내가 정초부터 부정 타게 왜 울어, 나 안 울어. 안 운다니께……"

들레는 이래서는 안 된다고 생각하면서도 한번 터진 울음을 집어 삼킬 수가 없었다. 행여 울음이 방문 밖으로 새어 나갈까 봐 손바닥으로 입을 틀어막고 어깨를 들먹였다.

승철이가 모산에서 살 때도 가끔 눈에 밟히지 않은 것은 아니다. 하지만 무소식이 희소식이라고 한 해 두 해 세월의 징검다리를 건너다보니 아파서 병원에 입원을 했다거나, 팔다리가 부러지고 깨져서 구들장을 지고 누워 있다는 말을 전해 듣지 않는 이상 잘 먹고 잘 크고 있을 것이라 생각하며 참고 살았었다.

하지만 승철이가 국민학교에 입학을 하던 해에, 입학식을 하루 앞두고 집에 들어오는 모습을 보니까 가슴 속에서 쿵! 하는 소리가 나는 것 같았다. 열 달 동안 배 아파 낳은 승철에게 젖 한번 물려보지 못하고 모산으로 보내버렸다. 자식이 젖을 안 빤다고 해서 젖도 말라 버리는 것은 아니다. 통통 불은 젖을 짜내며 눈물이 찔끔찔끔 나기는 했지만 씨받이로 오는 순간부터 각오를 하고 있었기에 미치도록 승철이 보고 싶지는 않았다. 그러나 낳은 정이라는 것이 연줄 끊어버리듯 쉽게 단절되는 것이 아니다. 세월이 지나면서 시시때때로 승철이가 보고 싶었다. 저 멀리 임산에 진달래가 빨갛게 피면 승철이도 저 꽃을 보고 있을 것이라며 마음에 담았고, 비가 오면 내리는 비를 바라보며 승철이를 생각했고, 바람이 불면 모산 쪽을 바라보며 지금 이 시간에 승철이는 무엇을 하고 있을꼬, 눈이 내리면 승철이 감기에 걸리지는 않았는지 가슴으로 그리워하며 세월을 보냈다는 생각이 들어서 목이 꽉 메어 말이 나오지 않았다.

그려, 피는 못 쉭인다는 말이 있잖여. 옥천댁 못지않게 정성을 다해주믄 저도 먼가 끌리는 것이 있을 껴.

승철은 열 달 동안 배 아파 세상의 빛을 보게 한 에미가 속울음을 삼키고 있는데도 멀뚱멀뚱 제 방만 쳐다보고 있다. 아가, 여가 니 방이여. 앞으로 이 방에서 이 엄니가 차려 주는 밥을 먹고, 이 엄니하고 살아가야 하능 겨. 고사리 같은 손을 잡고 싶었지만 언감생심이다. 당장은 승철을 껴안지 못하고 있는 손이 바르르 떨고 있지만 앞으로 기회는 많다고 생각했다. 중학교야 당연히 제 누나들이 있는 대전으로 가겠지만 6년 동안은 내 집에서 산다는 생각. 6년을 한 지붕 밑에서 살다보면 저도 소 돼지가 아닌 이상 알게 모르게 핏줄을 느낄 것이라는 생각에 가슴을 쥐 어뜯으며 통곡을 해도 시원찮을 만큼 타는 속을 꾹꾹 눌러 참았다.

폭풍처럼 달려오는 승철에 대한 반가움을 삭이지도 못하고, 자식이면 서도 자식이라 부를 수가 없어서 가슴을 쥐어뜯고 싶어도 참았던 순간 들은 차라리 행복한 고통이었다. 그것을 알게 된 것은 승철이를 제 방으 로 들여보내고 난 후였다.

이동하는 들례를 안방으로 불렀다. 들례는 이동하 앞에서 내색을 하 지 않으려고 얼른 얼굴을 씻은 다음에 차를 끓여서 들고 안방으로 들어 갔다. 이동하는 천천히 찻잔을 비우면서 들례를 차갑게 노려보았다.

"하실 말씀이라도……"

들례는 이동하가 이 순간 왜 자신을 불렀는지 대충 짐작을 했다. 뭔 놈의 신세가 요 모양이냐. 첫 자식은 이름도 알 수 없는 고아원으로 보 내고, 둘째 자식은 한 지붕 밑에서 살 것이면서도 자식이라고 부를 수도 없다니……말 못하는 강아지도 제 에미를 알아보고, 평생 논이나 갈고 달구지나 끌어야 할 팔자인 송아지도 지 어머가 보이지 않으면 들판이 울리도록 에미를 찾는데. 인간의 탈을 쓰고 자식을 자식이라도 부르지 도 못하고 키울 수도 읎다믄 개나 소보다도 못한 신세구먼. 이동하가 쉽 게 입을 열지 않아서 가슴이 터져 나가 버릴 것 같았다. 그래서 이동하 의 표정을 살피며 먼저 입을 열었다.

"긴 말은 안 하겄다. 니가 굳이 에미라고 터진 주딩이로 말을 하지 않 아도 피는 못 쇡인다고 세월이 흐르믄 언진가 승철이도 널 알아볼게여.

그때까지는 딴 맘 처먹고 니가 에미라고 입도 뻥긋 해서는 안 된다. 만약 춘임이 주딩이나 니 주딩이에서 그런 말이 나왔다가는 그날로 학산 땅에서 발붙이고 걸어 다닐 일은 없을 거라고 보면 틀림없을 거여."

이동하는 찻잔을 내려놓고 담뱃불부터 붙였다. 길게 한 모금 내뱉고 나서는 바깥 동정에 신경을 쓰느라 나직하지만 얼음장처럼 차가운 목소리로 단단하게 못을 박았다.

"지도 그만한 눈치쯤은 채릴 줄 앙게 걱정 놓으셔유. 아무려믄 지가 사람의 탈을 쓰고 이날이쩍까지 보살펴 주신 은혜는 못 갚을망정, 모산에 계신 어른 가슴에 칼 박을 일을 하겠슈."

"잘 알고 있구먼. 승철이도 너를 유모라고 알고 있을거여. 그릏게 알고 나가 봐."

그뿐이었다. 이동하의 말은 곧 법이요 목숨 줄이라서 대꾸 한마디 하지 못하고 밖으로 나갈 수밖에 없었다.

승철 또한 자식이 아니고 상전서도 대 상전 노릇을 했다. 언젠가 승철이도 핏줄을 느낄 때가 올 거라는 생각에 끔찍이도 위해줬지만 돌아오는 대답은 늘 귀찮게 굴지 말라는 짜증스러운 목소리뿐이었다. 그런 승철이 명절이라고 옥천댁한테 세배를 하고 학교에서 있었던 일을 자랑하며 재롱떨고 있을 것을 생각하니까 새삼스럽게 눈물이 자꾸만 솟구쳤다.

"밤을 새워 운다고 돌짝 같은 정에 맥힌 가슴이 뚫어질까. 백날을 운다고 자식이 지 에미를 알아볼까. 백날천날 울어봐야 면장 댁이 쪽박을 차기 전에는 세상이 안 바뀔 껴. 그랑께 탁주나 한잔 하고 날 부른 이유나 말해봐. 혹시 알아? 내가 한 맺힌 가슴을 확 뚫어 줄지?"

"꼬막네가 용하다는 건 이미 내가 잘 알고 있응게 본론만 야기 할 꺼구만. 음력으로 팔월 엿새가 부면장님 조부하고 조모 지삿날여……"

들례는 눈물을 억지로 삼켰다. 치마 고름으로 눈물을 찍어냈다. 그동안 얼마나 눈물을 참고 있었는지, 치마 고름이 축축하도록 눈물을 흘렸다는 걸 뒤늦게 알고 나니까 또 눈물이 나오려고 했다. 큼! 하고 코를 들여 마시며 다시 눈물을 닦아냈다. 길게 한숨을 쉬고 난 후에 꼬막네를 향하여 돌아앉았다. 어서 말을 하라는 표정을 짓고 있는 꼬막네의 얼굴을 바라보며 코맹맹이 소리로 말을 했다.

"머여, 시방 부면장님 조부 지삿날 참석을 하게 해달라는 말여?"

들례의 말이 끝나기도 전에 꼬막네가 깜짝 놀란 얼굴로 반문했다. 춘임의 말을 듣고 집을 나설 때는 간단하게 비방이나 한 가지 알려 줄 생각으로 싸락눈을 맞으며 부담 없이 내려왔다. 하지만 눈치를 보니 상황이 심상치 않았다. 제사에 참석하게 해달라면 며느리가 되고 싶다는 말과 다를 바가 없다. 며느리가 되려면 옥천댁이 없어야 한다. 멀쩡한 옥천댁이 급사하지 않는 이상 황소가 바늘구멍으로 들어가는 것만큼이나 어렵다. 상황이 예상 밖으로 심각하게 돌아간다는 생각에 네가 지금 제정신이냐는 얼굴로 쳐다봤다.

"난도 주제파악을 할 줄은 알구먼. 옥천댁이 시퍼렇게 두 눈 뜨고 살아 있는데 언감생심이지. 난 그저 지삿날 그 댁에 가서 지사상에 올라갈 고사리 무침 한 가지래도 해 줄 수만 있다믄 더 이상의 소원은 읎구먼."

들례는 제사에 참석을 하면 승철이 엄마로 인정을 받는 것이나 마찬가지라고 생각하며 꼬막네의 눈치를 살폈다.

"무슨 말인지 이해는 하겠네. 지삿날이 은젠데?"

꼬막네는 단순히 정지에서 음식을 만드는 정도라면 시도해 볼만하다는 생각에 놀란 가슴을 진정시켰다.

"음력으로 팔월 엿새닝께 양력으로는 구월 중순쯤 될 껴. 두 분이 한날한시에 돌아 가셨응께 보통 지사는 아닐 껴."

"부면장님 시방 나이가 워치게 되능 겨?"

"꽉 찬 마흔 살이구먼, 아니지 해가 지났으니 마흔한 살이구먼."

"생일은?"

"음력으로 오월……"

"날짜는 필요 읎고……마흔한 살이라고 했응께. 자, 축, 인, 묘, 토끼띠구먼. 토끼띠에 오월생이다……마나님은 생월이 은제여."

"사월생일 껴."

"토끼띠에 사오월생이라……그 집안은 궁합도 안 보고 식을 올렸나. 원래 토끼에 오월생이 사월생 여자를 만나면 화기기 강해서 부부지간에 마찰이 심한 벱여. 부면장님이 그 좋은 집을 버리고 여기서 사시는 것도 다 이유가 있구먼."

띠를 떠나서 4월생과 5월생은 같은 봄이라서 궁합이 무난한 편이다. 꼬막네는 그런데도 들례한테 복채를 많이 뜯어낼 목적으로 이럴 줄 알았다는 표정으로 고개를 흔든다.

"머여? 부면장님이 옥천댁하고 사이가 안 좋다믄 영 방법이 읎는 것도 아니네?"

"방법이 읎는 것은 아니지. 내 말 똑똑히 들어. 내 말대로 실행을 하믄 올게 지사 때는 존 일이 있을테니께."

"내가 승철이 증조부 지사 때 그 집 문간이라도 갈 수만 있다믄 쌀 두

가마니도 아깝지 않겠구먼."

꼬막네는 들례의 말에 가슴이 벌렁벌렁 방아를 찧는 것을 느끼며 앞으로 바짝 당겨 앉았다.

"급하기는, 우물가에서 숭늉을 찾는 사람이 여기도 앉아 있구먼.

꼬막네는 쉽게 본론을 말하지 않았다. 막걸리를 몇 모금 마신 다음에 젓가락을 모아서 간장을 찍어 먹고 내려놓았다. 예! 장군님. 꼬막네가 들으라는 목소리로 신령을 부르고 나서 고개를 번쩍 들고 들례를 노려보기 시작했다.

"원래 비봉산 산신 줄이 보통이 넘어. 들례는 비봉산을 안 가봐서 모르겠지만 꼭대기에 산성이 있어. 비봉산 산신 줄이 장군 줄이라는 말일씨. 장군 색깔이 먼 색이냐 하믄 빨간색이여. 빨간색의 산신 깃발을 마당에 꽂아 놓으믄 그짝 기가 이쪽으로 통하게 될 껴. 한마디로 말하믄 비봉산 정기가 들례 집으로 통하게 되믄, 그 댁 어른들이 들례를 한통속으로 생각을 하게 된다 이거여. 그란디 방법이 문제여. 이 집이 들례 집도 아니고, 설령 들례 집이라고 해도 부면장님이 기신데서 빨간색 깃발을 세워 놓을 수는 읎잖여."

꼬막네는 마루 밑에 숨어 있는 고양이처럼 눈을 반짝이면서도 착 내려앉은 목소리로 말했다.

"빨간색 깃발을 세워 놓았다가는 그 머셔, 점쟁이 집처름 세워 놓으란 말여? 그람 안되지. 그랬다가는 부면장님이 내 머리끄뎅이를 휘여 잡고 대문 밖으로 내치고 말걸."

"그렇다고 영 방법이 읎는 거는 아녀. 화단에다 대나무처럼 생긴 파란 줄기에서 빨간색 꽃이 피어나는 꽃을 심으믄 됭께."

"참말로 고맙구먼. 이 은혜는 잊지 않을 껴. 날이라도 내가 쌀 한 가마니 값을 춘임이 시켜 보낼 껴. 그란데 빨강 꽃이라믄 그 머여, 장미나무를 심으라는 말인가?"

"장미는 빨간색이기는 하지만 꽃이 여기저기 많이 피잖여."

"그럼 빨간 맨드라미를 심으믄 되겠구만. 언진가 국민학교 화단에 가봉께 맨드라미가 지랄맞게도 많이 피어 있드만."

"맨드라미는 파란 꽃대가 꽃을 매단기 아니고, 꽃을 밀어 올리는 꼴을 하고 있잖여. 부면장님이 들례를 큰아들이 있는 서울로 밀어 내믄 좋겠어?"

"큰아들 야기는 하지 말았으믄 좋겄어. 승철이만 생각해도 가슴이 내 가슴이 아닌데 서울에 있는 고아원에서 불쌍하게 크고 있을 기문이를 왜 들먹거려."

들례는 또 눈물을 찍어낸다. 갑자기 서울에 있는 고아원으로 보낸 기문의 얼굴이 보고 싶어졌기 때문이다.

"대관절 먼 꽃을 심으라는 거여?"

들례는 이내 마음을 다져 먹고 다시 물었다.

"접시꽃을 심으믄 되겠구먼. 파란 줄기는 대나무고, 꽃잎은 빨간색 오방기나 마찬가징께."

"보기 좋고 깨끗하게 하얀색 접시꽃을 심으믄 안되겠구먼."

"하얀색은 백호신여. 칠성 할무니하고 할아부지가 공을 줄라고 왕림하신거나 마찬가징께 치성 드릴 일만 생기는 법여. 그랑께 빨간색 접시꽃을 심어야지."

"내 생각대로만 된다믄 그때 또 사례를 할 팅께 섭하게 생각하지 말아줬으면 좋겠구먼."

꼬막네의 말을 믿기로 하고 다음 날 쌀가게 하는 김씨를 불러 쌀 한 가마니를 냈다. 그 돈을 꼬막네에게 갖다 줬더니 날씨가 풀리고 난 후에 접시꽃 씨를 가져왔다.

들례는 접시꽃을 화단에 심고 거름도 듬뿍 줬다. 봄이 되자 파란 꽃대가 기분이 좋으리만큼 쑥쑥 자라기 시작했다. 6월로 접어들어서 덜 익은 목화처럼 생긴 봉우리가 성급하게 매달리자마자 목련처럼 넓적한 꽃잎을 가진 꽃이 피어났다. 키도 장대만큼은 아니지만 옥수수나 수숫대 못지않게 쑥쑥 자라났다. 그 모양이 꼬막네가 말한 것처럼 장대에 빨간색 오방기를 매달아 놓은 것처럼 보였다. 꽃잎도 벌, 나비가 환장할 것처럼 아름다웠다.

정적이 감도는 대낮에는 어지러울 정도로 하루가 다르게 키를 세우는 접시꽃을 바라보면서 행여, 오늘부터 일까, 아니믄 내일부터 일까, 이동하가 마음을 열고 들례가 아닌 첩으로 대해주기를 기도했다. 그래야 음력 8월에 있을 조부의 제사 때 정지에서 심부름이라도 할 수 있을 거라는 희망에서였다.

오늘 밤은 달라질까, 내일부터는 달라지겠지 하고 기대감 속에 하루하루를 보내는 사이에 이동하 조부의 제삿날은 강물처럼 흘러가 버렸다.

이제나저제나 좋은 소식이 올까 정성들여 가꾼 접시꽃도 시들고 말았다.

줄기에 수레바퀴처럼 생긴 심피만 다닥다닥 붙어 있는 접시꽃을 원망스럽게 바라보다가 하루는 춘임이를 켜서 꼬막네를 불렀다.

"사람이 맘 변하는 건 순간이여. 지사가 올게 한 번만 있는 것도 아닌데 그새를 못 참고 왜 이렇게 사람을 보채는 거여. 그라고 설령 올게는 운이 닿지 않아서 그짝을 부르는 일이 읎을지 몰라도 공들인 보람은 반드시 있을겨. 무슨 말인고 하믄, 올 지사는 그냥 지나갔응께 부면장님이 뭐가 틀려도 틀려 질 것이란 말일시."

"뭐가 틀려 지는데?"

"왜 이렇게 둔할까. 남녀 지간에 틀려지는 것이 뭐가 있었어?"

"그람 부면장님이 나를 사랑하기라도 한다능 겨?"

"그걸 꼭 내 입으로 말을 해야 되겠남? 하루가 다르게 들례를 보는 눈빛이 달라지다 보믄 내년에는 틀림읎이 모산에서 부를 겨. 지삿날마다 정지 일을 한 이삼 년 착실하게 하믄 방에 들이지는 않을망정 방문 앞에는 세워 두겠지. 그렇게 사오년 차분히 지사 때마다 차분하게 참석을 하다 보믄 부면장님도 들례를 첩으로 인정하는 날이 올거잖여. 들례 나이가 대관절 올해 및 살여. 삼십 대 아녀. 앞으로 삼십년 이상은 너끈히 살 사람이 큰일을 위해서 단 일 년을 못 지달려? 그까짓 한두 해를 못 참느냐 이거여!"

접시꽃처럼 빨간 치맛단으로 마당을 질질 끌며 들어 온 꼬막네는 도리어 호통을 쳤다.

"허긴, 핏덩이 같은 승철이를 큰집으로 보내고 팔 년 가차운 세월을 등신츠름 살아왔는데 그깐 일 이 년을 못 참을까."

꼬막네가 큰소리를 치는데 반박을 할 근거가 없었다. 오히려 언젠가는 첩이 될 수 있다는 말이 반갑기도 했다. 또 기약 없이 기다릴 수는 없으니 쌀 한 가마니 값을 돌려달라고 했다가는 어쩌면 저주를 받을 지도 모른다. 이왕 접시꽃을 심었고, 효험이 나길 기다리는 수밖에 없다는 생각에 스스로를 위로하며 때를 기다리기로 했다.

하늘이 무너져 내릴 것 같은 소식을 들은 것은 햇볕이 유난히 따가운 11월 어느 날이다.

장날이라서 장터에 열무거리를 사러 나갔던 춘임이 미친개한테 쫓기는 년처럼 헐레벌떡 뛰어 들어 왔다. 춘임은 다리를 동동 구르면서 한참 동안 제 가슴을 두들기며 인절미 훔쳐 먹다 들킨 년처럼 침만 꿀떡꿀떡 삼키고 입을 열지 못했다.

"머여! 또 이북 놈들이 쳐들어오기라도 했남? 아니믄 대낮부텀 언 놈이 질바닥에서 히야까시라도 하드냐?"

"모, 모산 큰마님이 애기를 뱄대유?"

찬물을 벌컥벌컥 들이 마시고 난 춘임이가 이해 할 수 없는 말을 꺼냈다.

"모산 큰마님이라니?"

"스……승철이 어머가 임신을 했다니께유."

"승철이 어머라믄? 옥천댁, 아니 모산 형님이 임신을 했단 말여?"

"그……그렇다니께유."

"너, 즘심 때 뭘 잘못 처먹었냐? 씨를 뿌려야 열매를 맺지. 딴 사람이 아를 뱄다는 말을 잘못 들었겄지. 그랑께 헛소리 그만 하고 어여 가서 장이나 바 와. 오늘 부면장님 오신다고 했응께 매운탕 끓일 조기도 한 마리 사 오고 두부도 한 모 사와."

들레는 춘임의 말이 믿어지지 않았다. 이동하의 말에 의하면 옥천댁 한테는 도무지 정욕이 동하지 않아서 별 재미를 못 느낀다고 했었다. 재미를 못 느낀다면 합궁을 안 한다는 말과 같다. 씨도 없는 밭에서 옥천댁이 임신을 했다고 호들갑을 떠니 혼란스럽기만 했다.

"참말이어유. 딴 사람도 아니고 그 머셔. 둥구나무 거리에 사는 그 늬여. 둥구나무 거리 사는 모산 여자가 하는 말을이 지 요 귓구녁으로 똑똑히 들었단말여유."

"그럴 리가 없어. 먼가 잘못 들었을 껴. 그랑께 어여 장이나 바 와. 어여!"

"알았슈. 난 사모님이 걱정이 돼서 남부끄러운 줄도 모르고 쪼차 왔는디……."

춘임은 뒤로 나자빠질 정도로 놀랄 줄 알았던 들례가 너무 차분하게 대하니까 맥이 빠지는 것 같았다.

"야 좀 봐라. 너 내 말이 말 같지 않는 거여? 어여 가서 열무거리 사오지 않을 껴? 파들파들 한 거는 남들이 다 사가고, 삶아 놓은 나물처럼 물러 터진 거만 사올라고 작정한 겨?"

들례가 다시 다그치자 춘임은 퉁퉁 부은 얼굴로 돌아섰다. 숨차게 뛰어 들어 올 때와 다르게 양철대문을 빠져나가는 긴 그림자가 느릿하게 밖으로 나갔다.

그럴 리가 읎어. 동리에 소문이 날 정도라믄 한 달은 넘게 지났을거잖여. 아니지, 임신 한 걸 금방 알 수 있는 거는 아니잖여. 한두 달은 모르고 지나갈 수도 있잖여. 아녀, 그래도 아녀. 부면장님은 임신을 했다는 말씀을 하신 적이 없으셨어. 그기 그짓말이라는 증거여. 하지만 춘임이가 상규네한테 들었다잖여. 상규네…….

춘임이 대문 밖으로 사라지자 들례는 저만치서 구경만 하고 있던 혼란스러움이 껍질을 벗어 버리고 상규네의 모습으로 변해서 성큼 눈앞으로 다가오는 것 같았다. 백리 밖에서 정종병에 석유를 사 오다가 방문 앞에서 석유병을 깨트린 기분이 이럴까. 노망 걸린 노인네하고 서방질을 하다 쫓겨나는 기분이 이럴까. 곰보째보한테 몸 주고 돈 빼앗기고 따귀 맞은 기분이 이럴까. 둥구나무 거리에 사는 여자라면 남자는 장작을 패서 파는 상규네라고 하는 여자 같았다. 몇 년 전에 장에서 만났는데 일부러 다가와서 네가 들례냐며 묻던 여자였다.

모산 사람들 말에 의하면 박태수의 아내 상규네는 학산까지도 소문이 날 정도로 유별난 여자다. 남자도 아닌 여자가 오줌 마려운 것을 참는다는 것은 복부가 터져 나가는 듯한 고통일 것이다. 그런데도 학산장터에서 십리 길을 걸어 집 뒷간에 도착해서 볼일을 보는 여자다. 삼일을 굶어도 장리쌀은 먹지 않고, 모산에서 유일하게 농협조합 돈을 쓰지 않는다는 여자가 박태수의 아내 상규네다. 상규네가 말을 했다면 믿어야 된다고 생각하면서도 얼른 믿어지지가 않았다.

한편으로는 이상하게도 만약 옥천댁이 이번에 아이를 낳게 된다면 반드시 아들을 낳을 것 같은 예감이 들었다. 만약 아들을 낳게 되면 자신은 학산을 떠나서 어디론가 정처 없이 흘러가야 한다는 엄청난 비극이 기다리고 있다. 그래서일까. 임신을 했다면 아들을 낳고 말 것이라는 예감이 먹구름처럼 몰려오고 있었지만 그럴 리가 없다며 애써 머리를 흔들었다.

춘임이가 열무단을 사 들고 들어왔다. 들례는 말 한마디 하지 않고 열무단을 수돗가에 내려 놓고 김치 담을 준비를 하는 순임이를 지켜본다.

그려, 춘임이하고 화투 칠 때도 풍치믄 풍 나오드라, 원래 딸 낳는 자궁도 따로 있다고 하드라. 그랑께 내리 딸만 셋씩이나 뽑아냈지. 나는 낳는 쪽쪽 아들이잖여. 그런 걸 봐서라도 옥천댁은 이븐에도 틀림읎이 딸일 껴. 이븐에도 딸을 낳는다믄 외려 잘 된 거잖여.

겉으로는 무심한 표정으로 마당을 바라보고 있는 것 같지만 속으로는 오만가지 생각을 다 하고 있을 때 춘임이가 돌아왔다.

"빨간 꼬추를 콩콩 찧고 대충 갈아서 맵게 담아. 부면장님은 매운 걸 좋아하싱께."

들례는 춘임을 보는 순간 상규네가 진짜로 그러드냐,라며 묻고 싶은 충동이 목구멍을 간지럽혔다. 그러나 조급하게 굴면 부정을 타서 정말 로 옥천댁이 아들을 낳을지도 모른다는 생각에 더 이상 묻지 않았다.

"맛있게 담으믄 맛있게 드셔야 짐치를 당그는 사람도 좋아하는 뱁인 데. 일주일에 두서너 번씩만 집에서 드싱께……"

"일주일에 한 끼를 드셔도 짐치는 양념 애끼지 말고 성의껏 담아야 하능 겨. 양념이 읎는 것도 아닝께."

"알았슈. 양념 팍팍 써서 맛있게 담글 팅께 이따가 맛이나 봐 줘유."

춘임은 통명스럽게 대답하고 수돗가에서 열무를 다듬기 시작했다. 다 듬은 열무를 소쿠리에 담아 놓고 펌프질을 시작했다. 손잡이를 올렸다 내릴 때마다 눈으로 보기에도 시원한 물이 콸콸 쏟아진다.

나도 저랬을까?

춘임이 펌프질을 할 때마다 젖가슴이 덜렁덜렁 춤을 춘다. 들례는 춘 임이 펌프질을 하는 모습에서 그 옛날 다나까의 귀염을 받으며 살던 나 날들이 꿈같은 추억으로 떠오르며 마음속에서 쓸쓸한 바람이 부는 것 같았다.

춘임이는 수돗가에 쪼그려 앉아서 열무김치를 담그기 시작한다.

들례는 몸은 들마루에 앉아 있지만 생각은 단 한 번도 가보지 못한 모산 하늘 밑을 서성거리고 있었다. 문득 망연한 눈빛으로 춘임이 열무김치 담그는 모습을 바라본다.

춘임은 열무를 다듬어 풋내가 나지 않도록 조심하여 많은 물에서 살살 깨끗하게 씻어 소금에 절였다. 숨이 죽은 열무를 깨끗한 물에 헹구어 물기를 빼냈다. 그것을 함지박에 담아 놓은 다음에 양념을 하기 시작했다.

먼저 칼로 파를 썰었다. 붉은 고추는 칼로 가루가 나지 않게 대강 다져서 큰 조각이 드문드문 보이게 만들었다. 너무 곱게 갈면 시원한 맛이 가신다는 걸 알고 있기 때문이다. 그다음에 마늘과 생강을 각각 찧어서 다른 양념과 함께 버무렸다.

그날 오후 이동하는 면사무소 직원들끼리 양산강 물고기를 잡아서 매운탕을 끓여 회식을 했다며 밤이 늦어 귀가를 했다.

"저, 한 가지 궁금한 기 있어서⋯⋯"

이동하는 술에 취했으면서도 술상을 봐 오라고 했다. 이동하가 집에 들어 올 때까지 모산 하늘을 맴돌고 있던 들례는 다른 날보다 정성을 들여 조기매운탕을 끓였다. 낮에 담은 열무김치에 갖은 반찬을 정성들여 차린 술상을 이동하 앞에 내밀었다. 이동하가 술잔을 비우고 조기 매운탕을 떠먹고 나기를 기다렸다가 조심스럽게 물었다.

"먼데?"

이동하는 들례를 바라보지 않았다. 조기매운탕이 제법 맛있다고 생각하며 무겁게 반문했다.

"마님이 태기가 있다는 소문이⋯⋯"

"워티게 들었는지 모르겄지만 그런 거 가텨. 하지만 신경 쓸 거 읎다."

오늘 낮에 보은댁이 면사무소에 들러서 옥천댁의 임신 사실을 알렸다. 이동하는 다 늙은 나이에 먼 놈의 아를 베냐며 화를 냈다. 보은댁을 보내고 나서도 화가 풀리지 않아서 퇴근 후에 직원 몇 명과 물고기를 잡아 술도 한잔 할 겸해서 강가로 바람을 쐬러 갔었다.

"또 딸내미겄지 머……근데 그건 왜 묻는거여? 임신을 했으믄 워떻고, 안 했으믄 워떤데?"

이동하는 조기매운탕을 떠먹다 말고 들례를 바라본다. 들례가 잠자리에서 명기인 것은 사실이다. 하지만 언젠가는 헌신짝처럼 버려야 할 여자다. 들례와 이별을 해야 할 시기는 당장 내일 일수도 있고 먼 훗날 일수도 있다. 그런 여자가 자신과 아내 사이에 끼어드는 모습이 가소로워 보여서 신경질적으로 말했다.

"누……누가 그른 말을 하길래, 지는 기냥……"

들례는 더 이상 질문을 할 수가 없었다. 만약 옥천댁에 대해서 계속 물었다가는 술상이 날아갈지도 모를 일이다.

옥천댁이 임신했다는 사실이 확실하다는 것을 알고 나니까 이상하게도 긴장이 되던 기분이 착 가라앉는 것 같았다. 그려, 안직은 모르는 일. 옥천댁이 또 딸을 낳는다면 나한테는 더 유리한 일이 된다는 걸 왜 진작 생각하지 못했지. 그런걸 보믄 난 참으로 머리가 둔한 년이여. 이럴 때는 이동하를 자극하지 않고 차분하게 훗날의 대책을 세우는 것이 좋다고 생각하며 뒤로 물러나 앉았었다.

양철대문이 흔들리는 소리가 났다. 들례는 춘임이 년이 이제 오는구나 하는 생각에 턱을 세우고 양철대문을 노려본다. 흔들리던 대문이 멈추는가 했더니 대문 앞에 누군가 서 있는 것 같은 인기척이 들렸다. 춘임이라면 양철대문을 밀고 들어 왔을 것이다. 부면장님이신가? 들례는 괜히 가슴이 덜컹 내려앉는 것을 느끼며 벌떡 일어선다.

오메, 부면장님이 이 시간에 웬일 이시댜?

들례는 대문을 흔드는 소리로 볼 때 이동하가 왔다고 단정했다. 서둘러 신발을 꿰신는 둥 마는 둥 는개 속을 파고들었다.

"벌써부터 자빠져 자고 있었등 겨?"

양철대문 앞으로 가는 순간 바깥에서 술에 취한 이동하의 목소리가 들려왔다.

"두……둔너 자기는유. 여태 안 오시길래……"

들례는 차마 모산으로 가신 줄 알았다는 말은 입 밖으로 내지 못하고 양철대문을 열었다. 이동하의 입에서 술 냄새가 심하게 풍기는 것을 느끼며 옆으로 물러서서 허리를 숙여 인사를 했다.

"낼 첫차로 영동 출장 갈 일이 있어서 들렁 겨."

이동하는 들례의 인사를 받지 않았다. 들례가 들으라는 목소리로 말을 하지도 않았다. 비틀거리는 목소리로 중얼거리며 대청으로 올라섰다.

"춘임이 년은?"

"추……춘임이는……낮부터 열이 좀 있는 거 같드니 약 사먹고 일찍 둔너 자능개뷰."

들례는 양철대문을 닫으려던 것을 멈췄다. 춘임이 오면 양철대문을 흔들 것이다. 춘임이 술 사오는 것을 이동하가 알게 될 것이라는 생각에 반쯤 열어 놓고 돌아섰다.

"잠깐 들어 와 봐."

"술상은 워티게 볼까유?"

잠깐 들어와 보라는 말은 할 말이 있다는 뜻이다. 품에 안고 싶은 날은 그냥 이 방으로 들어오라고 말하는 편이다. 모처럼 이동하 품에 안길 줄 알았던 들례는 남자를 처음 안 처녀처럼 뛰던 가슴에 찬바람이 부는 것을 느끼며 무겁게 물었다.

"맥주나 한잔 할까."

이동하는 갑자기 오줌이 마려왔다. 방문을 열다 말고 뒤돌아서서 비틀거리며 마당으로 내려섰다.

들례는 이동하를 쳐다보지도 않고 정지 앞으로 갔다. 정지 안의 불을 밝혔다. 이동하가 변소 안에 들어갔을 때서야 눈에서 퍼런 불빛이 일렁거리는 눈빛으로 변소를 노려보고 나서 정지 안으로 들어갔다.

이동하는 변소에서 나왔다. 방에 들어가면 어차피 바지를 벗을 것이라는 생각에 바지 단추도 채우지 않고 비틀거리는 몸짓으로 대충 혁대를 채웠다. 대문이 반쯤 열려 있는 것이 보였다. 칠칠치 못한 년! 대문을 열어 놓고 잔다고 해서 도둑이 들지는 않는다. 하지만 자신이 들리지 않는 날은 여자들끼리 사는 집이다. 환하게 불이 켜져 있는 정지를 노려보며 비틀거리는 걸음으로 대문 앞으로 갔다.

"워……워딜 가시는 거유?"

정지 안에서 술상을 보던 들례는 마당의 인기척에 고개를 내밀었다. 이동하가 비틀거리는 걸음으로 대문 앞으로 가고 있었다. 순간 춘임이가 올 시간이 됐다는 생각이 번뜻 고개를 들었다. 막걸리 주전자를 들고 오는 춘임이와 이동하와 마주쳤다가는 오늘 밤이 무사하지 못할 것 같다는 생각에 정지 문 앞으로 가며 큰 소리로 물었다.

"워매? 부……부면장님 아니셔유?"

춘임은 이동하를 보는 순간 너무 놀라서 막걸리 주전자를 떨어트릴 뻔 했다.

"니가 웬일이여? 열이 나서 약 처먹고 잔다는 년이?"

"그……그냥."

춘임은 발이 땅에 얼어붙어 버린 것처럼 움직일 수가 없었다. 대청에서 뻗어 나오는 불빛을 가리고 서 있는 이동하 옆구리 뒤로 들례가 보인다. 들례의 얼굴은 정지 안의 불빛을 등으로 받고 있어서 자세하게 볼 수가 없었다. 그러나 분명 하얗게 질려 있을 것이 틀림없었다.

"이기 머여?"

이동하는 춘임의 표정이 평소와 달라 보였다. 뭔가 자신을 속이고 있는 것 같은 기분이 들었다. 춘임이 들고 있던 막걸리 주전자를 낚아챘다. 탁주 아녀? 주전자 안의 내용물을 확인하지 않아도 단번에 막걸리일거라는 생각이 들었다. 물이 들어 있는 주전자보다 막걸리가 들어 있는 주전자는 묵직하다. 그래도 설마 하는 생각에 주전자를 들어서 입에 대고 한 모금 마셔본다. 역시 막걸리다. 순간 들례가 거짓말을 했다는 생각이 머리를 스쳐갔다.

"이 술 누가 받아 오라고 항 겨?"

"지……지는……"

춘임이는 말을 할 수가 없었다. 그저 죽여 달라는 얼굴로 고개를 조아렸다.

"이 쌍!"

이동하는 홱 돌아섰다. 내가 언제 비틀거렸냐는 얼굴로 정지 앞으로 달려갔다. 하얗게 질린 얼굴로 정지 앞에 서 있는 들례의 머리카락을 와락 움켜잡고 휘어 감았다.

"자……잘못했슈. 하……한 번만 용서 해 줘유."

들례는 머리가 뽑혀나가지 않도록 두 손으로 이동하가 휘어잡은 머리카락을 붙잡고 대청 안으로 끌려 올라가며 애원을 했다.

"야! 이년아! 넌 언지까지 거기 서 있을 셈여?"

이동하는 그때까지 대문 앞에서 파랗게 질려 있는 춘임이를 노려보고 나서 들례를 방 안으로 홱 밀어 넣었다.

"왜유? 지는 인간도 아닌감유?"

이동하의 완력에 방바닥으로 미끄러지듯 나동그라졌던 들례가 갑자기 벌떡 일어섰다. 얼굴 가득 눈물이 범벅이 된 표정으로 이동하를 노려보며 발악을 하는 목소리로 외쳤다.

"이……이년이?"

이동하는 들례가 춘임에게 막걸리를 받아 오라는 심부름을 시킨 것 때문에 화가 난 것이 아니다. 들례는 이제 사춘기에 접어드는 소녀도 아니고 아들을 둘씩이나 낳은 여자다. 오늘처럼 는개가 슬금슬금 내리는 날 마음이 울적해서 막걸리 한 잔에 시름을 달랠 수도 있는 일이다. 정작 화가 난 것은 거짓말을 했다는 점 때문이다. 바늘 도둑이 소 도둑 되는 법이다. 손톱만한 거짓말이라도 바로 잡아 놓지 않으면 더 큰 거짓말을 할 수도 있다. 애초에 버르장머리를 고쳐 놓아야 한다는 생각에 머리카락을 휘어 잡고 방으로 끌고 들어 온 것이다. 바짓가랑이를 붙잡고 울며불며 용서를 빌 줄 알았던 들레의 눈빛에서 퍼런 불빛이 일렁거리는 모습을 보니까 너무 기가 막혀서 말이 나오지 않았다.

"왜유? 지가 죽을 짓이라도 졌남유? 제우 탁주 한 잔 마실라고 심부름을 시켰을 뿐이잖유. 사내놈을 끌어 들인 것도 아니고, 제우 탁주 한 잔 마실라고 심부름 시켰슈. 나 같은 년은 독수공방이 외로워서 탁주 한 잔으로 빈 가슴을 달랠 권리도 읎남유?"

"이년이, 요새 오냐오냐 해 주었드니 눈에 뵈는 것이 읎나벼! 어따 대고 눈을 부릅뜨고……"

너무 기가 막혀서 어이가 없다는 얼굴로 들레를 바라보던 이동하는 화가 머리 꼭대기까지 치밀어 올랐다. 몽둥이가 될 만한 것을 찾아 주위를 두리번거렸으나 그 흔한 빗자루도 보이지 않았다. 양 주먹을 불끈 쥐고 피를 토하는 목소리로 따지는 들레의 뺨을 손바닥이 아프도록 내갈겼다.

"악!"

이동하의 완력에 들레는 얼굴을 홱 돌리며 장롱 쪽으로 비틀거리다가 엎어졌다.

"개새끼가 쥐을 물어도 유분수지. 개만도 못한 년이 그동안 데리고 살아준 은공도 모르고 어따 대고 괌질 여. 괌질이, 너 이년 오늘 날 잘 잡았다. 오늘 아주 초상 치를 줄 알면 틀림읎을끼다."

이동하는 엎어져 있는 들레의 옆구리를 퍽 소리가 나도록 갈겨 버렸다. 들레의 허리가 활처럼 휘었다가 축 늘어지는 것도 아랑곳 하지 않고 다시 한 번 차 버렸다. 들레는 자신도 모르게 몸을 웅크리고 내갈기는 발길질을 피해 경대 쪽으로 뿔뿔 기어갔다. 이동하는 도망치는 개를 발로 차 버리는 자세로 따라가면서 계속 발길질을 했다.

"쥑여! 이참에 아주 쥑여! 나도 살고 싶지 않응께, 쥑여 버리란 말여!"

들례는 경대 때문에 더 이상 도망을 갈 수가 없었다. 최대한 몸을 웅크리고 이동하가 내갈기는 발길질을 고스란히 받으며 악을 썼다.

"그렇지 않아도 오늘 아주 초상 치를 셈이다. 너 같은 년은 때려 죽여도 암 죄가 없어. 외려 동리 사람들이 잘 죽였다고 박수를 칠거여. 은공을 무시해도 어느 정도가 있지. 잘못했다고 빌어도 용서를 해 줄지 말진데, 머! 쥑여 달라고! 그려, 이 개 같은 년아. 쥑여 달라믄 내가 못 쥑일 거 가텨. 너 이년 아주……"

이동하는 정신없이 발길질을 하다 보니 숨이 찼다. 술을 마셔서 시뻘겋게 달아 오른 얼굴의 눈은 핏줄이 거미줄처럼 엉켜서 시뻘겋게 달아올랐다. 거친 숨을 참느라 씩씩거리다 보니 입술 양쪽에서 하얀 게거품이 흘러 나와서 투견장에 들어가 있는 투견의 모습이 따로 없었다. 이년이, 아주 악질이구먼. 하지만 임자 잘 못만났다고 생각하믄 틀림 없을끼다. 오늘 아주 죽어 봐라. 숨이 차도록 발길질을 해대는 사이 들례에 대한 분노는 줄어들지 않고 오히려 자꾸 증폭이 되고 있었다.

그려, 나 같은 년이 뭔 영화를 보겠다고

들례는 처음에 옆구리를 맞았을 때는 숨도 쉬지 못할 정도로 식은땀이 자르르 흐르며 온몸이 산산조각 나는 것 같았다. 그 뒤로 여기저기 발길질이 와 닿을 때마다 숨이 턱턱 막히도록 통증을 느꼈다. 그러나 언제부터인지 아무런 고통을 느낄 수가 없었다. 아득히 먼 곳에서 빨랫줄에 널어놓은 이불을 작대기로 픽! 픽! 하고 내갈기는 소리가 들려 올 뿐이었다. 눈물이 쉴 사이 없이 흐르고 있었으나 내가 왜 울어야 하는지도 생각나지 않았다. 때리면 때리는 대로 몸을 내맡기고 있으니까 마음이 편해졌다. 그동안 구들장 같은 돌덩이로 가슴속에 차곡차곡 쌓여 있던 이동하에 대한 애증이 양파껍질처럼 한 겹씩 벗겨나가는 것 같은 기분이 들 뿐이다.

보고 싶구만유! 참말로 보고 싶네유! 보고 싶어서 미치겄슈!

문득 다나까의 얼굴이 떠올랐다. 집에 들를 때마다 일부러 유과점에 들려서 유과를 사 가지고 오거나, 만두를 사 들고 오기도 하고, 때로는 얼굴에 바를 화장품이며 옷을 사 입으라고 오 원짜리며 십 원짜리 지폐를 척척 내주기도 했다. 이불 속에서는 또 어떤가. 이동하처럼 한바탕 들불을 일으키고 나서 코를 골며 잠드는 법이 없었다. 너는 이 세상에서 제일 예쁜 여자다. 내가 너를 이 세상에서 제일 행복하게 살도록 만들어 주겠다. 마치 사랑하는 여자를 대하는 목소리로 은밀하게 속삭이며 몸 여기저기를 만져주고 쓰다듬어 줄 때는 온몸의 세포가 일제히 기립을 하여 박수를 치는 것처럼 전율을 느꼈었다.

해방이 웬수여! 해방이 안 됐으믄, 이 지랄로 개츠름 맞고 있지는 않을 거여.

들례는 다나까와 행복하게 보냈던 날들이 가슴을 휘저어서 눈물이 뜨겁게 양볼을 적셨다. 지금까지 쉴 사이 없이 흘러내리던 눈물은 그저 눈물이었다. 하지만 다나까의 추억이 섞여 있는 눈물은 얼굴을 델 정도로 뜨겁게 흘러 내렸다. 자신도 모르는 사이에 헉! 하며 가슴이 터지는 소리를 토해내는 것과 동시에 소리 내어 울기 시작했다. 한번 터진 울음소리는 점점 커져서 급기야는 얼굴도 모르는 어머니에 대한 그리움이 가슴을 아프게 찌르기 시작했다. 어머! 어머는 어디 계신 규? 왜 나 같은 년을 이 세상에 내질러 놔서 드러운 세상을 살게 하능 겨. 어머! 보고 싶어! 어머! 어머니에 대한 그리움은 가슴을 태우다 못해 입 안을 바짝 마르도록 처절한 원망으로 살아 올랐다.

"독한 년!"

폭력을 휘두르는 사람은 맞는 쪽이 반응을 보여주지 않으면 맥이 빠지는 법이다. 이동하는 들례가 발길질을 하면 발길질을 하는 대로, 등을 자근자근 밟으면 밟는 대로 온몸을 내맡긴 채 방 안이 울리도록 울어대는 소리에 맥이 빠졌다. 하지만 그만 때리고 싶어도 명분이 없었다. 최소한 잘못했다고 용서를 비는 흉내라도 내보이면 땀도 나고 해서 그만 때리고 싶었다. 그러나 용서를 빌지 않는 이상 발길질을 그만 둘 수가 없었다. 그렇다고 밤새도록 발길질을 할 수도 없는 노릇이다. 체면이 구겨지기는 했지만 마지막으로 있는 힘을 다하여 차 버리고 그만 둘 생각으로 엉덩이를 내지르려고 하는 순간, 등 뒤에서 누가 보고 있는 것 같은 기분이 들었다.

"넌 언지 나옹 겨?"

활짝 열려 있는 방문 밖 대청에는 언제 나왔는지 모르는 승철이 겁먹은 얼굴로 서 있었다. 그 옆에는 춘임이가 금방이라도 무너져 버릴 것처럼 위태로운 자세로 입을 틀어막고 소리 없이 흐느끼고 있었다. 이동하는 승철이에게 못 볼 것을 보여줬다는 생각이 들면서 술이 확 깨는 것 같았다.

속고 또 속고

이병호는 강 서기가 묻는 말에 하마터면 웃음이 터져 나올 뻔했다.
둥구나무 거리에 있는 논을 얻기 위해서 땡볕 밑에서
개미처럼 모를 심던 동네 사람들의 모습이 떠오른다.
등신 같은 놈들이 뙤약볕 밑에서는 입술에 물집이 생기도록 일을 해 놓고도
어느 놈 하나 도지를 달라고 하는 놈이 없었다.

바람에 둥구나무 가지가 느릿하게 팔을 흔들었다. 노랗고 빨갛게 물
이 든 잎들이 우수수 떨어져 내린다. 절간 마당 같은 둥구나무 밑에는
낙엽이 가을날 멍석에 꼬추를 말리는 것처럼 빨갛게 깔려 있다. 바람이
잦아들면 앙상한 나뭇가지 사이로 햇볕이 하얗게 내려앉는다.
너럭바위에는 순배 영감과 변쌍출이며 장기팔이 앉아서 담배를 피우
고 있었다. 해룡네 집에서 막걸리 한 되를 비운 뒤라서 장기팔이며 변쌍
출의 얼굴은 가을날 홍시처럼 붉게 물들어 있고, 주름살투성인 순배 영
감의 코는 한겨울에 찬바람을 맞으며 마실 나갔다 온 사람처럼 빨갛다.
"내년 슬은 양력으로 밀 칠이여······"
너럭바위에 앉아 있는 순배 영감의 하얗게 바랜 머리카락 위로 낙엽

한 잎이 폴싹 내려앉는다. 순배 영감은 머리카락 위에 떨어진 낙엽을 내려서 물끄러미 쳐다보다 하늘을 바라본다. 일 년 중에 가장 견디기 힘든 날을 꼽으라면 추석과 설이다. 그날이 되면 다른 집에서는 객지에 나간 자식들이 돌아온다, 음식을 만든다, 떡판에 떡을 친다 부산을 떨지만 혼자 사는 집안이라 썰렁하기 짝이 없다. 자식 형제들보다 먼저 북망산천으로 간 아내하고 자식들 밥 세 그릇에, 나물 반찬 몇 가지 차려 놓고 앉아 있노라면 새어 나오는 것은 한숨 소리요, 들리는 것은 마당 구석에 서 있는 대추나무가 사납게 울부짖는 소리다.

"형님 슬 때 지달리는 손님이라도 있슈? 추석도 안직 한참 남았는데 벌써부터 슬을 찾는 걸 봉께 먼가 존 일이 있는 개빈데?"

변쌍출이 깨끼주머니에서 담배쌈지를 꺼내서 곰방대에 잎담배를 눌러 담으며 물었다.

"에이구, 슬이나 추석 같은 명절이 읎는 나라는 읎나."

장기팔은 순배 영감의 심정을 이해 할 것 같았다. 자식들은 지난 설에도 얼굴을 내비치지 않았다. 날망집은 설이 지났는데도 툭하면 눈물바람이다. 길고 긴 밤잠이 오지 않아서 관솔불 밑에서 콩을 가리면서도, 그 무섭다는 서울에서 몹쓸 변을 당한 기 틀림읎어. 그렇지 않으면 여태까지 편지 한 장 안 할 리가 읎어. 경훈이는 몰라도 시훈이 가는 인정이 을매나 많은 아여. 어릴 때 지 동상만 아파도 눈물을 질질 흘릴 정도로 인정이 많은 아잖여. 그런 아가 편지 한 장 읎는 걸 보면 틀림읎이 변을 당한거여, 라며 눈물을 뿌려댄다. 밥상 앞에서도 시훈이 유난히 좋아하는 무말랭이를 젓가락으로 뒤적거리며 눈물을 뿌리고, 바람 소리만 크게 들려도 벌떡 일어나서 시훈이여! 라며 묻기 일쑤다. 그럴 때마다 재수 읎는 소리 자꾸 할텨! 라고 역정을 내기는 했지만 휑한 가슴 속에서 찬바람이 불기는 마찬가지였다.

"이 사람 먼 야기를 하고 있는 거여. 면장 댁처럼 부잣집은 일 년 내내 먹고 싶은 거 맘대로 먹고, 자고 싶으면 맘대로 잘 수 있다지만 우리 같은 이들한테는 명절도 읎으면 무슨 재미로 산다구……"

변쌍출은 팔봉이와 며느리며 손자들을 명절 때나 얼굴을 볼 수 있다. 명절이 없으면 먹고살기 바빠서 몇 년에 한 번씩이나 얼굴을 볼 수 있을 것이라는 생각에 장기팔을 흘겨보며 곰방대를 꺼냈다. 곰방대를 입에 물고 성냥개비로 불을 붙이느라 잠깐 말을 끊었다. 곰방대 물부리를 쭉쭉 빨아 삼킬 때마다 잎담배에 빨갛게 불이 붙는다. 연기를 길게 내뿜고 나서 다시 입을 열었다.

"나나, 여기 계신 형님이야 일손 놓은지는 오래 됐지만 젊은 사람들이 먼 낙으로 살었어. 뼈가 빠지도록 농사를 져 봐야 도조로 절반 주고 나서, 이런저런 세금을 제하고 나믄 두어 달 먹을 쌀에 씨나락만 제우 남 잖여. 그람 명년 보리타작을 할 때까지 주린 배를 움켜잡고 죽지 못해 살고 있는 마당에 명절마저 읎어 봐. 그람 무슨 재미로 살것어. 그래도 명절이 되믄 있는 집이나 읎는 집이나 배부르게 먹고 마시고 배 뚜들기며 낮잠도 잘 수 있잖여."

"어이구, 난 자식들이 눈에 밟혀서 시방 심정 같았으믄 차라리 슬이 읎는 것이 좋겄어."

장기팔은 변쌍출의 말이 맞는다는 얼굴로 가만히 듣고 있다가 기운 없는 목소리로 중얼거렸다.

"지난 슬에 자식들이 안 내려와서 자네나 안사람이 애를 먹고 있다는 건 잘 알고 있구면. 하지만 내 앞에서 그런 말을 하면 안 되지. 자네 자식들은 추석에라도 올 테지. 올 추석에 안 오믄 슬에는 올 테지……객지에서 변고를 당하지 않는 이상 은젠가는 떡 하니 차려 입고 돌아 올 날이 있을 거라 이거여. 허지만 난 뭐여……"

"아따, 형님 내가 실언을 했슈. 형님 말을 듣고 나서 봉께 내가 괜한 말을 한 거 같네유……"

장기팔은 순배 영감의 얼굴이 처연해지기 시작하는 것을 보고 팔을 내저으며 말을 끊어 버렸다. 황인술이 면소재지라도 출타하는지 기지바지에 미군 동복으로 개조해 만든 잠바 차림으로 다고오고 있다.

"한 잔씩들 했는 게뮤?"

황인술이 들판 끝의 방천길을 바라보며 건성으로 물었다.

"우리 주제에 공술 마실 기회가 기팔이 뼉에 더 있남? 기팔이가 요새 돈 좀 버는 모냥여. 그래서 탁주 한 잔씩 했구먼. 학산 나가는 길여?"

"아뉴. 면사무소 강 서기하고 농협조합 최 서기가 출장 나온다고 해서 나와 보는 질유."

"자네도 작년에 면장 댁 논 도지 은을라고 힘 좀 썼지?"

"먼 말씀이데유?"

황인술은 순배 영감이 묻는 말뜻을 알고 있으면서도 새삼스럽게 화가 치밀어 올라서 따지는 얼굴로 물었다.

"면장이 안직까지 요 앞의 논을 안 내논 거 같아서 묻는 말이지. 먼 말이겄어."

변쌍출이 곰방대에 남아 있는 재를 너럭바위에 톡톡 털면서 끼어들었다.

"난 또 먼 말씀이라구……그 인간 야기는 지 앞에서 꺼내지 말아유. 시방도 그 인간 말에 등신, 꼭두각시츠름 놀아 난 걸 생각하믄 부애가 나서 미치기 일보 직전잉게."

황인술은 이병호가 땅을 내놓겠다는 말을 철석같이 믿고 있었다. 타작이 끝나면 부를까, 나락을 다 말리고 나면 부를까, 하고 기대만 하다가 해를 보냈다. 설이 지난 후에는 혼자 속을 태우다 못해 박태수에게 물었더니, 이병호가 아직도 누구에게 논을 줄까 심사숙고 중이라는 말만 들었다. 한마디로 논을 내놓겠다는 말은 물 건너갔다는 말과 같다. 또 속았다는 걸 알고 나니까 자신도 모르게 욕이 튀어나왔었다.

"자네, 왜 그랴?"

순배 영감이 들판을 바라보면서 등 뒤에서 들려오는 황인술의 말이 지나쳤다는 생각에 물었다.

"지가 멀유?"

"모산서 오늘 하루만 살다 갈 사람츠름 보여서 묻는 말 이잖여."

"지는, 머 감정도 읎는 사람인감유?"

"자네가 왜 그렇게 승질을 내는지는 알겄어. 하지만 명색이 구장이라는 사람이 그깐 일로 흥분해서 앞뒤를 재보지도 않고 화를 내싸믄 되겄는가?"

"형님도 별말씀을 다 하시네. 아, 구장이 못할 말을 한 거유? 한두 번도 아니고 보리타작 할 때만 되믄 땅을 내놓겠다고 공갈을 쳐서 엄한 사람 멀쩡하게 진을 다 빼놓고 나설랑, 가실 타작이 끝나믄 땅 내놓을 생각은 안 하고 먼 산만 쳐다보고 있응께 구장이 승질 날만도 하지."

변쌍출은 주머니에서 담배쌈지를 꺼냈다. 쌈지 안에서 손가락 길이의 철사토막을 꺼내 대통에 묻어 있는 담뱃진을 긁어냈다. 철사 끝에 묻는 까만 댓진을 검정고무신 발바닥에 문지르며 황인술을 두둔했다.

"그렇게 농사꾼은 대학을 나와도 무식하다는 말을 듣는 겨. 시방까지 농사짓고 살믄서 한두 번 속아 봤어? 아! 해방 되고 네 해만인가. 그 머셔, 기축년 농지개혁 때 우리 동리서 혜택을 본 사람이 및 명이나 있어?"

순배 영감이 바짝 말라서 살가죽만 붙어 있는 손가락으로 입술을 쓰윽 쓰다듬으며 둥구나무를 바라본다. 둥구나무는 나무가 커서 바람도 크다. 봄이나 되어야 바람도 부드러워질 것이다. 그때까지는 오늘처럼 누군가 술 한잔 하자는 말이 없는 한겨울잠을 자듯 집 안에서만 지내야 한다. 둥구나무에 잎새가 필 때까지 쥐죽은 듯 집 안에서 세월을 보내다 보면 하루가 다르게 체력이 떨어지는 것 같은 기분이 든다. 이웃에 마실을 가고 싶어도 나이 차이가 많아서 마땅히 갈 곳이 없다. 변쌍출이 놀러오면 둘이 앉아서 가물가물 기운이 없는 목소리로 옛 기억을 더듬는 시간들이 유일한 소일거리인 겨울은 무섭도록 싫다. 그래서 늘 이맘때가 되면 올봄에도 이 너럭바위에 앉아 있을 수 있을까 하는 생각에 우울해진다.

"크음! 우리 동리서 혜택을 보기는커녕 손해 안 본 집이 읎지. 농지개혁이 있을 거라는 걸 미리 안 면장 춘부장이 도지를 붙이고 있는 땅을 죄다 소작인에게 팔아 냉겼잖여. 우린 그것도 모르고 동리 사람 앞앞이 추렴을 해서 돼지를 잡았잖여. 인제 소작인 신세를 면했다고 잔칫상을 차려 놓고 장구치고 꽹병이를 치믄서 춤들을 추느라 바로 요 자리서 난리가 났었잖여."

황인술이 기억을 더듬는 사이에 변쌍출이 잔기침을 하며 나섰다.

"환갑잔치 하는 것 츠름 죽은……"

순배 영감은 그 난리를 치던 날 동네 젊은 것들이 죽은 이복만 내우를 등에 업고 춤은 안 추었나? 라는 말은 입 밖으로 내지 않고 입을 다물었다. 봄이 되면 처녀들 가슴에만 바람이 드는 것이 아니다. 노인들도 긴 겨울을 보냈다는 안도감에 괜히 누군가 그리워진다. 봄이 가까워지고 있다는 증거일까. 요즘 따라 시도 때도 없이 죽은 자식들에 대한 그리움이 가슴을 촉촉하게 적시는 날이 많아서 말꼬리를 흐리고 말았다.

"인제 와서 옛날 생각하믄 뭐혀. 다 지나간 일인디 머. 그라고 죄가 있다믄 농사꾼 자식으로 태어난 것이 죄라믄 죄여."

순배 영감의 얼굴에 일순간 그늘이 지는 것을 느낀 변쌍출이 알만하다는 얼굴로 넋두리를 했다.

"지도 생각이 나느만유. 이복만이가 동리 사람들을 한 명씩 불러서 시방 부치고 있는 땅을 산다믄 계속 도지를 줄 것이고, 그럴 생각이 읎다믄 당장 내놓으라고 윽박지르는 통에 지도 닷마지기를 샀잖유. 솔직히 외상이믄 소라도 잡아먹는다는데 외상으로 땅을 주겠다는 데 싫다는 놈이 워디 있겠슈. 해룡이라믄 몰라도 열이믄 열 죄다 고맙습니다 하고 계약서에 지장을 찍었지 안 찍었겠슈……"

"크음!"

황인술은 변쌍출이 그만 입을 닫으라는 눈짓에 슬그머니 입을 다물고 순배 영감을 바라본다. 그러고 보니 계속 말을 이어가면 순배 영감의 뼈아픈 상처를 건들 것 같았다. 갑자기 말을 그만두려니까 화가 삭혀지지 않아서 어금니를 자근자근 씹으며 방천길 쪽으로 슬슬 걸어가기 시작했다.

그런 짓을 하고 명줄을 움켜쥐고 살아남기를 바랐다믄, 하느님한테 침 뱉기 하는 것과 뭐가 다를까.

황인술은 지금도 잠을 자려고 누웠다가도 전쟁이 일어나던 해에 있었던 농지개혁 때를 생각하면 화가 나서 벌떡벌떡 일어나 진다.

이병호의 부친인 이복만이 머슴을 보내서 한밤중에 조용히 만나자는 연락이 온 것은 양력으로 2월 초순이다. 초저녁부터 바깥 날씨가 칼날을 세우고 있어서 사랑방으로 놀러나가는 것을 포기하고 일찍 잠이 들었던 날이기도 하다. 이복만 집에서 머슴을 살다가 떠나 버린 하씨로부터 영감님이 조용히 올라와달라는 말을 전해 들었다.

"어따! 날 한번 드럽게 춥네 그려."

황인술은 지금은 구장을 보는 덕분에 좀 낳아졌지만 해도 그때는 겨울이면 쌀독에 보리쌀도 간당간당 하던 시절이었다. 먹는 것은 부실하더라도 잠이나 뜨끈뜨끈하게 자야 된다는 생각에 구들장이 달아오르도록 불을 땠었다. 온몸이 땀에 젖도록 뜨거운 방에서 잠을 자다가 갑자기 찬바람을 쐬니까 이빨이 저절로 딱따구리 소리를 내며 온몸이 진저리가 치도록 추웠다. 하지만 다른 이도 아니고 이복만이 보자는 말에 안 갈 수가 없어서 총총걸음으로 면장 댁의 쪽문을 열고 들어갔다.

"밤은 깊은데 적적하고 해서 불렀네. 막걸리나 한 잔 하게."

이복만은 미리 술상을 준비해 놓았었다. 따끈따끈하게 데운 막걸리를 직접 따라주며 건네는 말이 여느 날과 다르게 솜털처럼 부드럽기만 했다.

"저……"

황인술은 아닌 밤중에 예상하지 못한 환대가 고맙기는커녕 불안하기만 했다. 무슨 안 좋은 말을 하려고 이 밤중에 막걸리까지 따라주나 하는 생각이 번뜩 들었다. 그렇지 않아도 추운 날씨에 얼어붙은 입이 꽁꽁 얼어버린 것처럼 말이 나오지 않아서 무릎을 꿇고 앉은 자세로 끙끙 거렸다.

"어려워 말고 편히 앉게. 내가 자네를 부른 것은 다름이 아니고, 자네도 인제 자네 땅을 가져야 할 때가 온 거 가터서 불렀네. 그랑께 어려워 말고 어여 탁배기나 한 잔 하게."

"지……지가 붙이고 있는 논을 내놓으시라 이……이, 말씀이신가유?"

황인술은 이복만이 하는 말이 도지로 붙이고 있는 논을 내놓으라는 말로 들렸다. 이복만에게서 도지를 얻어 부치고 있는 논은 다섯 마지기다. 다섯 마지기라도 해 봤자 풍작일 때 벼를 스물한 섬 반, 평작일 때는 스무 섬 밖에 소출하지 못한다. 그중에서 평작으로 열 섬은 도조로 받치면 열 섬이 남는다.

그중에서 토지수득세가 한 섬 반이 나간다. 남은 여덟 섬 반으로 농협 조합에서 빌린 농자금 이자며, 비료대에 이런저런 세금을 제하고 나면 겨우 다섯 섬이 남을까 말까다. 평균 사람 한 명이 일 년에 한 섬을 먹는 것으로 계산하는데 다섯 섬이면 이미 한 섬이 모자란다는 말이 된다. 거기다 자식들 밀린 사친회비에 여기저기서 꾼 돈을 갚고 나면 석 섬이 남을까 말까다. 그것으로 다음해 보리 수확 때까지 먹으려면 한 끼 굶고, 한 끼 건너뛰는 식을 때워도 부족하다. 그마저 부치지 못한다면 여섯 생목숨이 죽을 수밖에 없다는 생각에 파랗게 질린 얼굴로 물었다.

"허! 조선 사람이 조선말을 그릏게 못 알아들으믄 워칙하나. 논을 내놓으라는 거시 아니네. 자네가 시방 부치고 있는 들베미에 있는 두 마지기 하고, 벌똥골에 있는 시 마지기를 자네한테 넘기겠다 이 말이여."

이복만이 갑자기 목소리를 줄였다. 2월 바람은 검은 소뿔이 오그라든다는 말처럼 마당에서는 동지바람이 사납게 울부짖고 있었다. 비봉산에서 마른 나뭇가지가 부러지는 소리가 날카롭게 들창문을 뚫고 들어왔다. 파랗게 질려 있던 황인술이 눈을 동그랗게 뜨는가 했더니 혼란스럽다는 얼굴로 마른 침을 꿀꺽 삼킨다.

"영감님 말씀은 무슨 뜻인지 알겠슈. 하지만 그 땅을 살라믄 도……돈이라는 거시 있어야……시방 먹고 죽을라고 해도 돈 한 푼 없는데……"

"시방부텀 내가 하는 말을 똑똑히 듣게. 그라고 이 말이 행여 밖으로 새 나갔다가는 이 시간에 내가 한 말은 일절 없던 말로 치겠네. 약속을 지킬 수 있겄능가?"

이복만은 술상을 옆으로 치우고 황인술 앞으로 바짝 당겨 앉았다. 황인술의 두 눈을 똑바로 바라보면서 은근한 목소리로 속삭였다.

"지가 가진 거는 없어서 쌀독은 개벼울지 몰라도 입이 무겁기로 치자믄……"

"그람 자네를 믿고 말을 하겠네. 솔직히 내가 이 말은 안할라고 했는데 말여. 그동안 가만히 지켜본 바로는 이 동리서 인술이만큼 자기 몸을 애끼지 않고 노력하는 사람은 읎는 걸로 아네."

"마……말씀만 들어도 고맙습니다."

이복만의 목소리가 작아지자 황인술은 자신도 모르게 이복만을 향하여 귀를 기울이는 자세가 되고 말았다. 이복만이 무슨 말을 하려는 지는 통 짐작을 할 수가 없었다. 분명한 것은 모산에서 자신을 제일 신임한다는 점이다. 그런데도 기쁘지가 않았다. 이복만이 자신을 그렇게 추겨 세울 때는 무언가 엄청난 일을 시킬지도 모른다는 두려움이 앞섰기 때문이다.

"자네도 은제까지나 남의 농사를 질 수는 읎는 노릇. 난도 먹고살만큼 벌어 놨응께 하는 말인데 말여. 자네가 시방 부치고 있는 들베미 논 두 마지기 하고 벌똥골 논 시 마지기를 자네한테 넘기겄네."

"어……어뜬 일을 시키실라고?"

황인술은 이복만이 논 다섯 마지기를 넘길 때야 당연히 그만한 대가를 지불해야 한다고 생각했다. 내 논 다섯 마지기만 있으면 더 이상 겨울을 배고프게 지내지 않아도 된다는 말과 같다. 무엇보다 그 논의 주인은 한때는 돌아가신 아버지였다. 이복만이 은밀하게 시키고자 하는 일이 사람을 설령 상하게 하는 일이라도 아버지가 유언으로 남긴 논을 찾는 길이라면 못 할 것이 없다는 생각에 잔뜩 긴장했다. 어느 사이에 칼날 같은 바람 속을 뚫고 오느라 동태처럼 얼었던 몸이 풀리고, 등에서 진땀이 주르르 흐르는 것을 느꼈다.

"시킬 것은 읎네. 이 자리에서 땅을 팔고 샀다는 계약서 한 장만 작성하믄 되니께."

"논을 기냥 주시겠다는 것은 아니잖유?"

"물론 시방 자네 수중에 돈이 읎다는 점은 알고 있네. 해서 말인데 내가 자네를 믿고 있는 만큼 날을 잡아서 등기를 넘기는 것도 뭣하고 해서 당장 논을 자네 앞으로 넘길 팅게, 앞으로 농사를 지어감서 갚으믄 되네."

"아이고! 그렇게만 해 주신다믄이야. 죽을 때까지 그 은혜 갖고 갚쥬.

암유. 우리 여섯 식구 목숨을 살려주시는 은혜를 워찌 잊겠슈."

황인술은 이복만이 은근하게 속삭이는 말에 두 눈이 확 떠지는 것 같았다. 벌떡 일어나서 넙죽 절이라도 하겠다는 표정으로 이복만 앞에 엎드리며 말했다.

"그릏다고 영 손해를 봄서 논을 넘겨 줄 수는 읎네."

"당연합죠. 논을 한 마지기도 아니고 다섯 마지기나 외상으로 주심서 영감님이 손해를 보시믄 절대 안 되쥬."

"그릏다고 말도 안 되게 비싸게 팔아서도 안 되고……"

이복만은 꿈을 꾸는 얼굴로 앉아 있는 황인술을 지그시 바라보면서 잘게 웃었다. 놈이, 논 다섯 마지기를 도지 주겠다는 것도 아니고 등기를 넘겨주겠다고 하니까 정신이 너무 좋아서 반쯤 나간 것 같았다.

"처……천만의 말씀입니다유. 등기만 넘겨 주신다믄이야. 현물을 주고 사는 것이 아닝게 장리쌀 이자를 달라고 해두 백번 고맙쥬."

장리쌀이자는 이율이 일 년에 50%다. 장리 쌀 한 가마니를 먹고 나면 이듬해 한 가마니 반을 줘야하는 엄청난 이율이다. 모산 들판의 논이 일본인 후지모토에게 넘어가게 된 원인은 여러 가지가 있다. 그중에서 공출이며 각종 세금을 현물로 바치는데서 비롯되는 피해가 가장 크다. 쌀값이 정부시세보다 폭락할 때는 정부시세에 맞게 쌀을 바치느라 더 많은 쌀을 내야한다. 반대로 쌀값이 정부시세보다 급등 할 때는 정부시세에 맞게 내느라 손해를 보면서 쌀을 바쳐야 하기 때문에 세금을 현물로 내는 것은 무조건 손해를 볼 수밖에 없는 구조였다. 그 두 번째 원인은 장리쌀이다. 장리쌀 한 가마니를 먹고 이듬해 갚지 못하게 되면 복리 이자가 붙어서 네 가마니를 갚아야 한다. 쌀 네 가마니를 찧으려면 벼가

넉 섬이 있어야 된다는 결론이다. 한 마지기 농사에서 보통 넉 섬이 소출된다. 결국 이듬해 장리쌀을 갚지 못하면 땅의 등기를 넘겨버리고 소작농으로 전락해 버리고 만다. 황인술은 아버지가 눈처럼 불어나는 장리빚을 견디다 못해 논을 후지모토에게 넘겼다는 걸 잘 알고 있었다. 그런데도 땅을 외상으로 준다는 말이 감격스럽기만 해도 장리 무서운 줄도 모르고 넙죽넙죽 절을 했다.

"내 논을 한두 해 부친 것도 아닌데 장리를 쳐서 논을 팔 수 있었나. 들베미 논은 일 년에 마지기당 소출이 넉 섬 아닌가? 두 마지기믄 여덟 섬 이구먼. 도지를 주는 것도 아니고 아주 자네 땅으로 넘기는 겅께. 여덟 섬씩 이태 농사지은 걸로 해서 그 논은 나락으로 열여 섬 값만 쳐 주믄 되겠네."

이복만은 회심의 미소를 지으며 미리 꺼내 놨던 수판을 들었다.

"예? 시방 머라고 말씀을 하셨슈?"

황인술은 수판을 보는 순간 왜정 때 이복만이 수판을 들고 도조 계산을 하던 때가 생각났다. 같은 조선인이면서 말은 물론이고 되까지 계산하는 것도 부족해서 낙곡까지 악착까지 쓸어 모아 가던 이복만이다. 이 작자가 또 뭔 흉계를 꾸미고 있는 건 아닌지 하는 생각에 벙 뜬 얼굴로 반문했다.

"젊은 사람이 벌써 가는 귀가 먹었을리는 읎구. 왜놈 말을 하는 것도 아니고 조선말인데 먼 말씀이라니?"

"너무 엄청난 말이라 그려유. 그렇게 차근차근 말씀해 보셔유."

"돈 들어 가는 것도 아닝게 못 할 것도 읎지. 벌똥골 논은 흙이 좋아서 마지기 당 넉 섬 반이 나옹게. 그 머냐, 스 마지기믄 넉 섬씩 시 번하믄 열두 섬에다, 반 섬씩 시 번을 하믄 한 섬 반이구먼…… 총 열석 섬 반이구먼. 요기다 이를 곱하믄 한 해에 스물일곱 섬씩 소출을 하는 셈인가? 요기다 들베미 거 두 마지기 열여섯 섬을 더하믄 총 마흔석 섬이구먼."

"마흔석 섬이라굽슈?"

황인술은 부지런히 머리를 굴려 보았다. 마흔석 섬이믄 쌀이 스물두 가마니에서 반 가마니 부족한 분량이다. 여섯 식구가 3년 반 동안 먹을 수 있는 쌀이다. 아니 그 정도의 쌀만 있으면 논을 보통 답으로 다섯 마지기는 충분히 살 수 있다.

"그 돈을 내년에 가실에 죄다 갚으라고 하믄 내가 도둑놈이지."

이복만은 황인술이 더 이상 계산을 하지 못하도록 막걸리 대접을 들어서 황인술의 손에 쥐어주었다.

"그라믄유?"

"어여, 그 술이나 마시고 야기하세."

"아……알았시유."

황인술은 이복만이 아무런 이득도 없이 잠을 자고 있는 자기를 불러서 좋은 조건으로 논을 팔지는 않을 거라고 생각하며 일단 막걸리 대접을 들었다. 갑자기 돌아가신 아버지 얼굴이 떠올랐다. 나는 틀렸다. 허지만 너는 반드시 논을 되찾아야 한다. 알겠지? 저승에 계신 아버지가 애원하는 목소리가 들려오는 것 같은 기분 속에 막걸리를 마셨다.

"앞으로 사 년 동안 나누어서 갚게."

"사……사 년 동안 나누어 갚으라믄 한 해에 열한 섬씩만 변제를 하믄 된다는 야기유?"

황인술은 마흔석 섬을 사년 동안 나누어 갚으라는 말에 깜짝 놀랐다. 너무 후한 조건으로 논을 넘길 때는 반드시 그에 상응하는 조건이 있을 것이라고 생각하면서도 이게 꿈인가 싶을 정도로 좋았다. 너무 놀라서 금방 마신 막걸리가 울컥 기어 올라와서 손바닥으로 틀어막으며 도로 꿀꺽 삼켰다.

　"일 년에 열한 섬씩이믄 자네가 시방 나한테 도조로 내는 것과 같은 분량이여. 그람 결국 자네한티 논을 공짜로 주는 것하고 머가 틀리겄나. 그려서 이자를 아주 쬐끔 붙이기로 했네. 장리쌀로 쳐서 복리로 계산을 하믄 너무나 엄청나서 갚기가 힘들 팅게 기냥 단리로 계산을 해서 예순 섬하고 섬 반이구먼. 여기서 서로 모르는 처지도 아닝께 반 섬은 뚝 떼 버리겠네. 남은 예순 네 섬을 사 년 동안 분할로 상환하게."

　"그람 일 년에 몇 섬씩 갚아 나가능건가유?"

　황인술은 그럼 그룷지, 조선말은 끝까지 들어봐야 하다는 말이 틀림 없구먼이라고 생각하며 반문했다.

　"가만있어 보자, 육십사 나누기 사믄 일 년에 열여섯 섬씩 사 년만 갚 아가믄 그 땅은 자네 땅이 되는 걸세."

　"아이구 영감님 고맙습니다. 이 은혜는 죽어도 잊지 못하겠구만유. 참말로 감사 합니다."

　황인술은 넙죽 절을 하면서도 마음속으로 재빠르게 계산을 해 보았 다.

　논 다섯 마지기에서 소출되는 양은 대충 스무 섬이다. 그중에서 열여 섯 섬을 내놓는다면 네 섬이 남는다. 네 섬으로 일 년을 살기에는 턱없 이 부족하다. 당장 토지수득세로 석 섬이 나가면 달랑 한 섬이 남는다.

이런저런 세금을 내려면 두 섬이 더 들어간다. 가족이 먹고살 양식은 고사하고 세금을 내려면 한 섬을 빌려야 한다는 결론이다. 자식들 사친회비며 먹고살 양식을 충당하려면 적어도 다섯 섬. 일 년에 도합 여섯 섬을 빌려야 한다는 계산이 나온다. 이 년이면 이자를 빼고 원금만 열두 섬이다. 사 년이면 스물네 섬, 이자는 고사하고 원금만 해도 지금 일 년치 도조의 두 배 같은 분량이다. 거기다 이자를 포함하면 서른 섬이 되는 건 우습다. 벼 서른 섬이면 웬만한 논 두마지기 값이 넘는다.

이거, 개꿈 꾸고 똥 밟는 거 아닌가 모르겠네.

황인술은 길바닥에서 금덩이를 줍는 횡재를 한 것도 아니고 마냥 좋아할 때만 아니라는 생각에 슬그머니 웃음을 지우고 이복만을 바라보았다.

"왜? 가만히 생각해 봉께 너무 비싼 겨?"

"논을 사는 것은 좋지만 지 분수도 모르고 샀다가는 동리 사람들한티 개망신 당하기 십상일 거 가텨서유. 생각해 보서유. 일 년에 열여섯 섬씩 갚을라믄 순전히 여섯 섬은 빚은 내야 한다는 건데, 한 해만 빚을 낸다믄 몰라두 연달아 빚을 내야 한다는 결론인데 난중에는 배보다 배꼽이 더 클 거 가텨서 엄두가 나지 않구만유."

"그릏다고 거저 논을 줄 수는 읎는 노릇이잖여. 자네가 내 자식이라믄 유산으로 상속이나 한다지만."

이복만은 역시 황인술은 만만치 않은 놈이라고 생각했다. 하지만 방법이 전혀 없는 것은 아니라는 생각에 늘어트렸던 낚싯줄을 슬쩍 끌어당겼다.

"조건에 유도리를 주시믄 안 되겠슈?"

"위티게?"

이복만은 황인술 이놈은 역시 만만한 놈이 아니라는 생각에 옆으로 돌아앉으며 반문했다.

"기한을 오 년으로 늘려 주시믄……"

"오 년이라믄 일 년에 열두 섬씩 갚겠다는 거여?"

이복만이 가당치도 않다는 표정으로 물었다.

"그 대신 이자를 더 쳐드리겠슈. 일 년에 두 섬씩 총 열 석을 더 드리겠슈."

황인술은 이복만이 느닷없이 논을 내놓겠다고 할 때는 그 이유가 있을 것이라고 믿었다. 슬쩍 배짱을 튕겨서 안 되면 그만 일어서겠다는 얼굴로 자세를 바로잡으며 말했다.

"좋아. 이자를 두 섬씩이나 더 낸다면 구미가 댕기는구먼. 단, 단서가 두 가지 있네. 첫째는 이 방에서 있었던 일을 일절 소문내지 말 것. 그 이유는 내가 말을 하지 않아도 알겠지?"

"그라믄유. 만약 이 사실이 동리에 소문나믄 너도나도 논을 외상으로 달라고 죄다 달려와서 매달릴 기 뻔하잖유. 그 약속은 어르신 은혜에 보답하기 위해서도 당연히 지켜야쥬. 두 번째로 지켜야 할 약속은 뭐유?"

"모든 거래의 계약은 약속이 지켜지지 않을 시에 배상을 해 줘야 하는 부분이 있는 법이여. 그 정도는 알고 있겠지? 그래서 하는 말인데 만약 한 해라도 지때 잔금을 전부 지불하지 못하믄……"

밖에서 들려오는 바람 소리가 갑자기 잦아들었다. 이복만은 황인술의 두 눈을 똑바로 쳐다보며 말했다.

"아이고, 그럴 리가 있겠습니까유. 땅을 외상으로 주시는 것만 해도 엄청난 은혜를 입은 건데, 지때 돈을 갚지 못한다믄 그기 인간이라 할수는 없는 거 아니겠슈? 때놈들처럼 마누라를 팔수는 읎지만 워뜬 일이 일어나드래도 약속은 꼭 지키겠슈."

황인술은 일 년에 열넉 섬씩은 빚을 내지 않더라도 충당을 할 수 있을 것 같았다. 우선 벌똥골의 서 마지기는 풍년일 때는 마지기당 넉 섬반이 나온다. 그 논을 집중적으로 관리를 하믄 한 섬 반을 벌 수 있다. 나머지 두 섬 반 정도는 들메미 논에서 해결이 될 것 같았다. 다행히 들베미 논은 벌똥골 논과 다르게 건답이라 보리를 심을 수 있다. 보리농사를 잘 지으면 빚을 안 내고 버텨 나갈 수 있을 거라는 생각에 손을 흔들며 자신 있게 말했다.

"그름, 그렇게 해야지. 그래도 돈이 거짓말하지 사람이 거짓말을 하는 거는 아니잖여. 그래서 계약서에 그 사항을 기재해 놓았네. 만약, 한 해라도 잔금을 지때 내놓지 못할 시에는 논을 도로 내놓겠다고 말여."

"노……논을 도로 내놓다니유?"

"말 그대로지. 땅값을 지때에 못 줬으믄 땅을 도로 내놓는 거시 당연한 거 아닌가?"

이복만은 황인술이 당황하는 표정을 지어 보이자 이럴 때는 바짝 조여야 된다고 생각하고 냉정하게 말했다.

"그름, 만약 지가 사 년 동안 갚고 나머지 한 해를 못 갚아도 논을 내놔야 한다는 거유?"

황인술은 마냥 좋아만 하고 있을 때가 아니라고 생각했다. 이거, 죽쒀서 개 준다고, 쎄가 빠지도록 일만 해서 나락은 나락대로 주고 논은 논대로 뺏기는 거시 아닌지 모르겠구먼. 방심하고 있다가는 이복만의 술수에 넘어갈 지도 모른다는 생각에 긴장한 얼굴로 다시 입을 열었다.

"솔직히, 일 년에 열넉 섬씩 갚아나가야 한다는 거시 쉬운 거는 아녀유. 그런데도 논을 샀다고 생각한 것은 그 머셔. 이런 기회를 잡지 못하믄 평생 그 논을 찾지 못할 거 가텨서……"

황인술은 갑자기 아버지 얼굴이 떠올라서 목이 메어왔다. 자신도 모르게 술주전자를 들어서 대접에 넘치도록 콸콸콸 따라서 벌컥벌컥 드리켰다.

"쯔쯔……그려, 맞아. 인제 생각해 봉께 그 논이 자네 부친 황칠보의 땅이었어. 자시하게 기억은 나지 않지만 빚 때문에 그 논을 후지모토에게 넘겼다는 기 기억나는구먼. 그라고 봉께 내가 생각을 참 잘한 게로구먼. 우짜믄 이릏게 인연이 기가 막히게 만나는지 모르겠네."

이복만은 황인술의 아버지였던 황칠보를 잘 알고 있었다. 황칠보는 황인술처럼 악아 빠지지를 못했다. 글씨도 알지 못해서 농협조합에서 나온 이자를 두 배나 불려서 달라고 해도 급전을 빌려서 내는 무식한 놈이다. 그 덕분에 장리쌀 두 가마니를 억지로 안겨 준 후에 이런저런 명목을 붙여서 이자를 열 가마니로 늘려서 삼 년 만에 논 등기서류를 빼앗았다. 그 대가로 후지모토에게 쌀 한 가마니를 상금조로 받았다. 그 쌀을 학산에 있는 기생집에 갖다 주고 연 이틀 동안 취해있었던 기억이 새록새록 살아났지만 안됐다는 얼굴로 혀를 찼다.

"맞아유. 원래는 그 땅이 우리 땅이었슈. 그려서 지도 언진가는 반드시 그 논을 찾겠다는 생각을 했었슈."

"암, 그려야지. 당연히 그려야지. 그릏지만 맘만 갖고 있다고 논을 찾을 수는 없는 거잖여."

"당연하쥬."

"그람 계약서에 지장을 찍겠는가?"

"하지만 아까 하시는 말씀이 기한내 돈을 다 갚지 못하믄 말짱 황이라고 말씀하셨잖유."

"자네 정성이 기특해서 내가 양보를 함세. 그럼 이렇게 하세. 난중에 돈을 못 갚게 될 때는 내가 돈을 빌려 줌세. 그 돈은 이듬해 쌀로 쳐서 이듬해 갚으믄 되는 거고 위쩌? 난도 더 이상은 양보를 못하네. 계약서에 도장을 찍겠는가? 아니믄 따신 막걸리 잘 마셨다고 인사나 하고 기냥 갈 거여?"

"손도장을 찍쥬."

황인술은 내 돈이 없이 땅을 사면서 무리를 하지 않을 수는 없다는 생각에 엄지손가락을 치켜들고 긴장한 얼굴로 말했다.

그려, 앞으로 눈 딱 감고 반 십년만 고생해 보자.

황인술은 계약서에 지장을 찍고 면장 댁을 나섰다. 밤이 깊어져서 바람은 더 차갑고 더 날카롭게 이빨을 세웠다. 하지만 내 앞으로 등기가 될 논이 생겼다는 걸 생각하면 자꾸 실실 웃음이 나왔다. 그래서인지 휘몰아치는 바람에 감나무가 흔들리는 소리가 웃음소리로 들리는 것 같은 기분에 젖어 집을 향해 걸어갔다.

황인술은 이복만이 자기한테만 땅을 팔지 않고 소작인 모두에게 땅을 넘겼다는 사실을 알게 된 것은 학산장에 콩을 팔러 가는 길에 알았다.

"온 동리 사람들이 면장 댁네 논을 샀다는디 구장도 샀슈?"

좁쌀 한 말을 지게에 지고 가던 윤길동이 형님만 알고 있어야 된다는 말을 전제로 조심스럽게 물었다.

"너도 상 겨?"

"구장님도 샀구먼유. 암만해도 수상해유. 이복만이 노망이 들지 않는 이상 땅을 죄다 놓을니는 읎잖유."

"그라고 봉께 이상하구먼. 논을 살 때는 너무 좋아서 이것저것 생각해 보지 않았지만 가만히 생각해 봉께 이거 보통일이 아닌 거 가텨. 그 영감이 논을 다 팔아치웠을 때야 틀림읎이 먼 일이 있을 껴. 그릏지 않고는 오늘 살다 낼 죽을 영감도 아닌데 그 많은 땅을 죄다 내놓을 일이 읎지."

황인술은 갑자기 다리의 힘이 빠져나가는 것 같았다. 길섶에 지게를 세워놓고 목침만한 돌을 골라 걸터앉으며 심각하게 말했다. 눈이 올 것 같지는 않은 데 하늘은 몹시 흐리다.

"틀린 말은 아니쥬."

"생각해 봐. 땅을 팔지 않아도 가만히 앉아 있으믄 저절로 쌀이 굴러 들어오는데 지네 같으믄 땅을 팔겄어? 그것도 맞돈 받고 파는 것이 아니고 외상으루 말여."

"한 가지 맘이 놓이는 정보는 있슈. 면장님이 난중에 군수 출마 할 예정이라잖유. 그때를 대비해서 땅을 정리할 생각이라는 소문이 돌드만유. 솔직히, 군수 출마자 애비가 백마지기가 넘는 지주라믄 쫌 문제가 있잖유."

윤길동은 황인술 옆에 쪼그려 앉았다. 쌈지에서 담배를 한 줌 꺼내 종이에 담아 침을 바르며 허연 입김을 토해 냈다.

"군수에 출마를 한다고? 앞으로는 군수를 투표로 뽑는다는 말을 들은 거 같기는 하구먼. 그 머셔, 해방 전에 임시직으로 근무를 하든 사람이 시방 면장이 됐으믄 미꾸라지 용 된 거지. 먼 욕심을 또 부린다는 거여."

황인술은 윤길동의 말을 듣고 나서야 안심이 됐다. 하지만 왠지 뒷간 갔다가 그냥 나온 것처럼 어딘지 모르게 개운치가 않았다. 한편으로는 혼자만 땅을 산 것이 아니고 소작인 모두 땅을 샀다는 말에 어느 정도 안심이 되기는 했다. 이복만이 동네 사람 모두를 상대로 농간을 부리지는 않을 것이라는 생각에서였다.

윤길동한테 이복만이 땅을 모두 처분했다는 말을 듣고 나서 속이 개운치 않았던 이유를 확실하게 알게 된 것은 양지바른 논둑이나 밭에서 쑥이며 냉이가 뾰족이 솟아 나오기 시작한 3월이다.

해룡네 집에서 박태수와 막걸리를 마시던 중이다. 오줌이 마려워서 뒷간에 갔다가 허리춤을 추스르며 나오는데 학산에 볼일을 보러 갔던 김춘섭이 황망한 표정으로 허우적허우적 걸어 들어왔다. 그 모습이 태수 처가 학산장에 볼일 보러 갔다가 뒤가 마려워서 급하게 집으로 오는 걸음걸이처럼 보였다.

"자네도 면에 갔다가 태수 처츠름 뒤가 마려운 거여? 걸어오는 모습을 봉께 꼭 태수 마누라 츠름 오만상을 쓰고 있드만."

김춘섭이 해룡네 집 술청으로 들어오는 것을 보고 황인술이 말을 던졌다.

"구장님은 남의 여핀네 오만상 찌푸리는 꼴만 연구하고 다니나벼. 어여 와, 학산서 한잔 했겠지만 한잔 더 햐."

김춘섭은 박태수의 말에 대꾸도 하지 않고 막걸리 대접을 끌어 당겼다. 단숨에 막걸리 잔을 비우고 나서 손으로 작년 가을에 담근 매운 지고치를 우작우작 씹었다.

"시방 여기서 한가하게 탁배기나 마시고 있을 때가 아닐 거 같은디."

김춘섭은 지고치가 매워서 입 안이 불이 붙는 것처럼 활활 타오르는 것 같았지만 인상을 쓰지 않았다. 입 안이 매운 것보다 더 황당한 일이 있다는 얼굴로 입을 열었다.

"머셔, 또 일본놈들이 정권이라도 잡았는감?"

"그게 아녀. 지난 이월 달에 새 농지개혁법이 국회에서 통과돼서 오늘부터 시행이 된다는 거여."

"농지개혁법이라니? 그람 우리나라도 북한츠름 논을 공짜로 나눠 준다는 거여?"

황인술이 제법 유식한 척 한 얼굴로 물었다.

"거긴 공산당이라 김일성 맘대로겠지만 우리나라는 민주주의잖여. 그래서 그 머여, 민주주의 국가라서 합법적인 측면으루다 농지개혁을 하기로 했다는 거여."

"합법적이라면 돈을 주고 땅을 사라는 말인가?"

"그려!"

김춘섭은 박태수가 묻는 말에 화가 나서 견딜 수 없다는 얼굴로 스스로 막걸리를 따르며 짤막하게 대답했다.

"이 사람 면에 가서 먼 말을 듣기는 들었는데 정확히 못 들었는개비구면. 돈이 있으믄 누가 땅을 못 사나. 해룡이도 돈만 있으믄 지주가 될 수 있지. 야! 해룡아, 너 돈 모아 논 거 있음은 땅이나 밀 마지기 사라. 농사짓는 거는 내가 책음 지고 질 팅게."

황인술은 김춘섭의 말이 예사롭게 들려오지 않았다. 김춘섭이 흥분을 가라앉히도록 슬쩍 농담을 던졌다.

"나 백 환짜리 있어. 이거 봐."

방 문지방에 앉아서 다리를 흔들고 있던 해룡이 깨끼적삼 주머니에서 조선은행권 10환짜리 지폐를 흔들어 보였다.

"어이구, 일 환짜리구먼. 워디서 그런 큰돈이 났는지 모르겠지만 그 돈이믄 논 열 마지기는 사고도 남겠다."

"시방 농담 할 때가 아녀. 오늘부터 지주가 소작을 내 준 논은 무조건 죄다 소작인에게 넘겨야 한다능 겨. 무조건으루다 말여."

김춘섭이 두 번째 막걸리 잔도 단숨에 비워버리고 나서 말했다.

"그기 무슨 말여. 소 질 가믄서 똥 내갈기는 것 츠름 뜨문뜨문 말하지 말고 찬찬히 첨부터 끝까지 말해 봐."

"글씨, 오늘 이발소에 갔다가 면서기들 한티 들은 야긴데……"

김춘섭은 너무 기가 막히고 황당하다 못해 또 말이 막혔다. 두 눈을 빤히 쳐다보고 있는 황인술을 향해 답답하다는 표정을 지어 보이며 막걸리 마시듯 숨을 꿀꺽 들이마셨다.

"이발소에 간 냥반이 우째 이발은 안 했을까?"

해룡네가 뜨거운 물에 데친 생 두부를 접시에 담아서 내놓으며 끼어들었다.

"해룡네는 가만 있어 봐. 시방 춘셉이 야기를 들어 봉께 보통 사건이 아닌 거 같구먼. 그래서?"

황인술이 해룡네를 옆으로 밀어내고 김춘섭 앞으로 바짝 당겨 앉아서 재촉을 했다.

김춘섭은 연신 마른 침을 꿀꺽꿀꺽 삼키면서 이발소에서 면서기들한 테 들었다는 소문에 대해서 이야기를 하기 시작했다.

"오늘부터 소작인들이 부치는 땅은 무조건 소작인들 한티 줘야 한드 능 겨. 그렇다고 끝도 밑도 없이 다 주는 거시 아니고, 한 사람한티 열 마지기 이하로 짤라서 줘야 한다능 겨. 아까 누군가 말한 것츠름 이북처 럼 공짜로 주는 기 아니고, 논 값은 한 해 소출되는 곡식의 한 배 반을 줘야 한다고 하드만. 그랗게 한마지기에서 한 해에 나락이 넉 섬이 나오 믄 한 배 반잉께, 여섯 섬으로 쳐서 줘야 한다는 거지."

"그람, 그 머셔. 한 마지기에 여섯 섬이믄 이기 워치게 되는 심판이여 대체?"

황인술은 김춘섭의 말에 갑자기 정신이 아득해 지는 것 같았다. 이복 만에게 외상으로 딴 땅은 마지기 당 열두 섬이 넘게 쳤다는 생각이 번 뜩 들었기 때문이었다.

"그람 머여, 그 돈은 은제 갚능 겨?"

박태수도 남의 일이 아니라는 얼굴로 빠르게 물었다.

"내참 기가 맥혀서 그 생각만 하믄 시방도 숨이 막히는구먼. 오년 동 안 갚아나가믄 되는데, 일 년에 삼할씩만 갚아 나가믄 된다니께 이걸 워 짜."

"일 년에 삼할씩 오년 동안 갚으라는기 대관절 먼 말여?"

해룡네가 박태수와 김춘섭을 번갈아보다가 황인술에게 물었다.

"땅 한 마지기를 여섯 섬에 샀으믄 일 년에 한 섬 느말씩 갚으라는 말 이구먼. 완전히 공짜여. 기냥 공짜로 주는 거시 미안항께 기냥 갚는 시 늉만 하라는 거여."

황인술은 이복만의 농간에 넘어 간 것이 화도 나지 않았다. 이미 계약 서에 지장을 찍은 뒤다. 계약을 무효로 하려면 논 값의 일 할을 위약금으로 물어줘야 한다는 항목에도 엄지손가락에 인주를 듬뿍 묻혀서 찍었다.

등신, 다른 사람도 아니고 내가 등신도 그런 상등신인 줄 몰랐구면. 그 여우새끼 같은 놈이 아닌 밤중에 홍두께도 아니고 논을 팔겠다고 나섰을 때 알아 봤어야 하는 긴데……

이복만 성격이나 좋다면 같은 동네 사람이라는 명분으로 사정이라도 해 보겠지만, 바늘로 찔러서 피 한 방울 나오지 않을 작자다. 동네 사람들이 때로 몰려간다면 지서순경들을 동원해서 모조리 감옥에 집어 놓고도 눈 하나 깜짝하지 않고, 갈치 뼈를 발라내며 밥을 먹고 있을 작자라는 생각에 기운이 다 빠져 나가는 것 같았다.

"우리 동네 사람들은 잘난 이복만 땜에 초상집이겄지만 딴 동네 사람들은 입이 찢어져라 좋아서 소를 잡아도 시원치 않겄구면."

해룡네가 창백한 얼굴로 넋이 빠져 나간 사람처럼 앉아 있는 남정네들을 바라보며 중얼거렸다.

"소를 잡을 이유도 읎는 거 가텨. 우리 동리만 그런 기 아니고, 땅깨나 가지고 있다는 지주들은 지난달에 죄다 소작인들한티 팔아 넘겼다느만. 허긴, 지난 이월 이일에 국회에서 법이 통과됐다고 헝께 우리츠름 무식한 농사꾼들만 모르고 있었겄지."

황인술은 해룡네만 눈앞에 없었다면 이복만을 때려죽이고 싶다고 욕을 하고 싶었다. 차마 그러지는 못하고 이빨을 바드득 갈면서 술잔을 끌어 당겼었다.

황인술은 방천길에 서서 벌똥골 방향을 바라보던 시선을 거두고 냇물

쪽을 바라본다. 냇물 가에는 살얼음이 살짝 얼어 있다. 햇볕에 차갑게 빛나는 살얼음 가운데는 수정처럼 맑은 물이 여울져 흐르고 있다.

먼 놈의 팔자가 이렇게 드릅댜. 애비한테 속고 자식한테 속고……

황인술은 죽은 이복만은 하는 수 없다 치더라도 이병호한테 속은 걸 생각하면 뛰어 올라가서 멱살잡이라도 하고 싶었다. 하지만 그랬다가는 꼼짝없이 모산 땅을 뜨는 수밖에 없다. 이병호와 멱살잡이를 하고 모산을 뜨는 것은 그런대로 견딜 수가 있을 것 같다. 그런대도 떠날 수 없는 것은 동네 사람들한테 받아서 써 버린 비료대가 문제였다.

구장을 맡고 나서부터 언제부터 동네 사람들이 낸 비료대를 써버렸는지는 기억이 나지 않을 정도다. 가랑비에 옷 젖는다고 십만 환이 넘을지도 모를 일이다. 언제 시간이 나면 초근이 앉아서 정확하게 얼마를 써버렸는지 계산을 하고 싶어도 엄두가 나지 않는 것은 정확한 계산이 나온다 해도 갚을 대책이 안 서기 때문이다. 그렇다고 야반도주를 할 수도 없는 노릇이다. 야반도주를 했다가는 객지에서 제아무리 돈을 많이 벌어도 조상들이 묻혀 있는 모산 땅은 밟지 못할 것이다.

방천길 멀리서 자전거 두 대가 나란히 오고 있는 것이 보였다. 오늘 출장을 오기로 한 면사무소의 강 서기하고 농협조합의 최 서기일 것이다.

좌우지간 밀린 비료대는 워칙하든 해결을 해야 할텐데……

두 대의 자전가가 점점 가까워지면서 강 서기의 모습이 먼저 눈에 들어왔다. 강서기의 모습이 사로잡히면서 저절로 한숨이 흘러나온다.

그려, 조선 천지에 비료대를 꺾어 쓴 놈이 나 하나 뿐이겄어.

황인술은 비료대 갚을 것을 생각하니까 또 머리가 지끈지끈 아파왔다. 그럴 때마다 습관처럼 그래왔던 것처럼 길게 한숨을 내쉬며 스스로를 위로했다.

이병호는 아랫목에 양반다리를 하고 앉아서 지그시 술상을 내려다보고 있다.

그의 옆에는 한 보루에 오백 환씩 하는 백양담배 두 보루가 신문지에 쌓여 있다. 윗목에 스승을 뵈러 온 제자들처럼 긴장한 얼굴로 무릎을 꿇고 앉아 있는 강 서기와 최 서기가 사 온 담배다.

강 서기는 정종 잔에 입술만 살짝 대고 마시는 시늉만 하고 옆의 최 서기를 흘끔 바라본다. 최 서기도 무릎 꿇고 앉은 자세가 불편한지 양말을 신은 발가락을 꼼지락거리고 있다. 그러나 표정은 한없이 존경하는 스승을 바라보고 있는 얼굴이다.

비봉산 쪽에서 바람에 사납게 불어와서 들창문 문종이를 후려갈긴다. 이어서 나뭇가지 부러지는 소리가 들려온다. 바람 소리가 잦아드는가 했더니 이내 새들이 요란하게 우는 소리가 바람의 꼬리를 물고 들려온다.

"오늘이 미칠이나 됐나? 자네들 같은 사람들이 우리 집이를 오지 않으믄 이 마실에서 어떤 인간이 찾아 오겄는가? 찾아온다고 해도 말을 섞을만한 위인들이 읎응께 반가울 것도 읎고 이래저래 산중의 암자에 있는 스님들츠름 죙일 혼자 앉아 있응께 당최 세월 가는 줄을 모르겄구면."

이병호가 양말도 신지 않은 맨발바닥을 손가락으로 슬슬 긁으면서 혼잣말로 중얼거렸다.

"오늘이 양력으로 삼월 이일이잖유."

"그람, 날 모리 글피가 경칩인가?"

"예, 경칩이면 개구리가 겨울잠에서 깬다잖유."

강 서기는 이병호가 묻는 대로 꼬박꼬박 예의 바르게 대답했다. 이병호가 입을 다물자 강 서기도 할 말이 없다는 얼굴로 벽에 걸려 있는 산수화를 물끄러미 바라본다. 누렇게 색이 바래져 있는 그림은 누가 그렸는지는 알 수 없지만 면장실에 걸려 있는 산수화에 비교를 하면 구도가 맞지 않는 조잡한 작품이다.

"면장님, 작년에는 소출이 많이 늘었다고 들었슈. 다른 분들은 평년작이든데, 면장님은 워티게 농사를 잘 지시는지 해마담 소출이 는대유? 지가 알기루는 재작년에도 학산면에서는 둘째라믄 서러워 할 정도로 소출이 좋았다고 하든데……"

지루한 표정으로 앉아 있던 최 서기가 마침내 화젯거리를 찾았다는 얼굴로 물었다.

"크음!……농사를 내가 짓남?"

이병호는 강 서기가 묻는 말에 하마터면 웃음이 터져 나올 뻔했다. 둥구나무 거리에 있는 논을 얻기 위해서 땡볕 밑에서 개미처럼 부지런히 모를 심던 동네 사람들의 모습이 떠오른다. 등신 같은 놈들이 뙤약볕 밑에서는 입술에 물집이 생기도록 일을 해 놓고도 어느 놈 하나 해가 지나도록 도지를 달라고 하는 놈이 없었다. 만약 도지를 달라고 하면 작년에는 귀중한 손자가 태어난 해라서 부정이 탈지 몰라 도지를 줄 수가 없노라고 점잖게 핑계를 대려고 했었다. 그런대도 황인술을 비롯해서 윤길동이며 김춘섭 모두 말 한마디 없는 걸 보면 미련하게 올해를 기약

하고 있거나 포기를 한 것이 틀림없었다.

"면장님이 직접 농사를 짓지 않으셔두 먼가 비법이 있으실 거 가튜. 그릏지 않고는 똑같은 땅에서 그렇게 소출이 해마다 늘리는 읎잖유. 안 그려 강 서기?"

"지가 생각할 때도 먼가 비법이 있는 거 같아유. 우리 면사무소의 면장님도 땅이 한 오십 마지기 되는데 칠 할은 도지를 줬거든유. 근데 해마당 늘지도 않고 줄지도 않고 딱 저울로 단것츠름 소출이 똑같다고 하시드만유."

"우리 조합장님도 근동에서는 땅이 젤 많아유, 헌데 올해는 외려 소출이 줄었다고 하시드만유. 비료 값이다 머다 해서 농비는 더 많이 들어가구유. 그래서 올게는 땅을 죄다 내놓냐, 마냐 고민 중이시래유. 직접 농사를 짓는 거보다는 도지를 주는 것이 곳간에 들여 놓는 나락은 짝지만 맘은 편하시다구말유."

이병호는 최 서기를 바라본다. 최 서기는 시선이 마주치는 순간 눈을 어디다 둘지 몰라서 헛기침을 하며 괜히 어깨를 들썩인다. 모두 숙맥처럼 보여서 회심의 미소를 지으며 정종 잔을 들었다. 손끝으로 전해지는 잔의 온도는 소슬한 날씨에 걸맞게 따뜻하다.

히히히……참새가 봉황의 뜻을 알까. 니까짓 거들이 백날 기도를 해봐라. 이병호의 발가락 끄트머리만큼이나 따라 올 수 있는가.

이병호는 정종 한 모금을 쭉 소리가 나도록 입 안에 넣고 맛을 음미하다가 꿀꺽 삼켰다. 순간 울대가 빠르게 위아래로 부드럽게 움직이는 것을 느꼈다.

"그라고 봉께 남조합장 본지도 달포가 지난 거 같구먼. 그 사람은 젊은 사람이 을매나 예의가 밝은지 몰라, 우리도 워딜 가믄 예의 바르다는 말은 영 안 듣는 것은 아닌데도 내가 놀랠 정도래니까. 허긴, 그렇게 처세를 잘 하니께 그 나이에 농협조합장이 됐겠지. 남 조합장 나이가 올게 및 살이더라?"

이병호는 최 서기의 얼굴을 바라보지 않고 마당으로 나 있는 미닫이 문을 바라보며 건성으로 물었다.

"예······저······"

최 서기는 이병호의 갑작스러운 질문에 농협조합장 남병록의 나이가 얼른 생각나지 않는다. 마흔 니 살인가? 아니믄 다섯 살인가? 대출 이자를 묻는 것도 아니고 지금 금리를 묻는 것도 아니고 해필이믄 조합장 나이를 묻는댜, 사람 환장하겠구먼. 남병록의 나이가 얼른 생각이 나지 않으니까 얼굴이 시뻘겋게 달아오르기 시작했다. 만약 나이를 모른다면 모시고 있는 조합장 나이도 모르냐고 호통을 칠 것이 분명했다.

"지가 알고 있기루는 올게 마흔여섯 살, 임자년 쥐띠로 알고 있구만유."

최 서기의 얼굴이 시뻘겋게 달아오르고 있는 것을 본 강 서기가 자신 있는 목소리로 대답했다.

"조합장 나이를 워째 면서기가 먼저 알고 있능 겨? 자네하고 동갑인가?"

"아······아녀유. 전 인제 제우 서른니살 갑자년 쥐띠유. 조합장님 나이를 알게 된 것은 술자리에서 우연히 서로가 띠 동갑이라는 걸 알게 돼서······"

"우리 승우는 원숭이 띤데······"

최 서기와 강 서기는 승우 백일 때 다녀갔다. 이병호도 그들이 왔다갔다는 걸 알고 있으면서도 승우를 자랑하고 싶어서 뜬금없이 승우를 거론했다.

"부면장님 자제분도 많이 컸겠쥬. 백일 때 봉께 몸이 겁나게 실하드만. 몸만 실한 거시 아니고 여간 똑똑해 뵈지 않든데, 시방은 말도 잘 하쥬?"

조합장 남병록의 나이 때문에 고전을 면지 못하던 최 서기가 손뼉이라도 칠 것 같은 얼굴로 맞장구쳤다.

"이름을 승우라고 지셨다믄유?"

"그려, 일부러 대전까지 가서 유명한 작명가한티 이름을 받았지. 오를 승(昇) 자에 집 우(宇) 자여. 그 선상이 하는 말이 승우라는 이름은 하늘로부터 복을 받는 이름이라고 하드만. 재복과 명성이 따라서 문무를 겸비한 관운에 서광이 있다는 거여. 그 머여, 현모양처를 만나서 만복대길할 이름이라고 하드만. 그래서 쌀 두 가마니 값을 아깝다 생각 안 하고 주고 왔구면. 우리 장⋯⋯아니, 손자가 앞으로 유명하게 성공한다는데 그깐 쌀 두 가마니가 아까울까."

이병호는 자신도 모르게 엉덩이를 들썩이며 무심결에 장손자라는 말을 하려다 얼버무리며 말을 끝냈다. 아직은 승우가 장차 장손자가 될 것이라는 걸 소문낼 시기가 아니라는 생각이 불쑥 들었기 때문이었다.

"다시 한 번 축하드려유, 자주 찾아뵙고 인사를 드려야 하는데 워낙 바쁘다 봉께⋯⋯."

"부면장님도 굉장히 좋아하시는 거 가튜. 요새는 맨날 싱글벙글 하시는 모습을 보믄 지 기분도 덩달아 좋아지는 거 같드라니께유."

"그려, 그른 걸 보믄 사람이 돈만 많다고 최고가 되는 거시 아닌 거 가텨. 이른 말을 하믄 읎는 사람들이 머라고 하겄지만 말여, 사람이 돈이 읎어도 못살지만 우신 가정이 편안해야 하능 겨. 요새는 내가 그걸 뼈저리게 느꼈다니께. 이런! 내가 젊은 사람들 앞서서 못 하는 말이 읎구먼. 자, 식기 전에 어서들 한 잔씩 햐. 그라고 바쁜 기 읎으믄 우리 집에서 즈녁도 먹고 가. 정거니야 변변치 않지만 사람 먹고 사는 거시 다 마찬가지지 머."

"아녀유. 쪼끔만 있으믄 씻나락 뿌릴 때가 됐잖유. 비료배급 문제고 있고 해서 구장을 만나서……이런저런 공무적으로 할 일이 있어서 그만 일어 나겄슈."

"지도, 면장님한테 인사드리러 온 김에……그 머셔, 작년 연말까지 대출금 이자며 원금 안 낸 사람들 독촉 좀 해야겄슈."

"그랴 그람. 내 생각 같아서는 읎는 찬이지만 즈녁을 같이 먹고 싶었는데 안 되겄구먼. 명색이 평생 굉무원으로 살아온 내가 공무를 못하게 하믄 안 되지. 그람, 더 이상 붙잡지 않을 팅께 어여들 가 봐."

이병호는 강 서기와 최 서기의 말을 기다리기나 한 것처럼 손을 내저었다.

"그람……"

최 서기도 이병호가 가보라는 말을 기다렸다는 표정을 감추고 슬그머니 일어섰다. 그냥 꾸벅 허리를 숙여 인사를 해야 할지, 큰절을 해야 할지 판단이 서지 않는다. 손을 가지런히 배꼽 앞으로 모으며 강 서기의 눈치를 살핀다.

"또 인사드리러 오겄슈"

강 서기는 최 서기가 큰절을 하려는 줄 알고 일어서자마자 절을 하는 자세를 취했다. 이 사람 다시 봐야겠구먼. 머 대단한 분이라고 큰절을……최 서기가 절을 하는데 혼자 멀뚱히 서 있을 수 없다는 생각에 최 서기보다 먼저 넙죽 엎드렸다.

별일! 설 지난지가 언진데 인제 세배를 하능 겨.

최 서기는 내키지 않았지만 강 서기가 절을 하는데 혼자 서 있을 수만 없어서 같이 절을 했다.

"그랴. 바쁠텐데 어여들 가보고……"

이병호는 강 서기에 이어서 최 서기까지 큰절 하는 모습을 지켜보며 잘게 웃는다. 큼! 헛기침을 하며 상아 파이프에 백양 담배를 꽂아서 마당 쪽을 향해 돌아앉았다. 세배를 온 것처럼 큰절을 하는 강 서기와 최 서기를 일부러 쳐다보지도 않고 담뱃불을 붙였다.

면장 댁을 나온 강 서기와 최 서기는 누가 먼저라고 할 것 없이 나란히 담배를 입에 꼬나물었다. 대문 앞에 세워두었던 자전거 앞에서 강 서기가 성냥을 꺼냈다. 담배에 불을 붙이고 말없이 최 서기 담배에 불을 붙여주며 솟을대문을 째려본다. 금방이라도 비를 뿌려 댈 것처럼 낮게 엎드려 있는 하늘에 높게 솟아 있는 대문이 오늘 따라 낯설게 보인다.

완전히 똥 밟았구먼. 지가 면장을 해 처먹었으면 해 처먹었지 시방도 면장이여? 대관절 면서기를 뭘로 보고 그 지랄로 무시하는 거여.

강 서기는 대문을 노려보던 시선을 거두고 자전거 핸들을 잡았다. 면장 댁에서 둥구나무까지 거리는 비스듬하게 내리막이다. 자전거를 타면 페달을 밟지 않고도 부드럽게 내려 갈 수 있을 정도다. 그런데도 둘은 약속이나 한 것처럼 자전거를 타지 않고 끌고 내려가기 시작했다.

둘은 어깨 뒤로 담배 연기를 날리며 넓은 골목길을 터벅터벅 걷다가 골목 중간에서 또다시 약속이나 한 것처럼 걸음을 멈춘다. 늦가을바람이 서성거리고 있는 둥구나무 밑에는 어른들은 보이지 않고 아이들이 쪼그려 앉아서 땅따먹기를 하고 있다. 둥구나무 뒤로 제법 무거워 보이는 바람이 나부끼고 있는 들판을 바라보던 둘은 동시에 서로를 바라본다.

"강 서기 인간적으로 볼 때 너무 하는 거 아녀? 솔직히 나는 우리 할아부지 집에 가도 큰절 안 햐. 내가 저 인간한티 신세진 것도 읎구, 순전히 부면장님 얼굴 봐서 디다 본 거 잖여. 부면장님 생각해서 큰절까지 했는데 일부러 딴 데를 쳐다본다는 기 말이나 되능 겨."

최 서기가 기분이 너무 나빠서 간신히 참고 있었다는 얼굴로 먼저 입을 열었다.

"츠, 그라기 왜 큰절을 할라고 두 손을 배꼽 앞이다 착 갖다 대능 겨. 난 솔직히 간단하게 인사만 하고 나올라고 했구먼. 하지만 최 서기가 큰절을 할것츠름 자세를 잡응께 워틱햐. 나 혼자 멀대처럼 서서 인사 할 수도 읎구 해서 큰절을 했잖여."

"그른 사람이 나보다 먼저 엎드려서 절을 했구먼. 나는 인사성도 읎는 놈이라는 욕을 들을깨비 얼떨결에 따라서 하는 꼴이 되어 버렸고?"

"시방 내가 하고 싶은 말은 니가 잘했고 내가 잘했다는 말을 하자고 하는 기 아녀."

"난두 알아. 솔직히 기분 나쁘기로 치자믄 욕이라도 한 소쿠리 해 줘야 속이 시원할까 말까지 머. 하지만 부면장님 얼굴이 있응께 그럴수도 읎는 노릇이잖여. 그렇게 이쯤에서 그만 둬."

강 서기는 생각 같아서는 마음속에 담겨 있는 욕을 모두 뱉어 버리고 싶었다. 하지만 최 서기는 조합에서 입이 싸다고 소문이 난 작자다. 언제 어느 시에 술 한잔 먹은 김에, 강 서기는 승질이 나면 어른 아도 모른다는 소문이 농협조합에 파다하게 번지게 될지 모를 일이다. 화가 나긴 했지만 이쯤에서 입을 다물 수밖에 없다는 생각에 침을 퉤 소리가 나도록 내뱉었다.

"쓰팔, 나도 먹고살만큼 땅 있어. 그라고 내가 승진하는데 지 까짓거시 빽이 되어줄 것도 아니잖여. 순전히 부면장님 얼굴 봐서 비싼 백양 한 보루까지 사다 주고 이게 먼 꼴이여. 꼭 뭐 주고 귀싸대기 맞는 과부 꼴이잖여."

"주제에 이쁜에 낳은 손자를 장 손자로 올릴 모냥여. 들례한티 본 손자는 밭이 틀리다고 내칠 모냥이지? 그른 인간한테 대우 받을라고 뭣도 모르고 꼬대 간 우리가 잘못이지 머."

강 서기는 더 이상 말을 하고 싶지 않았었다. 그러나 최 서기가 노골적으로 욕하는 소리를 듣고 나니까 더 이상 참을 수가 없었다. 소문이 날 테면 나라는 얼굴로 거들었다.

"난도 귓구녁이 안 맥혔어. 아까 완전히 우리를 가지고 놀드만. 승우를 장손자라고 할라고 하다가 우리 눈치를 살핌서 백년 묵은 여우마냥 슬쩍 말을 돌리드만. 하지만 앞으로 그 집도 골치 아프게 생겼어. 들례한티서 본 어린아가 밭이 틀리다고 해서 내칠 수는 있겠지만 부면장님 피가 섞였응께 호적에서까지는 뺄 수 읎는 노릇이잖여. 그라고 옛날부터 말이 있잖여. 피는 물보다 진하다고 말여. 큰손자도 시방은 들례가

지 어면 줄 모르고 있지만 동네나 커? 손바닥만한 땅덩어리에서 비밀이라는 건 읎는 벱이잖여. 그란 난중에 위태게 되겄어⋯⋯"

최 서기는 황인술이 골목 안에서 슬슬 걸어 나오는 모습을 발견하고 강 서기에게 그만 입을 다물라는 눈짓을 보냈다.

"들레 그년도 보통은 넘겄어. 부면장님이 워낙 꼼짝달싹도 못하게 확 잡아 놔서 시방은 쥐 죽은 것 츠름 살고 있는 거 가텨. 어쩌다 부면장님 심부름 가서 보믄 눈빛이 예사롭지 않을 때가 있어. 아무 생각읎이 산에 올라가다가 갑자기 팔뚝만한 구렁이를 만났을 때츠름 등허리에 소름이 쫙쫙 돋드라구."

강 서기는 피우던 담배를 바닥에 버렸다. 가볍게 자전거에 올라타서 골목 앞에 서 있는 황인술을 향해 페달을 밟으며 바람결에 말했다.

"먼 일이 있었슈?"

황인술이 복숭아 먹다가 벌레를 물컹 씹은 얼굴을 하고 있는 강 서기와 최 서기를 번갈아 보며 묻는다.

"먼일이 있긴유. 그냥 그전 면장님한테 인사만 드리러 갔었는데⋯⋯"

강 서기는 억지웃음을 지으면서 자전거에서 내려 황인술 집 가는 방향으로 핸들을 틀었다.

"번번이 구장님한테 신세만 지는 거 가텨서 미안해 죽겄구먼."

"최 서기님도 별말씀 다 하시느만. 외려 내가 농협조합에 가믄 이것 좀 알아 달라 저것 좀 알아 달라, 동리 사람들 이자 좀 계산 해달라, 는 둥 맨날 귀찮게 해서 최 서기 볼 때마다 얼굴을 똑바로 들 수도 읎는데."

골목 안에서 윤길동의 아내인 모리댁이 앞으로 걸어오고 있었다. 황인술은 강 서기와 최 서기 뒤에서 강아지처럼 쫄랑쫄랑 따라가다가 슬쩍 가운데로 끼어들었다. 모리댁이 보라는 얼굴로 그들 사이에서 어깨를 반듯하게 피고 걸었다.

"아이고, 출장 오셨나 벼유?"

모리댁이 황송해서 어쩔 줄 몰라 하는 얼굴로 허리를 깊숙이 숙여 인사를 했다.

"밭에 가셔유?"

강 서기는 모리댁을 몇 번 본적은 있지만 못 들은 척했다. 최 서기도 모르는 척 하고 싶었지만 시선이 정면으로 마주쳤다. 뚱한 얼굴로 지나가는 말처럼 물었다.

"예, 밭에 꼬칫대 좀 뽑으러 가유……"

고추나무는 땔감으로 사용하기 위해 가을걷이가 끝나면 뽑는다. 하지만 모리댁은 향숙이 때문에 신경을 쓰느라 해가 지나도록 고추나무를 뽑지 못했다. 해가 지나도록 고추나무를 뽑지 못한 것이 죄라도 되는 것처럼 민망하게 웃으며 말했다.

"참, 향숙이 어머 시방 길동이 꼬치밭에 있남?"

황인술이 강 서기와 최 서기가 보고 있다는 생각에 아랫사람을 대하는 목소리로 물었다.

"근대유?"

모리댁은 남편을 동네 개 이름 부르듯이 부르는 황인술의 말에 우뚝 멈췄다. 목에 걸고 있던 삼베 수건을 펴서 머리에 휘어 감으며 웃긴다는 표정으로 반문했다.

"밭에 있으믄 오는 질에 태수 좀 소리해서 우리 집으로 같이 오라고 햐. 이분들하고 술 한잔 함서 상의할 거시 있응께."

"향숙이 아부지는 지가 밭에 가서 보내면 되지만 상규 아부지는 집에 있는가 모르것네."

모리댁은 면서기와 농협서기가 술을 마시는 자리에 남편을 부른다는 말에 금방 얼굴이 펴졌다. 한달음에 남편에게 알려야겠다는 생각에 갑자기 바빠진 얼굴로 말했다.

황인술의 아내 광일네는 닭을 두 마리나 잡아서 백숙을 준비해 놓았다. 술도 막걸리가 아니다. 해룡네에게 부탁을 해서 술도가에서 만드는 소주를 두 되나 준비를 했다. 반찬도 성의를 다했다. 전을 부치고 더덕은 고추장을 발라서 석쇠에 굽고 깨소금을 솔솔 뿌렸다. 김치는 김장 김치 중에서도 양념이 골고루 베고 때깔이 좋은 걸로 고르고, 작년 가을에 소금물에 담가 놓았던 노각오이는 채나물처럼 길게 썰어서 간장과 참기름에 무쳐서 내놓았다.

"차린 것도 읎이……"

광일네는 오늘 강 서기와 최 서기가 출장이 온다는 말을 듣고 오전에 일을 하지 않았다. 물을 끓여서 닭을 잡으랴, 이집 저집 다니면서 동치미 국물을 얻어 오랴, 된장에 박아 두었던, 마늘쫑을 얻어 온다. 전을 부치고 소주를 받아오느라 이리 뛰고 저리 뛰느라 점심도 못 먹었다. 진수성찬으로 차린 밥상을 보는 순간 배 속에서 꼬르륵거리는 소리가 나는데도 황송하다는 얼굴로 말꼬리를 흐리며 방으로 안내했다.

"이거 올 때마다 번번이 대접만 받아서 워쪅한댜."

최 서기는 이 집구석은 백 번 오믄 백 번 다 백숙이구먼, 이라는 말을 감추고 어설프게 웃어 보였다.

"워칙하기 워칙햐, 후년에 영농자금 배정할 때 모산은 쥐꼬리만큼만 신경을 더 써 주믄 되는 거지."

강 서기는 최 서기와 다르게 닭백숙을 좋아하는 편이다. 술상을 보는 순간 이병호한테 받은 모욕감이 사라지고 군침이 도는 것을 느끼며 아랫목에 편하게 자리 잡았다.

"쪼끔 있다 박태수하고 윤길동이 오기로 했쥬?"

강 서기가 술상 앞에서 검은색 서류가방을 열면서 황인술에게 물었다.

"이 동리서 그 동생들이 지가 하는 일을 젤로 많이 도와주고 있는 편유. 왜? 그 동상들이 오믄 자리가 불편할 거 가텨유? 그람 시방이라도 예펜네를 시켜서 오지 말라고 시킬까?"

황인술이 강 서기 옆에 바짝 붙어 앉아서 비밀이야기라도 하는 것처럼 은근한 목소리로 물었다.

"그기 아니고, 오늘 출장 나온 거 땜시 그라는데유."

"오늘 출장 온 목적이 올게 나락 심을 면적을 조사하는 거라고 안 그랬남?"

"맞아유. 그걸 빨리 군청으로 보고를 해야 하기 때문에 읎는 시간을 쪼개서 나왔슈. 원측은 내가 가가호호를 방문해서 조사를 해야겄지만 솔직히 요새 군청 감사 준비로 엄청 바빠서유……."

"땅떼기가 늘어 난 것도 아니잖여. 작년하고 똑같은 땅떼깅께 작년 하고 똑같이……."

"참내, 시방 그걸 말씀이라고 하시능규. 식량증산 대책을 마련하라고 함께 워칙해유. 읎는 땅이라도 맨들어서 면적을 늘리는 수 벢에 읎잖유.

그래서 하는 말인데……

강 서기는 서류가방 안에서 모산 농가 명단이 적힌 서류를 꺼냈다. 황인술에게 봄바람이 살랑거리는 목소리로 말하며 서류를 슬그머니 앞으로 밀어낸다.

"난 또 머라고, 그른 문제라믄 걱정할 필요 읎슈. 내가 이삼일 안에 집집마다 방문해서 모를 한 줄이라도 더 심어서 반드시 작년보담은 소출이 늘어야 한다고 야기를 할 모냥잉께 걱정 붙들어 매서."

강 서기가 내민 서류를 끌어당긴 황인술이 건성으로 서류를 훑어 보며 말했다.

"그냥 집집마다 돌아 댕김서 조사만 한다고 끝나는 기 아뉴, 정부 방침에 따라서 올게는 아무리 짝아도 이 할 이상은 식량증산을 해야 한다는 점이 중요해유. 그랑게 작년하고 똑같은 면적에 모를 심겠다는 사람은 무조건 이 할 이상을 더 심겠다는 다짐을 받아야 한다 이거유. 지 말 무슨 뜻인 줄 아시겄쥬?"

강 서기가 서류를 내밀 때와 다르게 아랫사람을 불러 놓고 일을 시키는 것처럼 사무적인 목소리로 물었다.

"허허! 이 황인술이 구장을 한두 해 하는 거시 아니잖여."

"구장을 십 년 해 먹어도 동리 사람들 이름 석 자두 지대로 못 쓰는 구장들이 한둘이 아뉴."

"나도 어느 동리 구장들인지 대충은 알고 있구먼. 그른 구장은 솔직히 자격이 읎지. 내 생각은 구장이란 직분이 정부에서 주는 월급은 읎지만 반 꽁무원이 되야 한다고 생각햐. 그렇지 않고는 동리 일을 책음지고 해낼 수가 있남?"

"하하, 구장님이야 학산면 관내에서 일 잘한다고 정평이 났잖유."

"그른 소문이 날 턱은 읎지만 말이라도 강 서기가 그릏게 생각하고 있다믄 고맙구먼. 내가 확실하게 작성해서 면사무소로 갖다 줄 팅께 어여 닭다리나 뜯으셔. 닭다리는 자고로 뜨실 때 뜯어야 맛이 나는 뱁여. 식으믄 그 머여, 지름기가 굳어서 텁텁하기만 하고 지 맛이 안나지"

"그라고, 이른 거 말하기 참말로 미안한디 말유. 이 동리 비료대 미수가 얼맨지는 알고 있쥬?"

"그······그걸 구장이 모르믄 누가 안댜?"

황인술은 비료 값이라는 말에 가슴이 뜨끔 거리면서 얼굴이 벌겋게 달아올랐다. 매달 하루 날을 잡아서 비료 값을 수금해서 그다음날 강 서기한테 갖다 주면 공급이나 마찬가지인 비료대를 사사롭게 쓰는 일은 없었을 것이다. 그러나 시도 때도 없이 비료대를 받고 있는 실정이다. 어느 때는 해룡네 집에서 막걸리를 마시다가 비료대를 받기도 한다. 그런 날은 취중에 비료대로 막걸리 값을 지불하기 일쑤다. 학산 장날 우연히 만나서 비료 값을 받으면 대장간에 가서 낫을 비리는데 지불하고, 면 서기를 만나 중국요리점에서 짜장면을 먹는데 써 버린다. 농협조합에 볼일을 보러 가서 받으면 밀린 대출금 이자로 내어 버리는 등 이런저런 일로 써버린 금액이 정확히 얼마인지는 모른다. 언젠가 차분하게 계산을 해 봐서 본의 아니게 횡령한 돈을 갚기는 해야 하는데 목돈이 생기지 않아서 차일피일 미루고 있는 중이다.

"농지계장님이 어뜬 일이 있어도 사월 비료 배급 전까지는 정리를 하라고 지시가 떨어져서······."

강 서기는 황인술의 얼굴이 갑자기 벌겋게 달아오르는 이유를 알고 있었다. 어느 동네든 농민들과 일대일로 면담을 해 보지 않아서 정확한 미수 금액을 알 수는 없다. 분명한 것은 구장을 하다 보면 금액이 많고 적은 것이 차이일 뿐이지 이런저런 이유로 비료대를 쓸 수밖에 없다는 것이다. 구장들이 나쁜 마음을 먹고 있어서가 아니다. 비료대가 한날한 시에 수금되는 것이 아니다. 수시로 받은 비료대를 주머니에 현금을 갖고 있다가 급하게 돈 쓸 일이 있으면 나중에 채워놓으면 될 거라는 생각으로 쓰는 경우가 많다. 그래서 은근슬쩍 거론만 했다. 쥐도 도망 갈 구멍을 보고 쫓으라고 했다고, 수일내에 비료대를 백프로 정산하라고 다그치면 야반도주 할 우려가 있다.

"좌우지간 비료대 문제 땜시 강 서기 얼굴 뜨겁게 만들지는 않을 팅께 걱정 놓으셔. 그라고 최 서기도 어채피 술 한잔 하시믄 공무에 임하기 심들 팅께 연체자 명단이나 놓고 가유. 그람 내가 야지리 방문을 함서 수일 내에 연체이자를 완납해야 한다고 독촉을 할 팅께."

황인술은 강 서기에게 묘한 여운을 남기며 최 서기쪽으로 시선을 돌렸다.

"어이구, 난 그래 준다믄이야 내가 하는 거보다 훨씬 났쥬. 솔직히 연체 독촉하는 거시 여간 낯간지러운 일이 아뉴. 돈을 갯주머니에 놓고 댕김서 돈 안 주는 집이 있다믄 빨간딱지라도 부치겠다고 큰소리 치겠지만 그기 아니잖유. 농협 돈 무섭다는 건 지나가는 개도 아는 사실유. 그란데도 목구멍이 포도청이라고 당장 먹고 사는기 급항께 연체를 하는 거잖유. 그런 사정을 너무 잘 알고 있응께 연체 독촉을 해야 할 때가 되믄 당장 때려치우고 싶을 때가 한두 번이 아뉴."

최 서기는 망설이지도 않았다. 대봉투에서 연체자 명단을 꺼내서 합죽합죽 웃으며 황인술에게 건네주었다.

"자, 그람 정성껏 준비를 해 준 아줌마 성의를 생각해서라도 슬슬 뜯어 볼까유?"

강 서기가 입맛을 다시며 손바닥을 쓱쓱 비볐다.

"우신 소주부터 한 잔씩 하고 시작하지."

황인술은 닭다리 한 개씩을 쭉쭉 찢어서 강 서기와 최 서기 접시에 놓아주었다. 소주를 넘치도록 따라준 다음에 호기스럽게 말했다.

"좋쥬."

최 서기는 술잔을 들어서 건배를 하고 단숨에 마셔 버렸다.

문밖에서 기침 소리와 함께 박태수와 윤길동의 목소리가 들렸다. 황인술은 들고 있던 술잔을 얼른 비워버리고 방문을 활짝 열며 그들을 반겼다.

"어이구, 우리가 낄 자리가 될련지 모르겠구먼."

"강 서기님은 이런데서만 얼굴을 보느만유. 최 서기님도 가내 두루 편안하시쥬?"

윤길동의 말에 이어서 박태수도 넉살 좋게 말하며 방 안으로 들어갔다.

"하하! 이런데서 보는 거시 더 실속 있는 거 아뉴?"

최 서기는 박태수와 윤길동이 들어오든 말든 들고 있는 닭다리를 놓지 않았다. 소금을 듬뿍 묻혀서 게걸스럽게 먹으며 말을 하느라 입에서 살점 몇 점이 튀어 나왔다.

"자, 날도 찬데 우신 한 잔씩들 햐."

박태수와 윤길동이 자리를 잡고 앉자마자 황인술이 술 주전자를 들고 부드럽게 말했다. 그래야 나중에 닭 값이며 술값을 동네 사람들한테 분배를 시킬 때 잡음이 없을 것이다.

쓸쓸한 재회

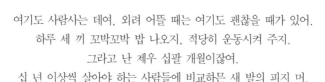

여기도 사람사는 데여, 외려 어뜰 때는 여기도 괜찮을 때가 있어.
하루 세 끼 꼬박꼬박 밥 나오지, 적당히 운동시켜 주지.
그리고 난 제우 십팔 개월이잖어.
십 년 이상씩 살아야 하는 사람들에 비교하믄 새 발의 피지 머.
그랑께 내 걱정은 하지 말고 세월 가기만 지달려.

토요일이다.

이동하는 퇴근 시간이 가까워졌지만 서둘지 않았다. 책상에 앉아서 신문을 펼쳐 놓고 턱을 괸 자세로 앉아 있었다. 면사무소 업무는 본격적인 농사가 시작되기 전까지는 한가했다. 농사철에는 낮에는 출장가고 밤에는 잔무를 처리하느라 야근을 밥먹듯이 하지만 요즘은 바쁜 일이 별로 없을 때이다. 직원들은 퇴근 준비를 일찌감치 끝내 놓고 이동하가 책상에서 일어서기를 기다리느라 조용했다.

"탁주 한 잔 생각나믄 소문 읎이 사다가 마셔. 괜히 동리 사람들이 술타백이 됐다는 소문나서 좋을 기 읎응깨."

올해가 가기 전에, 아니 늦어도 내년 초면 학산에서 내쫓을 여자다.

하루 이틀 한 이불을 덮고 잔 사이도 아니다. 사랑한다거나 없어서는 안 될 여자는 아니지만 이불 속 궁합은 좋아서 10년을 넘게 뜨거운 살을 비비며 산 여자다. 막걸리 사건만 아니었다면 선거도 아직 남아 있고 연말까지는 데리고 살아도 괜찮을 여자다. 그러나 막걸리 사건 때문에 땀이 나도록 두들겨 패고 나니까 인연이 다되었다는 생각이 들었다. 며칠 전에는 내쫓아야 될 때가 되었다는 생각에 길거리 거지한테 동전 한 닢 던져 주는 심정으로 넌지시 말했다.

"설마하니 지가 부면장님 얼굴에 먹칠 하는 일이야 하겄슈. 두 번 다시는 부면장님 한티 맞는 일 읎을규."

"그래야지……"

들례는 금방이라도 울먹일 것 같은 얼굴로 고개를 조아렸다. 그런 모습을 보니까 은근히 성욕이 동한다. 대낮인데도 안방으로 데리고 들어가서 한바탕 육탄전을 치르고 싶은 충동이 불끈 솟았다. 하지만 춘임이도 있고 해서 그냥 나왔었다.

'한 일 년 더 기다렸다가 쫓아나? 아니믄 이참에 깨끗하게 정리해 버려?'

들례는 매타작을 당한 이후에 깊게 뉘우치고 있는 눈치였다. 그러나 예전과 다르다. 어딘지 모르게 넘지 못할 선을 넘어 오려고 안간힘을 쓰고 있는 것처럼 느껴질 때가 많았다. 이불 안에서도 집 나갔던 아낙네가 과거의 잘못을 뉘우치고 있다는 것을 남편이 알아 달라고 몸부림치는 것처럼 헌신적일 때가 많았다. 밥상머리에 앉아서 시중을 들 때도 예전과는 확실히 다르게 조신하게 구는 것은 좋은데 어딘지 모르게 어색하게 보였다. 그때마다 버럭 소리를 지르고 싶었지만 뚜렷하게 혼을 낼 명분이 없었다. 한편으로는 어차피 쫓아 낼 여자이니 이쯤에서 끝내 버려 하는 생각도 들었다.

아녀, 안직 세월이 남았잖어……

막상 오늘 밤이라도 들례를 내쫓아 버려야겠다고 결심을 하면 얼마가지 못해서 무너지기 일쑤였다. 들례의 몸은 확실하게 다른 여자들과 달랐다. 옥천댁이야 뻣뻣하기가 막대기 같아서 재쳐 놓는다 치지만, 영동에서 하숙을 할 때는 한 달에 몇 번씩이나 기생들을 품에 안았다. 때로는 여염집 여자와 눈이 맞아서 바람을 피운 적도 있었다. 하지만 들례처럼 싫증이 나지 않는 여자는 없었다. 들례를 내쫓는 것은 좋은데 혼자 밤을 지새울 것을 생각하면 아까워서 선뜻 실행에 옮길 수가 없었다.

소사 김생수가 양동이에 톱밥을 가득 들고 들어왔다. 꽃샘추위에 바람이 쌀쌀하기는 하지만 난로를 피울 정도는 아니다. 그래도 톱밥 재고가 아직 많이 남아서 난로를 철거하지 않았다. 난로 뚜껑을 열고 톱밥을 가득 집어넣은 김생수는 쪼그려 앉았다. 난로 밑에 난 사각형의 뚜껑을 열고 타고 난 재를 양동이에 담고 있는데 출입문이 열렸다.

여자 아이 두 명이 고개만 내밀고 사무실 안의 눈치를 살폈다. 여자 아이들의 얼굴은 학산 사는 아이들답지 않게 얼굴이 뽀얗다. 옷도 무명 적삼이 아니고 백화점 같은데서 파는 기성복을 입었다.

"아이고, 느덜 왔구먼. 어여 들어와."

김생수가 양동이에 재를 퍼담다가 말고 큰 소리로 반겼다.

이동하는 들례 생각에 젖어 있다가 김생수의 말에 고개를 들고 출입문 쪽을 바라본다. 사무실 안으로 삐죽이 들어오고 있는 여자아이들은 대전에서 학교 다니고 있는 말자와 영자다.

"느덜이 웬일이여?"

"오늘 붙텀 봄 방학이잖여."

중학생인 말자는 나이가 들었다고 조신하게 걸었다. 국민학교 육 학년인 영자가 면서기들의 시선이 온통 쏠려 있다는 것도 무시해 버리고 이동하에게 달려갔다.

"애자는?"

"볼일이 있어서 쪼끔 늦게 들어 온댜."

"가가 학산서 먼 볼일이 있다냐?"

"몰라, 먼가 살 일이 있다고 하든거 가텨."

"그려? 그람 일루 들어 와라."

이동하는 면장실이 비어 있다는 걸 알고 있었다. 그런데도 습관처럼 노크를 한 다음에 딸들을 면장실 안으로 들어갔다.

애자는 총총걸음으로 학산 장터로 들어갔다. 무신 날이라 장터는 썰렁했다. 빠른 걸음으로 장터를 가로 질러서 성주옥 쪽으로 향했다. 성주옥의 담장 앞에는 시커먼 드럼통 두 개가 화덕에 얹혀 있다. 그 옆에는 장날마다 튀밥을 튀기는 장소답게 옥수수며 쌀을 튀긴 조각들이 허옇게 깔려 있다.

이쪽 골목이라고 했지.

애자는 골목 앞에서 걸음을 늦췄다. 언젠가 승철이한테 학산 집이 어디냐고 물었던 적이 있었다. 승철이가 티밥전을 지나서 쭉 가다가 막다른 집 앞의 골목으로 꺾어 들어가면 양철지붕 집이 보인다고 했던 말이 떠올랐다.

깜짝 놀라 자빠질 테지…….

애자는 기억을 더듬어 빠른 걸음으로 골목 안으로 들어갔다. 골목이라기보다 널찍한 공터 같은 길을 가로질러서 막다른 곳에 대문집이 있었다. 대문집 옆으로 나 있는 골목이 보였다. 그 골목 안으로 접어들어서 오십 미터쯤 걸어가니까 양철집 한 채가 보였다. 양철집은 주변에 있는 낮은 초가집보다 지붕이 높아서 금방 찾을 수가 있었다.

어디 얼마나 잘생겼는지 모르지만 오늘 나한테 한번 당하고 나면 학산 땅이 정나미 떨어지고 말겠지.

애자는 양철 대문 앞에서 길게 심호흡을 했다. 늦게 가면 면사무소에서 이동하가 이상하게 생각할 수도 있다는 생각에 심호흡을 끝내자마자 주먹을 세워 양철대문을 요란스럽게 두들겼다.

"누가 대낮부터 저렇게 방정맞게 대문을 두들긴댜?"

방 안에 있던 들례는 대문을 두들기는 소리가 낯설었다. 이동하는 술에 취했을 때도 주먹으로 대문을 치지는 않았다. 손바닥으로 두들기거나 흔드는 습관이 있다. 아무런 인기척이 없이 주먹으로 양철 대문을 두들기는 소리가 낯설면서도 불안하게 들렸다.

"나가유! 시방 나가고 있응께 대문 좀 그만 두들겨유."

춘임이 구석방에서 대문 두들기는 소리를 듣고 고무신을 꿰신는 둥 마는 둥 쫓아 나갔다.

"여기가 부면장님 댁이에요?"

춘임은 대문에 걸려 있는 철사 고리를 벗겨 내고 바쁘게 문을 열었다. 중학교 교복을 입은 여학생이 새침한 얼굴로 서 있었다.

"근데유?"

춘임은 애자의 모습이 너무 도도해 보여서 자신도 모르게 주춤 뒷걸음을 쳤다.

"당신은 알 것 없어요. 그러니 저리 비켜요"

들례는 춘임을 옆으로 밀어 내고 당당하게 마당 안으로 걸어 들어갔다.

"누구신지……"

들례는 팔짱을 낀 자세로 자신을 노려보며 걸어 들어오고 있는 애자를 보고 주춤 뒷걸음을 쳤다.

"내가 누구신지 아시겠죠?"

"모르겠는데?

들례는 소녀의 얼굴을 보는 순간 금방 이동하 딸이라는 것을 알았다. 세 자매의 얼굴을 본 적은 없지만 대전에서 학교를 다니고 있다는 정도는 알고 있었다. 이목구비가 이동하를 빼닮은 애자가 당돌하게 묻는 말에 턱을 바짝 치켜들고 당차게 나갔다.

어메! 그……그람, 대전에서 학교 댕긴다는 부면장님 따님 아녀!

춘임은 언젠가 옥천댁이 불쑥 찾아 왔을 때는 지금처럼 놀라지 않았다. 하지만 나이도 몇 살이나 어려 보이는 애자한테서 알 수 없게 풍기는 기운이 너무 무서워서 정지 안으로 숨어들었다

"참말로 내가 누군지 모른다는 말이죠?"

"알면 내가 멋땜시 모른다고 하겄어?"

들례는 애자 못지않게 차가운 목소리로 맞받아 쳤다. 하지만 마음속으로는 애자가 단순히 집 구경을 하거나 자신을 만나러 그냥 찾아오지는 않았을 것이라고 믿으며 잔뜩 경계를 했다.

"이 집이 우리 아부지 집이라는 걸로 알고 있어요. 제 말이 틀렸나요?"

애자는 앞을 가로막고 있는 들례의 말에 코웃음을 쳤다. 중학교 삼 학년이라고는 믿어지지 않을 정도로 매몰차게 들례를 밀치고 대청마루 앞으로 갔다. 뒤따라 온 들례가 뜰팡에 오르기 전에 홱 돌아서서 팔짱을 낀 자세로 버티고 섰다.

"아부지라니?"

"모산에서 오신 따님인개뷰?"

정지 안으로 숨어 들어갔던 춘임은 가슴이 덜덜 떨려서 가만히 있을 수가 없었다. 잽싸게 밖으로 나와서 들례 뒤에 몸을 숨기고 목만 앞으로 내밀어 애자를 바라보며 속삭였다.

"우리 승철이는 어디 갔어요?"

애자는 어깨가 좁고 갸름한 얼굴에 한복을 입은 여자가 들례일 거라고 생각하면서도 상대할 가치가 없다는 얼굴로 춘임에게 물었다.

"학교에서는 왔을 낀데 마……만화방에 갔는지……"

"자기 아들이 아니라고 잘 가르치는구먼. 한참 공부를 해서 좋은 중학교에 갈 아이가 만화방에 가 있든지 어디 있든지 상관없다 이거군."

"대……대관절 넌데……"

들례는 승철이 자기 아들이 아니라는 말에 충격을 받아서 다리가 휘청거렸다. 자존심이 너무 상해서 계속 모르는 척 물었다.

"어떻게 된 여자가 식모보다도 머리가 안 돌아가. 하긴 머리가 제대로 돌아가는 여자 같았으면 제 분수도 모르고 시방까지 학산에서 살 턱이 없지. 그쪽은 나 물 좀 한 컵 줄래요."

애자는 이동하의 흔적이 묻어 있는 방으로 들어가고 싶었다. 그러나 애써 참으며 들례를 싸늘하게 노려봤다.

"이봐, 학생! 내가 볼 때는 아직 어려 보이는데 부면장님의 딸이라고 으른한테 그렇게 말을 막 해도 되능 겨? 내가 볼 때 안직 나이도 어린 거 같은데……"

"아줌마는 승철이를 낳아주었으면 계약이 끝난 거 아닌가요? 그런데도 자꾸 우리 아부지를 살살 꼬시는 이유는 뭐예요. 자기 분수도 모르고 그래도 되느냔 말이에요?"

"마……말하는 것 좀 봐. 내가 은제 부면장님을 꼬였어. 이거 왜 이랴? 나두 어……엄연히 말하믄 피해자여."

들례는 애자의 말에 피가 거꾸로 도는 것 같았다. 애자에게 큰소리를 친 것이 이동하 귀에 들어가면 큰일 날 것이라고 생각하면서도 눈빛을 세웠다.

"이봐요. 내가 물 달라는 말 못들었어요?"

애자는 들례를 쳐다보지도 않았다. 코웃음을 치고 나서 춘임에게 시선을 돌렸다.

"무……무슨 물을 디려유?"

춘임이 보기에 애자는 그 아버지에 그 딸이라는 말이 조금도 어색해 보이지 않았다. 아니, 나이로 치자면 이동하보다 더하면 더 했지 덜하지는 않을 것 같았다. 이동하가 들례에게 호통을 칠 때처럼 자신도 모르게 목소리가 떨려 나오는 것을 느꼈다.

"물에도 종류가 있나요? 아니, 이 집에는 맨날 꿀물이나 설탕물만 마시나 보죠? 얻어먹고 사는 주제에! 찬물 한 그릇 떠 와요. 더러운 집에 있는 설탕물은 먹고 싶지도 않으니까."

"이봐, 학생. 시방 뭐라고 했어?"

"왜요? 내가 못할 말을 했나요? 우리 아부지한테 붙어서 기생충처럼 사는 건 사실이잖아요. 아니면 아니라는 증거를 대 봐요?"

"차……참말로 말 다항 겨?"

이동하는 40년 넘게 세월을 살아온 경륜이나 있지만 애자는 이제 겨우 중학생일 뿐이다. 들례는 애자의 말투가 가슴을 칼로 도려내는 것 같아서 현실감 있게 들려오지 않았다. 시방 내가 꿈을 꾸고 있는 거여, 머여라고 생각하면서도 주먹 쥔 손을 부르르 떨며 물었다.

"내 말 똑똑히 들어요. 내 밑에 동생들이 네 명이나 더 있어요. 물론 승철이까지 포함해서 말이에요. 나는 말이에요. 아줌마 같은 여자가 우리 엄마 되는 거 죽어도 못 볼 거예요. 물론 우리 승우도 크면 마찬가지겠지만 말이에요."

애자는 일부러 승철이와 승우 이름을 강조하고 나서 콧방귀를 끼며 옆으로 돌아서서 먼 하늘을 바라봤다.

"너……참말로……"

들례는 생각 같아서는 오늘 저녁에 이동하한테 개처럼 얻어 맞는 한이 있더라도 애자의 머리카락을 모조리 쥐어뜯어도 시원치 않을 것 같았다. 그러나 이제 겨우 중학생에 불과한 애자가 이처럼 당당하게 큰소리 칠 때는 무언가 믿는 구석이 있을 것이라는 생각에 부르르 떨면서도 입술만 달싹달싹 거렸다.

"아줌마도 바보 천지가 아닌 이상 그 정도는 알고 있을 거잖아요. 그럼 하루라도 빨리 학산을 떠나가야 하는 것이 도리 아닌가요? 얼굴도 반반한 여자가 무슨 생각으로 계속 여기서 살고 있는지는 모르겠어요. 세상에는 말이에요. 제 아무리 용을 써도 올라가지 못할 나무라는 것이 있는 법이에요. 그러니까 오늘 밤이라도 보따리 싸서 학산을 뜨는 것이 좋을 거예요. 더 우스운 꼴로 개망신 당하고 빈 몸으로 쫓겨나기 전에 말이에요."

들례는 애자가 눈빛도 흔들리지 않고 싸늘하게 쏘아 붙이는 말이 너무 기가 막히다 못해 무섭기까지 해서 대꾸를 하지 못했다.

"물은 저 아줌마한테 주세요. 찬물 마시고 정신 차리라고 말이에요"

춘임이 대접에 물을 담아서 쟁반에 들고 엉거주춤 나왔다. 애자는 춘임이 내미는 물 대접을 쳐다보지도 않았다. 할 말 다 했다는 얼굴로 들례를 다시 한 번 짤막하게 노려보고 나서 찬바람이 쌩쌩 부는 얼굴로 나갔다.

"머! 저……저런 것이 다 있어!"

들례는 애자의 모습이 보이지 않을 때서야 새파랗게 어린 것한테 개망신을 당했다는 걸 알았다. 하지만 어쩔 도리가 없었다. 뛰어나가서 머리채를 다 뽑아버리고 싶었지만 이동하의 장녀다. 너무 분해서 가슴이 갈기갈기 찢어지는 것 같았지만 어쩔 수 없이 파랗게 질린 얼굴로 털썩 주저앉을 수밖에 없었다.

"찬물 드시고 정신 좀 차리셔유!"

들례가 금방이라도 숨이 넘어가 버릴 것처럼 새파랗게 질려 있는 모습을 보고 춘임이 울상을 짓는 얼굴로 물 대접을 내밀었다.

"이! 이 썩을 년야! 시방 불난 집에 부채질을 하는 거여? 머여!"

울고 싶은 년 따귀를 때려도 유분수다. 들례는 그렇지 않아도 누가 손가락 끝으로 건들기만 해도 떼거지를 붙고 싶을 정도였다. 너 마침 잘 만났다는 얼굴로 춘임이 내민 대접을 화단 쪽으로 향해 휙 내던져 버렸다. 화단돌에 부닥친 대접이 산산조각나는 소리가 가라앉기도 전에 겁먹은 얼굴로 서 있는 춘임의 머리카락을 두 손으로 확 움켜잡았다.

"왜……왜 그러시는 거유?"

"몰라서 물어 이년아!"

들례의 눈빛은 이미 평정을 잃어 버렸다. 갸름한 얼굴, 세모진 턱을 바르르 떨고 있는 눈빛은 미친개처럼 광기가 번쩍번쩍 거렸다. 개침을 머금은 얼굴로 움켜잡은 머리카락을 휙 틀어지고 마당으로 패대기를 쳤다.

"살려줘유! 다시는 대문을 안 열어 줄게유."

춘임은 자신이 뭘 잘못했는지 알 수가 없었다. 이유야 어떻든 자신이 뭔가 엄청난 잘못을 해서 들례를 화나게 만들었을 거라는 생각에 무조건 용서를 빌었다.

"그려! 동리 사람들 다 모여 들게 더 크게 소리 쳐 봐, 이 썩을 년아!"

들례는 마당에 나동그라져 있는 춘임에게 와락 달려들어서 얼굴이며 등짝이며 배며 옆구리며 닥치는 대로 주먹으로 내지르고 발로 차며 이가 갈리는 목소리로 내뱉었다. 마당에서 데굴데굴 구르고 있는 춘임은 금방 인절미에 콩고물을 묻혀놓은 것처럼 흙 범벅이 되어 버렸다. 머리는 산발이 되어 거리에서 밥을 얻어먹는 거지가 언니, 언니 하며 따라다닐 지경이었다.

"아이고, 나 죽네!"

춘임은 이대로 마냥 맞고 있다가는 맞아 죽을지도 모른다는 생각이

번뜻 들었다. 뿌리치고 도망을 가려고 들례를 홱 밀어붙였다.

"이년이 먹여주고 재워줬더니 사람을 치네!"

들례는 도망치려는 춘임의 뒷다리를 와락 움켜잡고 나뒹굴었다. 그러는 사이에 치마끈이 풀려서 치마가 흘러내린 것도 몰랐다. 하얀 속곳에 흙이 묻어서 범벅이 된 줄 몰랐다. 엎어진 춘임의 등에 재빠르게 올라타고 앉아서 주먹이 아프도록 마구잡이로 내갈겼다. 언제부터인지 눈물이 주르르 흘러내리기 시작했다. 얼굴을 타고 내리는 눈물을 닦지도 않고 힘이 빠질 때까지 춘임을 때리다가 제풀에 질려서 휘청거리며 일어섰다.

"어이구 내 팔자야!"

들례는 그때서야 치마가 벗겨졌다는 걸 알았다. 춘임을 때리는 사이에 자신의 발로 짓밟아 버린 치마를 집어 들었다. 하얀 속곳은 흙 범벅이 되어서 누렇게 색이 변한 하얀 목련꽃처럼 추하고 지저분했다. 치마를 한 손으로 들고 질질 끌면서 안방으로 들어가서 방바닥을 치며 숨을 죽여 울기 시작했다.

보은에서 주막집 주인의 소개로 영동으로 내려올 때까지만 해도 강산이 한 번 변하고도 남을 십 년이 넘게 살게 될 것이라고는 꿈에도 생각하지 않았다. 아들 하나만 낳아 주면 객지에서 장사를 해 먹을 만한 가겟방이나 한 칸 얻어주겠다는 말도 너무 고마워서 서울로 떨쳐 버린 자식 기문이 대한 안타까움도 잊어버릴 지경이었다. 그러던 것이 한 해가 가고, 두 해가 가고, 세 해가 가는 사이에 시나브로 이동하의 첩이 될지도 모른다는 막연한 기대감을 안고 살았던 지난날들이 뼈가 저리는 후회로 살아 올랐다.

그놈의 해방만 안됐어도, 내 팔자가 이렇게 기구하지는 않았을 거여.

마당에서 수도펌프로 물을 퍼 올리는 소리가 들려왔다. 들례는 울음을 삼키며 눈물 콧물로 얼룩이 져 있는 얼굴을 닦았다. 지금까지 다나까와 살고 있었다면 기문이도 서울의 고아원으로 이끌려 가지는 않았을 것이다. 승철이처럼 란도셀 가방을 어깨에 메고 학교에 다니고 있었을 것이다. 어쩌면 다나까를 닮은 딸도 한 명 더 낳았을지도 모를 일이다. 또 눈물이 펑펑 쏟아지면서 다나까와 행복했던 시절이 떠올랐다.

한 달 내내 비 한 방울 내리지 않은 가뭄이 이어지고 있었다.

논은 쩍쩍 갈라지다 못해 모가 새카맣게 타 들어가고 밭작물은 누렇게 말라 죽어 가기 시작했다. 밤이면 여기저기 어둠 속에서 용두레나 두레 혹은 맞두레 등으로 철프덕 철프덕 물을 퍼 올리는 소리가, 황무지를 방황하는 배고픈 여우가 며칠 만에 찾은 웅덩이에서 게걸스럽게 물을 먹는 소리처럼 음울하게 들판에 퍼져나갔다.

용두레는 배(船)와 같은 모양으로 만든 두레다. 생김새는 외양간의 구시처럼 통나무를 길게 파낸 것과 나무판자로 바닥과 양옆 면을 이어 붙여 길다란 상자처럼 만든 것 등 종류가 다양하다.

용두레는 특히 낮은 곳의 물을 높은 곳에 대는 데 쓰인다. 똥바가지처럼 장대 한끝에 물을 퍼 담을 통을 매달은 형태이다. 이 장대를, 한쪽이 논의 둑에 얹고 다른 한쪽이 삼각 받침대에 얹혀진 둥글고 긴 나무의 중간 부위에 울려 놓은 다음, 노를 젓듯이 장대를 밀었다 당겼다하여 물을 퍼 올려 논에 물을 대는 방식이다.

맞두레는 낮은 곳의 물을 높은 곳에 대는데 유용하다. 바닥이 좁고 위가 넓은 사각의 나무통 네 귀퉁이에 줄을 갈아 놓은 형태이다. 두 사람이 각각 두 줄씩 잡고 마주 서서 물속에 두레를 드리운 다음 줄을 당기며 물을 퍼 담아 논에 댄다. 물을 퍼서 논에 부을 때는 열이요, 스물이요, 하고 선창을 붙이면 다른 사람이 둘이요, 서이요 하고 후렴을 붙이며 물을 푼다. 한밤중에는 모기떼를 쫓으며 물을 푸는 소리가 처량하게 한밤중의 소쩍새 울음소리처럼 폐부 속으로 파고든다.

논에는 한 바가지의 물이라도 더 퍼 올리려고 등짝에 붙은 뱃가죽을 문지르며 땀으로 목욕을 하고 있지만 동네는 온 세상이 정지해 있는 것처럼 조용했다.

정원의 등나무 그늘 아래서 부채질을 하고 있는 다나까는 비 한 방울 내리지 않은 하늘을 처다보지도 않고 원망하지 않았다. 이미 소작인들과는 정액제로 도조를 계약해 놓았기 때문에 가뭄으로 흉작이 된다 해도 쌀 한 톨 손해 볼 것이 없다.

정액제는 풍년이 들거나 흉년이 드는 것과 상관없이 무조건 마지기당 벼 한 섬을 도조로 받쳐야 한다. 도조뿐만 아니라 지주가 부담을 해야 할 지세(地稅), 수세(水稅), 두세(斗稅)까지 소작인이 부담을 해야 하는 제도다. 만약 흉작을 하여 계약한 도조를 받치지 못하면 받치지 못한 분량은 고스란히 장리로 고리를 붙여서 내년 소출이 끝난 후에 받으면 되기 때문에 손해 볼 것이 없었다. 따라서 흉년 때는 정액제가 지주한테는 이익이 되지만 소작인들한테는 그 후유증이 몇 년, 상황에 따라서는 평생으로 이어질 정도로 피해가 엄청나게 크다.

들례는 수돗가에서 빨래를 하기 위해 펌프질을 했다. 펌프질을 할 때마다 바라만 봐도 차가운 물이 펌프에서 콸콸 쏟아져 시원하게 대야를 채우고 있다.

담장 밖이야 바람이 불때마다 흙먼지가 풀풀 거리는 가뭄이 계속되고 있지만 마당에는 가뭄과 상관이 없었다. 정원에는 물을 흠뻑 뿌려서 조금 전에 비가 내렸던 것처럼 꽃잎이나 나뭇잎에는 물기가 축축했다.

가만……들례가 올해 몇 살이더라?

햇볕 한 줌 빠져 나오지 못할 정도로 넝쿨이 무성한 등나무 그늘 밑은 딴 세상처럼 시원했다. 대나무 흔들의자에 앉아서 부채질을 하고 있던 다나까의 눈에 들례의 뽀얀 장딴지가 사로잡힌다. 빨래를 하느라 치마로 하체를 휘감아 끌어 올린 모습이 더 이상 십대의 들례가 아니다. 구루무나 박화분 비녀나 빗 따위를 파는 방물장수의 손에 끌려 식모로 들어오던 몇 년 전만해도 비쩍 마르고 볼품없던 십대였다. 그런데 자세히 보니 펑퍼짐한 엉덩이 하며 펌프질을 할 때마다 저고리 앞섶을 들썩거리는 젖가슴은 출렁거리다 못해 터져 나가 버릴 것처럼 농익었다. 무엇보다 펌프질을 할 때마다 저고리 밑으로 들쑥날쑥 드러나는 뽀얀 허리가 현기증을 일으킬 지경이다.

좋아!

아내는 조선인 유지 부인들의 모임단체인 애국금차회 활동을 독려하러 나간 중이라 집 안은 절간처럼 조용했다. 다나까는 아랫도리가 뻐근해 지는 것을 느끼며 부채를 들고 일어섰다.

"들례야, 이리 들어오너라."

"예!"

들례는 빨래를 치대다 말고 다나까가 부르는 소리에 일어섰다. 다나까가 야릇하게 웃으며 손가락을 까닥거린다. 자기를 따라서 들어오라는 손짓이다. 들례는 물 묻은 손을 치마에 문지르며 집 안으로 들어갔다.

"들어 와라."

들례는 다나까가 차를 끓여 오거나 잠이 들 때까지 부채질을 해달라고 할 줄 알았다. 그런 다나까가 안방이 아닌 정지 옆에 있는 자기 방으로 들어가는 모습을 보고 멈칫 걸음을 멈추었다. 무언가 대단한 잘못이 저질렀는지도 모른다는 예감이 불쑥 들었기 때문이다.

"옷을 벗어 봐라."

다나까는 부채질을 하면서 마른 침을 꼴깍 삼켰다.

"예?"

"내 말이 들리지 않느냐. 어서 옷을 벗어 보란 말이다."

"지는 훔친 것이 암것도 읎슈."

들례는 다나까가 무얼 원하는지 알 것 같았다. 물건을 훔친 것을 확인할 속셈으로 옷을 벗으라고 다그친다는 생각에 눈앞이 캄캄했다. 잘못하면 억울한 누명을 쓰고 이 집에서 쫓겨날지도 모른다는 두려움이 앞을 가렸다. 여기서 쫓겨나면 또다시 거리의 떠돌이가 될지도 모른다는 생각에 다리의 힘이 쭉 빠져 나가서 무릎을 착 꿇었다. 주인이 추궁을 할 때는 무조건 잘못했다고 빌어라. 방물장수가 몇 번이나 입이 닳도록 주의를 줬던 말이 떠올라서 눈물을 주르르 흘리며 손을 싹싹 빌었다.

"허! 왜 이리 말을 못 알아들을까. 옷을 벗으라고 했지 않느냐?"

다나까는 치밀어 오르는 욕정을 더 이상 참을 수가 없었다. 와락 달려들어서 들례를 눕히고 저고리를 찢어 버렸다. 치마를 걷어 올리는 순간 믿어지지 않을 만큼 훌륭한 여체가 상류로 기어 올라가는 연어처럼 파드득거리고 있었다.

"요오씨! 훌륭하다. 너는 앞으로 편하게 살게 될 것이다."

들레는 다나까가 무슨 말을 하는지 귀에 들려오지 않았다. 속곳이 거칠게 벗겨나가는가 했더니 생전 느껴보지 못한 타인의 살이 자신의 하체를 찢어 버릴 것처럼 달려드는 것을 느꼈다.

그려, 그때가 좋았지. 내 생전 그릏게 핀한 날이 또다시 오지는 않을 껴. 암, 그 시절이 참말로 좋았지.

들레는 흙이 묻어 얼룩진 치마를 들어서 팽하니 코를 풀었다. 창문 밖으로 보이는 하늘에 목화솜 같은 구름 덩어리가 몇 개 떠 있다.

다나까에게 몸을 허락하고 나서는 두달 후 임신했다는 걸 알았다. 다나까가 임신을 했다는 걸 알게 되면 쫓겨나는 줄 알고 입을 다물었다. 하지만 유난히 입덧이 심해서 다나까에게 들키고 말았다.

들레는 무조건 엎드려서 당장 아이를 지우겠다고, 임신을 하게 된 것이 자신의 엄청난 죄라고 빌었다.

"들레는 바보다. 남자하고 여자하고 한 몸이 되었으면 임신을 하는 건 당연하다."

다나까는 엎드려 비는 들레의 등을 부드럽게 쓰다듬으며 오히려 임신을 기분 좋게 받아 들였다. 며칠이 지난 후 그 집을 나와서 보은 시내의 외진 곳에 기와집을 사서 혼자 살았다. 다나까는 방 안 살림부터 시작해서 정지에서 필요한 칼이며 도마까지 일습을 사주고 절대로 일을 하러 다니지 말라고 당부를 했다. 그때부터 이삼일에 한 번씩 오는 다나까와 잠을 자기만 하면 되는 행복한 날들이 꿈결처럼 계속되었었다. 만약 해방만 되지 않았다면 지금도 아무 걱정 없이 서울의 고아원에 있는 아들 기문이와 함께 살고 있을 것을 생각하니까 또다시 눈물이 쏟아지기 시작했다.

누군가 대문을 흔드는 소리가 들려왔다. 들례는 학교가 파한 후에 만화방에 있던 승철이가 왔을 거라고 생각하며 얼른 경대 앞으로 갔다. 다행이 머리카락은 흐트러지거나 풀어지지 않았다. 비녀를 빼서 대충 머리카락을 다듬었다.

"문 열어!"

밖에서 승철이의 화난 목소리가 들려왔다

"쪼끔만 지달려!"

언제 구석방으로 들어갔는지 춘임의 목소리가 새어 나온다.

"내가 열어 줄 팅께 넌 옷이나 갈아입어라."

들례는 어차피 춘임한테 유감은 없었다. 오히려 어느 정도 화가 풀어지고 나니까 미안한 생각이 들 정도였다. 벽에 걸려 있던 치마를 허리에 걸치고 치마끈을 묶으면서 마당으로 내려섰다.

"또 자빠져 장 겨?"

만화책을 열 권 정도 가슴으로 꺼안고 있던 승철이가 화난 목소리로 물었다.

"아녀, 자빠져 자긴 정지에서 뭣 좀 하느라고"

슬픔이 겹쳐지면 고통스럽지가 않고 헛웃음 나오는 걸까. 들례는 이동하를 닮은 승철의 말투가 가슴을 후벼 파는 것 같았지만 웃고 말았다.

보은댁은 옥천댁이 승우를 낳은 후로 세상 부러운 것이 없었다. 남아 있는 세상이 그저 오늘만 같게 해달라며 삼신할미에게 기도를 드리고 싶을 정도로 하루하루가 행복했다. 점순이로부터 승철이와 손녀들이 왔다는 말을 전해 듣고 대문 앞으로 갔다.

"어여 들어 와. 춥제?"

보은댁은 평소처럼 요란 방정맞을 정도로 승철의 볼을 비비며 꺼안고 어쩔 줄 몰라 하는 얼굴로 반기지 않았다. 머리를 가볍게 쓰다듬는 것으로 끝을 내고 승우가 태어나기 전에는 본체만체 하던 손녀들 앞으로 갔다.

승철이도 보은댁보다는 옥천댁이 보고 싶었다는 얼굴로 옥천댁의 치마폭에 안겼다.

"느 애비는 워디 오냐?"

승우가 태어나기 전에는 말도 자주 걸지 않았던 보은댁이 애자의 등을 쓰다듬으며 물었다.

"면사무소 직원들 하고 해룡네 집에 있어. 우리 죄다 자전거 타고 왔거든."

애자 대신 말자가 대답했다.

"먼 말인지 알겠다."

이동하는 딸들이 한꺼번에 내려 왔을 때는 자전거가 있는 면직원들을 동원시켜서 뒷자리에 태우고 오는 경우가 많았다. 보은댁은 이동하가 해룡네에서 면직원들을 대접하고 있을 것이라고 생각했다.

"오늘은 날씨가 푹하네? 많이 안 추웠지?"

"하나도 안 추워. 승우는 워딨어?"

"그래도 우리 승철이가 형아라고 동생이 보고 싶은게비구먼. 승우는 시방 방에서 둔너 자고 있다. 그동안 공부 열심히 했겠지?"

옥천댁은 한결 같은 목소리로 말을 하며 승철이가 메고 있는 란도셀 가방을 벗겨 들었다. 가방이 제법 무거웠다.

"에이, 나 승우하고 같이 놀고 싶었는데 파이구먼. 가방 이리 줘 내가 들고 갈 껴"

"엄마가 들고 갈게, 가방에 머가 들었길래 이릏게 무거운 겨?"

"만화책 몇 권 빌려 왔구먼."

"그려? 그럼 만화책 얼른 보고 누나들한티 공부 좀 갈켜 달라고 햐. 우리 승철이도 공부 열심히 해서 누나들츠름 대전에서 중학교 가야 하잖여."

"난도 영자누나 츠름 대전서 핵교 댕기고 싶어, 유모하고 춘임이는 맨날 자빠져 자기만 하고 문도 한참 있다가 열어 준단 말여."

승철은 대전에서 학교를 다니면 이동하의 눈치를 보지 않고 만화책을 많이 볼 수 있다는 생각에 응석어린 목소리로 말했다.

"춘임이가 뭐여? 누나라고 해야지. 그라고 우리 승철이는 귀한 자식이라서 아부지하고 같이 있어야 하능 겨."

옥천댁은 승철의 말에 신경을 쓰지 않았다. 머리를 쓰다듬으면서 부드럽게 달래는 목소리로 말을 하며 대청 앞으로 갔다.

"아부지도 맨날 공부 열심히 해서 서울이나 대전에 있는 중학교 가야 한다고 하는데?"

"당연히 그래야 하능 겨. 중학교는 대전이나 서울에 있는 중학교를 가야지. 어여, 할아부지한테 왔다고 인사드리고 맛있는 거 해 먹자. 우리 승철이 뭐 해 줄까?"

"할아부지 방에 엿 있지? 나 엿 먹을 거여."

승철이는 제 누나들이 따라오든 말든 혼자 이병호가 있는 사랑방으로 들어갔다. 그 뒤를 따라서 보은댁과 함께 애자와 말자도 뒤늦게 대청으로 올라섰다.

"엄마, 나 챈 거 가텨. 바늘로 따 줘."

영자가 핼쓱한 얼굴로 옥천댁에게 말했다.

"뭘 먹었는데 맥혔다능 겨?"

옥천댁은 영자 앞에 쪼그려 앉았다. 영자의 이마에 손바닥을 대본다. 열이 있는 것을 보니 먹은 것이 체한 것 같았다.

"학산서 아부지가 찐빵 사 줬는데 그거 먹고 체한 거 가텨."

"워치게 된 아가, 툭하믄 먹은기 맥히능 겨. 머스마도 아니고 지지바가 장차 워치게 살라고 호박죽에도 맥히는지 모르겠구먼……이리 와. 할머가 따 줄 팅게."

보은댁이 한심하다는 목소리로 말하며 영자의 손을 잡고 옥천댁 방으로 들어갔다.

"음식을 먹을 때는 좀 찬찬히 먹는 습관을 길러 봐. 누가 뺏아 먹을 것도 아닌데 너는 맨날 급하게 먹웅께 자주 멕히지."

옥천댁은 반짇고리를 들고 영자 앞에 앉았다. 뚜껑을 열고 대바늘을 찾고 있는데 보은댁이 이런 건 내가 잘한다며 끼어들었다. 옥천댁은 옆으로 물러앉으면서 낯선 풍경을 바라보는 얼굴로 보은댁을 바라본다. 지금까지 영자를 손녀처럼 따뜻하게 대해 준 적이 없었기 때문이다.

"엄마, 근데 있잖아……아녀, 암것도 아녀."

체하게 되면 피 흐름이 원활하지 않게 된다. 머리가 아프기도 하고 배가 아픈 것은 피 흐름이 원활하지 않기 때문이다. 그럴 때는 엄지손가락을 따 주어서 놀란 피를 빼주게 되면 피 돌기가 좋아져서 체한 것이 낳게 된다. 보은댁이 영자의 손을 잡고 피가 원활하게 흘러가게 하기 위해

팔뚝을 쭉쭉 밀고 있을 때였다. 영자가 옥천댁에게 무슨 말인가 하려다 보은댁의 눈치를 살피며 고개를 살래살래 흔들었다.

"왜 할머 눈치를 보능 겨? 할머 모르게 에미한테 일러 바칠 것이 있는 모냥이구먼."

보은댁은 영자를 흘겨보며 어깨를 두들겼다. 다시 팔뚝을 쓱쓱 문지른 다음에 엄지 손가락을 꺽어서 쥐고 바늘로 자신의 머리를 긁었다. 바늘의 독을 소독하기 위해서이다.

"그기 아니고, 언니가 학산 와서 어디 좀 갔다 왔거든."

"애자가 저 혼자 갔다 올 데가 워디 있다고?"

옥천댁이 체한 것이 내려가도록 영자의 등을 부드럽게 문지르기도 하고 손바닥으로 탁탁 치기도 하면서 물었다.

"내 생각에는 암만해도 승철이네 집에 갔다 온 거 가텨."

영자가 보은댁의 눈치를 살피며 말했다.

"승철이네 집이 워디여?"

옥천댁이 놀란 얼굴로 물었다.

"워디긴 워디여. 승철이가 살고 있는 집이지."

"거기가 워째 승철네 집이여. 거긴 아부지가 잠깐씩 있는 집이지. 그라고 승철이네 집은 여기지 워째 학산잉 겨?"

옥천댁이 영자가 두 번 다시는 차별적인 말을 해서는 안 된다는 생각에 굳은 목소리로 물었다.

"너는 좀 가만있어 봐. 애자, 가가 들례 집에를 갔다는 거여?"

보은댁이 옥천댁이 영자에게 왜 그러는지 이유를 알 것 같았다. 요즘 이동하는 이틀에 한 번 꼴로는 모산으로 들어온다. 머지않아 들례를 내칠 것이라는 생각에 옥천댁의 말을 무시해 버리고 바늘로 엄지손가락을 따려다 말고 물었다.

"확실한 거는 아녀. 근데 언니가 영동에서 버스 타고 학산에 가면서 나하고 말자 언니한테 말했거든. 나는 학산 가서 워디 좀 댕겨 올 팅께 아부지한테는 절대 비밀로 해야 한다. 아부지가 큰언니는 왜 안 왔냐고 물으면 그냥 워디 좀 갔다 온다고만 말 하란 말여. 그랑께, 말자 언니가 하는 말이, 학산서 언니 혼자 갈 때가 워디 있는데? 그렇게 물응께 너희들은 알 필요가 없다고 했거든. 근데 면사무소 앞에서 봉께 애자언니가 장터 쪽으로 가드라구. 그걸 보고 말자 언니가 하는 말이, 승철이가 살고 있는 집에 가능가? 라고 말했단 말여."

"말자가 승철이가 살고 있는 집을 알고 있능 겨?"

보은댁은 영자의 엄지손가락을 바늘로 땄다. 영자 말대로 체한 것이 맞는지 검은 피가 방울처럼 맺힌다. 그것을 손으로 닦아내며 별일도 다 있다는 얼굴로 물었다.

"가가, 그 집을 워티게 알겄슈. 영자 너 앞으로는 쓸데 읎는 말 하지 마. 애자가 그 집에 먼 볼일이 있다고 그런 억측을 하능 겨."

옥천댁은 애자가 들례 집에 가려고 생각했으면 방법이야 얼마든지 있을 것이라는 생각에 정색을 한 얼굴로 말했다.

"그려, 그건 느 어머 말이 맞다. 애자가 그 집엘 워치게 안다고 찾아 갔겄냐. 그랑께 넌도 앞으로는 그런 말 입 밖으로 내면 안 되능 겨. 승철이 집이 왜 학산이여. 승철이는 그냥 거기서 학교만 다니고 있능 겨."

보은댁은 좀 더 자세하게 알고 싶었다. 하지만 옥천댁이 승우를 낳은 이후로 가능하면 옥천댁의 심기를 건들지 않으려고 노력을 하고 있는 중이다. 그래야 승우가 올바르게 자랄 것이라는 생각에서이다. 궁금한 것은 애자한테 직접 물어보기로 하고 옥천댁을 거드는 척 했다.

"할머하고 엄마가 시키는 대로 앞으로는 그런 말 안 할게. 엄마 인제 머리 안 아픈데 졸려."

"그려, 원래 맥힌 것이 뚫리면 졸리는 뱁이여. 그람 저녁 먹을 때까지 한숨 자거라."

보은댁은 애자일이 궁금해서 앉아 있을 수가 없어서 일어섰다.

"엄마, 나 잘 때까지 내 옆에 앉아서 배 좀 만져 줘."

"안직도 속이 안 좋응 겨?"

옥천댁이 자개농에서 요를 꺼내 들며 물었다.

"아니, 그냥 엄마 옆에서 잠들고 싶어서……"

"승우도 혼자 잠만 잘 자는데 다 큰 거시 어린양 하능 겨?"

"승우는 맨날 엄마하고 살지만 나는 언니들하고만 살았잖여."

"넌도 학교 다니기 전에는 엄마하고 잤잖여."

옥천댁은 방바닥에 요를 깔면서 영자의 말에 콧등이 짠해지는 것을 느꼈다. 딸들을 대전으로 유학을 보낸 것은 명분으로는 도시에 있는 학교에서 공부를 시키겠다는 것이지만 안으로는 승철이 때문이다. 승철이하고 같이 있으면 아무래도 보이지 않을 차별을 할 것이라는 보은댁의 생각 때문에 대전으로 보냈다. 이거시, 엄마가 보고 싶어서 많이 외로움을 타능개비구먼. 눈이 시큰해지는 것을 느끼며 영자의 겉옷 단추를 따기 시작했다.

"그래도 엄마가 배를 만져주면 잠이 더 잘 올 거 가텨."

"그려, 어머 손은 원래 약손이잖여. 어머가 배 문질러 줄 팅께 어여 눈 감고 자."

옥천댁은 요 위에 누운 영자의 셔츠 속으로 손을 집어넣는다. 국민학교 육 학년이라고 하지만 계집애다. 승우처럼 연약하고 부드러운 살결이 손바닥에 와 닿는 순간 기어이 눈물이 맺힌다. 얼른 고개를 돌려서 옷고름으로 눈물을 찍어내고 배를 부드럽게 문지르기 시작한다.

"엄마 손은 너무 따뜻해……."

"그려, 어여 눈 감고 자. 어머 손은 약손이잖여."

영자는 스르르 눈을 감는다. 옥천댁은 눈을 감은 영자를 가만히 내려다본다. 이동하보다는 자신의 얼굴을 많이 닮은 영자다. 한때는 저거시아들이었다면 하고 원망을 하기도 했었다. 그러나 이내 내가 시방 인간의 탈을 쓰고 먼 생각을 하고 있는 거여, 하고 소스라치게 놀라며 삼신할미에게 용서를 빌기도 했었다.

그래도, 딸내미 시 명 중에 돌잔치는 니가 젤 잘 은어 먹었지. 그람된 거 아녀…….

영자는 거짓말처럼 금방 잠이 들어서 고르게 숨을 내쉰다. 대전서 기차를 타고 내려와서, 영동서 버스를 타고 학산까지 와서 학산에서 자전거 뒤에 타고 왔으니 피곤할 만도 할 것이라고 생각하는 사이에 백일잔치를 하던 때가 떠올랐다.

이병호는 비록 손녀의 백일이기는 하지만 면장으로 취임을 하고 첫번째 집안 행사라는 생각에 백일잔치를 여느 집 잔치 이상으로 푸짐하게 차리게 했다.

동네 사람들을 모두 초대하는 것은 물론이고 겸사겸사 이런 기회에

면내 기관장들에게 한턱내도 손해 볼 것이 없다는 생각에, 지서장, 농협 조합장, 교장, 우체국장, 연초조합장, 소방대장 등 유지들도 불러서 상다 리가 휘도록 대접을 했다. 그러다 보니 돌잔치를 하는데 마당에 채양이 쳐지고 멍석이 깔리는 것도 부족해서 둥구나무 밑에도 멍석이 석 장이 나 깔렸다. 모르는 사람이 보면 부잣집 딸 시집보내는 거 아니냐는 말이 나올 정도로 성대한 잔치는 밤이 늦도록 이어졌다.

이튿날은 백일잔치를 치르는데 도움을 준 몇몇 아낙네들을 불러서 대 접을 하고도 남은 음식을 싸주었다. 그래도 정짓간에는 소쿠리며 광주 리와 채반 등에는 각종 부침, 떡 종류, 다과 종류들이 겨울의 찬바람에 양철조각처럼 얼어 있었다. 그것들은 집에 보관해 봤자 찾을 사람이 없 을 것이라는 생각에 삼일 째가 되는 날 상규네를 불러서 동네 사람들에 게 나누어 주라고 보냈다.

백일잔치는 이틀 만에 끝났지만 뒷설거지가 여간 많은 것이 아니다. 전을 부칠 때 사용했던 채반이며 소쿠리 같은 것은 깨끗하게 씻어서 다 음에 사용하게 쉽도록 볕에 말리는 것으로부터 시작해서, 당분간 사용 하지 않을 그릇은 종류별로 나누어서 정짓간에 차곡차곡 쌓아 두는 것 은 물론이고, 쓸고 닦고 정리하다 보니 일주일이라는 기간이 금방 지나 가 버렸다.

마당에는 방앗간에서 벼를 빻을 때 나오는 싸라기 같은 싸락눈이 대 각선으로 휘날리고 있었다. 바람이 몸부림을 치면 채 녹지 않은 싸락눈 이 먼지처럼 몰아쳐서 담벼락 앞에 소복하게 쌓이고 있었다.

옥천댁은 바느질을 하고 있는데 잔기침 소리와 함께 보은댁이 방으로 들어왔다. 옥천댁은 여느 때처럼 일어서서 보은댁을 아랫목으로 안내를 하고 윗목에 다소곳하게 앉았다.

"하실 말씀이라도……"

옥천댁이 바느질거리를 들고 천천히 입을 열었다.

"내가 너한티 할 말이 있구먼."

보은댁은 말을 하기 전에 방바닥이 꺼져라 한숨부터 내쉬었다. 옥천댁이 까닭을 모르게 한숨을 쉬는 보은댁을 바라보며 바느질을 멈췄다. 보은댁은 마른 입술에 침을 바르고 나서 다시 입을 열었다.

"니가 우리 집에 시집을 와서 우리 집안 행핀이 몰라보게 핀 거는 사실이여. 시방은 니가 알다 싶이 사방 오십리 안에서는 우리 집안 만큼 택택한 집안은 읎다. 재산만 택택한 것이 아니여. 니 시할아부지도 건강하시고 시아부지도 얼매나 출세를 했냐. 세상을 잘 만나서 옛날로 치자믄 원님이나 마찬가지인 면장님으로 근무를 하시고, 동하도 언제 그만둘지 모르는 임시직 공무원이 아니고 정식 공무원잉께 더 바랄 것은 읎지. 허지만 대를 이을 자손이 읎응께, 아무리 재산이 택택하고 큰 벼슬을 해도 먼 소용이 있겄냐. 난도 들은 야긴데 조선 시대는 그 머시냐? 임금님 잠자리를 보살피는 내시라는 벼슬이 있었다고 하드라. 내시는 어릴 때부터 고자를 만들어서 생산을 못항께 양자를 은을 수 뻑에 읎었다고 하드라. 우리 집안이 조선 시대 내시 집안도 아니고 대를 잇지 못하믄 빛 좋은 개살구하고 머가 다르겄냐. 내가 생각해도 속이 썩은 추자처름 겉만 번지르한 집안츠름 보일 정도니 다른 이들은 워티게 생각하겄냐. 무엇보다……"

보은댁의 목소리는 비장한 각오를 한 표정에 걸맞게 진지했다. 하지만 옥천댁이 듣기에는 보은댁의 목소리가 어딘지 모르게 서글프게 들리기도 했다.

"어머님, 지 나이가 올게 스물여섯 살이여유. 해방 전 나이로 치자믄 아를 낳기에 늦은 나인지는 모르겠지만, 요새는 지 나이에 결혼을 하는 여자들도 있슈. 집안 살림이 빈궁한 것도 아닝께 안직 실망을 하기에는 이르다는 생각이 드느만유."

옥천댁은 보은댁이 1대 독자도 아닌 4대 독자를 기다리는 심정을 충분히 이해를 할 수는 있었다. 보은댁 말대로 시작이야 어떻게 출발을 했든 이제 막 번성해 가는 집안이다. 이 상황에서 대가 끊어진다면 양자를 들이거나 데릴사위를 드리는 수밖에 없다. 그러나 시집을 와서 7년을 살도록 친척들이 내왕하는 것을 보지 못했다. 이동하도 지금까지 사는 동안 친척에 대한 이야기를 한 적이 없었다. 묻고 싶어도 이동하가 곤란해 할 것 같아서 물을 수가 없었다. 그냥 추측을 해 보면 모산에 사는 대부분의 사람들이 그러하듯 임진왜란 때 홀로 피난 와서 뿌리를 박고 사는 것 같았다. 가깝던지 멀던지 친척집에서 양자를 구해 올 수 없다면 데릴사위를 얻는 방법 밖에 없다. 그나마 데릴사위를 들여서 잘되는 집안을 보지 못했다. 하지만 아직 서른도 안 된 나이다. 얼마든지 기회를 얻을 수 있는데도 벌써부터 서두르는 것은 집안 밖에서도 안 좋게 보일 것 같아서 좀 더 기다려 보자는 얼굴로 말했다.

"니 말도 틀린 말은 아녀. 암, 내가 젊었을 때도 스물여섯이 아니라 마흔 살 때 아를 낳는 여자들도 많이 봤응께. 그러나 문제는 그기 아녀. 우신은 니가 담에는 틀림읎이 아들을 낳는다는 보장을 할 수가 읎잖여. 니 시할머님도 하시는 말씀이, 손자며느리가 담에 아들을 낳을 수 있는 약을 구할 수만 있다믄 땅 열 마지기가 아니라 및 십 마지기를 내 놔도 안 아깝다는 거여. 내가 시방 무슨 말을 하고 싶은지 알겄냐?"

보은댁은 말을 끊고 나서 옥천댁의 눈치를 살핀다. 바느질거리를 방바닥에 내려놓은 옥천댁은 대답을 하지 않고 반짇고리를 만지작거리고 있다. 심각하게 고민하는 눈치도 아니고, 처분만 기다리겠다는 표정도 아니다. 이해를 할 수 없다는 표정처럼 보이기도 하고, 자신의 말이 혼란스럽다는 표정처럼 보이기도 한다. 허긴, 나이 서른도 안됐응께 내 말이 얼릉 와 닿지는 않겄지. 옥천댁의 혼란스러운 표정을 이해한다 해도 이왕 말을 시작했으니 끝장을 내리라는 생각에 다시 입을 열었다.

"사촌이 땅을 사믄 배가 아프다고, 원래 사람들은 갑자기 불티처럼 번성해 가는 집안은 고운 시선으로 보지 않는 벱여. 니가 알다 싶이 우리 집안이 이만큼 번성하게 된 지는 인제 제우 햇수로 이 년째여. 남들은 몇 대를 이뤄도 모으지 못할 재산을 눈 깜짝할 새에 모았응께 시샘을 하는 사람들이 을매나 많겄냐. 시샘하다 못해 승질 급한 작자들은 배가 아파서 저승 간 사람들도 한둘은 아닐끼다. 그라고, 원래 소문이라는 것이 발 달리지 않은 귀신과 같은 벱이여. 아무리 번성해 가는 집안이라도 동리 사람들이 한 입으로 저 집 은젠가 망할 집여, 저 집 은젠가 대가 끊긴다고 노래를 부르면서 댕긴다면 한 해 및 백 석을 한들 머가 소용 있겄어. 솔직히 니 앞에서 할 말은 아니지만, 니 시할부지가 일본 사람 밑에서 마름질 하며 억척같이 재산을 모았응께 대를 이어 갈 자식이 읎는 거는 당연할 껴 라고 손가락질 하기 시작하믄, 그때부터는 이미 망할 망자가 뵈기 시작하는 벱이다 이 말이여. 그래서 하는 말인데 동리 사람들이나 민소재지 사람들 입에서 망할 망자가 나오기 전에 대를 이어갈 아들부텀 은어야 한다 이거여. 그래야, 우리 집안을 시샘하는 사람들의 입에 똥물을 끼얹을 수 있지. 그롷다고 내가 동하의 소실을 들이자는 말도 아녀. 나도 체민이라는 것이 있지. 명색이 그래도 면장님 사모님이고, 군청직원 어무니가 아니냐. 더구나 니가 우리 집안에 들어와서 우리가 이만큼 살게 되었는데 설마한들 니 가슴에 대못을 박겠다고 동하한테 소실을 은어주겄냐?"

"그러시다믄 워디서 양자를 구해 오자 이 말씀이셔유?"

옥천댁은 두 눈을 반짝이며 좋은 방법이라도 있느냐는 얼굴로 조용히 물었다.

"양자를 구할라믄 집안 일가들이 많아야 하는데 니가 알다싶이 우린 곡양 이씨 십삼대 손이라는 것 벾에 몰라. 비록 시방은 족보가 읎지만 돌아가신 시조부가 술만 드시믄 우리도 뼈대가 있는 자손잉께 살림이 피믄 족보를 맨들어야 한다고 귓구녁에 인이 백히도록 당부를 하신 말씀이시겄지. 그래서 너한테는 이제사 하는 말이지만 우리도 은젠가 곡양 이씨들 하고 연이 닿으믄 있는 집안들츠름 번지르한 족보를 맨들라고 맘을 먹고 있다."

"양자를 은을 수도 읎다믄 무슨 수로……"

옥천댁은 자신이 섣부르게 판단했던 것을 탓하며 실망한 얼굴로 보은댁을 바라봤다.

"내 말을 잘 들어 봐라. 옛날에는 냥반집에서 대를 잇지 못할 아들을 은지 못하믄 씨받이라는 걸 은었다고 하드라. 내 생각에는 그 방법에 젤로 좋을 거 가텨. 우선 씨가 지 씨잉께 동하가 좋아 할 것이 아니냐. 그라고 비록 밭이 틀리다는 흠이 있기는 하지만 옛날부터 낳은 정보다는 지른 정이 짚다고 하드라. 하다못해 말을 못하는 개나 괭이도 서로 종자가 틀려도 어릴 때부터 젖을 멕여 키우면 강아지도 괭이를 에미로 알고, 괭이도 개를 에미로 알고 산다고 하는데 인간의 탈을 쓰고 워찌 진자리 마른자리 가려가며 정성으로 키운 은공을 잊겠느냐. 너도 니가 고생해서 키운 만큼 아들한테 정이 들 거잖여. 그렇다고 시간이 많이 걸리는 것도 아녀. 씨받이가 아를 벤 기미만 보이믄 동하는 그 집에 얼씬도 안 할거여. 그랑께 동하가 한 달포 동안만 출장 간 셈치고 있으믄 된다. 그라믄 저절로 삼대독자가 니 품안으로 기어들어 올 팅께."

"그람, 시방 어머님 말씀은 씨받이를 들이자는……"

옥천댁은 씨받이라는 말에 쓸쓸한 바람이 가슴 안으로 횅하게 밀려들어오는 것을 느꼈다. 씨받이를 들여야 할 만큼 나이가 많은 것도 아니다. 이동하가 읍내에 있어서 아들을 낳을 기회가 줄어 든 것 아니냐는 반문도 하고 싶었다. 그러나 애자부터 시작을 해서 막내 영자를 낳을 때까지 첫국밥 한 그릇 끓여 주지 않던 보은댁이다. 넷째도 딸을 낳게 된다면 씨받이가 아니라 첩을 드리자고 할지도 모른다는 생각에 말꼬리를 흐리고 말았다.

"그려, 첩을 드리자는 말도 아니고 그냥 씨받이를 들이자는 거여. 그냥 씨받이랑께."

보은댁은 옥천댁이 그 말 나오기를 기다렸다는 얼굴로 눈을 반짝반짝거렸다.

"애자 아부지하고는 상의를 한 거유?"

보은댁의 얼굴에 갑자기 생기가 돌고 있다는 걸 느낀 옥천댁이 반대할 명분을 찾지 못해서 이동하를 거론했다.

"동하는 니가 허락을 하믄 그릏게 하겠다고 하드라."

보은댁은 어제 모처럼 집에 와서 술을 너무 많이 마셔 오후에 출근한 이동하에게는 말을 하지 않았다. 옥천댁이 허락을 하면 이동하를 설득하는 것은 식은 죽 먹기나 같다는 생각에 거짓말을 했다.

"그람 지가 허락을 하지 않으믄 씨받이를 은지 않겠다는 말씀이신가유?"

옥천댁은 독선적이고 유우부단한 성격의 이동하의 새로운 면을 보는 것 같았다. 씨받이를 얻자는 보은댁과 사이를 가로막고 있는 벽이 어이없이 무너지는 것을 느끼며 눈물을 끌썽거렸다.

"여브가 있겠냐?"

"그람 지는 애자 아부지가 한 달 동안 장기 출장을 가신 걸로 알고 있으믄 되겠네유."

옥천댁은 더 이상 선택의 여지가 없다고 생각했다. 이동하가 자신을 배려해 주는만큼, 이동하를 배려해 주는 것이 도리라고 생각했다.

영자는 체한 것이 완전히 풀렸는지 얼굴에 빨갛게 핏기가 돈다. 옥천댁은 영자의 이마에 가만히 손을 대어본다. 따스한 촉감이 가슴 안으로 빨려 들어 오는 것 같은 기분이 든다.

그려, 니가 먼 잘못이 있겠냐?

옥천댁은 영자가 계집애라서 소홀하게 대해 본 적이 단 한 번도 없었다. 그런데도 가슴 속에는 아들에 대한 응어리 같은 것이 웅크리고 앉아 있는지 가끔 죄를 짓고 있다는 생각이 들 때가 있었다. 오늘도 그랬다. 그냥 먹은 것이 체했다는 영자의 배를 문질러 주었을 뿐인데도 가슴 저 밑에서 아련한 슬픔 같은 것이 연기처럼 피어오르는 것 같았다.

서대문구 현저동 1번지 서대문 형무소 면회실에는 얼음장 같은 찬공기가 고여있었다. 시훈은 햇볕에 굶주리고 곽밥이라 부르는 콩밥을 많이 먹어서 얼굴이 뿌옇게 변해 있었다. 오랫동안 병원에 입원해 있는 환자 같은 얼굴에 짧게 깎은 머리를 습관처럼 문지르며 천장을 바라보고 있었다. 경훈도 할 말을 잃어버리고 망연한 표정으로 시훈의 뒤로 보이는 벽을 바라보고 있다. 벽에는 착하고 사회에 모범적으로 살자, 라는 구호가 붙어 있다.

"삼 분 남았다."

철장 안에 있는 책상에서 형제의 면회 광경을 감시하고 있던 형무관이 무겁게 중얼거렸다.

"어여 가. 내 걱정은 하지 말고 어떡하든 열심히 살아야 하능 겨."

면회시간은 십 분에 불과했다. 십 분 동안 경훈하고 별로 한 말이 없었다. 화가 나서 견딜 수 없다는 얼굴로 서 있는 경훈을 달래고 얼르는 말만 하다 보니 자신의 신세가 너무 기가 막혀서 눈물이 날 거 같아서 천장을 바라보고 있던 시훈은 눈물을 삼켰다.

"형이야 말로 내 걱정은 눈꼽만큼도 하지 마. 굶어죽어도……여기보다는 바깥이 낫지……"

경훈은 하루 한 끼를 먹고 산다고 해도 형무소보다는 바깥이 낫지라는 말을 목구멍 안으로 삼키며 젖은 목소리로 말했다.

"여기도 사람 사는 데여, 외려 어뜰 때는 여기도 괜찮을 때가 있어. 하루 세 끼 꼬박꼬박 밥 나오지, 적당히 운동시켜 주지. 그라고 난 제우 십팔 개월 받았잖여. 십 년 이상씩 살아야 하는 사람들에 비교하믄 새

발의 피지 머. 그렇게 내 걱정은 하지 말고 세월 가기만 지달려. 다시 한 번 말하지만 부모님한테는 내가 여기 들어와 있다는 말은 절대로 하믄 안 되아."

"내가 등신여. 머 대단한 일을 했다고 형이 여기 들어와 있다는 걸 고향에 알리겄어? 쓸데없는 걱정은 절대 하지 말고 형이나 건강하게 있어. 내가 영치금으로 오천 환 넣어 놨어. 그 돈으로 형 사먹고 싶웅거 있으면 사 먹고⋯⋯."

"여기서 돈 쓸데가 워디 있다고 그릏게 큰돈을 넣었냐. 너야 말로 쓸데없는 짓을 했구먼."

시훈은 말과 다르게 바깥 사회보다 형무소 안이 더 많은 돈이 필요한 곳이라는 것을 뼈저리게 경험했다. 형무소 안에서도 빽이 있으면 담배도 피울 수 있고, 술도 마실 수 있다. 동료 재소자 사이에서도 바깥 사회의 부자들처럼 거들먹거릴 수 있게 만들 수 있는 매체가 돈이다. 그러나 오천 환을 벌려면 공사판에서 보름은 날일을 해야 한다. 제대로 먹지도 못하고 손바닥에 굳은살이 박이도록 애써 모은 돈을 편하게 앉아서 받을 수는 없다는 생각에 진심어린 표정으로 말했다.

"나도 다 들은 야기가 있어서 영치금을 넣어 준겄께 암 생각하지 말고 써. 담달에 면회 올 때 또 넣어 줄 팅게 당장 오늘 즈녁에 같은 방에 있는 분들한테 한턱 쓰란 말여. 내 말 무슨 말인지 알겠지?"

"천이백칠십이번 면회 끝."

책상 위에 있는 탁상시계를 보고 있던 형무관이 천천히 일어서면서 말했다.

"어여 들어 가."

시훈은 자신이 먼저 돌아서야 경훈도 발걸음을 옮길 것이라는 생각에 얼른 돌아섰다.

"형, 몸 조심햐. 먹고 싶은 것이 있으믄 돈 애끼지 말고 사 먹으란 말 여."

사감으로 통하는 철문이 쇠가 갈리는 소리를 내며 열렸다. 시훈은 일부러 뒤를 돌아보지 않고 안으로 들어간다. 경훈은 목이 잔뜩 잠긴 목소리로 손을 흔들어 보였다. 시훈은 끝까지 뒤를 돌아보지 않고 어두워 보이는 복도 안으로 들어갔다. 밖에 앉아 있던 형무관도 육중한 철문 안으로 들어갔다.

서대문 형무소에서 나온 시훈은 독립문까지 천천히 걸었다. 오늘 면회를 하기 위해서 아침부터 바쁘게 움직이느라 아침도 먹지 못했다. 그런데도 배가 고프지 않았다. 억울하게 형을 살고 있는 시훈을 석방시키기 위해서는 항소라는 걸 해야 한다. 항소를 하려면 변호사를 사야 하는데 하루 벌어 하루 먹기도 바쁜 몸이라서 엄두도 내지 못하고 있는 중이다.

그려, 내가 열 배, 스무 배, 아니 백 배 이상으로 받아 내고 말 텅께 어디 두고 봐.

시훈은 전차 정류소 앞에서 멈춘다. 그러나 이내 버스 정류소 쪽으로 향했다. 화양리까지 전차를 타고 가려면 요금이 25환이다. 25환이면 포장마차에서 하루 세 끼를 꿀꿀이죽으로 때울 수 있는 돈이다. 전차 대신 시내버스를 타고 화양리로 가 볼 생각이었다.

시훈에게 특수강도죄라는 죄목으로 판결을 받게 해서 형무소 살이를 시키는데 결정적으로 역할을 한 증인은 서상철이다. 경훈은 시훈이 남

대문 경찰서 유치장에 들어간 날부터 눈이 오거나 비가 와서 일을 못나가는 날은 서상철을 찾아 다녔다. 서상철은 배달원으로 근무를 하던 양곡상회를 그만둔 상황이었다. 쌀가게 주인도 서상철이 어디로 이사를 갔는지 모른다며 고개를 흔들었다.

"서상철인가 하는 그놈 화양리 어디에선가 쌀가게를 열었다느만."

시훈의 억울한 사정을 잘 알고 있는 포장마차 신씨 역시 서상철의 행방을 쫓고 있었다. 그런 신씨로부터 어젯밤에 서상철이 화양리에 있다는 걸 전해 들었다. 경훈은 오늘은 어떤 일이 있더라도 서상철이 어디서 살고 있는지 알아 볼 생각으로 집을 나왔었다.

그려, 충청도 촌놈이 결코 만만치 않다는 걸 보여줄라믄 그 자식이 사는 데를 꼭 찾아 내야햐.

화양동이 얼마나 큰지는 모른다. 넉넉잡아 이틀이면 온 동네를 이 잡듯이 뒤질 수 있을 것이다. 시훈은 자신도 모르게 손바닥에 힘이 들어가는 것을 느꼈다. 주먹을 말아 쥐면서 반드시 서상철이 운영하는 양곡상회를 찾아내고 말겠다며 이를 바드득 갈았다.

따뜻한 음모

약하고 힘없는 소녀의 몸으로 거친 세상을 살아가려면
승복하는 법을 먼저 배워야 했다.
잡초가 거세면 여지없이 뽑혀 버리는 것처럼
반항하고 잘난 척하며 큰소리를 치면
세상에서 살아남을 수가 없다는 것도 알았다.

들례는 자신도 모르게 큰 소리로 한숨을 내쉰다. 길게 한숨을 내쉬고
기운 없는 얼굴로 마당을 바라본다. 대청에 켜 놓은 전등 불빛에 는개를
묵묵히 맞고 있는 화단의 크고 작은 줄기며 잡초들이 오늘 따라 한없이
황량한 모습으로 다가온다.

막걸리를 받으러 간 춘임이는 저 혼자 술을 다 마시고 있는지 오지를
않는다.

들례는 화단의 잡초를 물끄러미 바라보며 이동하를 생각했다. 사람의
심리라는 것이 참말로 이상했다. 이동하에게 죽을 만큼 맞았으면 정나
미가 떨어져야 한다. 하지만 오히려 맞기 이전보다 이동하가 더 그리워
졌다. 이래서, 여자들이 서방한테 개처럼 은어 맞고도 참고 사능긴가?

이동하에게 맞기 이전에는 주인과 종의 관계였다면, 맞고 난 후에는 이동하가 남편처럼 느껴질 때가 많았다. 마치 고운 정 미운 정 다 들어 버린 부부가 되어 버린 기분이 들기도 했다. 하지만 이동하는 예전보다 모산 출입이 더 많아졌다. 이동하의 모산 출입이 잦아질수록 막걸리를 마시는 횟수도 늘어갔다.

이년은 왜 여즉 안 오능 겨.

들레는 닫혀 있는 양철대문을 바라보다가 푸릇하게 자라고 있는 잡초를 바라본다. 해가 바뀌면 다시 풀이 자라고 꽃은 피는데 이년의 몸뚱이는 해가 갈수록 늙어갈 것이라고 생각이 들면서 길게 한숨이 흘러나온다.

들레는 철이 들 무렵부터 이 세상에서 자신은 철저하게 혼자라는 것을 알았다. 돌보아 줄 부모도 이끌어 줄 형제도 없다는 사실을 깨달은 후부터는 다른 생각이 들지 않았다. 약하고 힘없는 소녀의 몸으로 거친 세상을 살아가려면 승복하는 법을 먼저 배워야 했다. 잡초가 거세면 여지없이 뽑혀 버리는 것처럼, 근본도 없는 것이 세상에 반항하고 잘난 척하며 큰소리를 치면 소리 소문 없이 개죽음을 당할 수도 있는 것이다.

다나까가 몸을 원했을 때도 그랬다. 만약 그날 거부를 했더라면 무지막지한 폭력이 먼저 동원 되었을 것이다. 그러나 다나까가 원하는 대로 순응을 했기 때문에 인간처럼 대접을 받고 편안하게 먹고살 수 있었다. 그러나 이동하는 그렇지가 않았다.

"아들은 승철이 하나로 충분햐. 만약 또 임신을 하게 되믄 그날 당장 여길 떠나야 할 껴. 내 말 무슨 뜻인 줄 충분히 알겠지?"

이동하는 노예처럼 순응을 해도 인간으로 대접을 해 주지 않았다. 차갑도록 냉정한 목소리로 또다시 임신을 하면 끝장이라고 협박을 했다. 이동하는 그 말에 책임이라도 지듯 고주망태로 취했어도 임신을 할 수 있는 배란기라고 하면 두말도 않고 손을 내저었다. 그런 걸 생각하면 다나까가 훨씬 인간적이고 고마워서 그립기까지 했다.

언제부터인지 는개는 사라지고 실비가 내리고 있다. 대청마루에서 빠져나간 불빛 사이로 토막토막 떨어지는 빗줄기가 바람이 불 때마다 은빛으로 반짝거린다.

이년은 왜 여즉 끄대오지 않능 겨. 들어오기만 해 봐라. 머리끄뎅이를 뽑아 버릴 팅께……

들례는 발끝이라도 움직이면 그대로 죽고 마는 사람처럼 꼼짝도 하지 않고 눈매를 세워 양철대문을 바라본다. 술심부름을 간 춘임이가 올 시간이 지났는데도 모습을 드러내지 않는다.

대관절 언지쯤에나 효험을 볼란지……

그동안 승우에 대한 해코지 비방을 한 것이 한두 번이 아니다. 그런데도 승우는 탈이 나기는커녕 들려오는 소문은 그 흔한 감기 한 번 걸리지 않고 잘 크고 있다는 말 밖에 없다.

작년 11월에는 둥구나무에 똥물로 치댄 젓가락 한 쌍을 박았었다. 꼬막네가 3, 7일 안에 산모 방에 못을 박아두면 승우가 눈이 먼다고 했지만, 아무리 머리를 쥐어짜 봐도 못을 박을 방법이 없었다. 고민고민 하는 사이에 속절없이 여름과 가을이 지나갔고 다시 꼬막네를 불렀다. 꼬막네는 똥물에 치댄 젓가락 한 쌍을 둥구나무에 박아 놓으면 승우가 두 다리를 못 쓰는 앉은뱅이가 되거나 말을 못하는 벙어리가 된다고 했다. 지금도 그날 밤을 생각하면 등에 식은땀이 주르르 흐르는 것 같은 기분이 든다.

"으쩌? 겁나믄 그냥 두고……"

"겁나긴 누가 겁난다고……은제까지나 이렇게 살 수는 읎잖여. 한번 가 보자고"

"생각 잘했어. 자고로 지성이믄 감천이라는 말도 있잖여. 정성이 지극하면 하늘도 감동한다고 했응게 언진가는 뜻대로 되는 날이 오겄지."

"대관절 뜻대로 되는 날이 은지여?"

"일단 비책부터 써 본 다음에 최영장군한테 물어보면 답이 나오겄지."

학산에서 모산까지 십리 길이다. 더구나 사람들의 시선을 의식해서 별도 달도 없는 그믐밤을 택해서 꼬막네와 모산으로 갔다. 행여, 밤길에서라도 모산 사람들 눈에 띨지도 모른다는 생각에 신작로를 택하지 않고 산길을 더듬어 모산으로 갔다.

이, 나무 밑에서 승철이가 뛰어 놀았을 테지…….

어둠 속으로 보이는 둥구나무는 거대한 산처럼 보였다. 어둠 속에서도 빛이 날 정도로 반질반질한 너럭바위를 자신도 모르게 쓰다듬는 순간 승철의 얼굴이 떠오르면서 눈물이 핑 돌았다. 그 어느 집에도 불을 켜 놓지 않아서 먹물 같은 어둠이 고여 있는 동네를 더듬어 본다. 어디쯤 이동하의 집이 있는지 알 도리가 없다. 춘임이 말로는 동네에서 제일 큰 골목으로 들어가면 엄청나게 큰 대문이 길을 막고 서 있는데, 그 집이 부면장님 댁이라고 말했다.

그려, 시방은 참자, 언진가 대명 천지에 이 나무 밑에 앉아 있을 수 있는 날이 오겄지.

꼬막네가 시방 즘심 싸가지고 소풍 나온 줄 아냐며 얼른 시작하자고 다그쳤다. 들례는 꼬막네의 말이 아니었다면 어둠 속을 더듬어서 이병호의 집 대문이라도 만져 보고 돌아 섰을 것이다.

"지달려 봐, 좋은 일이 생길 팅게."

둥구나무 밑동의 사람들 시선이 닿지 않을만한 곳에 똥물이 묻은 젓가락 두 개를 깊숙이 박았다. 꼬막네는 젓가락이 들어간 자리는 썩게 될 것이고, 둥구나무에 썩은 구멍이 생기면 승우의 다리도 썩게 될 것이라고 속삭였다.

"지성이믄 감천이라고 존 일이 생기겄지……지성이믄 감천이라고……지성이믄 감천이라고……"

들례는 찬바람 속에서도 도망치듯 모산을 빠져 나오면서 신령을 부르는 무당처럼 같은 말을 수도 없이 집어 삼켰다. 그러나 웬걸 승우는 승철이 어릴 때와 다르게 잔병 하나 없이 무럭무럭 자라고 있다.

승우만 멀쩡한 것이 아니다. 학산에서 살다시피 하던 이동하도 예전과 다르게 이틀에 한 번 꼴로 집에 들린다. 그런 걸 생각하면 꼬막네를 갈기갈기 찢어 놓고 싶었다. 하지만 그것도 스스로 무덤을 파는 행위나 다름없었다. 꼬막네하고는 이미 너무나 많은 비밀을 공유하고 있다. 꼬막네가 발설이라도 하는 날이면 꼼짝없이 감옥에 갈 수밖에 없다. 그렇다고 죄지은 년처럼 마냥 참고만 있을 수는 없었다. 그래서 어디 너 죽고 나 죽자는 식으로 따져나 보자는 식으로 열불이 터질 때마다 꼬막네를 불렀다.

"왜 이렇게 승질이 급항 겨. 사람이 죽고 사는 문제가 어떻게 생각하면 손바닥을 뒤집는 것처럼 쉬워보이지만 천만의 말씀이여. 사람의 명이라는 거시 고래 심줄보다 찔기고 지새끼를 벼랑으로 밀어 버리는 암사자보다 모진거시 사람 생명이여. 그랑께 진득이 참고 지달려봐, 지달려 보믄 틀림읎이 원하는 대로 될 팅께. 아! 그동안 최영장군한티 드린 공이 있잖여. 내가 뫼시는 장군님 영이 아직은 팔팔항께 지달려 보란 말여."

들례는 꼬막네의 얼굴이 보이지 않을 때는 만나자마자 너 죽고 나 살자는 식으로 머리카락을 모조리 뽑아 버리겠다고 이를 갈았다. 그러나 꼬막네가 막상 싸늘하게 웃는 얼굴로 방 안으로 들어서면 오랜 친구를 만난 것처럼 가슴이 편해졌다. 꼬막네가 오기 전까지 금방이라도 가슴이 터져 나가버릴 것 같은 답답증도 서서히 가라앉았다.

"시방까지 목이 타게 지달린 날들이 하루 이틀여? 대관절 은제까지 지달려 보란 말여."

"내가 그 전에 뭐라고 했남? 옥천댁이 틀림읎이 아들을 낳는다고 했어 안 했어?"

"그런 거는 귀신같이 찍어내믄서 내가 원하는 거는 왜 안 되는 거여? 꼬막네도 맨날 술타령만 하고 있응께 신령이 달아나 버린 거 아녀?"

"해해, 내가 영이 읎으믄 아들인지 딸인지 워치게 알아. 그랑께 좀 지달려 봐. 반드시 좋은 일이 있을 팅께. 옛말에도 지성이믄 감천이라는 말이 있잖여."

"그때가 언지여? 한 달 뒤여? 아니면 내홋년에나 이루어 질 일이여?"

들례는 꼬막네의 손을 잡고 간절하게 물었다.

"은제까지라고 시방 딱 장담을 할 수는 읎어. 분명한 것은 언진가 들례가 맘먹은 대로 된다는 점이여. 그리고 빚쟁이츠름 시도 때도 읎이 쪼르믄 최영장군님이 승질을 낸단말여. 장군님이 승질 나믄 워치게 되는지 알고나 있어? 모산으로 가야 할 살(煞)이 이짝으로 올 수도 있단 말여. 내 말 무슨 뜻인지 알겄지?"

꼬막네는 눈빛을 칼날처럼 세웠지만 목소리는 봄바람처럼 부드러웠다.

"난도 그 정도는 알고 있구먼. 하지만 답답항께, 너무 답답해서 여기가 터져 나가 버릴 거 같은께 하는 말이잖여."

들례는 자신의 가슴을 주먹으로 아프도록 때리면서 하소연을 하는 얼굴로 말했다.

"이거 한 가지만 알고 있어. 답답한 거는 잠시지만 행복은 영원한 거여. 내 말 무슨 뜻인지 알겄지? 원래 좋은 일은 츤츤히 오는 법이라는 뜻이여. 그래서 좋은 일이 일어날 징조가 뵈면 경거망동 행동하지 말고 정신과 몸을 깨끄치 하라는 말도 있잖여. 그랑께 만약 또 한 븐만 나한테 보챘다가는 그담부터 나도 책음 안 져. 알겄어?"

"아……알겄구먼."

"잘 알았으믄 목 마릉께 막걸리나 한 되 받아 와."

들례는 꼬막네의 표정이 너무 단호해 보여서 더 이상 어쩌지 못하고 힘없이 일어나 춘임이를 불렀었다.

한숨하고 술은 쉬면 쉴수록, 마시면 마실수록 느는 법이다. 들례는 요즘 자신도 모르게 한숨을 쉬는 횟수가 늘어갔다. 젖가슴이 들썩거리도록 한숨을 내쉬며 골목 밖 동정에 귀를 기울였다. 남녀가 두런두런 말을 주고받으며 지나간다. 귀를 기울여서 들어 보니까 부부의 목소리다.

"내가 스무 살에 시집와서 이날 이때까지 살믄서 당신 술 먹는다고 불평 한마디 했다믄 천벌을 받을 겨. 지때 밥을 먹고 술을 마신다믄 비도 이 지랄로 청승맞게 오는데 술집에 내가 왜 찾아 가? 끼니를 거르고 술 마셨다 하믄 영락없이 다음날은 서리 맞은 호박잎마냥 축 늘어징게 넘들한테 서방 잡아먹을 년이라고 욕먹을 각오를 하고 찾으러 간 거지."

"허허, 말은 셋바닥에 발통이 달린 것처럼 청산유수로 하는구먼, 내가 술만 마셨다하믄 그 담날 진종일 바가지를 긁어 대는 사람이."

"엄머머, 이이 좀 봐. 남들이 들으믄 내가 바가지나 긁고 앉아 있는 예핀네로 볼 거 아녀. 그라고 내가 은제 당신한테 술 먹었다고 바가지를 긁었어. 빈속에 술자시면 속 버릴까봐 걱정이 돼서 그러는 거여."

중년의 부부가 주고받는 소리가 양철 대문 밖에서 비바람을 타고 들려왔다. 들례는 그들이 근처에 살고 있는 부부라는 걸 잘 알고 있었다. 평소에는 그저 아무런 정도 없이 티격태격 거리며 살아가는 부부인 줄만 알았다. 그러나 여자의 속 깊은 잔소리가 오늘 따라 한없이 부럽게만 들려왔다.

"무주식당 아줌마가 이상하게 생각하는 거 가튜."

양철대문이 오늘따라 요란하게 삐거덕거리는 소리를 내며 열린다. 양철대문의 빗장을 채운 춘임이 술 주전자를 대청마루에 올려놓으며 투덜거렸다.

"뭘 이상하게 생각하는데?"

"부면장님 취향이 막걸리로 바뀌었을 리는 읎는데 왜 그리 자주 막걸리를 받아 가냐고 묻지 뭐유?"

춘임이가 술상을 보기 위해 정지로 들어가면서 말했다.

"그려서?"

정지에서 춘임이가 그릇을 챙기고 찬장을 여는 소리가 들려온다. 들레는 눈자위에 힘이 들어가는 것을 느끼며 날카롭게 물었다.

"술만 팔믄 됐지 별 상관을 다 하는구먼 이라고 쏴 부쳤쥬."

"별 미친년 다 보겄네. 할 일이 그릏게도 읎댜? 술 팔아 주믄 고마운 줄은 모르고……"

들레는 이가 갈리는 소리로 나지막하게 내뱉었다. 하지만 마음은 그렇지 않았다. 이동하는 혼자 술을 마실 때 막걸리보다는 맥주나 정종을 즐겨 마신다. 이삼일 도리로 막걸리를, 그것도 벌건 대낮이 아니고 어둠이 깔린 다음에야 막걸리를 사간다면 무주댁도 이상하게 생각하는 건 당연했다. 그런데도 화가 치밀어서 의식적으로 이빨까지 뽀드득 소리가 나도록 갈았다.

"세상이 바꼈잖유. 옛날 같았으믄 술이나 파는 주제에, 지가 감히 어디라고 막걸리를 받아 가든 쇠주를 받아가는 감히 말을 던지겄슈. 하지만 요새는 돈만 있으믄 최곤께 별 것들이 다 지랄을 떤데니께유."

춘임이는 개다리소반에 총각김치며 콩자반에 도라지무침을 차려서 들고 나오며 들레의 눈치를 살폈다.

"너도 술잔 가지고 와서 한잔 하지 그라?"

들레는 팔은 안으로 굽는다고 그나마 춘임이가 역성 들어주니까 마음이 가라앉았다. 내가 언제 제때 오지 않는다고 이를 갈고 있었냐는 얼굴로 부드럽게 물었다.

"히히, 어린 것이 술 처먹었다고 난중에 욕 안 하실 거쥬?"

춘임이는 들레의 말을 기다렸다는 얼굴로 얼른 일어나서 빈 대접을 가지러 밖으로 나간다.

"나이 열아홉 이믄 시집을 가서 아를 낳을 나인데 먼 욕을 한다고 그랴?"

들례는 춘임이가 술잔을 들고 나오기를 기다리지 않고 스스로 잔을 채웠다. 대접에 절반 정도 담겨 있는 탁한 막걸리를 물끄러미 바라보며 자신도 모르게 길게 한숨을 내쉰다. 춘임이가 정지 밖으로 나오는 인기척에 천천히 술 대접을 들어서 몇 모금을 마셨다.

"옛날에는 그랬다고 하대유. 하지만 요새는 스무 살은 넘어야 시집을 간다고 하대유."

"그건 팔자 좋은 년들 하는 소리고 넌 하루라도 빨리 시집이나 가서 어린아 낳고, 서방한테 잘하고 시부모 잘 모시며 사는 기 최고여."

들례는 춘임이 들고 온 대접에 막걸리를 따라주며 스스로에게 속삭이는 목소리로 말했다.

"츠, 누가 지 같은 년을 데리고나 간대유?"

"니가 워뗘서?"

들례는 춘임의 얼굴을 새삼스럽게 바라본다. 그러고 보니 춘임이와 한 지붕 밑에서 한솥밥을 먹기 시작한지도 벌써 8년이 된다. 이동하의 뒤를 따라서 보따리 하나를 가슴에 안고 두려운 눈빛으로 대문을 들어설 때만해도 선머슴 같았던 춘임이다.

"영, 반핑이는 아닌 거 가텨. 밥도 할 줄 알고 글씨도 읽을 줄 안다니께 데리고 있어 봐. 인사해라, 앞으로 니가 모셔야 할 여자니께."

근무시간 중에 춘임이를 데리고 들어 온 이동하는 방에 들어가지도 않았다. 마루에 걸터앉아서 담배를 피우며 턱으로 들례를 가리켰다.

여자?

들례는 유부남과 바람을 피우다 들킨 여자처럼 가슴이 철렁 내려앉으면서 얼굴이 화끈거렸다. 옥천댁처럼 주인마님이라는 말은 사치스럽다. 그냥 마님이라고 부르라고 해도 좋을 것 같았고, 면사무소 소사 김생수처럼 사모님이라고 부르라고 해도 들어 줄 사람이 없으니까 손가락질할 사람도 없다. 그런데도 한낱 거리의 여자를 부르듯 그냥 여자라고 소개를 하니까 마치 자신도 춘임이와 동격 같다는 생각이 들었다.

"왜 암 말이 읎어"

이동하가 담뱃재를 털며 들례를 추궁하듯 바라본다.

"너 이름이 뭐여?"

들례는 먹기 싫은 음식을 억지로 먹을 때처럼 찡그린 얼굴로 물었다.

"춘임이유. 박춘임."

"이름이 희한하구먼. 잘 왔다."

들례는 생각 같아서는 나이가 몇 살이냐? 고향은 어디냐? 부모는 살아 있느냐? 그동안 뭘 하고 살았느냐? 어쩌다 여기까지 흘러 왔느냐? 등 미주알고주알 묻고 싶었다. 그러나 이동하가 곁에 있어서 묻고 싶은 말이 생각나지 않았다. 마치 이동하에게 반항이라도 하듯 짧막하게 말하고 먼 하늘로 시선을 돌렸다.

"나 오늘 즈녁 먹고 들어 올 팅게 그리 알어."

"알았슈. 그람 잘 댕겨 오셔유."

이동하가 담배를 입에 물고 일어서며 말했다. 들례는 이동하를 따라 일어서며 춘임에게 너도 배웅을 하라는 눈짓을 보냈다. 그러나 춘임은 들례를 개 달쳐다보듯 멀뚱멀뚱 쳐다만 볼 뿐 이동하에게는 아무런 말도 하지 않았다. 들례는 춘임에게 인사하는 법을 알려주어야 한다고 생각하면서도 이동하가 미워서 혼자 배웅을 했다.

"내가 누군지 알겄지?"

이동하가 양철대문을 나간 후였다. 춘임은 그때까지 마루 앞에 서 있는 것도 아니다. 마루에 척 걸터앉아서 팔려온 강아지마냥 마당이며 집을 두리번거리고 있었다. 들례가 춘임이 옆에 앉으며 차갑게 물었다.

"사모님 아니셔유?"

"그래, 시방부터 니 사모님이여. 그렇게 알고 우선 걸레 빨아 와서 마루부텀 딲아라."

"마당부텀 쓸어야 겄네유. 마루부텀 딲으믄 난중에 먼지가 앉잖아유."

들례를 따라 시선을 옮기고 있던 춘임은 금방 히히 웃는 얼굴로 마당으로 내려섰다.

"그년, 촌년처럼 생겼어도 머리는 빠리빠리한 모냥이구먼."

들례는 춘임이 생긴 외모에 걸맞지 않게 제법 눈치가 빠르다는 생각에 피식 웃었었다.

"지는 막걸리는 암만 마셔도 취한 적이 읎슈. 이걸 마시고 술주정을 하는 남자들을 보믄 저 사람이 참말인가, 공갈로 저르는 걸까 하는 생각이 든다니께유."

춘임은 들례가 따라 준 술을 한방울도 남기지 않고 깨끗이 비웠다.

"안직은 니가 세상을 들 살았다는 증거여."

"그기 뭔 말 이대유?"

"그걸 내가 워티게 아냐? 너도 모르는데……"

들례는 술에 골아 보지 않은 사람은 여간해서 취하지 않는 법이라고 말을 해주려다 귀찮아서 쓸쓸히 웃으며 머리카락을 이마 위로 끌어 올렸다. 갑자기 춘임이 부러웠다. 춘임의 나이에 다나까를 만났다. 만약 그때 다나까를 따라서 일본으로 갔다면 적어도 지금보다는 마음이 편했을 것 같았다.

"왜 몰라유? 아무려면 지보다 십 년도 넘게 더 사신 분이……"

"모르겠다. 나는 세상을 살아갈수록 세상이 더 어려워지는 거 가텨. 남들은 나이가 들믄 세상을 살아가는 지혜라는 것이 생긴다고 하든데, 나는 지혜는커녕 알고 있는 것도 자꾸만 까먹는 거 가텨."

들례는 쓸쓸한 표정을 감추고 않고 막걸리 잔을 들었다. 소리 없이 내리고 있는 비를 물끄러미 바라보다가 한참 만에 술잔을 들고 있었구나 하는 얼굴로 막걸리를 마셨다.

"그려유. 시방 사모님이 남 걱정할 때가 아니쥬. 하지만 워틱하겠슈. 이기 팔자려니 살아 갈 수백에 읎잖유……"

춘임은 들례를 바라본다. 소리 없이 내리는 비를 바라보고 있는 들례의 얼굴이 몹시도 우울해 보인다. 모산에 가 있는 이동하를 생각하고 있는 것 같았다. 주전자를 들어서 술을 따라 주면서 한숨 섞인 목소리로 중얼거렸다.

그려, 팔자겠지. 이기 내 팔자겠지. 부모도 모르고 성도 모르는 년이 민 놈의 팔자가 좋겄어. 옥천댁의 팔자는 서른이 넘은 나이에도 아들을 낳아서 집 나간 서방의 정을 돌려받아 따끈따끈하게 사는 것이 팔자고, 이년의 팔자는 맨날 헛떡꿈만 먹고살라는 거시 팔자겠지……

들례는 쓸쓸한 표정으로 내리는 비를 바라보며 신세한탄을 하다 보니 문득 승철의 얼굴이 보고 싶어졌다. 승철의 방 안에는 불이 켜져 있었다.

그려, 서방 복도 지지리 읎는 년이 먼 놈의 자식 복이 있겄어.

이 시간에 공부를 할리는 없고 또 만화책을 보고 있는 것 같았다. 만화책 좀 그만 보고 공부를 하라고 했다가 승철이한테 모진 소리를 들었던 때가 떠오른다.

"승철이 오믄 줄라고 복송 사났는데 갖다 줄까?

승철이 학교에 갔다가 대문 안으로 들어오면서 만화책을 한아름 안고 오던 날이다. 들례는 승철이 등에 메고 있던 가방을 벗겨내며 살갑게 물었다.

"안 먹어."

승철은 들례 얼굴을 쳐다보지도 않고 궁금해 견딜 수 없다는 얼굴로 만화책의 표지를 바라본다.

"으메, 승철이 또 만화책 빌려 왔구먼 누나도 같이 봐도 되겄지?"

춘임이 수돗가에 쪼그려 앉아서 고구마줄기 껍질을 벗기고 있다가 벌떡 일어서며 반갑다는 얼굴로 물었다.

"유모, 나 감자 먹고 싶어. 춘임이 시켜서 감자 좀 쪄 달라고 햐."

승철은 춘임의 얼굴을 바라보지도 않았다. 대청마루 앞에서 신발을 벗어 던지며 들례에게 명령을 하듯 말했다.

"날도 더운데 뜨거운 감자보다는 복송이 좋잖여. 그라고 만화책을 볼 때는 보드라도 숙제부텀 하고 봐. 날 아침에 숙제한다고 지각해서 지난븐처럼 면사무소 김씨 부르지 말고 응?"

승철은 며칠 전에도 밤이 늦도록 만화책을 보느라 숙제를 하지 못했

다. 아침에 숙제를 하느라 지각을 할 것 같으니까 학교를 가지 않겠다고
버텼다. 결국 면사무소 소사 김생수를 불러서 자전거에 태워 학교에 데
려다 준 적이 있었다. 들례는 주인집 도령처럼 야박하게 자신을 대하는
승철이 야속하게 보이지가 않았다. 그보다는 숙제 걱정이 돼서 부드럽
게 말했다.

"내가 아까 머라고 했어?"

승철이 자기 방으로 들어가다 말고 홱 돌아서서 들례를 노려본다.

"머라고 했는데?"

들례가 영문을 알 수 없다는 얼굴로 춘임을 바라보며 반문했다.

"글씨유."

들례와 다르게 버릇없는 승철을 속으로 욕하고 있던 춘임이 토란껍질
을 까면서 입술을 삐죽거렸다.

"등신들……내가 아까 하는 말도 못 들었어? 내가 감자 쪄 달라고 했
잖어!"

승철은 들례와 춘임을 번갈아 노려보고 나서 휑하니 방으로 들어가
버렸다. 쾅 소리가 나도록 문을 닫는가 했더니 이내 밖으로 나왔다. 아
무리 생각해도 분해서 참을 수 없다는 얼굴로 들례를 노려보았다.

"왜……왜 그라능 겨?"

들례는 승철의 얼굴에서 이동하의 얼굴이 겹쳐지는 것을 느꼈다. 단
순히 화가 나서 노려보는 얼굴이 아니다. 돈밖에 모르는 수전노가 길거
리에서 누더기를 걸치고 앉아있는 거지를 바라보는 격멸의 눈빛이다.
갑자기 목이 바짝 말라 버렸다. 목소리가 쉰 것처럼 말이 나오지 않아서
더듬거리며 승철을 바라보았다.

"하여튼 무식한 것들 한티는 똑같은 말을 및 번씩이나 해야 한당께."

"머⋯⋯머라고?"

승철의 입에서 나온 목소리는 분명 아이의 목소리였다. 그러나 승철의 표정하며 목소리의 톤은 큰딸인 애자와 비슷했고 이동하와 흡사했다. 술에 취한 이동하가 아무런 이유도 없이 멸시하는 표정으로 근본이 없는 것들은 다 똑같당께라고 중얼거리는 목소리와 너무 흡사해서 가슴이 철렁 내려앉았다.

"또, 한 븐만 내 말 못 들었다고 해 봐라. 그때는 내가 가만있나 봐라. 아부지한테 야기해서 죄다 쫓아내버리고 말 팅게⋯⋯"

승철은 새파랗게 질린 들례의 얼굴을 가소롭다는 표정으로 노려보다가 홱 돌아서서 방으로 들어갔다.

춘임은 어린 승철의 기세에 짓눌려서 서 있을 수가 없었다. 대청마루에 걸터앉으며 들례를 바라본다. 파랗게 질려 있는 들례는 어깨를 축 늘어트리고 간신히 앉아 있는 것처럼 보였다.

이럴 수는 읎는거여! 이럴 수는 읎어!

손끝으로 툭 건들기만 해도 재로 만든 인형처럼 와르르 무너져 버릴 것 같은 들례의 눈빛에 서서히 힘이 들어가기 시작했다.

으메, 저⋯⋯저르다 사고 나는 거 아닝가 모르겠구먼.

들례의 눈빛은 예사롭지가 않았다. 한 뼘도 안 되어 보일 정도로 좁고 가녀린 어깨가 무색하리만큼 두 눈에서 날카롭게 빛이 났다. 마치 어두운 숲속에서 먹이를 노리는 짐승처럼 빛을 뿜어내는 눈빛으로 닫혀 있는 승철의 방문을 노려보았다.

"사⋯⋯사모님!"

창호지문을 뚫어 버릴 것처럼 노려보던 들례가 벌떡 일어난 것과 춘임이 날카롭게 들례를 부른 것은 거의 순간이었다.

"아……암것도 아녀……암것도 아녀……"

들례는 춘임이 날카롭게 부르는 소리가 아니었다면 승철의 방으로 뛰어 들어가 버릴 뻔했다. 팔자 좋게 만화책을 보고 있을 승철을 일으켜 세워서, 내가 뉜지 아느냐고, 감히 니 에미한테 그럴 수가 있느냐고, 그 어린 것의 멱살을 붙잡아 흔들고 싶었다. 하지만 춘임이 부르는 말에 정신이 번쩍 드는 것을 느끼며 도로 힘없이 주저앉고 말았었다.

비가 내리는데도 바람 한 점 불지 않았다. 수직으로 내리는 빗줄기는 바늘이 되어 들례의 가슴에 바늘구멍을 내고 있었다. 들례는 춘임이 눈치 채지 못하게 슬그머니 쥔 주먹에 힘을 주었다.

그려, 안직은 실망할 때가 아녀. 승철이가 있잖여. 그것이 안직은 어려서 뿔난 망아지츠름 지멋대로 굴지만 나이가 들어서 세상 돌아가는 이치를 알게 되믄 날 이해하겄지. 그때는 숯처럼 새카맣게 타 들어가는 에미의 심정을 백 가지는 다 이해 못해도 다믄 열 가지는 이해해 주겄지.

들례는 닫혀 있는 승철의 방문을 바라보던 시선을 거두고 춘임이 모르게 길게 한숨을 내쉬었다. 비는 여전히 추적추적 내리고 있었다.

"부면장님은 오늘도 큰댁으로 가셨나뷰?"

막걸리 두 잔을 비운 춘임의 얼굴에 잘 익은 복숭아 빛깔이 묻어 있다. 얌전하게 입술에 묻은 막걸리를 닦으면서 들례의 눈치를 살핀다.

"시방 너하고 같이 앉아서 막걸리 마시는 거 보고도 그런 말이 나오나?"

"사모님이 걱정이 돼서 하는 말이쥬?"

"내 걱정?"

"그려유."

"왜? 내가 당장 낼이라도 이 학산 바닥에서 쫓겨난다는 소문이라도
났냐?"

들례는 춘임이 자신을 걱정해서 하는 말이라는 점을 알고 있었다. 꼭
자신만 걱정하는 것이 아닐 것이다. 이동하의 성격에 어디 대처로 나가
서 한 일 년 정도 먹고살 돈을 줄지는 모르지만 춘임이 몫까지 내줄 리
는 만무하다. 자신이 학산바닥을 뜨게 되면 춘임이 신세도 늦가을 들판
에 처연하게 허공중에서 맴도는 낙엽 신세를 면하지 못할 것이다. 그래
서 이참 저참 걱정이 돼서 하는 말일 것이라고 생각하면서도 세모꼴로
눈을 뜨고 노려봤다.

"사모님도 참……제가 이 집에서 한두 해 살았남유? 솔직히 저는 여
기가 작은면장님 댁이고, 모산은 작은댁인 줄 알고 있었거든유. 근데 요
새는 여기보다 모산에 많이 가시니께 쫌 정신이 혼란스러운 거는 사실
이유."

"혼란스럽겄지. 정신이 지대로 백혀 있는 사람이라믄 당연히 혼란스
럽겄지……"

들례는 세모꼴로 노려보던 시선을 내려 깔고 막걸리 잔을 바라본다.
그려, 혼란스럽지가 않으믄 등신이지. 난도 지 정신이 아닌데 저라고 정
신이 온전하겄어? 내가 이 집에서 쫓겨 나믄 니 팔자도 드럽게 되겄지.
차라리 나는 당사장께 들 할 줄도 모르지, 하지만 춘임이 너는 또 워디

론가 바람처럼 정처 없이 흘러가서 식모살이라도 해야 항께 나 보담 더 가슴이 떨리겄지. 막걸리 잔을 천천히 들었다. 텁텁하면서도 시큼한 막걸리를 천천히 마시면서 절대로 그냥은 물러나지 않겠다는 생각에 부릅뜬눈으로 천장을 노려보았다.

"근데 사모님, 이런 말씀을 디려야 하나 마나……"

춘임은 제법 얼큰하게 취기가 올랐다. 젓가락 한쪽으로 간장을 찍어 먹고 나서 붉으스름하게 물든 얼굴로 들례를 바라보며 말꼬리를 흐린다.

"복창 터지는 야기라믄 안 혀도 된다. 너 아니더라도 복창 터질 일이 쌔버렸응께."

들례는 칼을 입에 물고 방바닥에 엎드려 죽지 않는 이상 그냥 물러나지는 않을 것이라고 이를 갈면서도 차분하리만큼 조용하게 말했다.

"이런 말씀을 디리믄 미친년이라고 하겄쥬?"

"야가 막걸리 및 잔 처먹고 취했나? 말을 할라믄 끝맺이를 해야지? 물에 물 탄 듯 술에 물 탄 듯 나하고 장난치자는 것도 아니고 시방 머 하자는 거여?"

"에라 모르겄다. 지는 하고 싶은 말을 못하믄 밤잠을 못자는 승질이라 더 이상 맘속에 담고 있을 수가 없네유. 우신 막걸리부터 한잔 하고 맘속에 담고 있던 말을 해야겄네유."

춘임이는 더 이상 참을 수 없다는 얼굴로 두 손으로 막걸리 잔을 들었다. 땡볕에서 벼를 베다가 새참으로 나온 시원한 막걸리를 들이키는 사람처럼 벌컥벌컥 들이키기 시작한다.

"야가 시방 먼 말을 할라고 이릏게 뜸을 들이는 거여."

밖에는 여전히 비가 부슬부슬 내리고 있었다. 들례는 말과 다르게 춘임이 하고 싶은 말에 별 관심이 없다는 얼굴로 빗소리에 귀를 기울인다. 이 시간에 모산에도 비가 내리고 있을 것이다. 이동하는 옥천댁의 몸에서 낳은 아들과 승철이와 함께 시간 가는 줄 모르고 희희낙락하고 있을지 모를 일이다. 어쩌면 드디어 아들을 낳은 옥천댁을 품 안에 안고 일찍 잠자리에 들었을지도 모른다는 생각이 들면서 가슴이 부르르 떨렸다.

"사모님 지는유. 모산 마님이 임신을 했다고 했을 때는 별로 몰랐는데유. 막상 승우가 아장아장 걸어댕긴다는 말을 듣고 나니까 참말로 지가 미친년이 되어 버린 것 같은 생각이 드느만유."

"참말로 미친년 같은 소리를 지껄이고 있구먼. 니가 시집을 가 봤냐? 니가 남자 품에 안겨 봤냐? 암것도 모르는 년이 멋 때문에 미친년이 되어 버린 것 같은 생각이 왜 드는데?"

"지가 암만 남자 품에 안겨보지 못했어도 어린아가 워티게 생기는지는 알고 있구만유. 한 마디로 씨가 있어서 종자가 생겨나는 거잖유. 하지만 부면장님은……"

"그라믄, 니 말은 옥천댁에서 나온 씨가 부면장님의 씨가 아니라는 말이냐?"

들례는 갑자기 가슴이 덜컹 내려앉는 것을 느꼈다. 들창문을 통해 들려오던 빗소리가 갑자기 멎어버린 것처럼 온 세상이 숨을 죽이고 자신의 말을 엿듣는 것 같았다. 자신도 모르게 사방을 두리번거리고 나서 은밀하게 물었다.

"사모님이 그러셨잖아유. 부면장님은 모산 작은마님하고는 아주 남남처럼 지내신다고 말여유. 반공일에 모산에 들어가는 것도 면장님하고 큰마님이 계싱께 눈 딱 감고 효도하는 생각으로 들어가신다고 하셨잖아유."

"그려! 내가 왜 그걸 생각하지 못했을까?"

들례는 마른 침을 꿀꺽 삼켰다. 춘임의 말이 틀린 말 같지는 않았다. 이동하는 지나가는 말처럼 옥천댁의 몸은 마른 짚단을 껴안는 기분 밖에 들지 않는다는 말을 했었다. 때로는 술에 취해서 너를 껴안고 있으면 옥천댁하고 어떻게 이 짓을 했는지 이해가 되지 않는다는 말도 했었다. 그런 이동하가 옥천댁이 아들을 낳을지 모른다는 생각에 갑자기 마음이 바뀌었을리는 없을 것이다. 가슴이 두근두근 거리면서 마치 엄청난 죄를 지은 것 같아서 다시 마른침을 꿀꺽 삼키며 춘임의 다른 말을 기다렸다.

"풀 한 포기 자라지 않은 자갈밭에서 호박이 넝쿨째 매달렸응께 그런 생각을 하실 정신이 있었겠슈?"

"그려! 그라고 봉께 난도 이상한 점이 한두 가지가 아녀."

"그기 뭔데유?"

"암것도 아니다. 하지만 너 이런 말을 다른 사람 앞에서는 일절 하지 말아야 한다. 만약 대나가나 이런 말을 쥐꼈다가 이 말이 부면장님 귀에 들어갔다가는 우리 둘 다 걸어지 차림으로 영동 가는 버스를 타야 항께. 내 말 무슨 말인지 알겠지?"

"에이그, 지가 어린아유? 대나가나 그렇게 무서운 말을 지껄이게."

"그려 너도 알 건 다 아는 나잉께 대나가나 쥐끼지는 않겠지. 어여 술이나 한 잔 쳐 보거라."

들례는 꼬막네의 말이 생각났다. 지달려 보믄 틀림읎이 원하는 대로 될 팅께. 아! 그동안 최영장군한티 드린 공이 있잖여. 내가 뫼시는 장군님 영이 아직은 팔팔항께 지달려 보란 말여. 꼬막네가 장담한 말이 사실이라면 옥천댁이 승우를 낳은 것은 하늘이 자신을 배신한 것이 아니다. 하늘이 드디어 나를 도우려고 손짓을 하는 것이라는 생각에 입술을 지그시 깨물었다.

그 시간에 이동하는 사랑방에서 이병호와 함께 술상을 사이에 두고 앉아 있었다. 오동나무로 만든 네모반듯한 겸상에는 이병호가 즐겨 마시는 정종과 지난 가을에 말린 곶감이며 집에서 만든 유과와 건포 안주가 차려져 있다.

"아부지도 참! 지가 국회의원 선거에 나간다고 하실 때는 잠깐 외출하셨슈. 이 아들이 워떤 일이 있드래도 국회의원을 해 먹을 팅께 두고 보셔유."

"그랑께, 그 머셔. 내년 오월에 선거가 있다는 말이냐?"

비봉산에 있는 나무들은 날이 갈수록 무성해지는데 이병호의 몸은 갈수록 살이 빠졌다. 전등불 밑에 앉아 있는 기름기 하나 없는 얼굴의 광대뼈가 짙게 음영이 져 보일 정도였다. 몇 잔 마신 정종에 양 볼만 희미하게 붉은 홍조가 묻어있다.

"안직 날짜는 확정되지 않았지만 내년 오월 초쯤 선거가 있을 것 같구먼유."

이동하는 한없이 깊고 부드러운 눈빛으로 승우를 바라보고 있다가 이병호의 잔이 비었다는 걸 알았다. 두 손으로 정종 주전자를 들어서 공손히 따라주며 이미 마음의 준비를 하고 있다는 얼굴로 대답했다.

"그 머시냐, 국회의원 선거를 할라믄 조직이라는 거시 있어야 되는 걸

로 알고 있는데……내년에 선거가 있으믄 시방부터 슬슬 준비를 해야
할 거 아녀?"

이병호는 승호가 곶감을 한꺼번에 삼키려고 하자 등을 톡톡 두들겨
주면서 곶감을 빼앗는다. 승우 손톱크기로 잘라서 입 안에 넣어준다. 승
우가 오물오물 먹는 모습이 너무 귀여워서 견딜 수 없다는 얼굴로 볼을
가볍게 쥐고 흔든다.

"조직 걱정은 안해도 될 거 가튜. 자유당 공천을 받게 되믄, 자유당
조직이 그냥 흘러 오게 되었응께."

"자유당 조직이라믄 빵빵하지, 영동군 관내 굉무원들이며 유관기관
직원들이 죄다 조직원이라고 해도 과언이 아니지. 하지만 조직이 암만
빵빵하다고 해도 관리를 지대로 못한다믄 죽 써서 개주는 꼴이 될 거여.
먹은 놈이 물 킨다고 고무신 한 켤레라도 받아 먹은 후보를 찍게 되어
있는 것이 세상사는 이치여. 자유당 빽만 믿고 한가하게 친구들하고 낚
시질만 댕겼다가는 멱국 먹기 딱 좋지."

"지도 생각이 다 있슈. 팔월이믄 우리 승우 돌이잖유. 그날 영동군내
에 근무하는 부면장들을 죄다 초대 할 생각이유."

"부면장들보다는 면장이 났지 않을까? 암만해도 부면장이 두 마디 하
는 것보담은, 면장이 한 마디 하는 거시 더 낳잖여."

"아부지는 하나만 아시고 둘은 모르시는 말씀유. 면장이야 정년퇴직
하믄 그날로 둥구나무 거리 태수나 춘섭이 하고 같은 등급이 되는 거유.
하지만 부면장은 언진가 면장을 해 먹어야 할 인물이라서……"

"옳지, 애비 말을 들어 봉게 면장은 빛 좋은 개살구구면. 난도 명색이
면장 출신인데 왜 그걸 몰랐을까?"

이병호는 자신도 모르게 무릎을 탁 소리가 나도록 치면서 기특하다는 얼굴로 이동하를 바라본다. 그 통에 승우의 엉덩이가 들썩거린다.

"그런데 말여, 내년이 선건데 팔월부터 설치믄 너무 이르지 않을까?"

승우가 다시 곶감을 먹으려고 한다. 이병호는 곶감을 너무 많이 먹으면 속이 달거라는 생각에 어이, 하고 안방에 있을 보은댁을 부르고 나서 이동하에게 시선을 돌린다.

"공식적으로 발표는 하지 않을규. 우리 승우 돌날 영동군 부면장 친목회를 조직할 생각이유. 그날은 친목회만 조직해 놓을 생각유. 그담에 자유당 공천을 받고 나서 화끈하게 한턱 냄서 도와 달라구 하믄 지덜이 머라고 하겠슈? 명색이 친목회 회장인 지가 국회의원 선거에 나가겠다는디, 그것도 야당이 아닌 자유당 후보로 나선다믄 찍 소리나 하겠슈? 외려 당선 되믄 잘 부탁한다고 선거 시작이 되믄 보따리 싸들고 문턱이 닳도록 들락 거릴규."

이동하는 곶감을 집으려고 엉덩이를 들썩거리는 승우를 안는다. 곶감 대신 따뜻하게 데워진 정종 잔을 들어 승우 입술에 살짝 갖다 대며 소리 없이 웃는다.

"아직 뼈가 무른 아한티 술을 먹이면 안 되능 겨?"

"정종은 곡주라서 괜찮을규."

"괜찮다고 해도 장차 크게 될 손자를 술탁배기로 맨들 셈여. 아서!"

이병호는 이동하가 그냥 정종을 마시는 흉내만 내보인다는 점을 알고 있으면서도 과장스럽게 손을 흔든다.

"지도 기냥 줘 본규."

잔기침도 없이 장지문이 열리고 보은댁이 들어온다. 이동하는 승우를 보은댁에게 넘겨주고 나서 자세를 바로 잡는다.

"한 잔 더 하실튜?"

"암만, 오늘 같은 날은 취하도록 마시고 싶구나. 장차 국회의원이 될 아들이 따라 주는 술인데 마다할까?"

이병호는 뾰족한 턱을 문지르면서 가늘게 웃는다.

"그기 워디 제가 잘 나서 국회의원이 되는 건가유. 하늘 같으신 아부지가 뒤에서 든든하게 버티고 계싱께 감히 꿈이나 꿔 보는 거쥬."

"좌우지간 돈 걱정은 하지 말고 이왕 칼을 뽑았응께 워떤 일이 있더라도 반드시 금빼찌를 달아 보도록 햐. 그래야 우리도 번듯한 곡성 이씨 족보를 만들 수 있능거여. 솔직히 니 앞이니까 하는 말이지만 우리가 근본이 있냐. 뿌리가 있냐? 돌아가신 아버님이 니 어머나 손녀 며느리 앞에서는 뼈대가 있는 곡성 이씨 자손들이라고 큰소리를 치기는 쳤지만 ……."

이병호가 고개를 숙이고 이동하만 들으라는 얼굴로 은근하게 말했다.

"아부지, 요새 세상이 워떤 세상유. 돈만 있으믄 살인도 하는 세상유. 옛날보다 돈의 끗발이 더 좋아지믄 좋아졌지 나빠지지는 않았슈. 솔직히 왜정시대 때도 돈 있으믄 황국신민이었고, 돈 읎으믄 조선놈이었잖유. 그 황국신민의 피가 시방도 대한민국을 지배하고 있잖유."

이동하도 행여 밤에 하는 말은 쥐가 듣고 낮에 하는 말은 새가 들을지도 모른다는 얼굴로 말했다.

"그려, 그 말은 니 말이 맞다. 일본놈들이 읎었다믄 우리가 이렇게 따신 방에 부자지간에 정답게 앉아서 정종을 마실 수나 있었냐? 이기 모두 다 느 할아부지가 선견지명이 계셔서 후지모토한테 잘 보인 덕분이

지. 그랑께 누가 머라고 해도 느 할아부지가 우리 집안을 일으키는데 미우나 고우나 일본 놈들이 한 부조 한 것은 사실이라는 점을 잊어서는 안 되능 겨. 내 말이 무슨 말인지 알겠지?"

"아이고, 아부지는 안직도 지가 어린안 줄 아시나뷰. 저 이래뵈도 보통학교 댕길 때 월요일 애국조회 할 때마다 신사에 가믄 황국신민서사를 외던 사람유. 하도 많이 외우다 봉께 시방도 하나도 안 잊어 뻐렸슈. 하나, 우리들은 대일본 제국의 신민(臣民)입니다. 둘, 우리들은 마음을 합하여 천황 폐하에게 충의를 다합니다. 셋, 우리들은 인고단련(忍苦鍛鍊)하고 훌륭하고 강한 국민이 되겠습니다. 어뜌? 이만하믄 지도 기억력이 괜찮은 편이쥬?"

황국신민 서사는 조선총독부학무국은 교육적으로 국민정신 함양을 도모한다는 명목으로 만들었다. 학무국 촉탁으로 있던 이각종이 문안을 만들었고, 학무국 사회교육과장 김대우가 관련 업무를 집행했다. 이것을 1937년 10월 2일 미나미 지로(南次郎) 총독이 결재를 해서 공식화되었다. 일제는 황국신민 서사를 모든 조선인들에게 외우기를 강요하기 시작했다. 각급 학교의 조례와 모든 집회에서 제창하도록 하는 것은 물론이고, 예전의 국민교육헌장 이상으로 교과서는 물론이고 모든 출판물에 이를 게재하도록 하였다. 이동하는 보통학교 다니던 시절을 회상하며 감개가 무량하다는 얼굴로 황국신문서사를 암송했다.

"그 당시 애비가 면사무소에라도 근무를 했응께 일인 선생님들도 널 특별히 애끼고 편애 했다는 건 알고 있겠지?"

어린애처럼 우쭐대는 이동하를 기특하다는 얼굴로 바라보고 있던 이병호가 자랑스럽게 말했다.

"그걸 왜 몰라유? 전 솔직히 그때부텀 나이는 어렸지만 이 세상에 빽이 읎으믄 절대로 성공할 수 없다는 걸 알았슈. 지가 국회의원이 될라고 하는 것도 따지고 보믄 우리 가문을 빛내야 한다는 거 머유? 사······사명감도 있지만 말유. 우리 가문 대를 이어 갈 승철이나 승우의 든든한 빽이 되어야겠다는 생각도 없다고 볼 수는 없슈."

경첩이 지났는데도 골짜기의 얼음은 아직 녹지 않았다. 뒤안의 감나무가 찬바람에 아우성을 치고 있지만 군불을 후끈하게 땐 사랑방 안은 다른 세상처럼 따뜻했다. 이동하는 따뜻한 방 안에 앉아서 따뜻하게 데워진 정종을 주거니 받거니 마셨더니 기분 좋게 취기가 오른다. 스스로 잔을 채우면서 자꾸 실없이 웃는다.

"그걸 말이라고 하냐. 이 세상에 빽이라는 것은 여름에는 시원한 나무 그늘과 같고, 겨울에는 찬바람을 막아주는 바람맥이와 같은 거여. 내 손자들이 곱게 성장해서 큰 사람이 될라믄 든든한 빽이 있어야 하는 거는 당연한 거지. 근데 말이 나왔응게 한 가지 물어 보자······ 너 들례를 언지까지 델고 살 생각이냐?"

들창문은 비봉산에서 부는 바람에 저 혼자 부르르 떨고 있는데 대청으로 통하는 장지문 밖에는 고요가 쌓여 있다. 이병호는 그런데도 옥천댁이 행여 술심부름 할 생각으로 대청에 있는지도 모른다는 생각에 갑자기 목소리를 낮추어 물었다.

"때가 되믄 강원도 꼴짝으로 보내든지 저 멀리 흑산도로 보내든지 보내 뻐려야쥬. 그래야 난중에 승철이가 지 생모가 들례라는 걸 알게 되더라도 이미 죽은 여자인 줄 알고 찾는 걸 포기해 버릴 거잖유."

이동하는 아무리 부자지간이지만 해야 할 말이 있고 못 할 말이 있다

고 생각했다. 보은댁이라면 몰라도 이병호가 채신머리없게 그런 거는
왜 묻느냐는 얼굴로 퉁명스럽게 말했다.

"들례 년은 팔려가는 강아지 마냥 네 뒤를 슬슬 따라가겠네?"

"에이, 장래 국회의원이 될 이동하 체면이라는 거시 있지. 워치게 그
년을 지가 직접 데리고 간데유. 남 시킨다믄 몰라두."

"그려, 니 맘대로 사람을 사서 내처버린다 치자. 그년이 말을 잘 들을
거 가텨?"

"그거야? 지가 가라면 가고 오라면 와야 되는 신세 아닌가유? 솔직히
들례 그년은 안직 호적도 읎슈."

이동하는 읍내에서 주먹깨나 쓰는 건달들이나, 형사로 근무를 하다
그만 둔 문기출 같은 놈에게 쌀 서너 가마니 가격만 던져주면 흑산도가
아니라, 제주도 근처에 있는 추자도라도 날려 보낼 수 있을 것이라는 말
은 입 밖으로 내지 않았다.

"호적도 읎응께 그 머셔……"

이병호는 이동하의 말이 섬뜩하게 들려와서 그다음 말을 잇지 못했
다.

"엄한 생각은 하지 마셔유. 명색이 국회의원이 될 지가 엉뚱한 짓이야
하겠슈. 하지만 이 세상에 돈만 있으믄 죽은 놈을 살리는 거 빼 놓고는
다 할 수 있는 기 우리나라유. 그쯤만 알아두시고, 앞으로는 들례 문젤
랑 지한테 맡겨두시고 일절 관여하지 마셔유."

"어련히 알아서 하겠냐. 근데 그때가 언지여?"

"좌우지간 들례 문제는 지가 다 알아서 할 팅게 저한테 맡겨 둬유. 지
가 한두 살 먹은 어린아도 아닌데 설마 들례를 평생 데리고 살겠슈?"

"내 말은 그때가 언지라는 거여?"

"안직은 생각이 읎슈."

이동하는 슬그머니 들례의 나긋나긋한 같은 몸뚱아리가 그리워졌다. 정종도 적당히 마셨겠다. 이런 날 들례의 나긋나긋한 허리를 꼭 껴안으면, 가슴이 터져 나가 버릴 것 같은 신음소리를 토해내며 찰거머리처럼 달라붙을 것이다. 그런 들례를 버리기에는 아깝고 데리고 있기에는 부담이 가는 것은 사실이다. 그러나 아직은 버릴 때가 아니라는 생각에 딱 잘라 말했다.

"안직은 생각이 읎다니? 자유당 공천을 받으면 국회의원 되기는 누워서 식은 죽 먹기나 마찬가지라고 하지만, 상대방 후보가 첩질하는 후보라고 욕하고 댕기면 워짤라고?"

"그런 걱정은 안 하셔도 되유. 우리나라가 워떤 나라유? 동방예의지국에서 남자가 첩질 좀 한다고 해서 흠이 되는 나라유? 그라고 들례가 위째서 첩이유? 아부지 눈에는 들례가 첩으로 뵈남유? 들례 가는 씨받이유. 엄연히 씨받이로 들어 온 년이라 이거유. 마누라가 아들을 못 낳아서 당장 대가 끊기게 되었는데, 그 대를 잇기 위해서 씨받이를 들인 것도 흠이 되남유? 아! 옛날에는 마누라가 대를 이을 아들을 못나믄 칠거지악에 속했슈."

"씨받이라믄 아들을 났응께 내보내는 거이 응당 도리가 아녀?"

이병호는 칠거지악이 있으면 삼불거도 있는 뱁이 아니냐고 반문을 할 뻔 했다. 조선 시대의 칠거지악이 아내를 쫓아 낼 수 있는 7가지라면 삼불거는 아내를 쫓아내서는 안 되는 3가지 이유다. 그중 쫓아내도 오갈 곳이 없으면 쫓아 낼 수 없다는 내용이 들어있다. 하지만 들례 같은 것 때문에 자식하고 갑론을박 할 이유가 없다는 생각에 삼불거리는 입 밖에 내지 않았다.

"아따! 아부지도 참, 괜한 걱정을 다 하시고 계시네유. 아! 씨받이도 인연이라고 아를 놔 놓고 봉께 불쌍해서 좀 데리고 있다고 하믄 그기 욕할 일유? 넘들이 들으면 칭찬 할 일이지."

"어이구, 그놈의 머리는 참으로 편하기도 하다. 좌우지간 내 생각은 하루라도 빨리 들례를 흑산도로 보내는 거이 난중에 일이 쉽게 풀릴 거 가텨. 그 머여, 흑산도는 섬이라서 포구만 지키고 있으믄 감옥소나 진배 읎다더라. 그런데서 뒤 달만 살아도 실한 뱃놈들이 가만히 두겄냐? 어뜬 놈 손을 타도 손을 타게 되어 있지. 그런 놈 만나서 아 낳고 살다보면 나름대로 그 재미에 빠져서 승철이는 잊어 뻐리겄지."

이병호는 상아 파이프에 담배를 꽂았다. 오른쪽 이빨로 상아 파이프를 지그시 물고 성냥을 그어댄다.

"여부가 있겄슈."

"니가 장래 국회의원 깜이라고 하지만 내가 볼 때는 안직 내 슬하에서 자라고 있는 아여. 그랑께 애비 말 흘려듣지 말고 명심햐. 옛말에 으런 말을 들으믄 자다가도 떡이 생긴다는 말도 못 들어 봉 겨?"

"알겄슈. 지도 아부지 아들이기 전에 학산면 행정을 책음지고 있는 부면장유. 지 앞가림은 지가 알아서 할 팅께 아부지나 오래오래 사셔유. 그래야, 이 자식이 국회의원도 돼고 장관도 되는 꼴을 보실 거 아뉴."

"니 말만 들어도 배가 부르구먼. 알았다. 오늘은 이만 하고 상 치우라고 해라."

이병호는 술상 앞에서 모로 돌아앉았다. 대청에 전등불이 꺼진 것을 보이 밤 10시가 지났다. 이동하가 국회의원만 된다면 쌀 몇 백가마니 정도는 눈 하나 깜빡하지 않고 선거자금으로 내놓을 마음의 준비가 되어 있다. 자유당 공천만 받으면 국회의원이 된 것이나 다름없다고 생각하니까 어떠한 일이 있더라도 오래 살아야겠다는 생각이 든다.

청솔회

이동하는 말 한마디 하지 않고 천천히 맥주를 마시면서 심천 부면장을 바라본다.
총무를 보는 양산부면장과 심천 부면장은 오늘 모임이 있기 전에
며칠 전에 영동 기생집에서 만나 은근히 회장이 하고 싶다는 뜻을 내비쳤었다.
둘의 말이 척척 맞아 돌아가는 것을 보니 사전에
교감이 있었던 것 같다는 생각에 마음속으로 회심의 미소를 짓는다.

학산 삼거리에 있는 중국 요리점 태화루 점심시간은 장날이 아닌 날에도 근처에 우체국이며 면사무소에, 농협조합이 있어서 꽤 바쁘다. 장락이는 점심 장사를 시작하기 전에 아침 겸 점심을 먹고 부지런히 배달을 다녔다. 가깝게는 눈앞으로 보이는 우체국에서 멀게는 국민학교까지 배달을 몇 번 다니다 보면 점심 장사가 끝난다.

점심장사가 끝나면 하루 중 가장 한가한 시간이라서 홀 안까지 흘러 들어 온 햇볕도 나른하게 졸고 있었다.

소매를 잘라서 반소매로 만든 군복을 입고 있는 주방장은 빈 식탁에 앉아서 한가하게 파를 다듬고 있다. 카운터 앞에 앉아 있는 진 사장은 담배 연기를 모락모락 날리며 신문을 읽고 있다. 병락이도 사장 뒤에서

허리를 숙이고 어깨 너머로 신문을 보고 있다.

"어이! 여기 빼갈 한 도꾸리 더 가져 와 봐."

"야, 얼릉 갖다 드려."

주방 뒤쪽에 있는 골방에서 남자의 굵직한 목소리가 새 나왔다. 신문을 보던 진사장이 고개를 들지 않고 팔꿈치로 뒤에 서 있는 병락의 배를 쿡 찌른다.

"시방 갖고 가유!"

병락이는 큰 소리로 대답을 하고 주방 안으로 들어갔다. 주방 안에는 나무 상자 안에 한 되짜리 유리병에 들어 있는 고량주가 짝으로 있다. 뚜껑이 연 흔적이 있는 한 되짜리 병을 꺼내서 손바닥만 한 호리병에 고량주를 따랐다.

골방은 여러 개의 방을 지나서 주방 뒤쪽으로 꺾어지는 부분에 있다. 빛이 들어오지 않아서 어두컴컴한 골방문 반대편에는 주방으로 통하는 문이 있어서 시큼한 냄새가 풍긴다.

"여기 있슈."

병락은 가볍게 노크를 하고 방문을 열었다. 방 안에는 모산 구장 황인술과 면사무소 강 서기가 마주 앉아서 탕수육을 안주 삼아 술을 마시고 있다. 밖은 햇볕이 쨍쨍한 대낮인데 전등불 밑으로 보이는 황인술과 강 서기의 얼굴에는 붉게 노을이 져 있다. 병락은 고량주가 들어 있는 호리병을 방 안으로 들여 놓고 추가로 주문 할 것이 없느냐는 얼굴로 그들을 바라본다.

"야끼만두 한 접시 더 가져 와라."

황인술은 벌떡 일어서서 호리병을 들며 방문을 닫는다. 대낮에 독한 빼갈을 마셨드니 엄청 취하는구먼, 이라고 중얼거리며 강 서기 맞은편에 앉았다.

"빼갈은 마실 때 뿐유. 여기서 한숨 자고 나면 금방 괜찮을규."

강 서기는 엄지손가락 크기의 유리잔에 담겨 있는 고량주를 입 안에 톡 털어 놓고 능글맞게 웃는다.

"일만 읎다믄이야 성주옥에 가서 허리띠 풀러 놓고 한잔 더 하고 싶지. 하지만 워디 그려, 나락씨도 물에 담가야 하고, 못자리도 맨들어야 하고, 모심을 논 논둑도 쳐야 하고, 마늘밭에 물비료도 쥐야 하고, 해야 할 일이 한두 가지가 아녀. 강 서기 만나는 일만 읎었으면 몸이 열 개라도 모질라."

황인술은 두 손으로 강 서기 빈 잔에 고량주를 따라주고 나서 자기 잔도 채웠다. 알딸딸하게 취기가 오르면서 봉산댁의 몸뚱아리가 생각났다. 오늘 같은 날 비료대 미수금 때문에 상전처럼 모셔야 하는 강 서기가 아니고 봉산댁이 앞에 앉아 있었다면 제대로 술맛이 날 것 같았다.

"농사라는 거시 일을 할라고 팔을 걷어 부치면 일년 삼백육십오일 발바닥에 땀나도록 뛰어 댕겨도 부족하쥬 머, 하지만 솔직히 구장님츠름 머리가 좋으신 분이 모산 꼴짜기 같은 디서 농사꾼으로 썩기는 아깝다는 생각이 들어유. 내 생각 같아서는 농사 때려 치시고 읍내 같은 디 나가서 장사를 하시믄 지대로 하실 거 가텨."

"난도 그른 생각을 한두 번 해 본기 아녀. 허지만 그 머여, 이거시 있어야 장사를 하든 학산으로 이사를 나오든 할 거 아녀."

황인술은 강 서기의 말에 치마를 걷어 올리고 밥상 앞에서 헐떡거리던 봉산댁의 몸이 흔적도 없이 사라져 버렸다. 동네 사람들한테 받아 쓴 비료대만 없다면 읍내에 나가서 셋방을 사는 한이 있더라도 마음 편하게 쌀장사라도 하고 싶었다. 야반도주를 하지 않는 이상은 그놈의 원수 같은 비료대를 갚아야 하는 걸 생각하면 왜 내가 그 돈을 썼을꼬, 하는 후회감에 자신도 모르게 분통이 터진다. 하지만 이내 비료대를 써버린 것 자체가 잘못이라는 생각에 애매하게 웃어 보이며 손가락으로 동그라미를 그려 보였다.

"어뜬 놈은 첨부터 돈이 있어서 장사를 시작하남유? 츰에는 여기저기서 빚내고 자갈밭 팔고 해서 쪼그만 가게 하나 은어서 시작하다가 점점 불려나가서 가게도 불리고 집도 사고하는 거쥬. 영동 우시장 근처에서 신발장사하는 팔식이 형도 츰부터 번듯한 가게를 냈던 거시 아뉴."

"강 서기 동리 팔식이라믄 학산 장날마다 고무신 팔러 오는 사람 아닌가? 그이는 우리 동리 누구하고 일가되는 사람인데……요새는 살만하다는 소문이 나드만."

황인술은 고량주를 입 안에 톡 털어 넣었다. 오늘 따라 별 맛이 없는 탕수육을 귀찮다는 얼굴로 씹으며 담뱃갑을 끌어 당겼다.

"왜 아뉴. 학산 장날 고무신 파는 데가 모두 네 군데유. 영동서 학상장까지 고무신 팔러 오는 집이 그 집 벆에 읎잖유. 나머지 세 집은 모두 학산 사는 사람들이고 좌우지간 그 형도 츰에는 가게도 읎이 난전에서 고무신을 팔았잖유. 하지만 시방은 착실하게 기반을 닦았슈. 영동가서 땅값 비싼 시장통에 집 사고 가게 있으믄 더 이상 멀 바라겄슈. 착실하게 성공한 거지 머."

"에이그, 나도 진작에 모산을 떠야 하는데 구장 노릇 및 년 만에 늘어난 거는 빚 벆에 읎고, 생긴 것은 주름살 벆에 읎으니 먼 수로 장사를 한다능 거. 그래서 하는 말인데 아까두 말했지만 내가 올 가실에는 틀림없이 밀린 미수금을 죄다 받아 낼 모냥잉께 모판에 뿌릴 비료 좀 내 줘. 아! 당장 못자리를 만들라믄 비료가 있어야 하는데 비료를 배급해 주지 않으믄 동리 사람들이 머라고 하겄어? 구장이 중간에서 비료대 다 떼처먹었다고 수군거리지 않겄어? 구장질 하느라 내 농사도 지대로 못짓고, 얼빠지도록 동리 일 해 주고 도둑놈 소리 듣게 생겼다 이거여. 그랑께 강 서기가 날 좀 도와 줘."

"나도 남자유. 한번 도와준다고 했으믄 면에서 모가지를 당하는 일이 있드라도 도와주는 사람유. 날이라도 달구지 끌고 오믄 비료를 내줄 팅께 그 걱정은 하지 말고 약속이나 지켜유. 그라고 솔직히 말해서 구장님하고는 상관이 읎는 말이 되겠지만 중간에서 비료대 떼먹고 야반도주하는 구장들이 한둘이 아뉴. 어지 신문에서 봤는데 며칠 전에도 강원도에 있는 어떤 동리 구장놈이 비료대를 삼십 만환이나 떼먹고 야반도주를 했다잖유. 그래서 그 동리는 6·25는 저리가라 할 만큼 난리가 났다고 하드만유. 비료 값이 싸기나 해유? 요새 돼지 새끼 한 마리 사천 환씩 한다고 하잖아유. 유안이나 초안 비료가 삼천 환 돈유. 구장이 비료대를 떼먹고 도주했다고 해서 면사무소에서 갚아 줄리는 읎고, 집집마다 냈던 비료대를 두세 번씩 낼라고 해 봐유. 한해 농사 져서 비료대 미수로 안 남기는 것만 해도 다행인데, 냈던 비료대를 또 낼라고 하믄 지 둥뿌리 안 뽑히는 집이 워딨겠슈. 난리가 나도 생난리가 났겄지……요새 미칠 낮술을 안 마시다가 오랜만에 마싱게 입에 착착 달라붙는구먼. 어서 들어유, 오는 정이 있으믄 가는 정이 있다고 구장님이 두 도꾸리 샀응께 이븐에는 지가 사쥬?"

강 서기는 말을 할수록 황인술의 얼굴이 굳어지는 것을 보고 슬쩍 말꼬리를 돌렸다.

"우리 동리 사람들은 강 서기가 아는 것츠름 살림 사는 거시 다 그려. 면장 댁이 도지를 끊겄다고 하믄 십에 구할은 목구녘에 거미줄 칠 수 뻭에 읎구먼. 그릏다고 논밭전지에 비료를 안 뿌릴 수는 읎는 일. 도지 땅이나 많나. 콧구녁만한 땅 농사 져 봤자 도조 준 다음에 이거 띠고 저거 띠다 보믄 비료대가 미수로 남는 거는 어떻게 생각해 보믄 당연한 일이여. 원리원측대로 따지자믄 야박한 일이 되겄지만 비료를 주믄 안 되겄지. 하지만 눈만 뜨면 미우나 고우나 쳐다봐야 하는 낯짝들 아녀. 그 집구석에 숟가락이 및 갠지, 밥 주발이 및 갠지 눈을 감고 있어도 부처님 손바닥 들여 보듯 알고 있음서 냉정하게 딱 잘라서 못 준다고 할 수는 없잖여. 당장 비료 외상 안 주믄 죽겄다고 목을 내놓는 통에 위틱햐. 구장된 죄로 속 깊은 강 서기 한티 매달릴 수 뻭에……"

황인술은 강 서기의 말 한마디 한마디가 바늘이 되어서 가슴을 쿡쿡 찌르는 것 같았다. 침으로 입술을 바르지도 않고 거짓말을 하려니까 괜히 손바닥이 간질간질했다. 술상 밑으로 손바닥을 긁으면서 능청을 떨었다.

"난도, 비록 면사무소에서 공무원으로 일을 하고 있기는 하지만 집에 가믄 농사를 짓는 사람유. 구장님이 긴 말 하지 않아도 다 이해 항께 어여 술이나 마셔유. 솔직히 구장님이 저를 도와주시는 거 생각하믄 그까짓 비료대 미수는 아무것도 아니쥬 머. 자! 술잔 볐응께 어여 한 잔 받으셔유."

강 서기는 황인술이 비료대를 얼마나 횡령을 했던 크게 고민하지 않았다. 쥐도 도망 갈 구멍을 보고 쫓으라고 했다. 당장 횡령한 돈을 갚으라고 하면 황인술도 야반도주 할지도 몰랐다. 야반도주를 한다고 해도 경찰에 고소를 하면 그만이다. 문제는 새로 선출된 구장에게 일을 시키려면 여러 가지로 불편 할 것이라는 점이다. 그럴 바에는 황인술을 어르고 달래서 횡령한 돈을 토해 놓게 하는 것이 현명한 방법이라는 생각에 너스레를 떨었다.

"그려, 오늘 이왕 일 못하는 거 강 서기 하고 맘껏 마셔 보지 머."

황인술은 탕수육 값하고 고량주 값이 못 나와도 오백 환은 나올 거라고 생각했다. 오백 환이면 백 환 부족한 보리쌀 반말 값이다. 보리를 수확하려면 아직 한 달은 넘게 남아있는 시기라서 보리쌀 반 말이면 삼일은 먹을 수 있다. 그나마 먹고살 만한 집에서 배부르게 하는 말이고 끼니를 거르는 집이 한두 집이 아니다. 그런 집에서는 아침은 보리밥을 지어 먹고 점심은 거르고 저녁은 보리쌀 한 줌에 감자를 삐져 넣은 감자죽이나, 쑥을 넣고 끓인 쑥죽, 콩나물죽에, 나물죽을 끓여 먹기 예사다. 그렇게 귀한 보리쌀 반 말을 한 자리에서 마셔 없앤다는 것은 죄를 짓는 일이다. 하지만 지금은 보리쌀 반 말 값이 문제가 아니다. 어떠한 일이 있더라도 일단 비료를 배급받아야 한다. 일단 비료를 배급해 준 다음에 비료대를 받아야 먼저 밀려 있는 어느 정도 돈을 갚을 수 있기 때문에 속이 쓰리더라도 내색을 할 수가 없었다.

황인술과 강 서기는 서로 말은 안 해도 비료대 미수에 대한 건은 이정도에서 마무리가 되었다고 생각했다. 뭔가 말을 해야 하는데 적당한 말이 생각나지 않아서 말없이 탕수육을 먹고 있는데 문이 열렸다.

"술 더 갖고 올까유?"

문이 열리면서 병락이 방 안으로 들어오지 않고 고량주를 갖고 왔을 때처럼 군만두 접시를 방 안으로 밀었다.

"한 도꾸리 더 가져 와라."

황인술이 주문을 하려고 입술을 달싹거리는데 강 서기가 취한 눈빛으로 장락이를 바라보며 말했다.

"빼갈만 갖고 오믄 되는 거쥬?"

병락이 술을 주문한 강 서기를 바라보며 묻는다.

"또 머가 있는데?"

황인술이 군만두를 간장에 찍어 먹으며 물었다.

"요리가 한두 가지남유? 탕수육은 기본이고, 난자완스에 깐풍기, 유산슬에, 우리 주방장님이 대전의 유명한 요리점에서 날리던 분이라 못 하는 요리가 읎슈."

"이 자식아 공갈치지마. 대전에서 날리던 주방장이 봉급을 얼마나 더 받는다고 학산 꼴짝까지 와서 요리를 햐. 까불지 말고 빼갈 한 병하고 탕수육이나 한 접시 가져와. 이왕 마시는 김에 오늘 꼭지가 돌도록 마셔 보자."

강 서기는 갑자기 취기가 핑 돌았다. 흔들리는 눈빛으로 장락이를 바라보며 상 위를 더듬어 담배를 찾았다.

"면사무소 안 들어가 봐도 되겠슈?"

황인술이 강 서기에게 담배를 권하며 물었다.

"내가 뉘유. 이래뵈도 학산면 사무소 직원 아뉴. 장차 학산면장이 될 강 서기란 말유. 그런 내가 천하의 모산 구장님하고 술 좀 마시겠다는데 어뜬 놈이 머라고 할 거유. 안 그려유?"

"그려, 그려. 이왕 베린 몸 머가 무섭겄어. 우리 여기서 진탕 마시고 상주옥으로 옮겨 보지 머. 난도 남들처럼 기생 속살이 워떤지 맛 좀 봐야 겄어."

황인술도 강 서기 못지않게 취기가 돌았다. 오늘 계산이 얼마나 나올지 대충 짐작을 하기도 싫었다. 그까짓 오백 환을 아낀다고 해서 비료대를 모두 갚지는 못할 거라는 자포자기 심정에 맘껏 취하고 싶기도 했다.

1년 중에 6월의 논밭처럼 여러 가지 얼굴을 보이고 있을 때가 드물다. 아직 노랗게 익은 보리를 베지 않은 논이 있는가 하면 온 가족이 쪼그려 앉아서 감자를 캐고 있는 논도 있다. 물이 차는 진논이라서 감자나 보리를 심지 못하는 논은 일찌감치 쟁기질을 끝내고 못물을 대어 놓은 논도 있다. 보리를 베고 난 논에 모를 심기 위해서 쟁기질을 하고 있는 논이 있는가 하면, 논 구석에서 푸릇하게 모가 자라고 있는 모판이 있는 논도 있다.

모내기는 일 년 중에 가장 중요한 농사일이자, 일 년의 소득을 좌우지하는 중요한 일이다. 조금은 느긋했던 5월과 다르게 6월의 농부 얼굴에는 사뭇 긴장감이 감돌기도 하는 이유도 모내기를 해야 하는 시기인 까닭이다.

6월이 지나고 8월이 되면 땅내를 맡은 모가 화살촉처럼 하늘을 향해 꼿꼿하게 서 있다. 바람이 불면 푸른 물결이 일렁거리듯 논에서 초록빛이 연초록으로 변하며 파도가 일렁거린다.

이때쯤이 되면 농부들은 한가하게 둥구나무 밑에서 이런저런 이야기로 시간을 보내거나, 낮잠을 자기도 하고 둠벙을 퍼서 미꾸라지를 잡아

추어탕을 끓여 먹기도 한다.

고요하리만큼 정적이 감돌고 있는 들판과 다르게 둥구나무 밑에는 멍석이 석 장이나 깔려있고, 멍석마다 잔치 때 사용하는 두레상이 길게 늘어서 있다. 두레상 앞에는 모산 사는 이들 뿐만 아니라 학산에서 온 면서기들의 얼굴도 보이고 조합서기며, 순경들과 비슷한 제복에 모자를 쓰고 있는 우편배달부들 얼굴도 보인다.

"많이 들 자셔유. 모지란 거시 있으시믄 부담없이 말씀만 하셔유."

모산 사람들은 아침부터 마신 술에 벌게진 얼굴로 두레상 앞에 앉아 있는 손님들에게 접대하기 바쁘다. 연신 면장 댁을 오르락내리락하며 떡이며 전이나 과일이 든 광주리를 이고 내려오는 아낙네들의 치마는 팔랑팔랑 거리고, 둥구나무 거리 손님 접대를 책임지고 있는 박평래는 물 만난 고기처럼 바쁘게 면장 댁을 오가며 손님들을 접대하느라 환갑 넘긴 나이가 무색할 정도이다.

제법 목소리에 변성기가 온 소년들도 나름대로 할 일을 찾아서 잔심부름을 하는 사이 몰래몰래 훔쳐 마신 막걸리에 모닥불을 쬔 것처럼 얼굴로 벌겋게 달아 올라있다. 동네 개들도 늙은 개부터 강아지까지 모두 나와서 면장 댁으로 오르는 골목을 뛰어 다니며 꼬리를 흔든다. 동생들을 포대기로 등에 업은 예닐곱 살 어린 계집들은 둥구나무 거리에서 손님들이 음식 먹는 모습을 흘끔거리며 지켜본다. 손님들이 일어서면 먹다 남은 떡이랑 전이란 과일조각들을 잽싸게 집어서 잰걸음으로 집으로 간다. 나중에 혼자 먹을 속셈으로 장독대며, 가족들의 손길이 뜸한 골방이나 벽장 안에 숨겨 놓기 바쁘게 얼른 둥구나무 거리로 향한다.

박태수의 집 사랑방에는 김춘섭을 비롯해서 윤길동이며 오씨 등이 방이 비좁아 터지도록 차지하고 앉아서 점심 무렵부터 이어져 온 술잔치를 벌이고 있다. 모두들 오랜만의 포식에 얼굴은 가문 날 저녁나절의 서쪽하늘처럼 빨갛게 물들어 있다.

"해방되던 해인지 그 이듬해인지 잘 기억은 나지 않지만 둘째 돌잔치도 대단했지."

방 가운데는 비록 옻칠이 드문드문 벗겨지기는 했지만 단단한 피나무로 만든 둥근 밥상이 차지하고 있다. 밥상 위에는 듬성듬성 썬 돼지고기가 푸짐하게 담긴 접시, 돌잔치의 주인공인 백설기와 수수팥떡이 담긴 접시에, 새우젓 접시와 각종 전이 담긴 접시가 가득 차지하고 있다. 김춘섭이 박태수의 잔에 넘치도록 막걸리를 따라주며 말했다.

"돌잔치가 아니고 백일 잔치였을껴. 그 집 돌잔치는 이번이 츰 일걸."

"그건 태수 말이 맞는 말여. 내가 알기로도 면장 댁에서 돌잔치는 이번이 처음인 걸로 알고 있구면."

요즈음 향숙이가 이유를 알 수 없이 시름시름 앓고 있어서 얼굴에 늘 그늘이 져 있는 윤길동이 박태수의 말을 거들고 나섰다.

"그라고 봉께 승철이도 돌잔치를 안 한거 가텨."

오씨가 볼이 미어터져라 돼지고기를 씹으며 끼어들었다.

"그 집에서 뭐가 부족해서 손녀며 아들 돌잔치를 안 해 주겠슈. 해방되고 나서 낳은 자식들은 죄다 돌찬지를 해 줬슈. 더구나 씨받이까지 은어서 낳은 사대 독자 아들인데 돌잔치를 안 했을 택이 있남유. 동리 사람들한테 백설기며 수수팥떡은 돌리지 않았지만 집안에서는 돌상을 차린 걸로 알고 있구만."

박태수는 승철이 돌잔치 때 동네에서 유일하게 초청을 받아서 박평래와 함께 참석했었다는 말은 하지 않았다. 마치 딴 세상에 온 것처럼 윤기가 자르르 흐르는 장판하며 모산 어느 집에서도 보지 못한 벽지며 옻칠을 한 자개농이 지금도 눈에 선하다. 무엇보다 붉은 공단치마를 차려입은 옥천댁의 하얀 손이 기억을 사로잡는다. 이것 좀 잡사 보셔유. 쟁반에다 들고 온 경단 접시를 내려놓던 손가락은 너무 길고 가늘어서 삼십 대 여자의 손가락이 아닌 도회지 사는 소녀의 손가락처럼 고왔다.

"태수가 봤다면 잔치를 한 거시 맞구먼."

김춘섭이 부럽다는 얼굴로 고개를 끄덕이며 말했다.

"태수 말이 아니더라도 돌잔치를 안 할 수는 없었겠지. 문전옥답 뿌린 콩씨만 진짜 콩이고, 자갈밭에 뿌린 콩씨는 가짜라는 벱은 없응께."

오씨는 볼이 터지도록 씹던 고기를 꿀꺽 삼키느라 눈알이 튀어 나올 거처럼 목젖을 꿈틀거리고 나서 물 대신 막걸리 잔을 들었다.

"말 희한하게 하는구먼. 문전옥답에 콩씨를 뿌릴 턱도 없지만, 문전옥답에 뿌리는 콩씨는 머고, 자갈밭에 뿌리는 콩씨는 또 머여? 요새 새로 나온 종잔가?"

"아따, 춘섭이는 다 알고 있음서 먼 딴 소리여. 학산 들례하고, 옥천댁을 빗대는 말이지 머. 좌우지간 머니머니 해도 돈은 있고 봐야 한다는 말이 틀린 말은 아녀. 환갑잔치나 시집 장개 보내는 것도 아니고 제우 자식 돌잔치 한 번 하는데 못 들어가도 쌀 열가마니 값은 들어 간 거 같지 않은가?"

구석자리에 앉아 있던 누군가가 태수에게 물어보는 표정으로 말했다.

"백설기며 수수팥떡에 경단이며 떡만 해도 닷말을 했다는구먼. 돼지를 세 마리나 잡고, 탁주를 닷 섬 예상한댜. 그것만 하는 거시 아니잖여.

이런저런 음식을 만드는 비용도 솔찮을 거잖여. 내가 알기로는 열 가마니는 넘게 들어갔을 겨.”

박태수는 모든 이들의 시선이 자기에게 와 있는 것을 느끼고 괜히 우쭐해지는 것 같아서 자랑스럽게 말했다.

“옘병! 우리 같은 놈은 자식 장개를 보낸다 해도 쌀 한 가마니 내기 힘이 들판인데 돌잔치에 열 가마니가 들어간다는 말을 듣고 낭께 갑자기 괴기 맛이 썹네.”

이병호가 둥구나무 거리에 있는 열 마지기 논을 도지 낸다는 말에 공을 들였던 김천섭이 돼지고기 비계를 소금에 찍어서 맛있게 먹으면서도 말했다.

“그런 걸 보믄 세상 참 불공평햐. 아 어떤 놈은 에미 배 속에서 나올 때 금테를 둘르고 나왔나. 똑같이 열달 배 아파서 세상 햇볕을 본 처지에, 우리 같은 놈은 평생 부잣집 놉으로 살 팔자고, 어떤 놈은 돈을 물쓰듯 살고 있응께 심 빠져서 살겄어.”

윤길동은 이병호한테 안 좋은 감정을 가지고 있어서 목소리가 불거져 나온다.

“그래도 왜정 때 보담은 낫고 인공치하 때 보담은 낫잖여. 요새는 얼매든지 열심히 일만 하믄 먹고 사는 데는 지장이 읎는 세상잉께.”

“태수 자네는 마누라 잘 둔 덕에 그른 말이 나올지 몰라도 우린 안 그려. 여핀네라고 자네 처처름 머리를 쓸 줄 아남? 악착같이 돈을 모을 줄 아남? 그저 잘 하는 것이라고는 시도 때도 읎이 바가지 긁는 거하고, 부모 지삿날이 가까워 오믄 몇날 며칠 전부터 쌀이 읎네, 명태 살 돈이 읎네, 나한테는 대 놓고 욕은 못하고 엄한 자식들한테 기차 화통을 쏿아

먹은 목소리로 달달 볶는 재주밖에 읊웅께, 먼 재미로 살아 가겠어."

"이럴 때는 시집 장개 보낼 자식도 읊고, 강짜 부리는 마누라도 읊고, 뫼실 지사도 읊는 창세 형님이 젤 부럽구먼."

윤길동은 막걸리를 마시고 나서 손등으로 입술을 쓱 닦는다. 향숙이가 걱정이 돼서 슬슬 일어나서 집에 갔다 와야 한다. 모리댁은 보나마나 면장 댁에 올라가 있을 것이다. 오늘도 학교에 가지 않은 향숙이는 점심때 떡 조각 몇 개를 먹는 둥 마는 둥 하는 것은 봤지만, 아무도 없는 빈집에서 또 까물어쳐 있을지도 모를 일이다. 자식이라고는 딸자식 하나밖에 없지만 열 자식 부럽지 않게 키웠다. 행여 입으로 불면 날아갈까 애지중지 키운 자식이 한참 커 나갈 나이에 가문 날 호박잎처럼 축축 늘어져 있으니 요즘은 살아도 사는 것이 아니고 먹어도 먹는 것이 아니다. 자식이 없는 오씨는 적어도 자식 때문에 엄한 속을 태우지는 않을 것이라는 생각에 자신도 모르게 말이 나왔다.

"아따, 시방 사람 약 올리는 거여 머여. 자고로 자식은 저 먹을 숟가락은 안고 태어난다는 말이 있잖여. 자식이 열이라고 곯어 죽는 집안 읊는 것도 바로 그런 이치여. 자식이 많으믄 부모가 그만큼 열심히 일을 해야 하고, 나처럼 자식도 부양할 부모도 읊는 사람은 내 목구녕 한 개만 간수를 하믄 되니께, 남들 열흘 일할 때 하루만 일해도 먹고살 수 있능 겨. 하지만 집구석에 가 봐야 반겨주는 마누라가 있나, 칭얼대는 자식이 있나? 나 곯을 때 같이 곯고, 배 터지게 먹을 때 같이 배 터지게 먹는 개새끼 한 마리 뻑에 읊웅게 사는 맛은 읊어."

"창세 형님 말이 틀린 말은 아니구먼. 개가 아무리 똑똑해도 사람 말은 못할 거 아녀. 그릏다고 개를 껴안고 잘 수도 읊잖여. 껴안고 잘 수 있으믄 그기 갠가? 여자지."

김춘섭의 말에 방 안에 있던 사람들은 약속이나 한 것처럼 으하하하! 하고 웃음을 터트렸다.

박태수의 사랑방에서 젊은 층들이 터트리는 웃음소리가 둥구나무 밑에까지 퍼져 나왔다. 둥구나무 밑의 너럭바위에는 면사무소에서 소사로 근무를 하고 있는 김생수가 길게 누워서 코를 골고 있다. 김생수는 어제부터 발바닥이 불이 나도록 학산과 모산을 오가며 이런저런 심부름을 했다.

저녁나절에는 김춘섭과 박태수와 어울려 150근짜리 돼지를 세 마리나 잡았다. 돼지를 잡으면 살코기는 주인 몫이지만 뼈와 내장은 잡은 사람들의 몫이다. 모산 사람들은 둥구나무 거리에 가마솥을 걸고 가마솥 가득 뼈와 내장을 넣고 끓여서 술안주를 만들고, 돼지 피를 넣은 피창을 만들어 먹었다. 이동하가 막걸리까지 닷 말이나 내놓아서 젊은이나 노인이며 아낙들이나 코밑의 인중이 거뭇한 열일곱 여덟 먹은 아이들까지 모조리 취했다.

그중에서 외지 손님인 김생수한테 술잔이 집중적으로 돌아가는 것은 당연했다. 주는 술마다 거절하지 않고 폭음을 한 후에는 순배 영감 집에서 잠을 잤다. 오늘은 새벽안개를 뚫고 면장 댁으로 올라갔다. 아직 술이 덜 깬 상태에서 막걸리 한 바가지로 배를 채우고 뒤안 감나무 밑에 가마솥을 건다. 돼지고기 삶을 장작을 팬다. 음식을 하느라 부산을 떠는 아낙네들 사이를 비집고 다니며 물을 길어 나른다. 마당에 멍석을 깔고 차일을 친다. 한동안 비워두었던 행랑채를 깨끗이 청소를 한다. 몸이 열 개라도 부족할 지경으로 바쁘게 뛰어 다니는 틈틈이 막걸리를 담아 놓은 술 단지 앞에도 부지런히 들락거렸다.

뒤안의 감나무 밑에는 한꺼번에 막걸리를 닷 말이나 담을 수 있는 단지가 있다. 이병호의 부친 이복만이 후지모토 밑에서 마름질을 할 때는 쌀을 담아두던 단지다. 그러던 것이 후지모토의 집으로 이사를 한 후에는 대청마루 구석에 있는 쌀 뒤주를 사용하기 시작했다. 대청마루 구석에 있는 쌀 뒤주는 두 가마니 분량이 들어갈 정도로 크다. 오동나무로 만들어서 빨갛게 옻칠을 한 뒤주라서 쌀벌레도 들지 않을 뿐 아니라 집을 찾는 손님들로 하여금 살림이 이 정도로 윤택하다는 점을 은근히 암시 할 수가 있어서 좋았다. 그 대신 쌀 단지는 오늘처럼 많은 손님들을 접대하는 날 술 단지로 이용하기 시작했다.

아침과 점심을 거르고 막걸리와 안주로 배를 채운 김생수가 요란하게 코를 골고 있는 너럭바위에는 학산 장터에서 건어물을 파는 이도 걸터앉아서 꾸벅꾸벅 졸고 앉아 있다. 그들에게 자리를 빼앗긴 순배 영감과 변쌍출은 손님들처럼 두레상에 앉아서 이런저런 이야기를 하며 오랜만의 포식에 올챙이처럼 튀어 나온 배를 쓰다듬고 있다.

"해룡이는 그 떡은 누구 갖다 줄라고 챙기는 거여?"

해룡이도 오늘 생일날이다. 모산 사람들이 주는 대로 받아 마신 막걸리에 목까지 붉어진 얼굴로 빈상에 남아 있는 백설기를 챙기는 것을 본 변쌍출이 물었다.

"햐……향숙이."

"향숙이라니, 윤길동이 딸내미를 말하는 게여?"

변쌍출이 이해를 할 수 없다는 얼굴로 순배 영감을 바라보고 나서 다시 물었다.

"하……향숙이 갖다 줄 껴."

해룡이는 저고리 깃에 백설기를 싸들고 면장 댁으로 향하는 골목으로 뛰어 간다. 뛰어가는 모습이 물결이 출렁거리는 것처럼 양쪽 어깨가 좌우로 출렁출렁 거린다.

"저 자식 참말로 윤길동이 딸내미 한티 떡을 갖다 주는 모냥일세."

윤길동의 집은 면장 댁 솟을대문 옆으로 나 있는 골목 안쪽에 자리 잡고 있다. 순배 영감이 별일도 다 있다는 얼굴로 혀를 차듯 말했다.

"해룡이 자가 정신이 좀 모자라서 그릏지, 천성이야 어린아 츠름 착하잖유."

"허긴 오늘 같은 날 우리 동리 사람들 중에 누가 집 안에 들어 앉아 있는 향숙이 처지를 생각하것어."

순배 영감은 해룡이 놈이 기특한 면도 있다는 생각하며 해룡의 뒷모습을 지켜봤다.

"술이 또 들어 오능개비구먼유."

변쌍출이 방천길을 바라보며 말했다. 방천길을 달려온 자전거 한 대가 핸들을 틀어 마을로 들어서고 있다. 짐받이에는 자전거 페달을 밟고 있는 천수의 키보다 두 배 높이의 술통이 실려 있다. 한 말짜리 나무 술통은 짐받이에만 실려 있는 것이 아니고, 짐받이 옆에 만들어 놓은 고리에도 두 개씩해서 양쪽에 네 개가 매달려 있다. 어림짐작으로 봐도 한 섬인 열 말을 실고 오는 것 같았다.

"내가 알기루는 오늘 온 손님들이 삼사백 명은 넘는 거 같던데, 하루 종일 배달을 해도 부족할 거 가텨"

순배 영감은 얼굴은 잘 알고 있지만 이름은 뭔지 모르는 술 배달꾼을 바라본다.

둥구나무 거리에서 면장 댁으로 가는 골목은 오르막길이다. 배달꾼은 둥구나무 밑에 도착해서 자전거를 세웠다. 참나무로 만든 한 말짜리 술통 열 개를 실은 자전거는 누가 보더라도 위태롭게 보였다. 그러나 배달꾼은 능숙하게 한 손으로는 핸들을 잡고 다른 한 손으로는 짐받이에 실은 술통을 감싸 안듯이 껴안고 언덕을 올라간다.

바지를 무릎까지 걷어 올린 천수의 장딴지는 푸른 심줄이 툭툭 불거져 있다. 학산에서 급하게 배달을 오느라 고무신 안에 가득 땀이 차서 발바닥이 미끌거려 중간 중간 쉬었다가 마침내 대문 안으로 들어가서 용을 쓰며 자전거를 세운다.

"막걸리 배달왔슈."

오늘은 항상 육중하게 닫혀 있던 솟을 대문이 활짝 열려 있다. 활짝 열린 대문 안으로 측면으로 향한 사랑채가 보인다. 사랑채 앞의 누마루에도 손님들이 몇몇 앉아 있다. 배달꾼은 어깨에 올려 맨 술통을 들고 누마루를 올려다보며 큰 소리로 말했다.

"뒤안에 가믄 감나무 밑이 술 단지가 있을 게여. 거기다 붓게. 및 말이나 왔는가?"

전직 면장이며 현직 면장들과 누마루에 앉아 있던 이병호가 배달꾼을 바라보며 세모진 턱을 쓰다듬는다.

"척 봉께 열 말 이네유."

배달꾼이 대답을 하기 전에 나이로 치면 좌중에서 제일 어린 양산면장이 얼른 대답했다.

"저녁나절에 한 행보 더 해야 할 걸세."

누마루에 앉아 있는 이병호는 다른 면장들이 들으라는 목소리로 말을 하며 마당을 내려다본다. 이백 평이 넘는 마당에는 세 개의 차일이 쳐져 있다. 차일 밑에는 학산 의용소방대원들이며, 양산면과 학산면 사무소 직원들, 정복을 입은 순경들, 웃고 떠들면서 술을 마시고 있다.

이눔들아! 우리 동하가 국회의원만 되믄 네눔들은 우리 집 대문이 닳고 닳아서 반질거리도록 들락거려야 할 것이여.

내년 5월이면 국회의원 선거가 있다. 자유당 공천을 받는 일은 충북 도당 위원장한테 쌀 백 가마니 가격 정도만 받치면 공천은 찍어 놓은 것이나 다름없다. 자유당 공천을 받게 되면 국회의사당에 '이동하'라는 명패를 예약해 놓은 것이나 마찬가지다. 그때까지 건강만 유지하고 있다면 마당 가득 차게 앉아 있는 손님들이 자신을 국회의원 아버지라고 우러러 볼 것을 생각하니까 저절로 웃음이 나온다.

누마루와 미닫이문을 사이에 두고 있는 사랑방에는 영동군 10개면 부면장들이 자리를 차지하고 있었다.

사랑방에는 다른 상과 다르게 자개로 봉황이며 소나무가 그려진 자개 교자상 두 개를 잇대어 붙여 놓았다. 술도 막걸리가 아니고 맥주병이 어지럽게 널려 있다. 음식을 차린 접시도 흰색 자기 쟁반에 정갈스럽게 차려져 있어서 학산 장터에 있는 성주옥 술상 못지않게 화려했다.

부면장들은 누구라고 할 것 없이 오늘 특별대접을 받고 있다는 사실에 은근히 자랑스러워하고 있었다. 그런데다 서로 모르는 얼굴들도 아니다. 영동에서 한 달에 한 번씩 회의를 핑계로 모여서 회식을 하는 탓도 있지만, 예전에 같이 군청에서 근무를 한 적이 있는 동료들도 있어서 시간 가는 줄도 모르고 먹고 마시며 즐기고 있는 중이었다.

"그랑께, 그 뭐여. 우리 10개면 부면장 친목 모임 이름을 청솔회로 하자 이건가?"

"황간 부면장은 내동 말 할 때는 벤소간에 갔다 왔능 겨. 시방은 모임 이름을 정하는 것이 아니고 누가 회장을 할 것인지를 뽑고 있는 중이여."

"내가 가만히 생각해 봉께 이름이 이상해서 하는 말이잖여. 이왕 말 나온 김에 황금 부면장한테 묻겄는데 청솔이라는 말의 뜻이 머여?"

"시방 사람을 워치게 보고 하는 말인지 모르겄구먼. 아! 청솔이라는 말은 푸를 청자에다 푸른 소나무를 말하는 거잖여."

"사람 말을 끝까지 못 알아듣는구면. 소나무가 빨간 소나무가 있남? 아니믄 노란 소나무도 있능감? 아니잖여."

"그람 시방 황간 부면장 말은 머여. 소나무는 어채피 사시사철 푸른 색이니께 그냥 소나무회로 하자 이건가?"

"두말 하믄 잔소리지."

"자자! 여기들 봐유. 황간 부면장님 말이나 황금 부면장님 말씀 모두 틀린 말은 아뉴. 하지만 그 말은 계란이 맞냐 달걀이 맞냐를 따지는 것과 가튜. 그랑께 그 문제는 이 사회자의 재량으로 일단 오늘 선출이 될 신임회장한테 맥기는 것이 좋을 거 가튜. 무슨 말인고 하믄, 모임의 호칭 문제는 회장 전결사항으로 정하자 이거유. 내 말에 이의가 있으신 분은 난중에 머가 잘못되었네, 머는 틀렸네 공산당츠름 불평불만 하지 말고 오늘 이 자리에서 당당하게 손을 들고 소신을 밝혀 보셔유."

스스로 사회자가 되길 자청한 양산부면장이 손뼉을 쳐서 시선을 집중시킨 다음에 일장 연설을 하는 목소리로 말했다.

"그게 좋을 거 가튜."

"지도 그 점에 대해서는 할 말이 읎응께 계속 진행을 해 봐유."

황간과 황금은 이웃면이다. 그만큼 서로 자주 만나서 허심탄회하게 술잔을 주고받던 사이여서 아무 일도 없었다는 얼굴로 한마디씩 했다.

"자, 우선 우리 영동군 각 면의 부면장을 대표로 할 회장은 어떤 분이 해야 좋은지 맘에 두고 있는 분들을 한 분씩 추천을 해 보셔유. 저도 일 단 사회자이기 전에 회원의 한 사람으로 추천을 할 자격이 있다고 봐 유."

"그려, 그람 당연히 자격이 있지. 말이 나온 김에 총무부텀 추천을 해 봐."

이동하는 말 한마디 하지 않고 천천히 맥주를 마시면서 심천 부면장 을 바라본다. 총무를 보는 양산 부면장과 심천 부면장은 며칠 전에 영동 기생집에서 만났다. 아무래도 회를 이끌어 나가려면 돈이 들어가야 하 고, 공무원 월급 서로가 빤한데 쌈짓돈을 풀어 낼 사람이 누구냐고 넌지 시 물었다. 아, 그야 두말 하믄 잔소리지. 당연히 학산 부면장 벆에 읎지. 암, 선거 할 필요도 읎이 만장일치로 학산 부면장이 총대를 메고 초대 회장으로 취임을 해야지, 라고 입을 맞춰 두었다. 각본대로 일이 잘 풀 려 나가고 있다는 생각에 마음속으로 회심의 미소를 짓는다.

"지는 오늘 늦둥이 돌잔치의 주인공인 학산면 부면장이신 이동하 부 면장을 초대 회장으로 추천하겄슈. 딴 분도 맘속에 두고 있으신 분을 한 분씩 추천해 보셔유."

"이동하 부면장님은 옛날에 군청에서 근무하시던 분이잖유. 암만해도 면사무소에서 잔뼈가 굵은 우리들 보담은 사람 한 명을 많이 알아도 많이 알겠구만. 그리고 나이로 보나 풍채로 보나 재산으로 보나 머 하나 부족한 것이 없는 분이구먼. 지도 이동하 부면장님이 우리 모임의 초대 회장으로는 적당하다고 봐유."

양산 부면장의 말이 끝나자마자 기다렸다는 얼굴로 심천 부면장이 바람을 잡았다. 구석 자리에 앉아 있던 황금 부면장이 혼잣말로 '딴 분들은 추천할 분이 없나벼'라고 중얼거린다.

다른 면의 부면장들은 자신들도 모르게 이동하를 바라본다. 이동하는 모든 이의 시선이 자신한테 옮겨지는 것을 느끼며. 난 바쁜 사람인데 부면장 모임 회장직을 잘 수행해 낼 수가 있을지 모르겄구먼, 이라고 중얼거린다.

"자! 현재는 학산면의 백석지기 부자이시며 군청에서 다년간 근무를 하셨고, 부친도 학산 면장으로 퇴임을 하셨으며 오늘 이 자리에 우리 부면장들을 모이게 해서 특별히 대접을 하고 계신 이동하 부면장님만 추천을 했습니다. 또 다른 분은 안 계셔유?"

양산 부면장이 마치 이동하의 이력을 낭독하는 얼굴로 장황하게 소개를 했다. 이어서 마치 노려보는 것처럼 한 명 한 명 찍어서 바라본다.

"지는 황간면 부면장님을 추천하겄슈."

양산면 부면장이 더 이상 볼 것도 없이 이동하가 회장으로 선출이 되었다는 말을 막 하려고 할 때였다. 이동하보다 더 오랜 기간 동안 군청에서 근무한 경험이 있는 황금면 부면장이 자존심 상한다는 얼굴로 말했다.

"황간면 부면장님도 후보로 등록 하시겄슈?"

양산면 부면장이 가당치도 않다는 얼굴로 황간면 부면장을 바라보며 물었다.

"아뉴. 나를 추천해 준 황금면 부면장님 뜻은 고맙지만 정중하게 거절하고 이동하 부면장님을 추천하겠슈."

대세가 이미 이동하 쪽으로 기울고 있다는 것을 안 황간면 부면장은 나서봐야 창피만 당할 것이라는 생각에 뒤로 물어나 앉았다.

"그람 더 이상 후보 추천이 읎는 걸로 알겠슈. 우리 모임의 특별한 규정이 읎는 이상 보편적인 견해루다 우리 모임의……"

"잠깐만유. 지도 추천할 자격이 있잖유."

이동하는 은근슬쩍 황금면 부면장을 바라본다. 화가 났는지 맥주를 벌컥벌컥 마시고 있다. 황금면 부면장도 일제시대부터 과수원과 술도가를 운영하는 부잣집이다. 나름대로는 부잣집이라고 자부를 하고 있을 터이니 자존심이 상한 것 같았다. 황금면 부면장 혼자라면 화를 내던지, 화를 참지 못해 자리를 박차고 일어나 나가도 상관이 없다. 그러나 장차 국회의원 선거를 할 때는 황금면 부면장이 얼마나 많은 표를 가지고 올지 모른다. 비위를 상하게 해서 좋을 것이 없다는 생각에 양산면 부면장의 말을 끊으며 손을 번쩍 들었다.

"암만유……"

양산면 부면장이 다 된 밥에 재 뿌릴 거냐는 얼굴로 이동하를 바라보며 말꼬리를 흐린다.

"지는 황금면 부면장님을 초대 회장님으로 추천을 해유. 여러분들도 죄다 알고 계시는 사실이지만 황금면 부면장님도 황금 일대에서는 알아주는 부잣집 집안에다 군청에서 오랫동안 근무를 하셔서 빽도 만만치 않으신 분유. 우리 회가 장차 커 나가는데도 많은 도움을 주실 분이라는 판단이 드느만유."

이동하는 의식적으로 황금면 부면장을 바라봤다. 마치 선거 유세라도 하는 것처럼 손을 흔들어 보이며 활짝 웃었다.

"아뉴. 지가 추천하신 분이 거절을 한다믄 지도 이동하 부면장님을 추천하겠슈."

황금면 부면장은 이동하의 뜻하지 않는 과찬의 말에 금이 갔던 자존심이 저절로 봉합되는 것을 느끼며 고개를 흔들었다.

"자! 그람 추천은 더 이상 읎는 걸로 하고 우리 영동군 관내 부면장 모임인 청솔회의 초대 신임회장으로 뽑히신 이동하 부면장님이 회장직을 수락하는 연설을 듣도록 하겠습니다. 이동하 부면장님은 일어서서 한 말씀 하시쥬."

양산면 부면장이 머뭇거리다가는 또 다른 반대론자가 나올지도 모른다는 생각에 서둘러 결론을 내렸다.

"이 자리에 훌륭하신 분들도 많이 기신데 제가 청솔회의 회장직을 수락해도 되는지 모르겠구만유."

이동하도 양산면 부면장이 자기 멋대로 결정을 해 버린 '청송회'란 명칭을 규정사실화 시키면서 일어섰다.

"자! 초대 회장님께 환영의 박수를 보냅시다!"

이동하가 엉거주춤 일어나서 허리를 펴기도 전에 양산면 부면장이 손바닥이 아프도록 박수를 쳤다. 그 소리에 다른 이들도 엉겁결에 열광적으로 박수를 치기 시작했다.

"에, 여러분의 열광적인 환영에 심이 닿는 대로 회장직을 수행할 수벆에 읎겄네유. 에……여기 뫼신 분들은 현직은 부면장님이시지만, 면장님이 정년퇴직을 하시게 되믄 자동빵으로 면장님으로 승진을 하실……
즉, 예비 면장님들의 모임이라고 봐유. 그랑께 무슨 말인고 하믄, 우리
영동군 관내 십 개 면의 부면장님들은 장차 근무하고 있는 면의 행정
수장이 되실 막중한 책음을 지고 있는 분들이라 이겁니다. 그러한 의미
로 볼 때 우리 청솔회의 모임이 얼매나 발전을 하느냐에 따라서 영동군
이 얼매나 발전을 하느냐와 동급이라고 할 수 있다고 봐유. 왜냐하믄 한
가족이 잘해야 동네가 잘 되는 거고, 각 동네가 잘해야 면이 발전하는
거고, 면이 발전을 해야 군이 발전한다는 것과 같은 이치니게유. 그래서
우리 청솔회는 비록 친목모임에 불과하지만 우리 각각의 면 발전을 위
해서 필요하다믄 한 가족처럼 뭉쳐서 군수님한테 건의 할 것은 건의를
하고, 잘못된 행정은 과감하게 시정을 요구할 수 있는 대범한 단체로 발
전을 해야 한다고 봐유. 그런 의미에서 우리 다 같이 건배를 합시다. 그
라고 술은 얼매든지 있응께 오늘 밤이 새도록 실컨 마셔 봅시다. 자! 지
가 건배를 외치믄, 여러분들은 청솔회를 위하여 건배! 라고 외치시길 바
래유. 건배!"

"청솔회를 위하여 건배!"

"건배!"

이동하는 자신의 말이 끝나자마자 방 천장이 내려앉도록 건배를 외치
는 부면장들을 흡족한 얼굴로 바라본다. 그려, 돈 나고 사람 났지, 사람
나고 돈 났더냐. 돈만 있으믄 국회의원 빼찌를 따는 건 시간이 말해 주
는 거여! 부면장들의 열광적인 박수소리가 불꽃이 되어 가슴을 뜨겁게
태우는 것 같아서 감격의 눈물이 날 지경이었다.

사랑방을 나와서 대청을 지나면 안방이다.

"애자야 저기 뭔 소리여?"

아침부터 잠시도 쉬지 않고 재롱을 떨고 있는 승우를 바라보며 미소를 짓고 있던 보은댁이 물었다.

"먼 소리긴. 사랑방에서 들려오는 박수 소리 잖여."

"내 말은 머를 하길래 저렇게 박수를 치고 야단이냐 이거여."

"오늘 영동군 관내 부면장들찌리 모임을 만든다고 하드니, 그것 땜시 박수를 치고 그라는 모양 같구먼."

이병호의 큰딸인 여순과 작은 딸 천순이 남편들과 상에 둘러앉아서 음식과 술을 먹는 둥 마는 둥 시간을 보내고 있었다. 하마처럼 뚱뚱한 천순에 비교해서 명태처럼 바짝 마른 여순이 보은댁을 바라보며 말했다.

"처남이 참말로 국회의원 선거에 나서기는 나설 모냥이구먼."

영동군청에 다니고 있는 여순의 남편 임상천이 정종 잔을 입술에 대다 말고 앞에 앉아 있는 정영일에게 물었다.

"암만해도 멀리 사는 저 보담은 형님이 더 잘 알고 있을 거잖유."

천순의 남편 정영일은 옥천에서 중학교 국어선생으로 근무를 하고 있다. 매사가 낙천적인 성격답게 이동하가 국회의원에 나오든 말든 나하고는 상관이 없다는 얼굴로 돼지고기를 새우젓에 착착 묻히며 대꾸했다.

"오빠가 국회의원에 당선이 되든 형부는 덕 좀 보겄네유. 국회의원 빽이믄 군청직원 진급시키는 일 같은 거는 즌화만 걸어도 가능할 거잖유."

승우가 아장아장 걸어서 천순의 곁으로 왔다. 천순의 어깨를 잡고 상에 있는 음식들을 바라본다. 천순이 사과 한쪽을 집어서 이거 먹고 싶응겨? 라고 묻고 나서 임상천에게 말했다.

"나야, 형님이 국회의원 선거에 나가신다 하믄 일단 밀질 것이 읊지."

"선거에 떨어지게 되믄 망신 아뉴? 돈도 솔찮게 들어간다고 하든데……"

임상천의 말에 정영일이 토를 달았다.

"당신은 재수 없게 먼 말을 그릏게 한데유? 오빠가 떨어지긴 왜 떨어져유. 자유당 공천을 받고 출마를 하믄 당선 된 거나 마찬가진데……"

천순이 불만이라는 얼굴로 정영일을 흘겨보았다.

"당신 말대로만 된다믄 민주당 국회의원은 한 명도 읊어야 하능 겨. 하지만 그기 아니잖여. 난 정치하고는 거리가 먼 사람이지만 내가 알기루는 지난 오십사년 삼대 국회의원 선거에서 총 이백 명 중에 자유당 당선자는 백십사명 벆에 안되아. 나머지는 자유당 공천을 안 받고 무소속이나 민주 국민당으로 출마한 사람들이여."

"누가 선생 아니랄까봐 별걸 다 기억하고 있구면."

천순이 백설기를 조금씩 떼어 먹다 말고 코웃음을 쳤다.

"난 동서가 정치하고는 담 쌓고 사는 줄 알았드니 나 보담 더 많이 알고 있구면. 하지만 하나는 알고 둘은 모르는 소리를 하고 있구면. 옥천은 어뜬가 몰라도 우리 영동은 자유당이 강세여. 공무원들도 죄다 자유당 표 찍을 사람들이란 말여. 그릏게 자유당 공천만 받았다 하믄 선거는 형식이지 머. 장모님은 좋겠슈. 국회의원 아들을 두게 돼서."

임상천이 승우를 돌보고 있는 보은댁을 바라보며 말했다.

"정 서방 말대로 안직은 모르능 겨. 하지만 승우 애비가 자유당 공천만 받게 되믄 선거는 하나마라는 말을 하데."

"승우 애비가 누구여?"

정영일이 천순에게 물었다.

"당신 취했슈. 승우 애비가 누구냐고 묻게?"

"형님이라믄 맨날 승철이 애비라고 부르셨응께 묻는 말이잖여."

"아따, 정 서방은 별걸 다 따지는구먼. 오늘이 승우 돌이잖여, 이런 날
은 승철이가 장남이래도 승우 애비라고 부르능 겨. 오늘은 순전히 승우
날이잖여."

보은댁은 정영일의 말에 일순간 당황했으나 이내 별걸 다 따진다는
얼굴로 목소리에 날을 세웠다.

"어머님이 틀린 말을 한 것도 아니잖여. 나 뿐이 아니고 학산 삼거리
에서 지나가는 사람 앞을 막고 물어봐. 들례하고 사이에서 난 승철이가
장남인지, 아니믄 언니하고 사이에서 난 아들이 장남인지. 승철이한테는
안된 야기지만 원칙으로 따지믄 승우가 이 집안 장남이지 머. 천순이 너
는 워치게 생각하능 겨?"

"난도 언니하고 생각이 가텨. 승우가 태어나기 전에는 어쨌든 아들이
승철이 하나 뿌이 읎었응께 그럴 수 뿌이 읎었지만 시방은 아니잖여. 옥
천에도 우리 집안과 비슷한 사정이 있는 집안이 있거든. 구읍에서 크게
만물상회를 하는 부잣집인데 그 집은 자식이 읎어서 첩을 은었댜. 첩한
테서 아들을 낳았는데, 가가 다섯 살땐가 본처 한티서 아들이 나옹 겨.
그러니 워쩌겠어. 그 집안 으른들이 회의를 해서 본처 자식한테 낳은 아
를 장남으로 올리기로 했다잖여."

여순이 묻는 말에 천순이 망설이지고 않고 맞장구를 쳤다.

"골치 아프게 됐구먼."

군청직원인 임상천은 자신이 끼어들 문제가 아니라는 생각에 못 들은

척 정종만 마셨다. 정영일은 승철이 안됐다는 생각에 혀를 찼다.

"누가 장남이 되든 똑똑한 사람이 대를 이어 받아야 한다고 생각하는 구면. 승철이는 돌날 뭘 집었는지 정 서방도 그날 왔응께 봤잖여?"

보은댁은 이병호로부터 아직은 승우가 장자라고 내세워서는 안 된다는 말을 들었다. 하지만 입이 간질거려서 참을 수가 없었다. 생각 같아서는 승우 할아버지 생각이나 내 생각이나 며느리 몸에서 낳은 승우를 장손자라고 생각하고 있다는 말을 하고 싶었다. 하지만 이병호의 엄명이 있어서 슬쩍 돌려 말했다.

"난도 승철이 돌날 금반지하고 한 냥짜리 거북이 한 마리를 해 갖고 왔잖여. 그날 승철이는 국수를 집어서 먹었잖여. 하지만 아침에 봉게 우리 승우는 쌀을 한주먹 쥐고 다른 손으로는 책을 잡았잖여. 하나를 보믄 열을 한다고 승철이에 비해서 얼마나 신통방통하든지 눈물이 다 나더라니까."

방관자처럼 앉아 있는 임상천을 못마땅하다는 얼굴로 바라보고 있던 여순이 기억도 새롭다는 표정으로 말했다.

"난도 을매나 기분이 좋든지, 사위들만 없었으면 춤을 덩실덩실 추고 싶드라고 승우가 기어 댕길 때부터 여간 똑똑이가 아니라는 걸 모르고 있었던 것은 아니었지만, 막상 요 작은 손으로 쌀하고 책을 집는 것을 봉게 어쩌나 기분이 좋든지……"

보은댁은 너무 좋아서 견딜 수가 없다는 얼굴로 승우를 껴안고 얼굴로 볼을 비빈다. 그런 보은댁의 눈썹에 눈물 같은 것이 맺혔다가 주름진 갈색 얼굴 위로 또르르 굴러 떨어지고 있었다.

귀하신 몸

국회의장 이기붕의 장남이자 이승만 대통령의 양자잖여.
그렇게 귀하신 분이 갑자기 전화를 했응께 경주 경찰서는 혼이 빠졌겠지.
만사를 제쳐놓고 가짜 이강석이 지달리고 있는 다방으로 정신없이 달려 와설랑,
귀하신 몸이 어찌 홀로 오셨나이까,
라고 옛날 황태자를 모시듯 황송해서 어쩔 줄 몰라 했다능 거.

일요일 박태수네 가족은 아침 이슬이 마르기도 전에 온 가족이 논으로 나갔다.

박평래를 비롯해서 온 가족이 논바닥에 말려 놓은 벼를 들고 다니기 좋을 만큼 크기로 묶었다. 상규와 진규는 물론이고 인자까지 달려들어서 볏단을 묶기 시작하니까 점심을 먹기 전에 볏단 묶는 작업은 끝이 났다.

한 시간 전에 집으로 갔던 상규네와 인자가 집으로 가서 점심을 준비했다. 준비한 점심을 광주리에 담아서 상규네의 머리에 이고, 인자는 막걸리 주전자와 국을 담은 냄비를 싼 보따리를 들고 논으로 갔다.

"맨날 타작만 하믄 좋겠구먼."

논농사에서 타작은 모내기만큼 큰 행사다. 상규네는 며칠 전에 쌀 한 말 정도 되는 분량의 벼를 벴다. 그것을 홀테로 훑어서 연자방아에 찧어 오늘 햅쌀밥을 했다. 돼지고기로 국을 끓이고 김치는 새로 담갔다. 고등어도 한 손 사다가 무를 큼지막하게 썰어서 조림을 했다. 콩을 볶아서 간장에 살짝 조린 다음에 쪽파를 송송 썰어 넣고 마늘을 쪄 넣어 콩 조림을 만들고 멸치와 붉은 고추를 볶은 반찬도 있었다. 먹성 좋은 상규가 밥그릇을 받아 들며 즐거워했다.

"우리 상규는 더도 말고 먹는 거 좋아하는 것만큼만 공부를 했으믄, 반에서 십 등 안에는 들었을 껴."

"어머가 맨날 이렇게만 경거리를 차려줘 봐. 그람 내가 미안해서라도 죽어라 공부를 할 팅께."

"어이구, 진규는 그람 경거리 읎는 밥을 먹어서 맨날 일이 등을 하는 구먼. 국은 많이 있응께 어여 먹고, 한 그릇 더 먹어."

상규네는 상규의 실없는 소리를 기분 좋게 받아들이며 박평래에게 막걸리를 따라 주었다.

"형님! 일루 와서 즘심 먹고 햐!"

박태수는 밥을 먹다말고 일어섰다. 윤길동이 자기 논에서 낫으로 나락을 뒤집고 있는 모습이 보인다. 숟가락을 든 채 일어서서 큰 소리로 윤길동을 불렀다.

"그람, 어디 타작밥 좀 은어 먹어 볼까."

윤길동은 낫을 이따 찾기 쉽도록 논바닥에 꽂아 넣고 머리를 동여매고 있던 수건을 풀어서 먼지를 털었다.

점심을 먹고 나서 본격적으로 타작을 하기 시작했다.

햇볕은 따뜻해서 바람 한 점 없어서 타작을 하기에는 좋은 날씨였다. 타작하는 날 바람이 불면 풍구를 돌릴 때 먼지가 제멋대로 방향을 바꾸기 일쑤여서 애를 먹는다. 하지만 구름 한 점 없는 날씨에 바람마저 없어서 윙윙거리며 탈곡기 돌아가는 소리가 경쾌하게 들판으로 퍼져 나갔다.

탈곡기를 밟는 일은 박태수와 점심값을 해 주고 가겠다는 윤길동이 맡았다.

진규와 상규, 인자며 청산댁과 박평래는 논바닥에 널려 있는 볏단을 부지런히 탈곡기 옆으로 모았다. 상규네는 박태수한테 짚단을 건네준다. 박태수는 짚단을 뒤집어 가며 낟알을 털어 낸 다음에 윤길동에게 인계한다. 윤길동은 짚단을 부챗살처럼 펴서 앞뒤로 눌러가며 마무리를 한 후에 옆으로 짚단을 던진다.

윤길동이 오후 새참을 먹고 자기 일을 하러 간 다음에는 상규네가 탈곡기에 매달렸다. 박태수 옆에서 짚단을 먹여 주는 일은 박평래와 상규가 번갈아 가며 했다.

온 가족이 타작에 매달렸더니 해가 서산마루에서 지친 몸을 쉬고 있을 때는 풍구로 부치는 일까지 끝이 났다. 해가 기울면서 바람도 무거워지기 시작했다. 땀이 마르면서 서늘한 기운까지 감돌았으나 번갈아 구며 풍구를 돌리느라 파김치가 된 상규와 진규는 짚단위에 벌렁 나자빠져 있다.

박평래도 온몸에 흙먼지에 뒤집어쓴 모습으로 짚단을 끌어다 주저앉아서 곰방대를 피웠다. 다른 사람들이 풍구질을 하는 동안 논바닥을 돌아다니면서 인숙이를 데리고 이삭을 줍던 청산댁이 막걸리 주전자를 들고 박평래 옆으로 갔다.

"올해는 작년보담 소출이 두 가마니나 늘었슈."

박태수와 상규네는 가마니에 담긴 벼가 쏟아지지 않도록 나락 위에 짚을 깔고 묶는 작업을 하고 있다. 청산댁이 박평래에게 막걸리를 따라 주면서 먼지를 뒤집어써서 눈동자만 반짝이는 얼굴로 말했다.

"암소 값이나 다 갚을 수 있을런지……"

박평래는 한 손으로 곰방대를 들고 청산댁이 따라주는 술을 달게 마셨지만 마음은 편하지가 않았다. 열 마지기 논에서 소출한 벼는 모두 마흔다섯 섬이다. 그중에서 절반 뚝 잘라서 스물두 섬 반은 달구지에 실어서 면장 댁으로 올려 보내야 할 도조다. 나머지 스물두 섬 반으로 일 년을 살아야 한다. 그 나락이 고스란히 떨어지는 것도 아니다. 농지수득세하며 이런저런 세금이 두 섬 가웃은 나갈 것이다. 나머지 스무 섬을 도정하면 쌀 열가마니가 나온다. 이병호에게 암소 값으로 갚아야 할 열가마니를 주면 먼지만 남는다고 생각하니 빈 들판이 쓸쓸해 보인다.

"면장님한티 사정을 하믄 좀 편의를 봐 줄지 모르잖유."

"등신 같은 소리하고 있네. 면장님이 편의를 봐 준다믄 아무 조건 읎이 암소 값을 후년에 갚아도 된다고 하실 거 가텨?"

"그람 당장 워틱해유. 상규 수업료 통지서가 또 나왔다고 하든데……"

"면장님이 봐 주신다고 해 봤자, 장리이자를 붙여서 후년에 갚으라는 정도 일거여."

"하긴, 그 냥반이 우리 집한테는 각별하게 대해주기는 하지만 공짜로 뭘 주는 승질은 아니시지. 그람 워쩐데유?"

"쳉일 타작한 거시 아니고 빚 독촉 청구서를 받은 꼴이구먼."

"상규를 중핵교에 보내지만 안했어도 이 지경으로 빈털털이가 되지는 않았을긴데. 태수가 버니 안 버니 했어도 나무장사를 해서 쌀 대여섯 가마니는 했잖유. 그걸 우리는 한 톨도 귀경하지 못하고 죄다 손자들 공부시키는데 쏟아 부었으니……"

청산댁은 암담한 얼굴로 잔에 막걸리를 조금 따라서 쭉 소리가 나도록 들이켰다.

"에미 말을 들어 보믄 세상이 두 쪽 나는 한이 있드라도 손자들 공부를 시켜야하는 것이 맞는 말여. 살림이 쪼들린다고 중핵교를 보내지 않으믄, 상규도 태수츠름 똥지게 신세를 면치 못한다잖여. 시방 당장은 살림이 쪼들리지만 워턱하든 고딩핵교까지만 졸업시키믄, 최소한도로 면서기라도 해 먹을 수 있응께 영 틀린 말은 아니지. 문제는 그동안 우리가 견뎌 나갈 수 있느냐 읎느냐지……"

"난도 며느리 말은 맞는다고 생각해유. 하지만 일 년 내내 쎄가 빠지게 농사를 져도 타작을 하고 나믄 나락두지에 들어갈 것이라고는 고작 및 가마니 뷖에 읎으니……"

청산댁은 며느리 상규네로부터 장리쌀을 내는 한이 있더라도 환갑잔치는 해 주겠다는 말은 들었다. 그러나 소도 비빌 언덕을 보고 비비라는 말처럼 집안 살림이 뻔한데 환갑잔치는 제대로 할 수 있을지 걱정이 됐다.

"이렇게 소갈머리가 읎어서 여자들은 턱쪼가리에 섬이 안 나능 겨. 암소는 돈 주고 산기 아니고, 하늘에서 뚝 떨어징 겨? 암소 값만 정리를 하믄 우리도 남부럽지 않게 살 수가 있다는 생각은 왜 못하능 겨?"

"나이 육십이믄 낼을 기약 못한다고 하는데……"

청산댁은 또 환갑잔치 걱정이 됐다. 회갑(回甲)은 말 그대로 태어난 간지가 육십년 만에 다시 돌아오는 중요한 날이다. 집안 살림살이를 생각하면 회갑은커녕 끼니 굶지 않고 살아가는 것만 해도 황송하고 고마운 일이다. 그러나 옛날부터 환갑 지나면 내일을 기약할 수가 없을 정도로 살아갈 날보다 죽는 날만 기다리며 살아가야 한다. 당장 내년 봄을 넘기지도 못하고 북망산천으로 갈지도 모를 일이다. 죽어 저승에 있으면 아무리 제사상이 푸짐해도 다 소용없다는 생각이 자주 들었다. 그렇다고 내 환갑잔치는 치를 수 있슈? 라고 물을 수는 없어서 한숨을 내쉬었다.

"또! 또 암 생각 읎이 쥐긴다. 하여튼 당신은 그놈의 주둥이가 문제여, 옛말에 말이 씨가 된다는 말이 있다는 말도 못 들어 본 모냥이지……"

박평래는 청산댁을 흘겨보며 곰방대에 까맣게 남아 있는 재를 돌멩이 위에 톡톡 턴다. 어느 사이에 비봉산 허리까지 노을이 내려앉았다. 상규는 여전히 짚단 위에 벌렁 누워있고, 진규가 또랑 풀밭에 메어 둔 소를 데리러 가고 있다. 볏가마니를 모두 동여맨 박태수와 상규네가 피곤한 표정으로 말없이 나락가마니를 쳐다보고 있다.

저것들도 맴이, 맴이 아닐 껴.

자식과 며느리도 자신과 똑같은 고민을 하며 망연히 볏가마니를 보고 있다고 생각하니까 어깨가 축 늘어지는 것 같았다.

"학산 쌀집에서 돈을 빌려온다고 해도 장리 이자는 쳐 줘야 할꺄. 그랑게 아싸리 면장님한테 사정을 하는 거시 낳을거 가튜. 올게도 일곱 가마니만 갚고 남은 것 훗년에 갚는다고 말유."

상규네는 짚단에서 지푸라기 한 개를 뺐다. 그것을 잘근잘근 씹으며 일렬로 늘어서 있는 볏가마니들을 바라본다. 볏가마니들이 면장 댁으로 올라가거나 이런저런 명목으로 나가야 할 남의 것이라고 생각하니까 기운이 빠지기는 했지만 서운하지는 않았다. 작년보다 소출도 많은 편인데다 일을 열심히 한 만큼 빚이 줄어들 거라는 생각에 힘 있게 말했다.

"후년에는 장리이자로 쳐서 네 가마니 가웃을 갚아야 된다는 말이구면."

박태수는 박평래가 보고 있어서 담배를 피울 수가 없었다. 낫으로 하릴없이 논바닥을 찍으면서 마른 목소리로 말했다.

"후년에 갚아야 할 나락은 올게 보담 두가마니 가웃이나 짝아유. 내후년에는 진규를 중핵교 보내도 빚 질 일이 읎을뀨. 그랗게 후년 한 해만 더 고생을 하믄 우리도 쪼끔씩 행편이 피기 시작할뀨. 그랗게 어두워지기 전에 어여 나락가마니를 면장 댁으로 갖다 주고 와유."

"내가 소처름 달구지를 끌고 가란 말여! 소를 끌고 와야 달구지를 끌거 아녀. 소가 와야!"

박태수는 상규네 말처럼 후년 한 해만 더 고생을 하면 생활이 나아질 거라고 생각했다. 하지만 해마다 나락가마니 숫자를 헤아리고 나면 허무하기만 하다. 이 땅이 모두 내 땅이라면 나락 뒤주에 넘치도록 나락을 퍼 넣을 수 있을 텐데 하는 생각이 들어서 괜히 짜증이 난다는 목소리로 쏘아 붙였다.

"이이는 엄한 사람한테 승질을 내고 그른댜. 기분 좋게 타작해놓고……"

상규네는 박태수의 기분을 알 것 같아서 달래는 목소리로 말을 하며 진규를 바라본다. 진규는 노을이 펼쳐져 있는 하늘을 가로지른 방천길로 올라가고 있다.

방천 위로 올라선 진규는 깜짝 놀랐다.

풀밭에서 한가롭게 풀을 뜯어 먹고 있어야 할 암소가 자갈밭에 가 있다. 그냥 자갈밭에 가 있는 것이 아니고 옆으로 쓰러져서 불룩한 배를 빠르게 오르락내리락하며 고통스럽게 숨을 내쉬고 있다.

근데, 상규는 후년에 중핵교 휴학해야 할 거 가텨.

진규는 며칠 전에 향숙이가 하던 말이 번뜩 떠올랐다. 갑자기 두 다리의 힘이 쭉 빠져 나가는 것 같았다. 상규네는 암소를 볼 때마다 저 소가 니덜 형제를 고딩핵교까지 보낼 일등공신이라고 칭찬을 했었다. 그런 소가 쓰러졌다면 상규가 더 이상 학교를 다니지 못한다는 말과 다름없다는 생각이 불쑥 들었다.

이걸 워째! 아녀, 내 눈으로 직접 확인을 해 보기까지는 안직 모르는 일이잖여.

진규는 고개를 돌려서 논을 바라본다. 박태수와 상규네는 나락가마니 사이에 서 있다. 상규는 짚단위에 벌렁 누워있고, 박평래는 막걸리를 마시고 있다. 청산댁은 이삭으로 주은 나락을 바라보고 있다. 인자와 인숙이는 광주리를 사이에 두고 앉아서 그릇들을 정리하고 있다. 그 광경이 한 폭의 그림처럼 아름답다. 그냥 아름다운 것이 아니고 밀레가 그린 저녁종이라는 그림보다 아름답다는 생각이 들면서 꼭 꿈을 꾸고 있는 것 같은 기분이 들었다.

아녀! 내가 시방 정신을 놓을 때가 아녀!

진규는 아직은 절망할 때가 아니라고 생각했다. 침을 꿀꺽 삼키고 있는 힘을 다하여 또랑 자갈밭으로 뛰어 내려갔다.

참말이구먼. 참말여!

황소가 금방이라도 숨이 넘어갈 것처럼 헐떡거리고 있었다.

진규는 눈물이 났다. 눈물이 바람을 따라 뒤로 날아가는 것을 느끼며 숨이 막히도록 빠르게 방천길로 뛰어 올라갔다.

"어머! 큰일 났구먼! 빨리 이짝으로 와보셔유, 소가! 소가! 주……죽은 거 가텨!"

"자 가, 시방 머라고 하능 겨?"

상규네와 박태수는 논둑까지 뛰어 내려와 발을 동동 구르고 있는 진규를 바라보며 혼잣말로 중얼거린다.

"소가 워티게 됐다는 말츠름 들리는데?"

박태수는 깜짝 놀란 얼굴로 들고 있던 낫을 내던지고 진규가 서 있는 방천으로 달려가기 시작했다.

"소가, 워티게 되다뉴?"

상규네도 잘근잘근 씹고 있던 지푸라기를 버렸다. 성격이 침착한 진규가 논둑에서 팔짝팔짝 뛰면서 고함을 지르는 걸 보니 보통일이 아닌 것 같았다. 가슴이 철렁 내려앉는 것을 느끼며 뛰는 걸음으로 방천으로 향했다.

"진규가 시방 머라고 하능 겨?"

놀라기는 박평래 부부도 마찬가지였다. 청산댁이 자세한 이유도 모르고 박평래를 따라서 무조건 진규가 있는 곳으로 가면서 상규네에게 물었다.

"몰라유, 소가 워티게 됐다는 거 같은디……"

"소가 워티게 돼다니, 새……새참 먹을 때만 해도 머……멀쩡한 소가 워티게 됐다는 말이 무슨 말여?"

청산댁은 소가 잘못됐다는 말에 다리의 힘이 쭉 빠져 나가는 것 같았다. 소가 잘못되었다면 환갑잔치는 물 건너갔다는 생각에 더 이상 걸을 수가 없어서 휘청거리다가 주저앉으며 허우적거렸다.

"그를 리가 읎어. 먼가 자……잘못 봤겄지."

박평래는 자신의 귀를 의심하면서 다른 사람의 논을 가로 질러서 방천으로 뛰어갔다. 박평래 일가족이 놀란 표정으로 방천으로 뛰어가는 것을 본 몇몇 사람이 논에서 하던 일을 멈추고 또랑 쪽으로 향했다.

"저……저기 좀 봐유."

단숨에 방천 위로 올라온 박태수에게 진규가 다리를 동동 구르며 자갈밭을 가리킨다.

"아니, 소가 왜 저기 둔너 있댜. 아까 새참 먹고 분명히 이짝 풀밭에 매 뒀는데……"

또랑물은 노을빛을 받아서 반짝반짝 빛을 내며 흐르고 있었다. 바람이 잦아들면 한낮의 더위에 물속 깊은 곳에 숨어 있던 피라미들이 수면 밖으로 뛰어 오르며 물장구를 치고 있다. 박태수는 자갈밭에 누워있는 소를 보는 순간 눈이 뒤집혀 버리는 것 같았다. 이건 분명 뭔가 잘못됐다는. 이건 현실이 아니고 꿈 일거라고 생각하며 급하게 뛰어오느라 발바닥에 땀이 차서 고무신짝이 벗겨지는 줄도 자갈밭을 향해 뛰어갔다.

"어메! 저……저를 어쩨!"

뒤늦게 방천으로 올라온 상규네도 도저히 자신의 눈을 믿을 수 없다는 얼굴로 눈을 쓱쓱 비비고 나서 자갈밭으로 내달렸다. 몇몇 남정네들이 숨차게 방천으로 뛰어 올라와서 자갈밭에 누워있는 소를 보고 놀란 얼굴로 저것 좀 보라며 손짓을 했다.

"상규야, 너, 어여 순배 영감님 좀 뫼셔 오니라. 소가 잘못됐응께 침통을 가지고 빨리 좀 오시라고 혀라. 어여!"

박평래는 자갈밭에 누워있는 소를 보는 순간 감이 잡혔다. 고삐가 풀리면서 혼자 돌아다니던 소가 풀 속에 섞여 있는 독초를 먹은 것 같았다. 어리둥절한 표정을 짓고 있는 상규의 등을 떠밀며 소 앞에 앉았다.

"주……죽은 기 아녀?"

"예펜네가 바……방정맞게! 어여 무……물 좀 떠와."

박태수는 맨발로 풀밭을 지나 자갈밭을 달려오느라 발바닥이 돌에 찍혀서 피가 흐르는 것도 몰랐다. 하얗게 질려 있는 상규네를 한 대 후려갈겨 버릴 것처럼 노려보며 소머리 앞에 주저앉았다. 어린아이 주먹만하게 튀어 나온 소의 눈깔에 빨간 핏줄이 거미줄처럼 엉켜있다. 허연 개침을 줄줄 흘리고 있는 소의 혀는 축 늘어져 있었다. 그러나 배가 불룩불룩거리고 있는 걸 보니 아직 죽지는 않은 것 같았다.

화……환갑잔치는 물 건너 갔구먼.

청산댁은 머리가 노래지는 것 같았으나 억지로 일어섰다. 비틀거리며 소가 있는 곳으로 걸어갔다.

"어……어따! 떠와유!"

"아! 고무신짝에라도 떠 와."

박태수는 그때서야 발바닥이 손가락 한마디 길이로 찢어졌다는 걸 알았다. 하지만 상처를 싸맬 여유가 없었다. 삼베 적삼을 벗어서 뚤뚤 말아 소의 입 언저리를 닦아 주었다. 씹던 풀을 토해놓은 소는 괴로운 듯 툭 튀어 나온 눈으로 박태수를 바라본다. 박태수는 커다란 소가 자신을 바라보는 눈빛이 너무 애처롭게 보여서 눈물을 흘렸다.

"아! 알았슈!"

상규네는 미리부터 신발을 벗어서 양손에 들고 또랑으로 달려갔다.

"대관절 이기 워티게 된 일이여."

누군가 놀라움이 가시지 않은 얼굴로 물었다.

"뭘 먹응 겨? 응? 뭘 먹었길래 아까만 해도 멀쩡하던 놈이 이 지경이 됐댜, 지발 말 좀 해 보란 말여!"

박태수는 소한테 안겨서 펑펑 울고 싶었다. 만약 소가 죽는다면 모든 것이 끝장이라는 생각밖에 들지 않았다. 덜덜 떨리는 손으로 소의 머리를 쓰다듬으며 발악을 하듯 물었다.

"지……진정햐. 그란다고 자빠져 있는 소가 벌떡 일어나는 건 아닐 팅게."

박평래가 박태수를 뒤로 밀어내고 소 앞에 앉았다. 눈동자에 핏발이 서 있는 것을 보니 독성이 강한 풀을 먹은 것이 틀림없는 것 같았다. 역귀를 먹었나? 자갈밭 위쪽에 지천으로 피어있는 역귀를 바라본다. 역귀는 독성이 강해서 갈아 물에 풀면 물고기들이 죽을 정도다. 하지만 소는 역귀를 먹지 않는다. 그람 대관절 뭘 먹었길래 이렇게 나자빠진 겨? 논에 있을 때만해도 비봉산 허리에 걸쳐있던 노을은 어느 사이에 방천까지 내려왔다. 노을을 받아서 더 붉게 보이는 역귀밭을 바라보던 시선을 풀밭으로 돌렸다. 수십 가지 종류가 피어 있는 풀들 중에 독성이 있는 풀이 없으라는 법은 없다. 그러나 그게 어느 것이 독초인지는 알 수가 없었다.

"어여 물 좀 먹여 봐. 물을 먹어야 살 수 있능 겨!"

상규네가 물을 떠왔다. 남정네 몇이 달려들어서 축 늘어져 있는 소의 머리를 잡고, 뿔을 잡고해서 들어 올렸다. 박태수가 억지로 소의 입을 벌렸다. 상규네가 얼른 고무신짝에 있는 물을 흘려보냈으나 삼키지를 못했다. 입 안에 차오른 물이 그대로 넘쳐흘렀다. 박태수가 입 안으로 손을 집어넣어서 기도를 넓힌 후에야 물이 들어갔다.

"어여, 얼릉 더 떠와. 어여! 떠 오란 말여!"

박태수는 어느 사이에 입 안이 바짝 말라서 목구멍이 따가웠다. 갑자기 목이 쉬어버린 목소리로 상규네를 다그치며 일어섰다.

"대관절 뭘 먹응 겨? 또랑가에 소가 못 먹을 풀이 있다는 말은 못 들어 봤는데."

"맞는 말여, 나도 여기 있는 풀을 먹은 짐승이 잘못 됐다는 말을 못 들어 봤구먼."

"그람, 대관절 뭘 먹었길래 소가 저렇게 맥을 못 쓴댜. 타지 사람들이 여기 와서 멀쩡한 소한테 못된 짓을 할리도 읎을긴데."

상규네는 연신 물을 떠왔다. 나중에는 남정네들도 모두 자기 고무신 짝으로 물을 떠다가 소 입 안에 부어넣었지만 큰 효과가 없었다. 그러는 사이에 순배 영감이 가쁜 숨을 몰아쉬며 다가왔다.

"어디 좀 봐!"

순배 영감이 사람들 틈을 비집고 소머리 앞에 앉았다. 시뻘겋게 충혈되어 있는 소의 눈 상태를 보니까 독초를 먹은 것이 틀림없었다. 소가 토해 놓은 풀 찌꺼기를 손가락으로 가만히 헤집어 보니까 마른 여로(藜蘆)잎이 섞여 있다.

"형님 대관절 멀 잘못 먹었길래?"

순배 영감이 고개를 절래절래 흔들며 일어섰다. 곁에서 지켜보고 있던 박평래가 다급한 목소리로 물었다.

"여로를 먹었구면."

"여로가 뭐데유?"

박태수가 마른 침을 꿀꺽 삼키며 물었다.

"박새를 먹었단 말여?"

"바……박새라믄 그 머셔, 중풍이나 학질에 걸렸을 때 다려 먹는 풀을 말하는 거유?"

다리의 힘이 풀려서 간신히 자갈밭까지 온 청산댁이 가슴을 문지르며 물었다.

"그려."

"이 풀밭에는 박새풀이 없을긴데?"

남정네 중의 한 명이 어둑해진 풀밭을 둘러다 보며 반문했다.

"이 풀밭에 났더라면 써서 먹었겄어? 지난 장마 때 저 위 워디서 휩쓸려 내려온 것을 다른 풀과 같이 먹었겄지."

"그람 소가 왜 여기 와 있데유? 저 쪽 풀밭에 매 뒀는데."

"쯔쯔, 고삐가 끊어진 것이 안 보여? 저도 속이 타고 죽을 거 같응게 기를 쓰고 물을 먹어야 한다는 생각에 죽을힘을 다하여 여기까지 온 겨. 쪼끔만 더 가서 물을 먹었드라면 죄다 토해내서 이 지경까지는 오지 않았을긴데, 참말로 안됐구면."

상규네는 순배 영감의 말에 얼른 고삐를 잡아 당겨본다. 고삐를 말목에 어설프게 매어 놓은 줄만 알았다. 그러나 고삐 끝을 보니 그게 아니었다. 어떡하든 살아보려고 얼마나 발악을 했는지 삼으로 꼬아 만든 고삐가 끊어진 것을 보니까 눈앞이 아득해 지면서 캄캄했다.

청주에서 가장 번화가는 남문로 쪽이다. 남문로 사거리에서도 본정 2 정목(本町二町目)은 청주의 중심지나 다름없다. 남문로에서 남석교로 가는 길에는 살구나무가 많아 살구나무들이라고 부르기도 한다. 또는 둔전보들이라고 부르기도 한다. 성안의 관청에서 근무하는 관리들에게 토지를 주어 농사를 짓게 하는 일종의 군용전(軍用田)으로 청주에 사는 부락민들을 소작시켜 농사를 지어 가며 군량미나 관아의 경비를 충당한 논밭이 있었던 둔전(屯田)들을 말하는 것이다.

일식집 본정(本情)은 본정 2정목과 3정목 사이에 있는 기와집이다. 원래 일인이 운영하던 일식집이어서 정원이며 다다미가 깔린 방이며 미닫이 문이며 방 안에 걸려 있는 부채며 그림이 모두 일본식이다.

"그랑께 그 머셔. 그 가짜 강 머시기라고 하는 놈이 감히 각하의 아들 노릇을 하고 댕겼다는 말이쥬?"

정원 안에는 작은 연못이 있었다. 바위틈에서 졸졸 흘러내리는 물에는 팔뚝만한 금붕어들이 한가롭게 헤엄을 치고 있다. 연못이 한 눈에 들어오는 방에는 자유당 학산면 조직 책임자인 문기출과 이동하가 마주 앉아 있었다. 문기출이 맥주 한 컵을 시원하게 비워내고 궁금해 못 견디겠다는 얼굴로 물었다.

"어허! 명색이 자유당 학산면 책임자가 신문도 안 보능개벼. 그기 언지적 일인데? 어지 그저께의 일도 아니고 한 달 전의 일도 아닌 지난 팔월 말에 있었던 일인데."

이동하는 손목을 들고 시간을 확인했다. 자유당 충북도당책임자이자 위원장인 국회의원 최형근이 오려면 아직 삼십 분 정도 남았다.

"형사질 그만두고 나서 신문은 끊었슈. 신문에서 사건사고 기사가 나올 때마다 승질이 나서 견딜 수가 있어야쥬. 꼭 내가 잡아야 할 범인을 엉뚱한 형사 놈들이 잡고 있는 것 같은 기분이 들어서 아싸리 신문을 안 보기로 했슈."

"먼 말인지 이해를 하겠구먼."

이동하는 고개를 끄덕이며 실눈을 뜨고 문기출을 바라본다. 자유당 충청북도 위원장인 최형근에게 다리를 놓은 문기출의 경력은 양지쪽보다 음지쪽을 지향한다. 보통학교 중퇴 출신으로 일본 경찰 정보원으로 활동을 한 경력을 인정받아서 해방 후에 정식 형사가 됐다. 정보나 민간 사찰 계통에 근무를 하다 6·25가 일어나기 전에 공금을 횡령한 사실과, 부하 직원의 아내를 강간했던 사건이 한꺼번에 드러나서 사표를 냈다. 그 후에 법원 브로커로 호구를 연명하다가 지난 54년 선거 때부터 학산면 자유당 조직 책임자로 일을 하고 있다. 놈의 전력을 보면 같은 자리에 앉아서 술자리를 나누고 싶지도 않다. 하지만 학산면에서 행세깨나 한다는 유지들이 그러한 것처럼 자유당의 조직 책임자인 문기출의 영향력을 무시 할 수가 없다. 뒤에서는 한 가족이나 같은 부하 직원 아내를 욕 먹인 천하의 잡놈이라고 욕을 해대지만, 법으로 해결하기 어려운 문제가 생길 때마다 은근히 부를 수 있는 인물이기 때문이다.

"사람 궁금해서 피 말라 죽겠구먼. 대관절 워치게 된 사건이유."

"워치게 보믄 어이가 읎는 사건이고, 워치게 생각하면 나도 당할 수밖에 읎는 사건이기도하고……"

"승질 급한 놈은 지달리다가 죽겠구먼. 골자만 야기 해 봐유. 이럴 줄 알았으믄 신문을 계속 보는 건데……"

문기출은 다른 사람도 아닌 이승만 대통령에 관계가 되는 일이라는 생각에 목이 마를 정도로 궁금했다. 어린애처럼 채근을 하며 스스로 맥주 거품이 넘치도록 따라서 벌컥벌컥 마셨다.

"한참 더위가 기승을 부리던 지난 팔월 말일에 말여. 지 이름이 이강석이라고 하는 사람이 대뜸 경주 경찰서장에게 전화를 걸었다능 겨. 이강석이 뉘여. 국회의장 이기붕의 장남이자 이승만 대통령의 양자잖여. 그렇게 귀하신 분이 갑자기 전화를 했응께 경주 경찰서장은 혼이 빠졌겄지. 만사를 제쳐놓고 가짜 이강석이 지달리고 있는 다방으로 정신 읎이 달려 가설랑, 귀하신 몸이 어찌 홀로 오셨나이까, 라고 옛날 황태자를 모시듯 황송해서 어쩔 줄 몰라 했다능 겨. 그랑께 그 가짜 놈이, 아버지의 밀명으로 이번 수해 상황을 시찰하고 공무원의 비리를 내사하러 왔다며 능청스럽게 대꾸했다능 겨. 그 말에 안 속아 넘어갈 사람이 누가 있겄어. 마침 경주 지방에 풍수 피해도 있었응께 딱 들어맞는 말이잖여. 그날부터 경주서 시작해서 영천, 앙동, 봉화까지 돌아 댕김서 경찰서장과 군수들 한티 옛날 중국 사신 못지않은 칙사 대접을 받았다능 겨. 그것뿐이 아니고 수재의연금에 보태 달라는 돈까지 사십육만 환을 챙겼다는구먼."

"사……사십육만 환이믄 쌀이 및 가마니여. 얼추 잡아도 스물다섯 가마니잖여. 스물다섯 가마니 농사를 질라믄……아니 스물다섯 가마니면 우리 집 네 식구가 삼 년은 가만히 앉아서 보리 한 톨 섞이지 않은 쌀밥만……."

"시방 먹는 거 가지고 따질 때여?"

문기출은 왜정 때 일본경찰 정보원을 한 사람답게 덩치가 크고 눈매가 날카롭게 찢어졌다. 하지만 이동하가 보기에는 자신이 영동군 위원장이 되면 문기출은 수하에 불과하다. 이빨 빠진 호랑이에 불과하다는 생각에 한심하다는 표정으로 물었다.

"부면장님야 백석지기 땅을 갖고 계싱게 암 상관도 읎는 말이 되겄지만, 우리 같은 놈은……하여간 계속해 보셔유. 워치게 해서 붙잡혔데유?"

"그놈이 그쯤에서 삼천포로 날라 버렸으믄 더 큰일이 벌어졌을지도 모르지. 하지만 겁대가리를 상실하고 경상북도 지사를 찾아 간 모냥이여. 그것도 제 걸음으로 간 것이 아니고 경북 경찰국 사찰과장이 칠곡까지 배웅을 나왔다나 어쨌다나. 좌우지간 그날 저녁 도지사 관사에 묵게 됐다는구먼. 근데 경북 도지사가 볼 때는 암만해도 어딘지 모르게 모지라는 점이 있드랴."

"도지사가 실물을 본 적이 있었구먼."

"글쎄 거기까지는 내가 직접대고 물어 본 것이 아닝게 잘 모르겄고 말여. 좌우지간 도지사가 볼 때 이건 아니라는 생각이 들었던 모냥여. 마침 도지사 아들놈이 이강석 군하고 동창이드랴. 그래서 몰래 확인을 해 봤드니 얼굴 모양새만 비슷할 뿐이지 진짜가 아니드랴. 그래서 그 즉시 쇠고랑을 찾다는구먼."

"경주 경찰서장 하며 경북 경찰국 사찰과장은 용꿈을 꾸다가 죽은 개꼬리를 잡은 꼴이구먼."

"대구 근방에 있는 육군 모 사단장은 지프를 몰고 달려와 노상에서 이강석이 육사 생도로 있을 때, 자신이 육군사관학교 교장으로 있었다면서 인사를 했을 정도라닝게 용꿈을 꾼 줄 알았겄지. 하여간 난 놈은 난 놈이여. 워치게 감히 이강석군 행세를 할 생각을 했을까?"

"그런 놈이 정치를 해야 하는 건데 잘못 풀렸구먼."

"왜 해필이믄 하고 많은 직업 중에 정치인여?"

"국회의원들이 선거 때마다 별 희한한 공약을 다 걸지만, 한 가지라도 지켜지는 거 봤슈? 말 그대로 공갈 공자에 불과한 약속이지."

"문형 말을 들어 보믄 정치인들은 죄다 도둑놈으로 보는 경향이 있는 거 가텨?"

문기출은 이동하보다 나이가 두 살이나 많다. 그런데도 이동하는 평소와 다르게 경망스럽다는 눈빛으로 문기출을 바라봤다.

"지 말을 오해하고 있구면유. 지는 정치인이라믄 가짜 이강석 정도의 배짱은 있어야 한다 이거유. 그른 배짱도 읎이 정치를 했다가는 죽 쒀서 개주는 꼴 벡에 못 되유. 먼 말이냐 하믄 돈 읎으면 정치 못한다는 거는 잘 아시잖유. 돈을 써서 위원장 자리를 은었으면 본전을 찾아야 할 거 아녀유. 본전만 찾을 생각이믄 미쳤다고 정치를 해유. 차라리 영동 시내에 집을 져서 세를 내놓는 거이 안전하고 편하지. 최소한 몇 배는 건져야 하는데 다른 장사 보담 났잖유. 근데 위치게 건지겄슈. 큰소리 빵빵 쳐야 건설업자서부터 시작해서 군수며 교육장이며 교장이나 경찰서장이 돈 보따리를 싸들고 찾아오게 되어 있슈. 그러나 배짱이 읎으면 돈은 돈대로 쓰고 난중에는 사글세 방 은을 돈도 읎게 될뀨. 그기 바로 정치판의 생리라는 거유."

문기출도 이동하가 영동군을 책임지는 지구당 위원장이 되면 그의 밑에 예속된다는 점을 잘 알고 있었다. 그러나 정치에 대해서 이동하는 아직 정치의 정자도 모르는 초짜라는 생각에 설교를 하는 목소리로 말했다.

"내 말은 그기 아니고……"

이동하는 문기출이 자신의 심중을 꿰뚫고 있는 것 같아서 입을 열기는 했지만 할 말이 없었다. 뜸을 들이고 있는 사이에 미닫이 문 밖에서 잔기침 소리가 들려왔다.

"오셨나뷰."

문 앞에 앉아 있던 문기출이 긴장한 얼굴로 벌떡 일어서서 문을 열었다.

"어이구, 이거 내가 두 분을 너무 오랫동안 기다리게 한 거는 아닌지 모르겄구먼."

한 눈에 보기에도 하마처럼 살이 디룩디룩 찐 최형근이 한 손을 번쩍 들어 보이며 방 안으로 들어왔다. 넥타이를 맨 정장 차림에 턱은 두 겹이 아니고 세 겹이라 몹시 답답해 보이는 스타일이다.

"아뉴, 저희들도 인제 막 왔슈. 뭐햐? 상 빨리 새로 봐 오라고 해야지……"

이동하는 맥주병이며 마른안주들이 어지럽게 널려 있는 상 앞에 앉으며 문기출에게 눈짓을 보냈다.

"아닙니다. 아니에요. 난 다른 약속이 있어서 빨리 나가 봐야 합니다. 그라고 여기 맥주도 많이 남아 있구먼. 날씨가 더우니 이걸로 한잔 하면서 빨리 본론부터 들어 가 봅시다."

최형근은 양복 윗도리부터 벗었다. 옆에서 황송하다는 얼굴로 서 있던 문기출이 얼른 양복을 받아서 옷걸이에 걸었다.

"그래도 이건 예의가 아니라는 생각이 드는데유?"

"우린 동지들이요 자유당이라는 한 배를 타고 가는 동지들끼리 먼 놈의 말라 비틀어진 예의요. 자, 한 잔 따라 봐요."

최형근은 배가 너무 나와서 축 늘어진 아랫배가 혁대를 덮어 버렸다. 그러나 목소리는 우렁차고 매끄러웠다. 학교 운동장 같은데서 연설을 하면 청중들의 시선을 사로 잡을만했다.

"그름, 초면에 염치 없이……"

이동하는 무릎을 꿇고 앉아서 양손으로 정중하게 최형근이 내민 맥주잔에 맥주를 따랐다.

"그래, 올해 나이가 어떻게 된다고 하셨든가?"

"예, 마흔한 살……."

이동하는 지금 이 순간이 생애 가장 중요한 순간이라고 생각했다. 최형근의 눈 밖에 났다가는 자유당 공천은 물 건너 가고, 국회의원의 꿈은 요원할 것이라는 생각에 긴장을 풀지 않은 얼굴로 대답했다.

"나이가 제우 마흔한 살이믄 너무 젊지 않을까? 내가 알기루는 영동 군수가 올게 쉰다섯으로 알고 있는데?"

"이른 말씀을 디리기는 송구스럽지만 국회의원 나이가 어리다고 해서 나이 많은 군수를 거느리지 못할 바에는 정치 할 생각을 포기하는 것이 좋다고 봐유. 지는 아직 정치에 대해서 잘 모르고 있지만, 우리나라의 법을 맨들고, 법의 존엄성을 지켜나가는 것이 국회의원의 역할이라고 생각합니다. 하지만 군수의 역할은 고작 한 지방의 행정을 수행하는 관료에 불과합니다. 그렇다면 당연히 법을 만드는 국회의원의 끗발이 한참 높은 것은 사실이고, 또한 군수를 다스릴 배짱이 읎다면……"

"젊은 분이 배짱이 대단구먼. 그건 그렇다 치고, 선거는 어떻게 치를 생각입니까? 물론 자유당 공천을 받으면 당선이 된 것이나 마찬가지이기는 하지만 오십사년 오월 이십일날 치른 삼대 선거하고는 차원이 틀립니다. 국민들 의식도 그만큼 높아졌고 민주당 놈들이 죽기 살기로 선거운동을 하고 있는 판국이어서 백 프로 안심하기는 힘이 듭니다. 그래서 내가 오면서 생각을 해 봤는데 말입니다. 우선 군청 과장자리로 옮긴 다음에 한 일 년 있다가 부군수로 승진을 시켜 줄 모양이니 군수 출마는 어때요? 군수 몇 년 해먹으면서 확실하게 표 단도리 해 놓고 국회의원 선거에 나가면 백 프로 당선 아니겠습니까?"

최형근은 가능한 공천비를 많이 우려내려면 뜸을 들이는 것이 좋다는 생각에 갑자기 목소리를 낮추고 은근하게 말했다.

"위원장님, 그 점에 대해서는 걱정을 안 하셔도 됩니다. 지가 감히 낄 자리는 아니지만유. 그 멉니까? 영동군에 십 개 면이 있는데 각 면의 부면장들 모임인 청솔회라는 것이 있슈. 그 청솔회의 초대 회장이 바로 이 옆자리에 앉아 계신 이동하 부면장입니다유. 쉽게 말씀을 드린다믄 이미 선거 조직은 확실하게 굳혀 놨다고 보시는 거시……"

"자네 이름이?"

최형근이 이동하의 말을 가로막은 문기출에게 고개를 돌렸다. 이름은 모르지만 도당 사무국장의 말에 의하면 영동군 학산면 당책이라는 작자가 다리를 놓았다고 한다. 산골 면 소재지의 당책 주제에 건방지다는 얼굴로 바라봤다.

"아, 예! 영동군 학산 면책으로 있는 문기출이라고 합니다유."

문기출이 찔끔한 얼굴로 어깨를 조아리며 고개를 숙였다.

"그래? 미안하지만 자네 나가서 담배 좀 한 갑 사다 주겠나? 돈 여기

......"

최형근이 뚱뚱한 배를 옆으로 돌리며 뒷주머니에 손을 넣는다.

"아…아녀유. 워치게 위원장님이 손수 담배를 사서 태우십니까. 여기 돈 있응게 젤 비싼 담배가 그 뭐여?"

"난 진달래보다 사슴이 좋더군."

최형근이 뒷주머니에 넣었던 손을 슬그머니 빼며 말했다.

"그러셔유. 그람 얼릉 가서 사슴 한 보루 사오게."

이동하는 지갑에서 천환 짜리 한 장을 빼서 문기출에게 내밀며 최형근의 눈치를 살핀다. 최형근이 문기출을 내보내라는 눈짓을 보낸다. 알겠다는 표정으로 다시 지갑에서 지난 8월 광복절 기념으로 나온 오십환 짜리 빳빳한 지폐 한 장을 꺼냈다.

"담배 사가지고 얼릉 오지 말고, 요 옆이 있는 꽃 다방 있지. 거기서 잠깐 지달리게. 내가 볼일 보는 대로 그짝으로 갈 팅께."

"예, 알겠구만유."

문기출은 졸지에 찬밥 신세가 됐지만 불평을 할 상황이 아니다. 공돈 오십환이 생겼다는 것만으로도 히죽 웃음이 나올 것 같았다. 커다란 덩치에 어울리지 않고 넙죽 절을 하고 나서 밖으로 나갔다.

"에! 조직은 그만 하믄 된 거 같고 문제는 현 영동 지구당 위원장이 보통사람이 아니라는 거여. 원래 그 사람이 중앙당 소개로 내정이 된 사람이라 말일씨……"

최형근은 뚱뚱한 몸을 일으켜서 옷걸이 앞으로 갔다. 양복저고리 주머니에서 사슴담배와 성냥을 꺼내들고 자리에 앉으면서 이동하의 눈치를 살폈다.

"중앙당 빽이 암만 크다고 해도 우리 충북 도당의 발전을 위해서 얼마나 당비를 낼 수 있느냐가 문제 아니겠슈. 암만 중앙당 빽으로 자유당 공천을 받았다고 해도 돈이 읎으믄 갑옷만 입고 칼은 안든 장수하고 뭐가 틀리겄슈."

이동하는 무릎을 꿇어앉은 자세를 허물지 않았다. 돈이라면 얼마든지 낼 자신이 있다는 생각에 침을 꿀꺽 삼키며 필사적으로 말했다.

"그 말이 틀린 말은 아니지만 말일세. 시방 영동군 위원장으로 있는 고병호도 만만치 않아. 그쪽도 대전에서 큰 건설회사를 경영하는 사장이라고 우리 당한테 많은 도움을 주고 있다는 것이 문제지……"

최형근은 우선 이백만 환을 제시할 생각이다. 그중 백만 환은 현재 위원장을 교체하는 비용으로 중앙당에 상납을 하고 백만 환은 착복을 할 계획이다. 뜬금없이 이백만 환이라는 거금을 제시했다가는 이동하가 제 풀에 나가떨어질 것이라는 생각에 슬슬 낚싯줄을 늘어트렸다.

"우신 이건 공천에 관계 읎이 기냥 사례로 드리는 돈인데 받아 두셔유."

이동하도 최형근의 머리 위에 앉아 있었다. 이동하는 미리 준비해 가지고 온 천환짜리 한 묶음인 십만 환이 든 누런 봉투를 양복 안주머니에서 꺼냈다. 봉투 안에 들어 있는 돈이 십만 환이라는 걸 알리기 위해 돈 끝이 앞으로 살짝 튀어 나오도록 상위에서 밀었다.

"허허! 이라믄 곤란하지. 앞으로 국회의원이 되시믄 같은 동지로 우리 충북 도당을 위해서 열심히 일을 하실 처지에 봉투를 주시믄……"

"위원장님 말씀대로 앞으로 동지로 일할 처지라서 아무 부담 읎이 드리는 거께 성의로 받아 주셔유. 그란데 현 영동 지구당 위원장이 당비로 얼매를 낼 것 같은지 궁금하구먼유. 너무 액수가 크믄 일찌감치 포기를 하는 것이 좋을 것 같아서 말여유."

"허허! 이런 거는 일급비밀인데, 이 위원장 배포가 보통 아닌 거 같아서 입 다물고 있을 수만 없구먼. 큰 걸로 한 장 반을 생각하고 있는 것 같더군. 백오십만 환이면 적은 돈이 아니지."

최형근은 이동하가 이백만 환을 낼 수밖에 없도록 유도했다.

"이래봬도 저 쩨쩨한 놈 아니구만유. 바쁘신 위원장님을 붙들고 앉아 있는 것도 엄청난 실례가 된다는 걸 모를 만큼 싸가지 없는 놈도 아니고 해서 말여유. 생각 같아서는 백오십만 환에 삼십만 환 정도 더 붙이고 싶지만 쩨쩨하게 살고 싶지 않응께 아싸리 이백만 환을 내겄슈."

이동하는 이미 여러 경로를 통해서 자유당 지구당 위원장 자리를 차지하려면 최소한 쌀 백가마니는 각오를 해야 한다는 정보 정도는 알고 있었다. 국회의원 빼지만 달 수 있다면 그까짓 쌀 백가마니 정도 하루아침에 복구 할 수 있을 것이라는 판단에 과감하게 배팅을 했다.

"내가 사람을 잘 보긴 진짜 잘 봤구만. 이 위원장이 그렇게 결심이 섰다면 내가 책임지고 중앙당에 밀어 보리다. 하지만 선거라는 것이 실탄이 풍부해야 할 걸세. 내가 알기루는 영동군 유권자가 약 오만 명으로 알고 있는데, 내년에 못 나와도 네 명은 출마를 하겠지. 적어도 오십 프로인 이만 오천 명은 얻어야 안정권으로 생각을 하고 선거운동을 해야 하는데 돈 몇천만 원은 우습게 들어 갈 걸세. 요새 고무신 값도 올라서 왕자표 백고무신 한 켤레 가격이 삼백육십 환이라고 하든데……이만 오천 켤레믄 그것만 해도"

최형근은 은근슬쩍 영동군 위원장이 된 거나 마찬가지라는 얼굴로 속삭이고 나서 담뱃불을 붙였다.

"나라를 위해 큰일을 하겠다는 결심을 했는데 돈이 문제겠슈. 여하간 돈은 마련 할 수 있응께 그 점은 걱정을 안 하셔도 되유. 그것 보담은 틀림없이 이백만 환을 당비로 내놓을 팅께 영동군 지구당 위원장 자리만 책임겨 주셔유."

이동하는 백고무신 한 켤레에 삼백육십 환이라는 말에 적이 놀랐다. 얼른 계산해 봐도 열 켤레면 삼천육백 환이요. 백 켤레면 삼만육천, 천 켤레면 삼십육만, 만 켤레면 삼백육십만 환이다. 이만 오천 켤레면 고무신 가격만 해도 얼추 돈 천만 환이 된다는 생각이 들었지만 이미 그 정도는 각오를 하고 왔다는 얼굴로 말했다.

"그 점은 내가 힘써보지. 그런데 내가 들은 정보에 위하면 학산에 씨받이를 두고 있다는데 그게 무슨 말인가?"

"아! 정리 했슈. 아들이 읎는 통에 부모님이 하도 성화를 해서 억지로 씨받이를 은어서 아들내미 한 명을 건졌응께 정리를 하는 건 당연하쥬."

이동하는 최형근이 들례 건을 어떻게 알았을까 하고 궁금해 하지 않았다. 이미 뒷조사를 다 끝냈을 것이라고 믿으며 입술에 침도 안 바르고 거짓말을 했다.

"국회의원 선거에 나가면 없는 흑색선전이 난무하니까 흠이 될 만한 건수는 하나도 빠트리지 않고 정리를 해야 하네. 그렇지 않아도 돈이 많이 들어가는 선건데 흑색선전이 끼어들면 돈이 따블로 들어 갈 수도 있으니까. 내 말 명심할 수 있겠지."

"암만유. 지는 이 순간부텀 위원장님께 충성을 맹세한 놈잉께 위원장님께 누가 되는 일이 있다면 단호하게 처신을 해야쥬."

"그래, 화끈해서 좋구먼. 우리 다음 선거에서는 나란히 금빼찌를 달아 보자구. 난 바빠서 이만 가 봐야겠네. 돈은 수일 내로 현금으로 만들어서 가져 올 수 있겠지?"

"돌아오는 반굉일 날 틀림읎이 댁으로 찾아뵙도록 하겠습니다유."

"그래, 건투를 비네."

최형근은 남은 맥주를 훌쩍 마시고 뚱뚱한 몸을 일으켰다. 이동하는 재빠르게 일어서서 옷걸이에 걸려 있는 최형근의 양복을 벗겨 입혀 주었다. 그려 인제 나도 귀하신 몸이 되는 거여. 그까짓 돈은 있어도 그만 읎어도 그만이지만 국회의원 그건 아무나 하는 건 아니잖여. 최형근의 어깨에 묻은 먼지를 톡톡 털어주는 손끝이 바르르 떨리면서 감격이 밀려왔다.

학산에 도착한 이동하는 곧장 들례의 집으로 갔다. 이미 날은 어두워져서 골목 안은 캄캄했다. 영동에서 문기출을 상대로 기생집 중앙관에서 도라지 위스키를 취하도록 마셨다. 그래서인지 캄캄한 골목을 별빛 따라 걷는 걸음이 휘청거렸다.

"승철이는?"

"지 방에서 자는데 깨울까유?"

"아녀. 내비둬."

들례는 뜻하지 않은 이동하의 방문이 평소처럼 반갑지가 않았다. 이유를 알 수 없는 불안감이 엄습해 와서 멈칫 이동하를 바라보았다. 이동하의 굳은 시선과 마주치는 순간 자신도 모르게 미소를 지어 보였다.

꼬막네 말이 진짠가?

오늘 어둠이 내려앉자마자 꼬막네를 불렀었다. 겉으로는 가슴이 답답하고 사는 것이 지루하기도 해서 저녁이나 같이 먹자는 명분이었다. 하지만 속으로는 옥천댁의 몸에서 낳은 승우가 과연 진짜로 이동하의 아들인지 한번 점을 쳐보라는 부탁을 하기 위해서이다. 그런데 본론을 묻기도 전에 꼬막네가 이상한 말을 했다. 부면장의 말을 거역하면 고생길이 훤하니 고분고분 듣는 것이 명을 재촉하지 않는다는 뚱딴지같은 말을 흘렸었다.

"오늘 하루 종일 뭐를 했냐?"

이동하는 아랫목의 비단 보료에 편하게 앉아서 사각형의 금침에 팔을 기대고 옆으로 비스듬하게 누워서 들례를 바라본다,

"오늘이 학산 장날이잖유. 그래서 요새 쪽파 끔이 싸서 쪽파 짐치 좀 담그고……그냥 저냥……"

들례는 우물쭈물 대답을 하기는 했지만 꼬막네의 말이 자꾸 생각나서 이동하의 낌새가 이상했다. 무엇보다 하루 종일 창살 없는 감옥에서 살고 있는 사람에게 종일 무얼 했느냐고 묻는 것 자체가 이치에 맞지 않았다.

"춘임이 좀 들어오라고 햐."

이동하는 시뻘겋게 달아 오른 얼굴로 느긋하게 담배 연기를 내뿜었다.

"춘임아, 어여 들어와 봐."

들례는 생각 같아서는 난데없이 춘임이를 왜 찾느냐고 묻고 싶었다. 그러나 그랬다가는 불호령이 날 것이라는 생각에 몸을 조심스럽게 돌려서 방문을 열고 춘임을 불렀다.

"부르셨슈."

막 잠자리에 들려던 춘임은 대충 옷을 입고 오는 바람에 속곳을 입지 못하고 무명치마만 걸치고 저고리 차림으로 들어 왔다.

"가서 맥주 및 병 사와라. 오랜만에 들례가 따라주는 술 좀 마셔 보자."

이동하는 기분 좋게 백 환짜리 한 장을 꺼내서 내밀었다.

"알겠구만유."

들례는 이동하에게 돈을 받아서 춘임에게 건네주며 이동하를 불안한 눈빛으로 바라본다. 오랜만이라는 말이 너무 낯설고 불안하기만 했다.

"가만있어 보자, 올게 춘임이 나이가 및 살이냐?"

돌아서는 춘임의 치맛자락이 말리면서 풍만한 엉덩이며 잘록한 허리를 감싼다. 이동하는 갑자기 야릇한 욕정이 동하는 것을 느끼며 은근히 물었다.

"열아홉살이잖유."

이동하가 묻는 말에 춘임이 우뚝 걸음을 멈추고 돌아섰다. 이동하를 불안한 눈빛으로 바라보고 있던 들례가 대답했다.

"춘임이는 입이 읎냐?"

"사모님이 말씀드렸잖유. 열아홉살이라구유……"

춘임은 이동하를 내려다본다. 이동하는 지금까지 단 한 번도 사람을 쳐다보는 눈빛으로 바라본 적이 없었다. 들례 옆에 있어도 없는 것처럼 행동하거나 심부름을 시킬 일이 있어도 항상 들례의 입을 통해서 시켰다. 하지만 오늘은 바라보는 눈빛이 이상했다. 붉게 충혈된 눈빛이 마치 자신의 몸을 더듬는 것처럼 느껴져서 자신도 모르게 어깨를 움츠리며 고개를 숙였다.

"다 컸구먼."

이동하는 더 이상 할 말이 없다는 얼굴로 시선을 돌리고 재떨이를 바라본다. 들례는 얼른 재떨이를 이동하 앞에 공손하게 바치고 나서 다소 곳한 자세로 앉았다. 이동하는 들례의 몸을 지그시 응시한다. 며칠 만에 보는 들례의 몸이 부쩍 여위어 보인다. 그러나 옷을 벗기고 이불 안으로 들어가면 상류로 기어 올라가려는 연어처럼 푸드득 거리며 품 안으로 파고 들 것이다.

오랜만에 저것을 품어 봐.

그러고 보니 들례를 품어 본지는 한 달이 넘는 것 같았다. 직장에서 회식을 한 날이나, 유지들과 늦게까지 술을 마신 날이나 들려서 잠이나 자고 출근하기 일쑤여서 알몸을 더듬어 보지 못했다.

아녀, 냉정하게 끝내야 햐. 한 십 년 넘게 데리고 살았으믄 질릴 때도 됐지 머……

오늘 들례에게 온 목적은 이제 때가 됐으니 들례를 학산에서 내보내기 위해서이다. 욕정이 일어난다고 해서 들례의 알몸을 품으면 결심이 무뎌질 수도 있다. 생각 같아서는 이불을 펴라고 명령하고 싶지만 참아야 된다고 생각하며 천천히 담뱃재를 재떨이에 톡톡 털었다.

가만있자……저것이 일본인하고 난 사이에 난 자식이 있다고 했지. 그놈도 나이가 시방쯤은 열두 서너 살 됐겠군. 그놈을 찾아서 의지하며 살아가든지, 또 어뜬 놈을 만나서 재혼을 하든지 지 팔장께 거기까지 상관 할 필요는 읎고……

들례는 무얼 생각하고 있는지 모르지만 재떨이를 바라보며 앉아 있

다. 한쪽 무릎을 세워서 가슴에 묻고 있는 허리가 오늘따라 버드나무가
지처럼 여려 보인다. 손을 잡아끌어 당기면 제풀에 뜨거운 숨소리를 헉!
토해내며 찰거머리처럼 안겨 들 것이다. 하지만 참아야 된다고 생각하
며 방문 위쪽의 벽을 지그시 응시했다.

들례는 늘 그랬던 것처럼 이동하가 무언가 말을 걸기를 기다렸다. 소
소하게 집안에서 일어나는 이야기들, 예를 들어서 고등어자반이 입에
맞느냐, 정육점에서 소를 잡았다고 하길래 선짓국을 끓였는데 드실거냐.
쌀이 떨어졌는데 어떡하면 좋겠느냐, 정도는 질문을 할 수가 있다. 그러
나 아내처럼 오늘 직장에서 무얼 했느냐, 모산 댁에는 별일 없느냐, 승
철이는 잘 크느냐는 질문은 한 번도 해 보지 못했다. 그런 질문을 할 기
회를 주지도 않지만 그런 질문을 할 미끼조차 던져주지 않기 때문이다.
그래서 아무리 방 안의 공기가 무겁게 내려앉아도 이동하가 먼저 무슨
말이든지 먼저 입 열기를 기다리는 것이 몸에 배어 있다. 하지만 오늘은
틀렸다. 이동하답지 않게 오랜만에 들례가 따라주는 맥주를 마셔보자.
고 살갑게 말하지 않나, 이동하하고는 아무런 관련이 없는 춘임이 나이
를 묻지 않나. 평소와 다른 이동하의 모습이 불안하게만 다가와서 바늘
방석에 앉아 있는 것 같았다.

대관절 먼 야기를 할라고 저리 뜸을 들이능 겨?

오늘 이동하가 청주에 간다는 사실은 이틀 전에 들었었다. 이틀 전에
잠을 자고 출근을 하면서 모레쯤 면사무소에 휴가를 내고 청주에 다녀
온다는 말을 흘렸었다. 다른 날 같았으면 면사무소 일 때문에 청주에 회
의를 가거나, 공무적인 일로 출장을 갈 계획일 것이라는 생각에 이상하
게 받아들이지 않았을 것이다. 그러나 출장 가는 것을 보고 할 만큼 이

동하가 살갑게 굴지 않았던 것이 마음에 걸려서 어제 하루 종일 뒤숭숭하게 해를 보냈다. 오늘 저녁나절에 꼬막네를 부른 것도 그런 연유에서이다.

"수제비를 끓였는데 춘임이 솜씨가 보통이 넘어. 그래서 부른 겨."

"수제비 보담은 밀대로 민 칼국수가 낫지 않여?"

꼬막네는 방 안에 앉자마자 날씨가 덥지도 않은데 부채를 찾아서 헛부채질을 해대며 별로 내키지 않는다는 표정을 지었다.

"호박을 채 썰어 넣고, 멸치로 다시를 해서 맛있을 껴. 한번 먹어 보믄 또 해달라고 할 걸."

"부면장님은 멀리 출타를 하신 모냥이지?"

"그걸 워치게 안댜?"

"날 동무로 생각하고 있는 것은 아닐테고, 즈녁 먹으러 오라고 할 때서야 그른 눈치 하나 읎을까."

"듣고 보니 그렇구먼. 탁주도 한 탁배기 할 텨?"

춘임이가 수제비 상을 들고 왔다. 며칠 전에 담은 깍두기 한 가지에 간장뿐인 조촐한 상이지만 수제비는 먹음직스러웠다. 들례가 수저를 들며 말했다.

"안직 세월이 많이 남았어. 그릏게 보챈다고 최영장군님이 들어 줬으면 세상에 못 먹고 못 사는 이들이 워디 있겄어. 지성이믄 감천이라는 말이 먼 말이겄어?"

"내가 암만 배운 거시 읎어 무식하다고 해서 그 뜻을 모를까? 그 머셔 지극으로 정성을 들이믄 하늘도 들어준다는 말 아녀."

"내 말을 들어 봐. 경상도 진주 어디서 있었던 야긴데 어떤 부인이 이쁜 딸이 하나 있었댜. 그 부인은 하나 뻑에 읇는 귀한 딸을 평안감사의 배필이 되게 해달라고 하루도 거르지 않고 절에 가서 부처임 앞에서 빌었다능 겨. 하루는 그 절의 주지가 부인이 기도하는 모습을 가만히 지켜봤다능 겨. 원래 절간이라는 데가 조용하잖어. 조용한 절에서 바람에 솔솔 불어오는 여인네 향기를 맡고 있을랑게 은근한 욕정이 생겼다능겨. 더구나 딸이 엄청 이쁘고 함께 욕심이 생겼나벼. 그래서 한 가지 꾀를 생각해 냈다는구면······근데 온다는 탁주는 왜 안 오능 겨?"

"주지가 장가를 간다는 겨?"

들례는 정지 부뚜막에 걸터앉아서 수제비를 먹고 있는 들례를 불러서 어젯밤에 마시던 술 주전자를 들고 오라고 했다.

"주지는 부인 모르게 부인이 불공을 드리고 있는 불상 뒤로 숨어 들어갔댜. 거기 숨어서 딸을 평안감사에게 시집보내면 호랭이한테 물려서 요절할 팔자니게 이 절의 주지한테 시집을 보내야, 지 명대로 살 팔자라고 우렁찬 목소리로 야단을 쳤다느만. 부인은 자신의 정성이 부족해서 그러는 줄 알고 그전보다 더 열심히 불공을 드리려고 절을 찾아갔다능 겨. 주지는 또 부처 뒤에 숨어서 부인에게 왜 내 말을 안 듣느냐고 야단을 쳤다느만. 부인은 큰일이 났다는 생각에 주지를 찾아가서 상의를 했댜. 그 말을 듣고 난 주지는 꿈에 부처님이 나타나서 어떤 처자를 마누라로 받아들이라는 현몽을 했다고 그럴 듯하게 공갈을 친 겨. 그 말을 들은 부인 심정은 워쩌겠어. 이게 팔자겄지 하고 집으로 돌아가서 딸에게 그 말을 했댜. 딸도 자신의 운명이 그렇다면 하는 수 읇이 주지에게 시집을 가겠다고 결정을 한 모냥여. 며칠 후에 주지가 보낸 궤짝에 딸을 실려 짐꾼을 통해 절로 보냈다느만. 근데 절로 가는 도중에 평안감사 행차를 만났다능 겨. 깜짝 놀란 짐꾼들은 궤짝을 던져 버리고 골짜기에 숨어 버렸다느만. 궤짝에서 좋은 기운이 퍼져 나오는 것을 본 평안감사는 그 처자를 데리고 길을 떠났댜. 처자가 떠났응께 궤짝이 비어 있었을 거 아녀. 마침 지나가던 호랭이가 빈 궤짝에 들어갔다느만. 그걸 모르는 인부들은 궤짝을 들고 절로 가서 주지 방에 넣어 줬댜. 그렇게 결과가 위치게 되었어. 주지는 호랭이한테 물려 죽고 말았지. 처자는 평안감사 첩이 되어 버렸고."

"그렇게 시방 하는 야기는 머여. 내가 욕심을 부리믄 호랭이한테 물려 죽는 꼴이 된다 이거여?"

춘임이가 막걸리 주전자를 들고 왔다. 들례는 꼬막네의 잔에 막걸리를 따라주다 말고 눈을 세모꼴로 떴다.

"해석하기 나름이겄지. 열심히 기도를 하믄 하늘도 소원을 들어줄 수 있다는 말이 될 수도 있고, 편하게 위티게 할라믄 호랭이 밥이 될 수도 있다는 말이 되겄지……."

"학산바닥에서 나츠름 열심히 기도한 사람 있으믄 나와 보라고 햐."

들례는 꼬막네의 말이 모호하게 들리기는 했지만 그동안 공들인 보람이 있을 것이라는 생각에 술을 마저 따르며 목소리를 낮췄다.

"아따! 수제비에 탁주 마시는 것도 괜찮네 그려. 난 탁주 안주는 그저 무수를 탁탁 쓸어 놓고 두부는 듬성듬성 썰어 넣은 다음에, 대파는 동동 썰어 넣은 뒤에 매운 꼬치가루 풀어서 끓인 동태국이 최곤 줄 알았는데
……."

"사실 꼬막네를 오늘 보자고 한 이유는 따로 있구먼."

들례는 입맛이 없었다. 술도 마시고 싶지가 않았다. 입 안이 심심해서

수저로 간장을 한 번 찍어 먹고 나서 내려놓았다.

"옥천댁이 뭐라고 하?"

"그건 아니고……이런 말을 해야 되나 말아야 되나 모르겠구먼."

들례는 막상 말을 꺼내려니까 입이 떨어지지 않았다. 만약 터무니없는 추측으로 판명이 난다면 꼬막네가 자신을 우습게 보는 것을 떠나서 앞으로 살아갈 날이 막막할 것 같아서였다.

"내가 솔직히 말하는데 나는 사람을 해꼬지하는 거는 좀 약한 편여. 하지만 길흉사를 가려주는 일은 안직까지 학산 바닥에서 최고라고 할 수 있구만."

꼬막네는 막걸리 한 잔을 달게 마시고 나서 수제비를 맛있게 먹었다. 입맛이 없어 물러나 앉은 들례 따위는 안중에도 없다는 얼굴이다.

"그래서 내가 하는 일마다 효과가 읎었구먼."

"지성이믄 감천이라는 말을 또 해야 하나?"

"알았어. 알았응께 다 지나간 말은 그만하고 이거 한 가지만 묻겄어. 승우가 참말로 부면장님 아들이 맞기는 맞는 거여? 난 이상하게 자꾸만 옥천댁이 딴 씨를 받았는지도 모른다는 생각이 자꾸 든단 말일시……"

"아들이 아니믄 지지바란 야기여?"

꼬막네는 들례의 말에 갑자기 온몸이 부르르 떨리는 느낌을 받았다. 최영장군을 영접할 때 받는 그런 느낌이다. 이기 먼 조화여? 승우가 그람 누구 씨란 말여? 지금까지 승우가 이동하의 씨가 아닐지도 모른다는 생각을 해 본 적은 단 한 번도 없었다. 하지만 들례 말을 듣고 나니까 그럴지도 모른다는 직감이 등골을 후려 갈겼다. 그러나 입 밖으로 내서는 형무소 가는 일이 생길지도 모른다는 생각에 능청을 떨었다.

"승우가 머스마라는 건 조선천지 사람이 다 알고 있는 사실인데, 시방 먼 소리를 하고 있는 거여?"

"뜬금없이 씨 타령을 함께 하는 말이잖여.

"그려? 무슨 말이냐 하믄. 그럴리야 옰겠지만 난 승우가 자꾸 부면장 님의 씨가 아닐지도 모른다는 생각이 든단 말여. 딴 건 몰라도 부면장님 이 옥천댁 마른짚단처럼 여기는 걸 잘 알고 있거든. 그라고 씨가 생길라 믄 벌써 생겼어야 하잖여. 막내 하고 터울이 대관절 및 살이여. 열 살은 넘잖여. 십년 동안 옰던 씨가 갑자기 워티게 생겼다는 거여."

"헛소리는 일절로 끝내고 내 말 잘 들어. 조만간 부면장님이 먼 말을 할지도 몰라. 부면장이 무슨 말을 하면 무조건 예, 알겠습니다유, 하고 고분고분하게 들어야 햐. 만약 딴생각을 하거나, 고집을 피우게 되믄 안 좋은 일이 생길거여. 내 말 무슨 뜻인지 잘 알겠지?"

이동하가 들례를 들인지 10년이 넘는다. 그런데다 옥천댁의 몸에서 아들을 낳았다. 남정네가 바람을 피운다며 부적을 쓰러 오는 여자들의 사정을 들어 보면 남정네들은 한 여자한테 10년 이상 붙어있기가 쉽지 가 않다. 젓가락 들 힘만 있어도 여자를 밝히는 것이 남정네들의 습관이 다. 그 징조로 들례의 말에 의하면 이동하는 일주일에 절반은 모산으로 퇴근을 한다고 했다. 꼬막네는 여러 가지 정황을 고려해 볼 때 조만간 이동하가 들례를 내치게 될지도 모른다고 생각했다. 그동안 들례와 알 게 모르게 들었던 정을 생각해서 진심으로 충고를 했다.

"부면장님이 먼 말씀을 한다능 겨? 설마 나를 내치겠다는 말은 안 하 시겠지?"

"그람 학산서 한평생 살라고 작정했남?"

꼬막네는 수제비국을 국물 한 방울 남기지 않고 맛있게 비웠다. 입 안이 밋밋해서 깍두기 한 개를 씹으면서 스스로 막걸리 잔을 채우며 물었다.

"그건 아니지만……"

들례는 이동하의 작은댁으로 살면서 승철이한테 어머니 소리를 듣는 것이 소원이다. 그 소원을 이루기 위해서 면장 댁의 개에게 쥐약을 먹였는가하면, 진땀을 흘리며 둥구나무에 똥칠을 한 젓가락을 박아 놓기도 하고, 꼬막네에게 굿을 한 것도 한두 번이 아니다. 그 모든 정성을 쏟으면서 행여 저제나 오늘이나 이동하가 살갑게 대하는 날이 올 것이라 믿으며 지금까지 살아 왔는데 꼬막네가 대놓고 물으니까 너무 갑작스러워서 할 말이 없었다.

"그람 내 말을 새겨들어. 가찹게 보지 말고 멀리 보란 말여. 피는 물보다 진한 벱이고, 모자지간의 정은 하늘도 못 막는 벱여."

"그기 무슨 말여?"

"들례는 누가 머래도 승철이 어머라는 거지. 그랑께 행여 부면장님이 안 좋은 소리를 하드래도, 예 알았습니다유, 하고 고분고분 넘기고 훗날을 기약하란 말일씨. 이쯤 하면 먼 말인지 알겄지?"

"먼 말인지는 알겄는데 부면장님이 당장 오늘 내일 내치기야 하시겄어?"

들례는 언제가 꼬막네의 말처럼 이동하가 학산을 떠나라는 말을 하는 날이 올 것이라는 예상을 하고 있지 않은 것은 아니다. 하지만 그 시기는 승철이 국민학교를 졸업하는 때쯤 일 것이라고 생각하며 눈빛을 세웠다.

"그건 나도 모르지, 최영 장군님만 아는 사실잉께."

꼬막네도 말의 여지를 남겨주었다. 그리고 들례의 예사롭지 않은 눈빛이 염려스러워서 더 이상 말을 해서는 안 된다고 생각했다.

춘임이가 맥주 세 병을 사들고 왔다. 시키지도 않았는데 땅콩이며 북어포에 고추장을 상에 차려서 조심스럽게 들고 방으로 들어 왔다.

"춘임이 너도 나이가 찼응께 한 잔 해도 되겠지. 가서 잔 갖고 와서 거기 앉아 봐라."

"지는 됐구만유……"

춘임이가 자신도 모르게 들례의 눈치를 살피면서도 얼굴을 빨갛게 물들이며 뒷걸음쳤다.

"싸가지없이 시방 하는 짓이 먼 짓여. 어여 가서 맥주잔 한 개 더 가지고 오니라."

기가 막히고 코가 막힌 쪽은 들례다. 이동하가 춘임의 나이를 묻더니, 드디어 춘임을 여자로 생각하는 것은 아닌지 하는 질투감에 속이 바르르 떨렸다. 차마 화를 내지는 못하고 춘임을 눈빛으로 찔러 죽이기나 할 것처럼 노려본다.

"아……알겠구만유."

춘임은 들례의 눈빛이 가끔 인간의 눈빛이라 할 수 없을 정도로 푸른 빛을 발하는 적을 본 것이 한두 번이 아니다. 하지만 오늘은 마치 폐부를 찌르는 눈빛 같아서 등에 식은땀이 맺힐 정도였다.

"자, 잔을 채워봐."

이동하는 들례에게 맥주잔을 내밀었다. 그러나 잔만 받고는 들례며 춘임에게 직접 따라주지는 않았다. 영동에서 마신 도라지 위스키에 빨갛게 물든 얼굴로 맥주를 한 모금 마신 후에 잔을 내려놓고 말했다.

들례가 조심스럽게 자신의 잔과 춘임의 잔에 대충 잔을 채웠다. 술잔을 상 위에 올려놓지 않고 바닥에 내려놓으며 부들부들 떨리는 가슴을 진정시키려고 자신도 모르게 손바닥으로 가슴을 지그시 눌렀다.

"들례가 학산에 온지 및 년이나 된 겨?"

"얼추 십 년은 넘었슈……"

들례는 이동하의 말에 춘임에 대한 질투가 하얗게 녹아들었다. 그 대신 꼬막네가 말한 그날이 오늘인가? 하는 불안감에 촉각을 세우면서도 목소리는 안으로 기어 들어갔다.

"그람 춘임이도 칠팔 년은 됐구먼."

"그릏게 된 거 가튜."

"그려, 그동안 편하게 살았지. 누가 머라고 하는 사람이 있나? 식구들이 많아서 조석으로 밥 해대며 겅거니 만드느라 시간을 보냈나? 논밭전지가 있어서 새벽부터 일어나 밤늦게까지 일을 할 필요가 있었나. 하여튼 내가 알기루는 둘 다 태평세월 보낸거 가텨. 춘임이 너는 내 말을 워치게 생각하냐?"

"지는 그저 머라고 드릴 말씀이 읎슈. 사모님이 원체 잘해주시는 분잉께."

"들례야, 맥주 들고 있지만 말고 마셔라. 춘임이 넌도 마시고"

이동하는 들례에게는 묻지 않고 시원하게 맥주를 마셨다. 도라지위스키 위스키만 마셨더니 속이 답답할 정도로 취기가 올랐었는데 맥주를 마시니까 한결 기분이 개운했다.

"승철이도 사 학년이 됐응께 대전에 있는 즈 누나들한테 보낼 생각이다. 암만해도 공부하는 환경이 여기보담은 대전이 좋지 않겠느냐. 여기서는 잘해봤자 산골 국민핵교서 일등하는 거고, 거기서는 십 등을 해도 충청남도 도청이 있는 대전에서 십 등을 하는 경께, 학생수를 보나 선생들 질로 보나 무조건 좋을 거 아니냐."

"암만유. 학산보담은 대전 핵교가 백번 낳쥬……"

들레는 올 것이 왔다는 생각에 맥주를 단숨에 비우기 시작한다. 내가 이대로 맥 읎이 물러 날 수는 읎지. 서울 같은디 가서 집 한 채 사고 가게 하나 을을 돈을 주믄 몰라도 이대로 물러 나믄 천하의 등신이 되능 겨. 막상 올 것이 왔다고 생각하니까 기분이 차분해졌다. 잔을 깨끗이 비우고 나서 북어조각을 고추장에 찍어 먹었다.

"한 잔 더 햐. 난도 한 잔 더 따르고."

들레는 말없이 이동하의 잔에 맥주를 따르고 자신의 잔에도 채웠다.

"그래서 하는 말인데, 인제 들레 너도 너 갈 길을 가야 할 때가 왔다고 생각한다. 승철이도 읎는데 언지까지나 학산에서 눌러 살 수는 읎는 일이잖여. 긴 야기 하고 싶지는 않응께 조만간 결정을 하는 거이 신상에 좋을 겨. 내 말 무슨 뜻인지 알겄지?"

이동하는 생각 같아서는 문기출을 시켜서 춘임을 내치고 싶었다. 하지만 승철의 어머니라는 점 때문에 좋게 해결하는 것도 나쁘지는 않을 것이라는 생각에 점잖게 말했다.

들레는 아무런 대꾸를 하지 않았다. 이동하가 바라보고 있던 말든 맥주잔을 비우고 나서 작정한 얼굴로 땅콩 한 개를 까서 입 안에 넣었다.

"부……부면장님 그기 무슨 말씀이데유?"

놀란 춘임이 마른하늘에 웬 날벼락이냐는 얼굴로 물었다.

"들례가 어디루 가드라도 이 집을 빈집으로 놔 둘 수는 읎응께, 춘임이 너는 당분간 이 집을 지키고 있어라. 승철이도 수일 내로 전학을 시킬 수는 읎는 노릇잉께 밥이라도 해 줄 식모 한 명은 있어야 하기도 하고 들례 너는 내가 하는 말이 무슨 뜻인지 잘 들었겄지?"

이동하는 무언가 작정을 한 얼굴로 창문을 바라보고 있는 들례를 가소롭다는 표정으로 바라보며 물었다.

"어느 안전이라고 지가 토를 달겄슈. 하지만 지 나이 올게 서른이 넘었슈……."

"앞으로 살아갈 걱정을 하는 모냥인데 그 점은 걱정하지 않아도 된다. 내가 아무려면 너를 그냥 내보내겄냐? 니가 서울 같은 디 가서 두 칸짜리 전세 읃을 돈하고 당분간 먹고살 돈은 챙겨 줄 모냥잉께 그리 알고 있으면 된다."

"방만 있다믄 먹고살 수 있데유? 그 험하다는 서울에서?"

"서울이 무서우믄 흑산도 같은 섬으로 들어가서 쯩히 사는 것도 괜찮지. 그른데는 집값이 싸서 서울서 전세 읃을 돈이 있으믄 뱃사람들을 상대로 하는 식당 한 개는 차릴 수 있을 거여. 외려 서울 가서 약아 빠진 서울사람들 등쌀에 맘 고생하는 것 보담은 홍도나 흑산도 같은 섬으로 들어가는 것이 좋겄구먼."

이동하는 화가 났다. 허! 이것이 십년이나 양반집 마님 마냥 멕여 주고 재워주고 입혀 줬드니 눈앞에 뵈는 것이 읎나, 하는 생각에 들례의 말은 들어 볼 필요도 없다는 얼굴로 말했다.

"지가, 흑산도가 어느 땅에 붙어 있는 줄도 모르는 곳엘 워치게 간데유?"

들례는 평소 같았으면 말대꾸는커녕 입도 달싹하지 못할 처지였다. 하지만 오늘은 까닥 처신을 잘못했다가는 돈 몇 푼 받고 쫓겨날 처지가 될지도 모른다는 생각에 작심을 한 얼굴로 대꾸했다.

"춘임아 흑산도가 워디 있는 거여?"

이동하가 비웃는 얼굴로 물었다.

"서……섬으로 알고 있는데유?"

이동하와 들례 사이에 앉아서 맥주잔을 들고 바들바들 떨고 있던 춘임이 기어들어가는 목소리로 물었다.

"싸가지 읎는 년, 내가 쫓겨나고 지가 내 자리를 차지 할 줄 알고 못하는 말이 읎구먼. 내가 흑산도가 섬인지 땅인지도 모르는 등신인줄 알았나 부지."

들례는 이동하에게 대놓고 대들지는 못하고 옆에 앉아 있는 춘임이를 노려보며 중얼거렸다.

"어느 안전이라고 아가리를 함부러 놀려. 이년이, 워틱하나 가만히 두고 봉께 아주 간덩이가 뷔 버렸구먼!"

이동하는 술상을 번쩍 들어서 들례를 향해 던져 버렸다. 에구머니! 하는 비명 소리와 함께 춘임이가 먼저 옆으로 몸을 피했다. 춘임이를 노려보고 있던 들례는 느닷없이 날아오는 술상을 피하지 못했다. 국물이 있는 반찬이 없어서 옷이며 머리카락이 국물에 젖지는 않았지만 맥주 컵에 맞아서 얼굴에 덮어썼다. 방바닥에는 깨진 맥주잔의 유리가 널부러졌다. 깨지지 않은 맥주병에서는 맥주가 줄줄줄 흘러나와서 엉덩이를 적시고 있었다. 얼굴에서도 상처가 나서 피가 맥주와 함께 흘러 내렸지만 꼼짝도 안 하고 가만히 앉아 있었다.

"너 이 싸가지 읎는 년! 술맛 떨어지게 감히 어느 안전이라고 주둥아리를 함부로 놀리는 거여. 놀리기를. 너 이년 내 말 똑바루 들어. 그래도 승철이 땜시 근본도 읎고 왜놈의 첩질이나 하던 드러운 년을 그동안 편하게 멕여 살려 줬더니 눈깔에 뵈는 것이 읎는 모냥이지. 너 같은 년한테는 더 이상 은혜를 베풀어 줄 필요도 읎어. 그렇게 수일 내에 학산바닥을 떠나지 않으믄 내가 가만히 귀경만 하고 있지는 않을 팅게 알어서햐. 에이! 드러운 년 같으니라고 저른 년이 머가 이쁘다고 십 년 동안 그 지랄을 떨었을까. 빨리 상 안 치워!"

이동하는 앞 방에서 승철이가 들을지도 모른다는 생각에 고함을 지르지 않았다. 두 눈을 부릅뜨고 노려보며 이가 갈리는 소리로 나직하게 내뱉고 나서 벌떡 일어섰다. 막상 일어섰지만 갈 곳이 없었다. 면사무소 숙직방에 가면 되지만 면서기와 소사가 매일 숙직을 하고 있다. 성주옥에 가서 하룻밤 보낼까 하는 생각이 들었지만 앞으로 국회의원이 될 몸이다. 앞으로는 술을 마셔도 영동에서 마셔야 품위유지에 도움이 된다. 그렇다고 영동에서 택시를 불러 모산까지 들어가기에는 옥천댁 앞에서 자존심이 구겨지는 일이다. 별 수 없이 오늘은 여기서 하룻밤 보내는 수밖에 없다고 판단하며 창문 앞으로 갔다.

"사모님 워디 다친데는 읎슈?"

"어여, 상 치워라."

들례는 조용한 목소리와 다르게 창문 앞으로 가고 있는 이동하의 뒷모습을 싸늘하게 노려보았다. 꼬막네가 오늘 낮에 한 말이 생각났다.

그람 내 말을 새겨들어. 가찹게 보지 말고 멀리 보란 말여. 피는 물보다 진한 벱이고, 모자지간의 정은 하늘도 못 막는 벱여.

청개구리를 닮은 무당 년이다. 원하는 것은 하나도 들어 않으면서 안 좋은 것은 족집게처럼 찍어내는 것이 가랑이를 찢어 죽여도 시원치 않을 것 같다. 그러나 이내 생각을 바꾸어 먹었다. 그려, 암만하믄 승철이가 니 눔보다는 오래 살겠지. 니 눔이 꼬부랑 노인네가 돼서 빌빌 쌀 때 우리 승철이는 쇠라도 녹일 팔팔한 청춘이겠지. 그때도 네놈이 술상을 던질 심이 남아 있는지 두고 보자. 생각을 바꾸어 먹으니까 어느 정도 기분이 진정되는 것 같았다. 그러나 훗날을 기약하더라도 쉽게 물러날 수는 없다고 생각했다.

제3장

1
9
5
8
년

서울 하늘 밑에서

그래서 충청도 산골이라고 했지,
그담에는 핵교를 워디까지 나왔느냐고 묻는 거여.
국민핵교 다니다 중퇴를 했다고 항께,
그 말이 끝나자마자 촌놈의 새끼 여기가 워딘 줄 아느냐며,
느닷없이 귀싸대기를 후려갈기는 거여.

얼굴을 스쳐가는 바람이 매서워진 것을 보니 밤이 제법 깊어진 것 같았다. 골목 앞으로 어깨를 마주하고 이어져 있는 단층짜리 가게들도 징검다리처럼 드문드문 불이 꺼졌다. 불이 꺼져 있는 연탄가게며 철물점, 라디오수리점, 사진관, 이발소 등과 다르게 <인천양곡상회>는 문이 닫히지 않았다.

"저 집이 틀림읎지?"

골목 안에서는 바람이 불어 올 때마다 시큼한 시궁창 냄새가 풍겼다. 전봇대 뒤에 있는 두 사내 중에 키가 큰 사내가 작은 사내에게 물었다.

"틀림읎어. 형이 거기 들어가서 쎙고생하고 있는 동안 내가 서상철 그 새끼 죽여 버리려고 여길 백 번도 더 와 봤단 말여."

경훈은 시훈이 묻는 말에 이가 갈리는 목소리로 대답을 하며 인천양곡상회를 노려본다. 삼십 촉짜리 알전구가 천장에 붙어 있는 가게 안에 사람은 없었다. 벽 쪽으로 쌀가마니가 이십여 가마 쌓여 있고, 판자로 만든 한 평 크기 정도의 통에는 쌀이며 보리쌀 조나 콩 같은 곡식이 수북하게 담겨있다. 바람이 쌩하니 불면서 기와지붕에 비스듬하게 서 있는 양철간판이 덜덜 떨리는 소리가 길 건너까지 들려왔다.

"사람을 죽이는 건 큰일 날 짓여. 저런 쓰레기 하나 죽이고 귀한 목숨을 버리는 건 어리석은 짓이란 말여. 그랑께 어뜬 일이 있드라도 쥑이지는 말란 말여."

"그렇게 똑똑한 사람이 워티게 누명을 쓰고 십팔 개월씩이나 징역을 살았댜."

"너도 임마 형사 책상 앞에 앉아 봐. 말끝마다 귀통벡이를 후려갈기는 건 참을 수 있어. 암만 참말이라고 우겨도 공감치지 말라며 발로 차고 별짓 다하는데 이길 장사가 있어? 천하장사 황우라도 못 배길 겨. 더구나 형사 그 새끼가 하는 말이 사람을 쥑여서 무기징역을 받거나, 사형을 받을 죄도 아니다. 제우 특수강도죄인데다 초범이다. 증인도 확실항께 빠져 나갈 구멍은 읎다. 증 억울하믄 똥 밟은 셈치고 몇 개월 고생하다 나오능기 곱게 끝나는 기다. 만약, 계속 그짓말을 하믄 실컨 뚜루 맞아서 골병을 읃어 감옥에 간다. 감옥에서 지대로 치료나 해 주겄냐. 골병 읃어서 감옥에 가게 되믄 십중팔구는 병신이 되서 출소를 하게 된다. 그랑께 존 말로 할 때 조서에 지장을 찍는 거시 좋을 거다, 라고 막 겁을 주는데 워칙햐?"

"하나는 알고 둘은 모르는구먼. 포장마차 신씨 아저씨가 그라는데 유치장 안에 들어 가믄 전과자들이 득실거린다고 하드만. 전과자들은 판검사 뺨칠 정도로 법에 대해서 잘 알고 있다고 하데. 전과자들이 재판을 받을 때 판사 앞에서 바른 말을 하믄 경찰서에서 조서 꾸민거시 말짱 헛일이 된다는 말은 안 해 줬나 보지?"

"똥싸는 소리 하고 앉아 있네. 만약 판사 앞에서 헛소리를 지껄여서 영장이 되돌아오는 날에는 재판 절차 받을 필요도 읎이 죽는 수가 있다고 겁준다는 말은 안 들어 봤능게비구먼."

시훈은 입 안에 가득 고여 오는 침을 모아서 뱉았다. 주머니에서 파랑새 담배를 꺼내 불을 붙이려고 하는데 경훈이 소매 끝을 잡아당긴다. 시훈은 담배를 피우려다 말고 인천양곡상회를 응시했다.

"시팔, 빽만 있어도 억울한 징역살이를 하지는 않았을낀데……"

"틀린 말이 아녀. 젤 츰에 고향이 워디냐고 묻드라. 그래서 충청도 산골이라고 했지, 그담에는 핵교를 워디까지 나왔느냐고 묻는 거여. 국민핵교 다니다 중퇴를 했다고 항께, 그 말이 끝나자마자 촌놈의 새끼 여기가 워딘 줄 아느냐며, 느닷읎이 귀싸대기를 후려갈기는 거여. 그래서 내가 그랬지, 내가 뭘 잘못했길래 때리냐고 말여. 그랑께 그담부터는 말도 안 하는 거여. 너처럼 무식한 농사꾼의 자식은 뜨거운 맛을 봐야 바른말이 술술 기어 나온다믄서 마구잡이로 패기 시작하는데 진짜로 하늘에서 별이 반짝반짝거리드라."

"그만햐. 죄가 있다믄 돈 읎고 배운 거 읎고 빽이 읎는 거시 죄지."

경훈은 시훈의 말을 계속 듣고 있으면 가슴이 터져 나가 버릴 것 같았다. 자신도 모르게 옆구리에 꽂아 둔 과도를 만지작거리며 낮고 무거운 목소리로 시훈의 말을 막았다.

"그 안에서도 그 생각 벡에 안 들드라. 내가 손톱만한 뺙만 있어도 여기 들어 올 놈이 아니라는 생각 말여."

"제발 그만햐. 그만하고 저 가게 안에 있는 놈한티 복수 할 생각만 하란 말여."

"저 새끼는 언지 문을 닫냐?"

"통금싸이렌이 울리기 삼십 분 전쯤에 문을 닫을 껴. 답답하믄 워디가서 쇠주라도 한 잔씩 하자. 여기 계속 서 있다가 지나 댕기는 사람들한테 들키믄 수상하다고 생각할지도 모르잖여."

"너도 술 마실 줄 아능 겨?"

"형은 징역사느라 내 나이도 잊어 뼈렸어? 나도 후년이믄 스무 살이란 말여. 객지에서 열아홉 살이믄 으런들처럼 술 먹고 담배피고 다 할 나이란 말여."

경훈은 잔기침을 하며 전봇대 뒤에서 빠져 나왔다. 골목 안쪽과 바깥쪽을 날카롭게 살피며 길로 나갔다.

"술 먹을 돈은 있능 겨?"

"형 출소하자마자 일을 할 수 있었어? 감옥에서 골병이 드는 거는 뻔한 이치고, 평생 고생 안 할라믄 영양보충을 함서 당분간 쉬어야 할거잖여. 그래서 악착같이 모아둔 돈이 이만 환정도 됭께 그런 걱정은 하지 마."

"에이그, 내가 못나서 너까지 고생만 하고 있구먼."

"내가 어지께 서대문 형무소 앞에서 뭐라고 항 겨? 첫 번째는 죽는 한이 있드라도 두 번 다시는 징역살지 말 것. 두 번째는 나한티는 좁쌀만큼도 미안한 생각 갖지 말라고 다짐을 했잖여. 벌써 잊어 뼈린 겨?"

경훈이 갑자기 걸음을 멈췄다. 이참에 확실해 해 두고 넘어가야겠다는 생각에 시훈을 가로막았다. 주먹을 불끈 쥐고 흔들어 보이며 목에 퍼런 힘줄이 돋아나도록 힘주어 물었다.

"그랴, 알았응께 워디로 갈 껀지 어여 가자."

시훈은 동생 앞에서 할 말이 없었다. 담배 연기를 바람 속에 날려 버리며 입을 꾹 다물고 경훈이 가는 데로 걸음을 옮겼다.

경훈이 걸음을 멈춘 곳은 서너 평 남짓한 허름한 선술집이다.

송판으로 짜 맞춘 술청에는 신문지로 덮어 놓은 접시와 꽁초가 수북한 재떨이가 전부였다. 경훈과 시훈은 말없이 술청 앞에 서서 주인이 나오기를 기다렸다.

술청과 방문 사이에 있는 때 묻은 광목 커튼이 펄럭이면서 주인 여자가 나왔다.

뚱뚱한 몸에 군용야전잠바를 걸친 주인은 말없이 재떨이에 있는 꽁초를 쓰레기통에 버렸다. 대접 두 개를 시훈과 경훈 앞에 각각 올려놓았다.

"쇠주로 한 대포씩 줘유."

시훈은 말없이 경훈을 바라본다. 경훈이 대접을 앞으로 밀어내며 작지만 긴장한 목소리로 말했다.

"생두부도 한 모 내와 봐유."

경훈은 신문지를 들췄다. 왕소금과 깍두기를 담은 접시가 있었다. 대포로 술을 마신 손님들이 안주로 먹는 소금이다. 손으로 왕소금 몇 개를 입 안에 툭 던져 넣으며 무겁게 말했다.

"자시고 싶은 만큼만 자시고 계산하셔."

주인이 작은 양재기 두 개와 한 되짜리 소주병을 술청 위에 올려놓았다. 종이를 뚤뚤 말아서 마개를 만들어 놓은 한 되짜리 소주병에는 소주가 절반 정도 차 있다.

"비가 올란가?"

시훈은 말이 없었고 경훈이 긴장을 감추려고 하늘을 바라본다. 하늘에는 별이 총총히 떠 있는데도 혼잣말로 중얼거린다.

"신문을 참말로 오랜만에 보네."

시훈이 신문지를 펼쳤다.

"그기 워디 신문이여. 구문이지. 오늘이 미칠인지도 모르는 모냥이지? 오늘이 이월 하고도 열사흘여, 그라고 봉께 딱 한 달 전 신문이여."

"가만있어 봐. 조봉암 선생이라믄 지난 오십육년에 대통령에 출마를 했던 사람이잖여."

경훈이 투덜거리는 말에 대꾸를 하지 않고 신문을 훑어보던 시훈이 놀란 얼굴로 말했다.

"왜 아녀, 바로 그 분이지."

주인이 양은냄비에 두부를 넣으며 퉁퉁 부은 목소리로 끼어들었다.

"근데 왜 이 냥반이 간첩이라능 겨?"

경훈이 시훈에게 물었다.

"총각도 그렇게 생각하지? 여기 술 자시러 오는 냥반들 중 열에 아홉은 이승만이 담 선거 때 조봉암 선생이 또 출마를 할 것 같으니까 수작을 부리는 거라고 하드만."

시훈은 상관이 없다는 얼굴로 어깨만 으쓱거렸다. 주인이 더러워서 못 살겠다는 표정으로 말했다. 지난 1월 중순에 진보당의 당수 조봉암을 비롯하여 간부들이 간첩혐의로 대거 입건한 사건 때문에 도시의 인심은 흉흉했다. 술청에서 술을 마시는 손님들 대부분은 5월 총선을 앞두고 야당을 길들이려는 수작이라고 간첩혐의를 믿지 않았다. 하지만 신문은 연일 진보당 간부들을 잡아들이고 구속을 시키고 조사를 하고 있다는 기사로 도배를 했다.

"정권이 바뀌어야 햐."

"내 말이 그 말여. 조봉암 선생처럼 훌륭한 분을 간첩으로 잡아 쳐 넣는다면 누가 믿겠어? 지나가는 개가 웃을 일이지."

손님들은 소금 안주 삼아 깡술을 마시면서 핏대를 새우기 일쑤였다. 그러나 가죽잠바를 입은 손님이거나, 검은색 선글라스를 쓴 손님들이 들어오면 옆구리를 쿡쿡 찔러가면서 입단속을 했다. 어느 대학 교수가 택시 안에서 술에 취해 운전사에게 당신도 자유당이냐고 비웃었다가 유치장으로 직행을 한 사건이 신문에 난 적이 있었기 때문이다. 이 나라의 지성인이라 부를 수 있는 대학교수까지 자유당을 욕하는 것을 보면 자유당 정권의 미래가 불안하기만 했다.

"아줌마는 진보당 당원유?"

"내가 진보당 당원이 될 자격이라도 있나? 이런데서 술을 팔다 보니 돈없고 빽 없는 사람들만 상대하다 보니 야당이 된 거지."

경훈이 마른목소리로 묻는 말에 주인은 바람결에 흘러가는 목소리로 대답하며 물이 펄펄 끓고 있는 양은냄비에서 두부를 꺼냈다. 두부를 접시에 반듯하게 썰어 놓았다. 쪽파와 고춧가루를 썰어 놓고 참기름을 살짝 뿌린 간장과 배추김치를 술청에 올려놓는다. 물 묻은 손을 야전잠바 앞에 걸친 앞치마에 문지르며 더 주문할 것이 있느냐는 얼굴로 경훈을 바라본다.

"별일여. 대통령 후보로 출마를 한 사람도 그렇게 빽이 읎을까?"

시훈은 도무지 이해를 할 수 없다는 얼굴로 신문지를 착착 접어서 옆으로 밀어 놓았다.

"됐슈. 마실 만큼 마시고 계산 할 팅게 들어가 보슈."

"경훈아, 사람 맘이 참말로 간사하기는 간사한 거 가텨. 어지께만 해도 생두부를 쳐다보기도 싫드니만 시방 봉게 맛있게 보이는구먼."

주인이 길게 하품을 하며 커튼 뒤로 사라지고 난 후였다. 시훈이 젓가락을 들면서 목이 잔뜩 잠긴 목소리로 속삭였다.

"어지께는 맨 두부를 먹응게 목이 맥혀서 맛이 읎었겠지. 그라고 십팔 개월 만에 햇볕을 보는데 두부가 눈에 들어 올 리 있었어?"

경훈은 시훈의 양재기에 먼저 소주를 따라주고 나서 자기 앞에 있는 양재기를 채웠다.

"얼음이 둥둥 뜨는 찬물을 마신 것처름 속이 짜르르 하구먼."

"한 잔 더 할텨?"

"이따 하자."

"그려, 그러는 기 좋을 껴. 형 주량 모르는 건 아닌데 만에 하나 실수를 하믄 또다시 징역 들어 갈 수도 있잖여."

"목소리 죽여. 밤말은 쥐가 듣고 낮말은 새가 듣는다고 했잖여."

시훈은 징역이라는 말에 등골이 섬뜩해지는 것 같았다. 자신도 모르게 주변을 두리번거렸다. 별빛이 은은하게 내려앉고 있는 거리는 텅 비어있다. 커튼 안쪽의 인기척에 귀를 기울인다. 주인여자는 금세 또 잠이든 모양이다. 코 고는 소리가 가볍게 들려온다. 그래도 안심이 안 된다는 얼굴로 속삭였다.

"좌우지간 형이 그 안에서 고생한 대가는 받아 내야 햐. 안 그라믄 저 죽고 나 죽는 거지 머."

경훈은 양재기를 들었다. 절반 정도 마시고 나서 젓가락으로 두부를 집었다. 양념간장에 척척 무쳐서 입 안 가득 넣고 씹으며 허공을 노려본다.

"근데, 돈을 뺏는 거는 좀 그릏잖여. 그냥 죽도록 패주기만 하믄 안 될까?"

경훈이 서상철에게 복수를 한 다음에 돈을 뺏자고 제안을 했었다. 살기 어린 목소리로 제안을 할 때는 그래야 될 것 같아서 고개를 끄덕였던 시훈이 귓속말로 속삭였다.

"형은 안직도 서울사람 될라믄 교도소에서 십년은 썩어야 햐. 형이 집짓는 데서 일을 하믄 하루에 못 받아도 오백 환은 받을 거잖여. 한 달에 스무 날만 잡아도 만 환이여. 일 년이믄 십이만 환이고 반 년을 더하믄 십팔만 환이여. 그놈 때문에 그 돈도 못 벌고 고생만 직사하게 해 놓고서 억울하지도 않응 겨?"

"그 생각만 하믄 시방도 이가 갈리지. 그란데, 거기 돈이 참말로 있기는 한 거여?"

시훈은 하는 수 없다는 얼굴로 속삭였다.

"형 쌀가게 안에 있는 가마니 못 봤남? 어쩔 때는 쌀가마니가 시방보다 더 많을 때도 있어. 형이 낮에 안 와봐서 모르는 모냥인데 좌우지간 배달하는 사람 둘이 종일 바쁘게 배달을 하는 걸 보믄 장사가 보통 잘되는 거시 아닌 거 가텨."

"배달하는 사람도 있단 말여?"

"두 명씩이나 있어. 한 명은 내 나이 또래고, 또 한 명은 서른은 넘어 보이드라. 아침 일찍부터 배달을 하고 캄캄해지면 퇴근을 항께 시방은 서상철 그 새끼 혼자 있을 꺼."

"식구들은?"

시훈은 양재기 술을 모두 비워버리고 스스로 잔을 채웠다. 소주가 양재기 절반 정도 차오르는 것을 본 경훈이 그 정도만 마시라는 얼굴로 술병을 뺏는다.

"그 새끼 마누라가 낮에 가끔 오는 걸 보믄 살림집은 따로 있는 거 가텨. 그래서 내가 한번 그 새끼 마누라 뒤를 쫓아가 봤어. 여기서 얼마 안 먼 곳에 살고 있드라. 저 안쪽으로 들어가면 그 새끼네 집이 있어. 자식들도 둘이나 있드라, 남매."

"더 이상 알아 볼 필요도 읎겄구먼."

시훈은 양재기를 든 손이 가볍게 떨리는 것을 느끼며 허공을 노려본다. 경훈의 말대로 억울하게 일 년 반씩이나 헛 징역을 살았으면서도 복수할 생각을 포기한다면 서울 생활을 포기하고 집으로 내려가는 수밖에 없다. 미친개에게 물린 셈치고 그냥 넘어가면 또 언제 어느 시에 억울하게 모함에 걸려 징역을 살게 될지도 모르는 일이다. 두 번 다시 그런 일을 당하지 않으려면 기필코 복수를 해야 한다고 생각하니까 어금니에 지그시 힘이 들어간다.

"오늘 장사 시마이유. 댁들이 어딘지 모겠지만 조금 있으면 통행금지 예비 싸이렌이 불 시간이니까 빨리 서둘러서 들어가요."

가볍게 코를 골며 자는 줄 알았던 주인여자가 커튼을 들추고 모습을 드러냈다. 시훈이 형제는 주인여자가 하품을 섞어 하는 말을 듣고 서둘러 선술집에서 나왔다.

옷깃으로 파고드는 바람이 차가웠으나 경훈은 큰일을 앞두고 있다는 긴장감에 춥다는 걸 느낄 수가 없었다. 말없이 담배를 피우며 인천상회가 있는 곳으로 갔다.

"형, 시방 쳐들어 가믄 딱 맞겠구먼."

인천상회 앞에서는 서상철이 문짝을 닫고 있는 중이었다. 경훈은 몇 분만 늦게 왔으면 오늘 일이 허사가 되고 말았을 것이라고 생각하며 다급하게 말했다.

"분명히 저 자식 혼자 있는 거여?"

시훈은 서상철이 문짝을 하나만 남길 때까지 기다리며 연거푸 담배 연기를 빨아 들였다. 필터가 없는 담배 끝부분이 축축하게 젖으며 종이가 찢어졌다. 꽁초를 땅바닥에 버리고 군화를 신은 발로 짓눌러 버렸다.

"내가 한두 번 확인한 기 아녀. 날 따라와."

경훈은 불이 붙은 꽁초를 땅바닥에 힘껏 내려쳤다. 어둠 속으로 담뱃재가 불똥으로 퍼져 나가는 것을 쳐다보지 않고 인천상회 앞으로 뚜벅뚜벅 걸어갔다.

"쌀을 사러 왔수?"

삼십대 후반의 서상철은 마지막 남은 문짝을 문틀에 끼우기 위해 들고 있다가 가깝게 다가오는 경훈을 보고 슬그머니 문짝을 내려놓았다.

"뒈지지 않을라믄 빨리 문짝을 들어. 빨리!"

"다……당신 누구야?"

서상철은 경훈이 품에서 꺼낸 칼로 옆구리에 대는 순간 금방 얼굴이 흙빛으로 변해버렸다.

"날 벌써 잊어 뻐리지 않았겠지? 니 놈 때문에 억울하게 십팔 개월 동안이나 옥살이를 한 장시훈이여?"

시훈이 바짝 긴장한 얼굴로 서상철을 노려보았다.

"시……시훈이 아녀?"

서상철이 들고 있는 문짝을 떨어트리며 두 눈을 동그랗게 떴다.

"씨팔, 빨리 들어가. 형 어여 문 닫아."

경훈은 서상철의 어깨를 움켜잡고 빠르게 가게 안으로 들어갔다.

"아……알았어."

시훈은 주변을 두리번거렸다. 다행이 행인들의 모습은 보이지 않는다. 손이 덜덜 떨리는 것을 느끼며 가게 문짝을 들고 뒤돌아서서 문을 닫았다. 문짝이 문턱에 걸려야 하는데 손이 떨려서 얼른 걸리지가 덜커덩덜커덩 거렸다.

"형, 겁날 거 읎어. 이 새끼 죽여 뻐리고 우리도 죽으면 그만잉게."

"아, 알았구먼."

시훈은 경훈이 악에 받친 목소리로 나직하게 내뱉은 말에 용기를 얻어서 문짝을 문틀에 맞추었다.

"자……잘못했어. 시훈이, 내가 잘못했으니 제발 목숨만 살려 주게 응."

서상철은 시훈이 문을 닫은 후에야 경훈이 들고 있는 과도를 자세히 바라봤다. 삼십촉 불빛에 퍼렇게 번쩍이는 과도가 금방이라도 옆구리를 파고 들 것 같은 공포감이 가게 안을 가득 채우고 있다. 경훈의 얼굴에는 살기가 넘쳐흐르고 있다. 붉게 핏발이 서 있는 눈빛만 보는 것으로도 오줌이 지릴 지경이다. 등골이 서늘해지며 다리의 힘이 쭉 빠져 나가서 서 있을 수가 없었다. 바닥에 털썩 주저앉으며 시훈의 바지자락을 잡고 애원을 했다.

"긴 말 안겄어. 왜 우리 형이여. 왜 우리 형을 강도로 몰았냔 말여."

"시훈이 내가 잘못했네. 내……내가 무조건 잘못했으니 제발 목숨만 살려 주게 응?"

"내 동상이 하는 말을 똑바로 못 들었능개비구먼. 왜 나를 강도로 지목항 겨? 난 그날 즈녁 중앙상사 오 사장네 집 근처도 안 갔단 말여. 그걸 니 놈이 젤 잘 알고 있었잖여. 근데 왜 내가 오 사장을 찌르고 돈을 홈쳐간 거 같다고 그짓말을 했는지 똑바로 말을 하란 말여. 만약 한 가지라도 그짓말을 하믄 내 동상이 가만히 있지 않을 겨. 내 동상은 승질이 너무 급해서, 한븐 승질이 났다 하믄 나도 못말린단말여. 그쯤만 알고 어여 대답해 봐!"

"자……자네가 시골서 올라 왔잖아. 서울에 알고 있는 사람이 한 명도 없고, 지……집안 사는 형편도 가난한 거 같고 해서 자네를 찍었네. 하지만 자네가 교도소에 들어 간 후에 얼마나 후회를 했는지 모르네. 자네가 나오면 내가 충분히 보상을 해 줄라고 했어. 진실이네. 그러니 제발 자네 동생 좀 말려 주게. 응?"

"개새끼! 우리가 시골에서 왔다가 만만하게 봤다 이 말이여?"

경훈은 서상철의 뻔뻔스러운 말에 가슴 속에서 짓누르고 있던 분노가 울컥 치솟아 올랐다. 있는 힘을 다하여 군화를 신은 발로 서상철의 옆구리를 퍽 차 버렸다. 억! 하는 짧은 비명과 함께 서상철이 옆으로 나둥그라졌다. 가까이 다가가서 옆구리며 아랫배든 발길이 닿는 대로 차고 짓밟아 버렸다.

"개새끼 소리만 질러 봐. 칼로 콱 찔러 버릴 팅께."

"아이고, 제발 살려주세요. 달라는 대로 뭐든 드릴 테니까 제발 살려 주세요. 제발……"

서상철은 살의에 번뜩이는 경훈의 눈빛에서 죽음을 느꼈다. 경훈의 허벅지를 그대로 껴안으며 새우처럼 등을 구부린 자세로 두 손을 싹싹 빌었다.

"그람, 어뜬 놈이 그날 강도질을 한 겨. 네놈이지?"

경훈의 발길질을 구경만 하고 있던 시훈이 뒤늦게 서상철의 뺨을 보기 좋게 후려갈기며 낮은 목소리로 물었다.

"모……모르겠습니다."

"니 놈이 오늘 기어이 제삿날이 되고 싶은개비구먼?"

경훈이 서상철의 목에 칼을 갖다 대고 날카롭게 물었다.

"제……제가 그랬습니다. 제가 하늘 무서운 줄 모르고 복면을 쓰고 들어가서 오 사장 허벅지를 찔러서 기절 시켰습니다."

"형사 놈들도 나한티 오 사장 허벅지를 찔렀다고 자백을 하라고 하드만. 이놈이 틀림 읎구먼. 그람 돈도 니 놈이 훔쳐강 겨?"

시훈이 서상철의 멱살을 단단하게 움켜잡고 분노를 짓누르느라 이가 갈리는 목소리로 물었다.

"아이쿠! 예, 제가……제가 눈이 어두워서 그랬습니다. 저……저기 돈 궤에 돈이 있으니까 마음대로 가지고 가시고 제발 목숨만 살려 주십쇼."

서상철은 파랗게 질린 얼굴로 시훈이 묻는 말에 대답을 하며 손가락으로 가겟방을 가리켰다.

"너 같은 놈은 죽어야 혀."

12시 통행금지를 알리는 예비 사이렌이 울렸다. 통행금지가 삼십 분 남았다는 신호다. 밤공기를 찢어 버릴 것처럼 높고 길게 울리는 예비 사이렌 소리에 경훈은 정신이 번뜩 들었다. 소주를 마셨는데도 입 안이 바짝 마르는 것 같았다. 어서 서둘러야 된다고 생각하며 서상철의 멱살을 잡아 일으켜서 방 앞으로 끌고 갔다.

"어서 열어."

방 안에는 구석에 나무로 짜서 누렇게 니스 칠을 한 돈궤가 있었다. 경훈이 군화를 벗지 않고 방으로 들어가서 돈궤를 번쩍 들고 문지방 앞에 내려놓았다.

"아……알겠습니다."

서상철은 망설이지 않았다. 덜덜 떨리는 손으로 허리춤에 묶어 두었던 열쇠를 꺼내서 돈궤에 매달려 있는 자물통을 열었다.

"비켜!"

경훈이 서상철을 밀어내고 돈궤의 뚜껑을 열었다. 돈궤 안에는 천환짜리를 실로 묶은 다발이며 오백 환짜리 백 환짜리 십 환짜리 지폐가 수북하게 뒤섞여 있었다.

"이 돈은 우리 형 십팔 개월 동안 억울하게 징역살이 한 걸로 대신하면 되겠지?"

경훈은 시훈에게 가마니 옆에 있는 쌀자루를 가져오라고 눈짓했다. 자루에 돈을 마구잡이로 집어넣으며 혼잣말로 말했다.

"아이구, 그러문요 다, 다 가져 가십시오."

서상철은 어떡하든 이 위기만 넘기면 시훈을 경찰에 고발하겠다는 생각에 두 손을 싹싹 빌면서 말했다.

"내 말 똑똑히 들어 만약 경찰서에 신고를 하믄 네놈의 여핀네하고 남매는 내 손에 죽을 줄 알어. 내가 어티게 알고 있냐고? 저 위 빵집 뒤에 있는 집이 네놈 집이고, 국민핵교에 다니는 자식들은 및 학년 및 반인지까지도 죄다 알아 뒀어. 그라고 만약 내가 부뜰려 가게 되믄 니 놈이 우리 형을 억울하게 징역살게 했다는 점부터 털어 놓을 팅께, 경찰에 신고를 하든 말든 알어서 햐."

"아이고, 절대로 경찰에 신고는 하지 않을 테니까 마누라하고 아이들은 건들지 말아 주세요 목숨을 걸고 맹세를 할 테니까 제발 살려 주십쇼. 네, 제발!"

서상철은 가족의 신상을 알고 있다는 말에 정신이 아득해지는 것 같았다. 칼을 든 놈의 성격으로 볼 때 경찰에 신고를 했다가는 더 큰일이 일어날 것이라는 생각에 두 손으로 싹싹 빌며 애원을 했다.

"이쯤에서 끝난 기 운 좋은 줄 알고 경찰에는 네놈 꼴리는 대로 햐. 알겠지?"

경훈은 돈 자루를 품 안에 집어넣었다. 칼끝으로 서상철의 눈을 찌르는 흉내를 내보인 후에 시훈에게 눈짓을 보냈다.

"저 자식 묶어 놓고 가야 하지 않을까?"

"냅둬. 만약 신고만 하믄 저새끼 여핀네하고 자식새끼들을 죽여 버릴 팅께."

경훈은 서상철을 죽여 버릴 것처럼 노려 본 후에 빠르게 문 앞으로 갔다. 문짝 틈으로 밖을 내다보았다. 통금 시간이 가까워지고 거리에는 바람만 허허롭게 불고 있을 뿐이었다. 재빠르게 문짝을 열고 밖으로 나갔다. 시훈의 어깨 뒤로 서상철을 노려보았다. 서상철은 하얗게 질린 얼굴로 문지방에 힘없이 걸터앉아 있었다.

방천길에는 자운영이며 민들레에 냉이꽃이 지천으로 피어 있었다.

인숙이는 하얀 배추나비 한 마리를 잡으려고 조심조심 자운영 꽃 앞으로 다가간다. 하얀색 저고리처럼 날개가 하얀 배추나비는 인숙의 손끝이 닿을랑 말랑한 순간 접었던 날개를 피고 팔랑거리며 날아간다. 인숙이는 침을 꿀꺽 삼키고 배추나비가 날아가는 방향을 바라본다. 배추나비는 애를 태우고 있는 인숙이를 놀리기라도 하는 것처럼 하늘로 높이 날아갔다가 저만큼에서 아래로 내려앉고 있다.

"인숙아 또랑 쪽으로는 내려가지 말고 거기서만 놀아라. 저 밑에 내려가면 자갈밭에 넘어져서 손바닥이 아야, 할 팅게. 알겠지?"

인숙이는 승우가 돌이 지나고부터 종일 이병호 집에 가서 승우와 논다. 보은댁이나 옥천댁은 승우가 인숙이 때문에 말도 빨리 배우고, 성격도 명랑해졌다며 아침만 먹고 나면 점순이를 시켜서 인숙이를 데리러 왔다. 오늘도 승우가 집에 있었으면 인숙이는 이병호 집에 가서 종일 놀았을 것이다. 하지만 오늘은 승우가 옥천댁과 함께 대전에 갔다. 상규네는 인숙이가 오늘은 저 혼자 노느나 심심해 할 것이라며 자주 말을 걸었다.

"응."

상규네는 인숙이를 가끔 쳐다보며 방천 허리에 무성하게 자라나고 있는 풀을 걷어 내고 호박구덩이를 팠다. 일단 호박구덩이를 파 놓으면 내일 아침 일찍 박태수가 구덩이에 똥을 한 바가지씩 뿌린 다음에 흙으로

덮어 놓을 것이다. 똥이 삭을 즈음해서 호박씨를 심어 놓으면 서리가 내
릴 때까지 비료 한 줌 뿌리지 않아도 호박이 잘 자란다.

"어저! 어저!"

고삐를 묶은 줄로 황소의 잔등을 찰싹찰싹 때리는 박태수의 목소리는
어딘지 모르게 맥아리가 없게 메아리 쳐 나갔다. 초여름에 모를 심기까
지 논바닥을 세 번 정도 뒤집어 놓아야 흙이 퍼석퍼석해진다. 지난 가을
에 나락을 벤 다음에 밑둥치만 남은 논을 초겨울에 한 번 갈아엎고 거
름을 주었다. 겨우내 눈이 오고 녹는 동안 논바닥은 거름기를 충분히 먹
었을 것이다. 초봄에 두 번째로 쟁기질을 해서 흙을 다시 한 번 뒤집어
준 다음에 모를 심기 전에 또 한 번 쟁기질을 해야 한다. 오늘은 세 번
째 쟁기질이라서 흙이 한결 부드럽다. 어젯밤에 옆 동네에서 빌려 온 황
소도 여물을 배가 부르도록 먹였더니 거침없이 앞으로 나간다. 하지만
요즘 노상 취해 있는 박태수는 소를 부리고 있기는 하지만 기운이 없어
서 끌려 다니고 있는 중이다.

"상규 수업료 납부서 받아 가지고 온 거 봤슈?"

상규네가 호박 구덩이를 파고 다음 파야 할 곳으로 가기 위해 걸어가
면서 박태수에게 물었다.

"납부서는 보지 않았지만 이달 십일까지 팔천 환을 준비해야 한다는
말을 하는 건 들은 거 가텨. 어저! 어저!"

박태수는 쟁기 흙덩이가 생긴 모양에 따라서 쟁기날을 좌우로 놀리는
틈틈이 고삐로 암소의 잔등을 후려갈기며 고함을 질렀다. 암소는 박태
수가 고삐로 후려갈길 때마다 제 꼬리로 잔등을 찰싹찰싹 치면서 앞으
로 걸어간다. 보습이라 부르는 쟁기 날 위에는 닭 벼슬처럼 생긴 볏이

달려 있다. 쟁기 날이 앞으로 나갈 때마다 밀려 올라온 흙은 볏의 좌측 방향으로 무너져 내린다.

"운동화도 새로 사야 한다는 말은 안 했구먼유."

"즘심 잘 먹고 운동화 같은 소리 하고 있구먼. 시방 수업료도 워티게 구해야 할지 생각을 하믄 골치가 터져 나갈 것츠름 아픈데 운동화 사 줄 여력이 워딨어?"

박태수는 마음이 바빴다. 오늘 중으로 논을 갈고 나서 물을 대 놓아야 모레쯤 모를 심을 수 있다. 작년 같았으면 벌써 모를 심고 난 후라서 모가 땅내를 맡아서 짙푸른 색으로 변해 있을 때이다. 하지만 올해는 일이 얼른 손에 잡히지가 않아서 차일피일 미루다 보니 들판에서 제일 늦게 논을 갈고 있는 중이다.

"운동화만 새로 사는 거시 아니고 운동복도 사야 한데유. 중핵교는 국민핵교와 다르게 운동복을 똑같이 맞춰 입어야 하는데 여즉 못 맞춰서 체육시간만 되믄 챙피해 죽겠데유."

상규네는 삽으로 호박구덩이를 파면서 인숙이가 무얼 하며 노는지 바라본다. 인숙이는 저 혼자 자운영 꽃을 꺾어 모으고 있다. 어린 것도 지지바라고 꽃을 좋아하능개비구먼, 이라고 생각하며 피식 웃는다.

"갈수록 태산이구먼. 수업료에 운동화, 이븐에는 또 운동복이여? 운동복 한 벌에 얼매랴?"

"구천 환은 줘야 한다고 하드만유."

"구천 환? 즘심 때 멱국을 처먹었는지 말은 술술 잘 하는구먼. 구천 환이 아 이름이여? 시방 수업료도 갱신히 낼까 말까 하는 판국에 운동화에 운동복을 무슨 돈으로 낸단 말여. 난 일절 관여 안 할 팅께 당신이 책임지고 워치게 해 봐. 짱아치 담가 놓은 돈 중에서 사 주든지…… 이 랴, 이랴, 이놈우 소가 논을 한두 번 갈아 보는 것도 아닌데 딴 사람 논 으로 기어 들어 가믄 워짜자는 거여."

쟁기질을 하는 동안 풀을 뜯어먹지 못하도록 주둥이에 부리망을 씌운 황소는 논둑까지 가면 고삐를 잡아당기지 않아도 저 혼자 반원을 그리 며 오던 방향으로 되돌아간다. 그러나 이번에는 소가 박태수처럼 딴생 각을 하고 있는지 되돌아가지 않고 이웃 논 안으로 들어가려고 한다. 이 미 모를 심어 놓은 논에 들어가면 큰일이라는 생각에 손등에 말아 쥔 고삐를 끌어 당겨서 반대방향으로 방향을 틀며 뒷걸음을 친다.

"미룰 거를 미뤄야지 상규가 그 돈으로 빵 사먹겠다는 야기도 아니고, 중고 자전차라도 사서 핀하게 핵교 댕기겠다는 야기도 아니잖유. 넘들 도 다 입는 운동복을 사 입는다는데 애비라는 사람이 대책없다고 발뺌 을 하믄 워칙하겄다는 거유? 인제 와서 공부를 갈치지 말라는 뜻은 아 닐터인데……"

"그러게 내가 뭐라고 했남? 뱁새가 황새를 따라 가믄 가랑이가 찢어 진다고 했잖여."

"황새가 한 걸음 걸어 갈 때 뱁새는 열 번 걸어 가믄 가랑이 찢어 질 이유도 읎쥬."

"놀고 앉아 있네. 황새 한 걸음 걸을 때 맨날 열 걸음 걸을라면 숨 맥 혀서 죽어, 이 사람아! 그라고 자고로 올라가지 못할 나무는 쳐다보지도 말라고 했어. 우리 형편에 무슨 놈의 중핵교여. 넘들은 돈이 읎어서 국 민핵교도 보내니 마니 하는 형편에 머 잘나 빠진 구석이 있다고……"

박태수는 암소가 죽어 버린 것도 팔자에 없는 중학교를 보내려는 욕심 때문이었다는 말은 하지 않았다. 소가 움칠 놀라 멈출 정도로 잔등을 후려갈기고 나서 걸음을 멈췄다.

"요새 국민핵교 못 가는 아가 워딨슈. 국민핵교 졸업하믄 할기 머가 있슈. 서울 같은데 가서 기술을 배우거나, 장삿집에 심부름꾼으로 들어가서 언지 출세를 한데유. 요새만 해도 옛날하고 천지 차인데 상규가 고등핵교 졸업할 때쯤이 되믄 국민핵교 나온 아들은 사람 축에 들지도 못해유. 당신이나 나처럼 평생 땅이나 파먹고 살 팔자 뵉에 못 된단 말유. 농사짓고 사는 것이 말이 농사꾼이라고 하지만 워디 사람 행세나 할 수 있슈. 죽을 때까지 쌔가 빠지도록 일을 해 봐야, 남는 것이라고는 한숨 뵉에 읎슈. 그라고 말이 터진 김에 한 마디 더 하자믄 부모의 역할이라는 거시 머유. 부모는 고생을 하더래도 자식은 고생시켜서는 안 되게 만드는 것이 부모의 역할이잖유. 그랑께 정 돈이 읎으면 씨나락을 팔아서라도 운동복은 사 줄 팅께 그리 알고 계셔유."

상규네도 박태수가 왜 화를 내는지 이유를 알고 있었다. 그러나 의식적으로 죽은 암소는 언급하지 않았다. 나도 죽은 암소를 생각하면 너무 원통해서 자다가도 벌떡벌떡 일어나 앉는다는 표정으로 입에 거품을 물며 말했다.

"씨나락을 팔아서 운동화랑 운동복을 사 줄 생각이믄 나한테 묻기는 왜 묻는 거여."

박태수는 아무래도 막걸리를 두어 잔 마셔야 쟁기질을 할 수 있을 것 같았다. 쟁기와 소의 멍에와 연결되어 있는 끈을 봇줄이라고 한다. 봇줄을 푼 다음에 쟁기를 논둑에 뉘어 놓았다. 소 등에 매어 있는 멍에끈을 풀면서 한심하다는 표정으로 상규네를 바라본다. 저 여자가, 대관절 정

247

신이 있는 거여, 읎는 거여. 설마 소 죽은 거 땜시 정신이 나간거는 아니
겠지……수업료 팔천 환이 문제가 아니고, 현재 계산으로는 상규를 더
이상 학교에 보낼 수가 없다. 가을에 이병호에게 소 값을 갚으려면 당장
모를 낸 후에는 대처로 나가서 공사판이라도 전전해야 하나, 아니면 이
참에 농사를 접고 온 식구가 읍내로 나가서 자신은 엿장수라도 하고, 상
규네는 남의 집 식모살이라도 보내야 하는 판국에 태평스럽게 상규 운
동화 값이며 체육복 타령을 하는 저의를 이해 할 수가 없었다.

"말이 그렇다는 말이지 팔아먹을 씨나락이라도 있슈?"

상규네는 다른 장소로 옮겨서 구덩이를 파면서 또 인숙이를 바라본
다. 인숙이는 퍼질러 앉아서 자운영을 머리카락 사이에 꽂으려고 애를
쓴다. 핀도 없이 그냥 꽂으니까 자운영은 자꾸 땅으로 떨어진다. 그럼
그걸 다시 주워서 진지한 표정으로 머리카락에 꽂으려고 손가락을 꼼지
락 거리고 있다.

"어저! 어저! 잠깐 쉬었다 하자."

상규가 황소의 등을 짓누르고 있는 멍에를 풀어주었다. 황소는 한결
가벼워진 몸으로 시키지도 않는데 방천쪽으로 간다. 제 꼬리로 잔등
을 찰싹찰싹 때리며 쇠파리를 쫓는 황소를 또랑 쪽의 풀밭으로 몰고 갔
다. 어느 사이에 망초가 훌쩍 자라났다. 습관이라는 것이 무서워서 고삐
끈을 망초에 대충 묶어 두어도 소는 자신이 묶여 있는 줄 알고 멀리 가
지 않는다. 그러나 지난 가을에 여로를 먹고 죽은 암소가 생각나서 깊게
박아 놓은 말뚝에 고삐 끈을 단단히 묶었다.

"인숙아 이리 와서 감자 먹자."

방천길 가장자리에는 삼베를 잘라 만든 보자기로 덮어 놓은 새참 광

주리가 있다. 박태수는 옷자락으로 얼굴의 땀을 닦아내며 보자기를 들췄다. 광주리 안에는 감자가 담겨 있는 바가지와 막걸리가 들어 있는 주전자가 있다. 바가지 안에는 감자가 몇 개도 아닌 달랑 두 개가 들어있다. 알뜰하기도 하구먼, 이라고 중얼거리며 주전자를 들었다. 빈 대접에 막걸리를 찰랑찰랑 따랐다. 그것을 단숨에 마셔 버린 후에 손등으로 입술을 닦으며 인숙이를 불렀다.

"당신도 구덩이 다 팠으믄 이리 올라와."

막걸리 안주는 마늘쫑 장아치다. 너무 짜서 얼굴이 찡그려 지는 것을 느끼며 상규네를 불렀다.

"두 개만 더 파야겠슈. 작년에 봉께 이쪽에 심은 호박이 실하든데……"

인숙이가 자운영을 쥐고 빠르게 걸어온다. 박태수는 자운영을 쥐고 뛰어 오는 인숙이를 바라보던 시선을 동네 쪽으로 돌린다. 면장 댁을 중심으로 부챗살처럼 퍼져 있는 집들은 모두 초가집이다. 게딱지처럼 낮게 엎드려 있는 초가집들이 정겨워보여야 할 텐데도 상규 공부 시킬 것을 생각하면 낯설게만 보인다.

"아부지, 꼬……꽃!"

인숙이가 자운영을 박태수 앞으로 자랑스럽게 내민다.

"그래, 그래, 이기 꽃이여."

박태수는 인숙이를 바라본다. 상규네가 머리에 바가지를 뒤집어씌우고 가위질을 한 단발머리에 자운영 한 송이가 위태롭게 걸려있다. 찐 감자를 툭 잘라서 껍질을 대충 까서 내밀었다.

"아부지도 먹어?"

인숙이가 바가지 안에 담겨있는 감자 반쪽을 들어 박태수에게 내민다.

"너도 지지바라고 애비 챙기는 거여?"

박태수는 암소가 죽은 이후로 세상사는 것은 재미없지만 제법 저 하고 싶은 말을 구사하는 인숙이를 보면 시름이 덜어지는 것 같았다. 귀여워서 견딜 수 없다는 얼굴로 인숙이의 이마에 뽀뽀를 한다. 상규네는 억척스럽게 구덩이를 파고 있다. 그 뒤로 멀리 논둑을 따라 물길을 파고 있는 오씨의 모습이 보인다. 오씨는 도지를 붙이는 논이 없다. 오씨가 삽질을 하고 있는 논 주변 풍경을 가만히 살펴보니까 윤길동이 부치고 있는 논이다.

길동이 형이 어디 멀리 갔나?

도지 농사라는 것이 순전히 인건비 따 먹기다. 소작인이 직접 농사를 짓지 않고 놉을 얻어서 일을 하다가는 나중에 빈 가마니 먼지 털기 바쁘다. 그래서 특별한 일이 없는 한 놉을 얻을 엄두를 내지 않는다. 그런데도 윤길동이 놉을 얻어서 일을 시키고 있는 것을 보면 무슨 일인지 모르지만 시를 다투어야 할 만큼 촉박하게 처리해야 할 일이 있다는 증거다.

"자는 또 학교 안 갔나?"

상규네가 목에 걸려 있는 삼베 수건으로 얼굴을 닦으면서 박태수가 들으라는 목소리로 말했다.

"누가?"

"저기 또랑가에 앉아 있는 아가 향숙이 아뉴?"

"향숙이 맞는 거 가텨. 자가 또 아픈가?"

자운영을 들고 온 인숙이가 상규네의 무릎에 걸터앉는다. 박태수는 주머니에서 파랑새 담배를 꺼내며 향숙이를 바라본다. 향숙이가 또랑가에 무릎을 세우고 앉아서 햇살을 받아 은빛으로 반짝이며 흘러가는 여울을 바라보고 있다.

"한 개 먹어 봐유."

"난 막걸리 한 잔 했응께 당신이나 먹어."

상규네가 감자를 까서 박태수에게 내밀었다. 박태수는 상규네 얼굴을 바라보지도 않고 계속 향숙이를 바라본다. 무릎에 턱을 괴고 있는 향숙이 손으로 물을 뿌린다. 공중으로 날아간 물방울이 햇살에 무지개를 그려 놓으며 진주처럼 방울방울 떨어져 내린다. 한참 공부를 해야 할 나이에 맥없이 또랑가에 앉아 물장난이나 하고 있는 향숙이 가여워 보인다.

"또 파랑새 갖고 나온 거유?"

상규네는 무심코 박태수가 피우고 있는 담배를 바라본다. 논에서 쟁기질을 하면서 봉초가 아니고 비싼 파랑새를 피운다는 생각에 한심하다는 얼굴로 물었다.

"이까짓 담배 한 갑에 을매나 한다고……"

박태수는 암소가 죽은 이후에 돈은 노력한다고 해서 벌리는 것이 아니라는 걸 뼈가 저리도록 깨달았다. 당장 이병호의 부친 이복만만 보더라도 증명이 된다. 이복만이 비록 후지모토의 마름으로 춘궁기에도 쌀밥을 먹으며 살기는 했지만 백석지기가 될 것이라고 예측한 사람은 학산면 사람 중에 단 한 명도 없을 것이다. 이복만에 비해 백석지기 땅 부자가 되기는커녕 자식들 공부를 시키려고 장리 빚으로 산 암소가 맥없이 쓰러지는 꼴을 보고 나니까 돈은 아무나 벌 수 있는 것이 아니라는 걸 깨달았다. 돈이 먼저 굴어 들어와야지, 사람은 절대로 돈을 잡을 수 없다는 걸 알고부터는 봉초는 쳐다보기도 싫었다. 그래서 상규네가 흘겨보든 말든 보란 듯이 뻑뻑 담배 연기를 내뿜었다.

"이까짓 거라뉴? 요새 같은 춘궁기에 새참으로 감자래도 먹을 행편이 됭게 하늘이 쥐똥만하게 보이능개벼. 파랑새 한 값 살 돈이믄 보리쌀을 반 되 살 수 있슈. 보리쌀 반 되면 우리 식구가 배 뚜드리고 먹을 수 있는 양식인데 그걸 연기로 날려 보냉게 워치게 가만히 귀경만 하고 있을 수 있슈……으……응, 그래 목이 말라. 그람 물을 먹어야지"

상규네는 주전자 뚜껑에 물을 받아서 인숙의 입에 대주면서 말을 계속한다.

"자식 놈 운동화가 걸레가 돼서 학교 갔다 오면 양말까지 빵구가 나서 즈녁마나 양말 꼬매 주기 바쁜데 애비라는 사람은 배짱 좋게 파랑새 담배만 피우고 있으니……집구석에 봉초가 읎으믄 또 몰라, 봉초는 및 봉씩이나 쟁여 놓고 있음서 툭하면 대단한 한량이나 되는 것츠름 갯주머니에 파랑새를 늫고 나오니……"

상규네는 또랑가에 앉아 있는 향숙이를 바라보고 있다가 슬그머니 입을 다물었다. 또랑물이 흐르는 모양새를 가만히 보니까 향숙이를 중심으로 해서 활 모양으로 흐르고 있다. 풍수적으로 보자면 박태수와 앉아 있는 자리에서 활을 쏘는 형국이다. 언젠가 순배 영감이 너럭바위에 앉아서 이병호의 집터가 좋은 것은 비봉산을 주산으로 하여 앞 또랑이 궁수로 흐르고 있기 때문이라는 말을 했었다. 변쌍출이 궁수가 뭐냐고 묻는 말에 물길이 활모양으로 흐르는 형국을 궁수라 하고, 그 반대편은 반궁수라고 대답했다. 궁수터는 활을 쏘는 형국이라 부자터지만, 반궁수터는 화살을 맞는 형국이라서 사람이 집을 지어서는 안 되는 터라고 말했던 것이 떠올랐다.

그려, 내가 왜 진작 그 생각을 못했을까. 자갈밭에 물길 따라 열 자 높이 정도 둑을 쌓고 자갈을 골라 내믄 못 되도 삼천 평짜리 땅이 생기겄구먼. 삼천 평이믄 열닷 마지기잖여. 물가 땅이라 곡식을 심었다가는 장마나 태풍 때 휩쓸려 갈 껴. 그랑께 뿌리가 깊고 키가 큰 사과나무를 심으면 훌륭한 과수원이 되겄구먼.

순배 영감의 말은 틀리지 않았다. 물길을 가만히 뜯어보니까 자세히 뜯어보면 뜯어볼수록 훌륭한 땅이 될 것 같았다. 기억을 더듬어 보니까 작년 장마 때도 방천 쪽은 그저 물이 찰랑 거릴 정도였는데 또랑 건너편은 풀밭을 삽으로 푹 떠낸 것처럼 붉은 속살을 드러냈었다.

"먼 생각하고 있는지 물어보지 않아도 알겄구먼. 하지만 앞으로는 입에 발동기를 달고 바가지를 긁어도 봉초 담배는 말아 피지 않을 작정잉께 그리 알고 있어."

박태수는 풀 한 잎을 뜯어서 질겅질겅 씹으며 향숙이를 바라본다. 손가락으로 물을 튀기면서 놀고 있는 향숙의 모습이 아무래도 정상처럼 보이지는 않는다. 물장구를 치고 있던 향숙이 퍼질러 앉더니 냇물에 발을 담근다. 발을 씻는가 했더니 그게 아니다. 발을 담그고 가만히 물속에 잠겨 있는 발을 들여다보고 있다.

"지가 하고 싶은 말의 요지는 시방 당신이 암 생각 없이 파랑새를 피우고 있을 상황이 아니라 이거유. 자식들 공부를 시킬라믄 피고 싶은 거시 있어도 참고, 마시고 싶은 것이 있어도 참고, 먹고 싶은 것이 있어도 참아야 된다 이거유."

"그렇게, 내가 뭐라고 했어. 아까도 비스무리하게 한 말이지만 우리 형편에 상규 중핵교를 보내는 건 무리여. 당장 올 가실에 소 값 잔금을 못 갚으면 빚이 배로 늘어 날리잖어. 그릏다고 내년에는 갚을 수 있다는 방도가 있는 것도 아니잖어. 그렇게 이쯤에서 헛떡국 그만 자시고 상규도 철용이 맹치로 워디 공장 같은 데나 보낼 궁리나 짜 봐. 춘셉이가 그라는데 철용이는 서울이나 대전 같은데 있는 공장에 보낼 생각이라드만."

"시방 머라고 했남유?"

"당장 발등에 떨어진 소 값부텀 갚자고 했다 왜? 내가 틀린 말 했남? 당신이 정 상규를 중핵교 보내고 싶다믄 일단 소 값부텀 갚고 나서 생각해 보자 이거여."

"츠, 난 또 머라고 공부도 다 때가 있는 뱁유. 지때 공부를 하지 않으믄 그만큼 머리가 녹이 슬어서 심이 든다 이거유. 그래서 남들도 지때 공부를 갈킬라고 기를 쓰고 살잖유. 남들도 다 갈키는 공분데 우리라고 못 할 이유가 머가 있슈, 인숙아 씹지도 않고 그렇게 많이 먹으믄 목이 멕히잖어. 물 좀 먹어, 지지바가 감자를 츰 먹어보는 것도 아니고 즘심을 안 먹은 것도 아닌데 찬찬히 좀 먹지……"

인숙이 입 안에 감자를 꾸역꾸역 먹는 것을 본 상규네는 주전자 뚜껑에 물을 받아서 먹이며 등을 두들겨준다.

"좌우지간 먼 수를 내도 내야지 시방츠름 대책 읎이 살다가는 올게 소 값을 못 갚아. 만약 소 값을 못 갚는다믄 보통 일이 아녀. 상대가 면장님이 아니고 다른 이라믄 가서 사정이라도 해 보겠지만, 바늘로 찔러도 피 한 방울 나오지 않을 영감이라서 내년에 두 배로 갚지 않는 이상

이빨로 안 들어 갈 겨."

"이이 좀 봐. 집안의 가장이라는 사람이 생각하는 거시 왜 그리 못났나 몰라. 안직 논에 모도 안 꽂았는데 벌써부터 꼬리 내릴 생각만 하고 있응께 내가 누굴 믿고 살아야 되는 겨. 좌우지간 내가 먼 수를 쓰드라도 소 값은 올해 안 넘기고 해결 할 팅께 당신은 내가 시키는 대로 하기만 하믄 돼유."

"친정에서 땅이라도 팔이 올 모냥이지?"

"친정에 팔 땅 있으믄 여즉 남아 있었겠슈. 팔아먹었어도 백 번은 팔아먹었지……자……자, 좀 봐. 시방이 대낮인지도 모르는지 말만한 츠녀가 저기서 뫼욕을 할랑가 보네."

한심하다는 얼굴로 박태수를 바라보던 상규네는 무심코 향숙이에게 시선을 돌렸다. 냇물에 발을 담그고 있던 향숙이 천천히 일어섰다. 하늘색 남방을 천천히 벗는가 했더니 허리를 숙여서 치마를 벗었다. 이어서 남방 속에 입었던 속옷을 벗으려고 팔을 뻗는다. 깜짝 놀란 상규네가 무릎에 앉아 있는 인숙이를 내려놓고 방천 아래로 내달려 가기 시작했다.

자가, 암만해도 제정신이 아녀. 제정신이믄 저럴 리가 읎지.

박태수도 자신도 모르게 벌떡 일어섰다. 상규네가 풀밭을 가로질러서 자갈밭으로 들어서고 있다.

"하! 향숙아! 향숙아!"

향숙은 웃옷을 벗다 말고 누군가 다급하게 부르는 소리에 천천히 뒤로 돌아섰다. 둥구나무 거리에 사는 상규네가 손을 내저으며 달려오고 있는 모습이 보인다. 왜 저른댜? 벗던 옷을 다시 끌어 내리며 상규네가 가까이 다가오길 기다렸다.

"너, 여, 여기서 머 할라고 하능 겨 시방?"

"아줌마는 안 더워유?"

"그람 참말로 이 대낮에 뫽욕을 할라고 했던 거여. 말만한 츠녀가?"

향숙의 나이는 상규하고 동갑네기인 열다섯 살이다. 그래도 겉옷을 벗은 모습은 열일곱여덟 살처럼 보인다. 상규네는 자갈밭에 떨어져 있는 옷을 벗어서 향숙의 상체를 감싸는 한편 치마를 들었다. 향숙의 다리를 들어서 치마를 입히면서 이거, 보통일이 아녀. 참말로 큰일 났구먼. 모리댁은 시방까지 야 하나만 보고 살았는디 야가 미쳐서 워쩐댜. 참말로 큰일 났구먼. 그 착한 모리댁이 먼 죄가 있다고 하나 뺵에 읎는 딸내미가 미쳤댜, 라고 속울음을 울었다.

우울한 동행

여기가 학산 삼거리가 아니고 낯선 대전이나 김천 같았으면.
그런 곳에서 지금처럼 우연히 조우를 했었더라면 지금처럼 가슴만 태우고 있을 것 같지
않았다. 손목을 잡고 사람들이 없는 어디론가 데리고 가서 꼭 끌어안고 싶었다.
송아지를 받기 위해 행랑채에서 머물던 그날 밤처럼
옥천댁의 속살을 뜨겁게 더듬고 싶었다.

토요일이다.

옥천댁은 대전에 있는 딸들에게 반찬을 전해주러 갈 생각으로 학산 버스정류장으로 나갔다. 차표를 파는 차부상회에서 표를 끊은 다음에 버스를 기다리고 있는데 박태수가 담배를 사러 들어왔다.

"어머!"

옥천댁은 너무 뜻밖이어서 말이 나오지 않았다. 귀밑이 빨갛게 물드는 것을 느끼며 고개를 숙여 보였다.

"워딜 가시나 보쥬?"

"대전 애자한테……"

"그렇구만유……"

박태수도 당황한 얼굴로 담배를 사 들고 밖으로 나갔다. 옥천댁은 박태수를 외면하고 돌아서서 벽에 걸려 있는 시간표를 보는 척했다.

옥천댁은 며칠 전 저녁나절에도 박태수를 만났었다. 저녁나절에 먹구름이 밀려오는가 했더니 한여름도 아닌데 소나기가 쏟아지기 시작했다. 빨랫줄에는 승우 옷이며 담요까지 널려 있었다. 또 다른 빨랫줄에는 가죽나무를 찹쌀가루에 묻혀서 말리고 있었다. 가죽나무부각은 이병호가 특히 좋아하는 반찬이어서 해마다 이맘때면 특별히 영동읍내까지 가서 구해 와서 만드는 밑반찬이었다.

소나기에 급하기로 치자면 당연히 가죽나무부각이다. 빨래야 다시 하면 그만이지만, 가죽나무부각은 비를 맞으면 못쓰게 될 수도 있기 때문이다. 하지만 여자의 마음은 빨랫줄에 널려 있는 담요도 급했다. 점순이와 둘이서 우왕좌왕거리고 있는데 박태수가 쪽문을 통해 달려 들어왔다.

마침 이병호의 집 근처에 있는 비석골에서 고추밭을 매고 있었다는 그는 한 손에 광주리를 들고 다른 손으로 줄에 널려 있는 부각을 훑어 가는 식으로 빠르게 거둬들였다. 덕분에 부각은 비를 한 차례 맞기는 했지만 버려야 할 정도는 되지 않았다.

"막걸리도 한 잔 하고 가시지……"

비설거지를 끝낸 박태수는 옷을 입고 목욕을 한 것처럼 저고리와 핫바지가 몸에 찰싹 달라붙었다. 차마 바라보기가 민망할 정도였다. 보은댁이라도 나와서 대접을 해줬으면 좋겠는데 밖을 내다보지도 않았다. 그래서 부끄러움을 무릅쓰고 애자와 말자의 방 앞 툇마루에 앉기를 권했다.

"아녀유, 집에 할 일이 있어서……"

소나기를 흠뻑 맞은 박태수의 얼굴은 술을 마신 사람처럼 벌겋게 달아올라 있었다. 옥천댁의 얼굴을 똑바로 쳐다보지도 못하고 도망을 치듯 쪽문 밖으로 달려 나갔다.

옥천댁은 박태수 옷이 찰싹 달라붙어 있는 자신의 몸이 민망하고 부끄러워서 그럴 거라고 생각하며 더 이상 잡지 못했다. 그러나 마치 박태수의 알몸을 본 것처럼 가슴이 울렁거려서 괜히 할 일도 없으면서 광에 들어가서 이것저것을 찾는 척 하며 한참동안 머물렀었다.

박태수는 진작 냈어야 할 상규의 수업료를 아직 내지 못했다. 그래서 운동화에 체육복대금까지 합해서 삼만 환 정도 대출을 얻어 볼까 하는 마음으로 농협조합에 가서 최 서기를 만났다. 최 서기는 김춘섭이나 황인술 둘 중 한 명을 보증인으로 세우면 대출을 해 줄 수 있다고 대답을 했다.

젠장, 춘섭이한테 야기하면 보증이야 서 주겠지만, 그 돈은 워치게 갚는다?

막상 대출을 해 주겠다는 말을 듣고 나니까 이번에는 갚을 길이 캄캄하기만 했다. 마음을 울적하게 만드는 것은 상환문제 말고 또 있다. 정작 급한 것은 상규의 학비가 아니다. 장리 이자로 쳐 줘야 하는 이병호의 소 값이다. 그런데도 상규 학비가 먼저라고 박박 우기는 상규네가 너무 한심해서 복창이 터져 나갈 지경이다. 이래저래 심사가 비틀려서 삼거리 식당에서 혼자 막걸리 한 되를 마신 후에 담배 한 갑을 사러 차부상회에 들렀다가 옥천댁을 만났다.

박태수는 사월의 복사꽃처럼 화사한 얼굴로 인사를 하는 옥천댁을 보는 순간 아무생각 없이 길을 걷다가 꿈속에서도 만나기 힘든 귀인을 만난 것처럼 반가웠다. 무언가 말을 걸고 싶었는데 아무런 말도 생각나지 않고 자꾸만 가슴이 탔다. 옥천댁은 보자기에 싼 찬합을 들고 시간표를 보고 있었다. 하지만 일부러 시선을 피하고 있을 것이라는 생각이 들었다.

여기가 학산 삼거리가 아니고 낯선 대전이나 김천 같았으면. 그런 곳에서 지금처럼 우연히 조우를 했었더라면 지금처럼 가슴만 태우고 있을 것 같지 않았다. 손목을 잡고 사람들이 없는 어디론가 데리고 가서 꼭 끌어안고 싶었다. 송아지를 받기 위해 행랑채에서 머물던 그날 밤처럼 옥천댁의 속살을 뜨겁게 더듬고 싶었다. 시방 내가 먼 생각을 하고 있는지 모르겠구먼. 옥천댁이 천천히 몸을 돌리는 순간 얼굴이 빨갛게 물드는 것을 느끼며 얼른 고개를 돌렸다.

"논산댁이 잘 해주기는 하지만 그래도 엄마가 해 주는 반찬이 틀릴거잖유. 그래서 밑반찬 멫 가지 맨들어서 가는 길유. 담배를 사러 오셨능개뷰?"

옥천댁은 동네 사람끼리 너무 모르는 척 하는 것도 민망하고 예의가 없다는 생각에 부끄러움을 무릅쓰고 말을 걸었다.

"아…아뉴, 영동 읍내에 볼일이 있어서 가 볼까 해서 나온 길유."

박태수는 담배나 한 갑 사서 피우며 십리 길을 걸어 갈 생각이었다. 그러나 옥천댁이 말을 거는 순간 이래서는 안 된다고 생각하면서도 자신도 모르게 거짓말을 했다.

"어이구, 부면장님 사모님이 여기까지 웬일이데유?"

박태수가 옥천댁 앞을 떠나지 못하고 우물쭈물 거리고 있을 때였다. 면직원이 옥천댁을 발견하고 반갑게 인사를 했다.

"대전에 볼일이 있어서 나왔구만유……"

"지도 군청에 출장을 가는 질유. 면장님은 건강하시쥬? 언지 한븐 인사를 드리러 간다는 기 맨날 생각만 하고 있구만유. 사는 거시 원체 바빠서 통 시간을 쪼갤 수가 있어야쥬."

"말씀만 들어도 고맙구만유. 아버님께 꼭 안부인사 전해드리겠슈……"

옥천댁은 면직원한테 인사를 하고 박태수를 찾아보았다. 박태수는 차표를 끊고 있었다. 순간 가슴이 찌르르 울리는 것을 느꼈다. 검정고무신을 신고 있는 박태수의 옷차림은 면소재지에 잠깐 볼일을 보러 나온 차림이지 읍내에 나갈 차림은 아니다.

저이가, 워쩌려고……

박태수는 영동에 갈 일이 있었다면 담배를 살 때 표를 끊어야했다. 지금 표를 끊는 것은 자신하고 같은 버스를 타려는 생각인 것 같았다. 버스를 같이 탄다고 해서 부부처럼 같은 자리에 앉아서 이런저런 이야기를 부담 없이 나눌 수 있는 것도 아니다. 부부가 아니더라도 신분이 비슷해서 농사 이야기를 주고받으며 동행 할 수 있는 처지도 못된다. 가능하면 멀찍한 자리를 차지하고 앉아서 서로의 눈치를 살피며 영동까지 가게 될 것이다. 그런데도 무모하게 버스를 타려고 하는 원인이 나 때문일 거라는 생각이 들면서 가슴이 떨렸다.

버스가 도착했다. 면직원은 옥천댁의 수행원처럼 다른 사람들보다 옥천댁을 먼저 버스에 태운 다음에 탑승을 했다. 박태수는 일부러 제일 늦게 버스에 올랐다.

등신 같은 짓을 했구먼……

버스를 탄 박태수는 이내 후회를 했다. 버스 안에는 승객이 몇 명되지 않는데 옥천댁은 운전사 뒷좌석에 앉았다. 그 옆은 빈자리였으나 뒷자리에 면직원이 앉았다. 면직원도 감히 옥천댁과 동석을 할 수 없어서 뒷자리에 앉았을 것이다. 영동까지 애만 태우면서 가야 할 것을 생각하니까 안타깝기도 하고 후회가 밀려왔다.

"부면장님이 자유당 영동군 위원장님으로 취임하실 때 지도 참석을 했구만유. 그날 가봉께 영동관내의 유지들이란 유지들은 죄다 온 거 같드라구유. 지도 명색이 공무원이라서 이런저런 행사에 많이 참석을 해 봤지만 머리털 나고 취임식 때 그렇게 많은 분들이 참석한 걸 첨 봤슈."

면직원이 옥천댁이 앉은 의자의 등받이를 두 손으로 잡고 봄바람처럼 살랑살랑거리는 목소리로 말했다.

"고맙구만유."

옥천댁은 창문 밖으로 시선을 돌리며 내키지 않는 목소리로 대꾸를 했다.

"부면장님이 국회의원이 되시믄 우리 면사무소의 자랑이기도 하지만, 학산면 전체에서도 대단한 경사가 될 거유. 십 개 면에서 국회의원이 나오기는 츰이잖유. 맨날 읍내 사람들이 금빼찌를 달았응께 얼마나 대단한 일이겠슈. 그래서 면장님께서도 국회의원 선거가 끝나믄 모산에다 공적비라도 세워 줘야 하는 거 아니냐는 말씀이 계셨슈. 아참! 그라고 봉께 제 소개를 빼트렸구만유. 지는 학산면사무소 농정계에 근무를 하는 허봉달이라고 해유. 부면장님……아니지, 위원장님한테 지 이름 대면 너무 잘 알고 계실규. 원측은 지가 모산을 담당할라고 했는데 강 서기 그놈이 지가 꼭 하고 싶다는 통에 양보를 했슈. 허허허……부면장님이 국회의원이 되실 줄 알았다면 강 서기 그놈이 마누라를 준다고 해도 양보를 안 해 주는 건데……"

허봉달은 다른 사람들이 노려보든 말든, 푼수라고 곁눈질을 하든 말든 신이 나서 혀가 돌아가는 대로 알랑거렸다. 옥천댁이 듣기 민망하다는 얼굴로 고개를 숙이는 것을 보고 나서야, 뒤늦게 자신이 실언했다는 걸 깨닫고 입을 다물었다.

국회의원 자리가 대단하기는 대단한 모냥이구먼…….

옥천댁은 이동하가 자유당 영동군 위원장으로 취임을 하는 날 나가지 않았다. 보은댁은 오늘 같은 날은 안사람이 옆자리에 턱 버티고 앉아 있어야 이동하가 한결 훌륭해 보이는 법이라며 참석을 하라고 했다. 하지만 옥천댁은 이동하가 국회의원을 한다는 것 자체가 싫었다. 이동하가 대놓고 말은 안 하지만 공천을 받는데 쌀 백가마니가 들었다고 한다. 이동하 성격에 나라를 위한 우국충정에 쌀 백가마니를 헌납 했을 리는 없다. 반드시 그 배 이상은 축적을 하려면 필경 바른 길을 걷지 않을 것이라는 생각에서였다.

"지도 나가고 싶구만유. 하지만 남 안 되는 거 좋아하는 사람들이, 저를 보고 멀쩡한 마누라를 옆에 두고 첩을 데리고 살았구먼, 이라고 소문을 내믄 외려 더 안 좋을께비 안 나가기로 했슈."

보은댁의 말에 거절할 명분이 없어서 슬그머니 들례를 들먹거렸다.

"들례 내보낸 지가 언지여 양력으로 해가 지났는데 안직까지 들례 타령이냐?"

"차라리 들례가 안직 있었으믄 속으로 숭보는 사람들이 읎을뀨. 하지만 들례 내보낸 걸 아는 사람들이 머라고 하겠슈. 국회의원 나올라고 내보냈다고 할 거잖유."

"허긴, 니 말을 듣고 봉께 넘치는 것도 흠이 되긴 되겠구먼."

보은댁도 들레에게서는 자유롭지가 않은지 더 이상 권유를 하지 않았다.

버스는 자갈이 깔려 있는 신작로에 뿌얀 먼지를 밀어내며 영동을 향하여 달려가기 시작했다. 박태수만 사춘기 소년이 짝사랑하는 소녀의 곁을 가지 못하고 애를 태우고 있는 것이 아니다. 박태수가 충동적으로 영동행 버스를 탔을 거라고 믿고 있는 옥천댁도 마음이 편하지 않았다.

설마, 안직도 그 일을 간직하고 계시는 건 아니겠지……

박태수가 동네의 건달도 아니다. 홀애비 오씨처럼 돈 떨어질 때까지는 라디오를 끼고 살며 세월을 보내는 게으른 성격도 아니다. 나이든 부모에게 효도를 하면서 나름대로는 동네에서 부지런하고 근실하게 살고 있다는 평을 받고 있는 남정네다. 그런 박태수가 충동적으로 버스를 탔을 때는 소나기가 억수같이 쏟아지던 밤에 있었던 일을 아직도 잊지 못하고 있다는 증거인지도 몰랐다.

아녀, 그럴 리는 읎어. 절대 그럴 리는 읎어.

창문 밖으로는 푸른 들판이 시원스럽게 펼쳐지고 있다. 박태수는 아직도 그날 밤 일을 잊지 못하고 있을지도 모를 일이다. 가슴이 마구잡이로 뛰면서 신작로를 따라 서 있는 미루나무며 푸른 들판에 안개가 내려앉은 것처럼 흐릿하게 보인다. 흐릿한 들판 어디선가 박태수의 돌처럼 단단한 가슴이 상체를 드러내고 있다. 숨이 막히도록 온몸이 녹아드는 전율 속에 막걸리 냄새가 풍기는 것 같기도 하고 가솔린 냄새가 나는 것 같기도 했다. 땀으로 번들거리는 등짝을 피가 나도록 손톱으로 움켜잡았던 기억이 살아 오르며 손바닥에 촉촉하게 땀이 고여 온다. 신작로에 큰 돌이 있는지 버스가 덜컹 거리며 요동을 쳤다. 순간 안개에 휩싸여 있는 것처럼 보이던 들판이 푸르게 되살아나면서 이마에 땀이 맺혀 있는 것을 느꼈다.

아녀! 이라믄 안 되는 거여. 내가 미쳤구먼……저이는, 저이는 참말로 영동에 볼일이 있어서 가능 겨. 나 혼자 헛것을 생각하는 거여.

옥천댁은 보따리 안에서 명주손수건을 꺼냈다. 작고 사각으로 접은 손수건을 다시 반으로 접어서 이마의 땀을 찍어 누르며 눈을 감았다. 눈을 감는 순간 요란한 소리를 내며 빗줄기가 마당을 내리꽂는 소리가 들린다. 외양간에 켜 놓은 남포등 아래서 고통스럽게 신음하는 암소의 불룩한 배가 선명하게 그려졌다.

"암 걱정 말고 핀히 주무셔유. 지가 한숨도 안 자고 지킬께유."

등 뒤로 들려오는 묵직한 목소리에 고개를 돌렸다. 잠뱅이 차림에 적삼만 걸친 박태수의 넓은 가슴이 뜨겁게 와 닿는다. 땀으로 번들거리는 가슴이 젖가슴을 짓누르면서 막걸리 냄새가 나는 것 같았다. 떫은 감 냄새였던가? 햇밤송이 같은 턱수염이 얼굴을 문질러 숨이 턱턱 막히는 것 같아서 눈을 번쩍 떴다. 얼굴이 확확 달아오르는 것 같아서 창문을 조금 열었다. 창문이 열려진 틈으로 빨려들어 오는 시원한 바람에 부끄러웠던 기억들이 흩어져 날아가는 것을 느꼈다.

시방 내가 먼 짓을 하는 건지 모르겄구먼. 당장 낼부터 공사판으로 일을 하러 나가도 부족할 놈이 엄한 돈까지 써 가면서 먼 지랄을 하고 있는지 모르겄구먼.

박태수는 운전수가 담배 피우는 모습을 보고 담배를 꺼냈다. 괜한 짓을 하고 있다는 생각이 들면서도 버스를 처음 탔을 때와 다르게 후회는 되지 않았다. 후회는 되지 않는데 자꾸만 웃음이 나오려고 했다. 우스워서 웃음이 나오려는 것이 아니다. 가슴이 저리다 못해 생가슴이 타도록 안타까운 그 무엇을 스스로 포기 할 수밖에 없는 현실이 우스워서 입이 삐죽거리며 웃음이 새어 나왔다.

버스는 사마니고개를 넘어 막개 앞에서 잠깐 멈춘다. 두루마기에 중절모를 쓴 오십대를 태우는 사이에 옥천댁이 고개를 옆으로 돌려서 출입문을 바라본다.

박태수는 옥천댁의 옆모습을 바라보는 순간 가슴이 뛰기 시작했다. 선명하게 기억은 나지 않지만 열 몇 살 어느 봄날일 것이다. 코밑수염이 거뭇거뭇 거릴 즈음이었을 것이다. 학산장에 갔다가 삼거리에서 어떤 소녀를 보고 숨이 막히는 전율에 사로잡혔다. 얼굴은 기억이 나지 않지만 하얀 저고리에 검정치마를 입은 댕기머리 소녀는 우체국에서 나와 막 골목으로 들어가고 있는 중이었다. 소녀의 모습이 너무 아름다워서 온몸이 불에 활활 타 버리는 것 같았다. 소녀는 분명히 땅 위를 걷고 있지만 그 어떤 바람에 스르르 밀려가고 있는 것처럼 보였다. 소녀가 골목 안으로 사라지고 빈 거리만 눈에 들어오기까지는 짧은 시간이었지만 그 기억은 돌 위에 새겨진 것처럼 단단하게 마음을 사로잡았다. 그날 밤 처음으로 몽정을 했던 것 같았다. 그 후로 그 소녀를 다시 만날지도 모른다는 애타는 기대감에 이런저런 핑계를 대서 몇 번이나 삼거리에 나가 봤지만 다시는 그녀를 만나지 못했다. 시나브로 세월이 흘러서 지금의 아내를 만났고 열병 속에서 보낸 세월도 잊어버렸다. 옥천댁의 옆모습에서 까마득하게 잊어버려서 없었던 일 같았던 소녀를 보았을 때의 그 기분이 다시 살아났다. 마치 어제 삼거리에서 그 소녀를 보았던 것처럼 입술이 바짝바짝 마르는 것 같아서 연신 담배 연기를 내 뿜었다.

"한 갑에 백 환씩이나 한다는 담배가 왜 이지랄로 싱겁댜."

막개에서 올라탄 중절모가 다른 사람들이 들으라는 목소리로 투덜거리며 담배 연기를 내뿜는다. 박태수는 중절모가 손가락 깊숙이 꽂고 있는 담배를 본다. 사슴이라는 담배를 피우고 있다. 중절모는 괜히 턱을 좌우로 흔들며 담배를 든 손을 어깨위로 치켜든다. 그 얼굴에는 나는 지금 사슴을 피우고 있는 중이란 말여! 라는 글씨가 써져 있는 것 같았다.

박태수는 갑자기 파랑새 맛이 없다고 느꼈다. 바닥에 버려서 비벼 끄다보니까 검정고무신을 신고 나왔다는 것을 알았다. 그러고 보니 옷차림도 읍내에 나가는 옷차림이 아니다. 읍내에 볼일을 보러 나간다면 적어도 흰 고무신에 흰색 와이셔츠는 걸쳤을 것이다. 자신만 그런 것이 아니고 모산에 사는 남정네들 모두가 읍내에 나갈 때는 옷차림에 신경을 쓴다.

이른 차림으로 읍내를 간다고 핳께 주책없는 놈이라고 속으로 웃었을 꺼잖여.

짝사랑하는 소녀가 바라보고 있는지도 모르고 오줌을 누다가 들켰을 때 기분이 그러할까. 순식간에 얼굴이 시뻘겋게 달아올라서 고무신을 쳐다보다 슬그머니 고개를 든다. 옥천댁의 뒷모습이 안타깝게 다가온다. 비녀를 얌전하게 꽂은 머리카락에는 동백기름을 발랐는지 검게 윤이 난다. 소나기가 억수같이 쏟아지던 날 격정의 파도를 헤엄쳐갔던 둥글고 작은 어깨를 감싸고 있는 옥색저고리의 하얀 동정위로 가늘게 뻗은 목은 눈이 부시도록 부시다.

내가 시방 왜 이르는가 모르겠구먼. 이르믄 안 되는 건데……

버스 안에는 승객들이 많지가 않았다. 승객들은 창문 밖을 바라보고 있거나 유리창으로 반사되는 햇볕에 땀을 졸졸 흘리며 *끄덕끄덕* 졸고 있었다. 사슴 담배를 자랑하던 중절모도 횃대에 앉아있는 수탉처럼 졸고 있다. 그런데도 박태수는 모든 사람들이 자기를 바라보고 있는 것 같아서 고개를 푹 숙이고 뛰는 가슴을 진정시키려고 애를 썼다. 그러는 사이에 버스는 영동읍내로 들어섰다.

벌써 다 옹 겨?

박태수는 마차다리 밖으로 펼쳐지는 영동천의 물을 바라본다. 물은 햇볕에 반짝이며 정지해있는 것처럼 흐르고 있는데 시간은 급류처럼 소용돌이치며 흘러가는 것 같았다.

버스가 정류장으로 가기 전에 정류소 앞에서 멈췄다. 면 직원이 졸고 있다가 일어서서 옥천댁에게 인사를 했다. 옥천댁도 일어서서 면 직원에게 인사를 했다. 자리에 앉으면서 박태수를 바라본다. 창문 밖을 바라보고 있던 박태수가 고개를 돌리면서 시선이 마주쳤다. 무의식중에 가볍게 고개를 숙여보며 미소를 지어보였다. 박태수는 부*끄*러운지 얼굴이 금방 시뻘겋게 달아올라서 어쩔 줄 몰라 하는 표정으로 엉거주춤 일어선다.

버스는 영동을 경유해서 대전까지 가는 버스다. 옥천댁은 박태수가 가까이 다가오는 것을 느끼면서도 일어나지 않았다. 박태수의 걸음이 옆에 와서 멈추고 있다는 것을 알면서도 옆으로 고개를 돌릴 수가 없었다.

"지는 여기서 내려야겄슈."

"그……그렇구만유……"

옥천댁은 박태수가 고개를 숙이며 인사를 할 때서야 일어섰다. 순간 버스가 가볍게 몸을 떨었다. 잔뜩 긴장하고 있던 옥천댁은 자신도 모르게 박태수의 어깨를 의지하며 자세를 바로 잡았다. 어깨를 잡던 손을 얼른 뗐지만 다리가 후들거려서 인사를 하는 둥 마는 둥 자리에 털썩 주저앉았다.

"그람, 댕겨 오서유."

박태수는 시간만 허락된다면 대전까지라도 버스에 앉아 있고 싶었다. 하지만 그러기에는 세상에서 보는 눈이 너무 많았다. 상규네의 손가락과 감히 비교도 할 수 없는 옥천댁의 가늘고 긴 손가락이 찰나적으로 머물고 간 어깨에 찍힌 화인을 간직하며 그냥 내릴 수밖에 없었다.

벼……별일여, 저이는 저이 일뿐인데 내 가슴이 왜 이렇게 뛰는지 모르겄구먼.

박태수는 버스에서 내렸다. 옥천댁은 박태수를 안보는 척 하며 곁눈질로 바라본다. 박태수는 사방을 두리번거리며 어디론가 갈 것 같은 몸짓을 하더니 걸음을 멈춘다. 담뱃불을 붙이고 몇 걸음 걷다가 다시 걸음을 멈추었다. 그러기를 몇 번 하더니 골목 안으로 사라졌다.

황인술은 점심을 거른 채 지내리로 가는 고개를 넘었다. 지내리 구장의 아들 잔치에 참석하기 위해서이다.

지내리 구장의 집은 동네에서 유일한 기와집답게 마당도 넓었다. 이미 신랑신부의 혼례가 끝난 뒤라서 넓은 마당을 손님들이 차지하고 있었다. 지내리 구장을 만나서 축의금이 든 봉투를 주고 앉을 만한 자리를 찾아서 주변을 두리번거렸다.

"어이구, 이거 모산 구장님 아녀유?"

황인술이 다른 동네 이장 두 명이 마주 앉아 있는 두레상으로 가려고 할 때였다. 면사무소 강 서기가 뒤에서 불렀다.

"아이고, 강 서기님이 워짠 일이데유?"

황인술은 마음은 찝찔했다. 하지만 사돈 따라 장에 갔다가 친구를 만난 얼굴로 반갑게 맞이하며 안내를 했다.

"강 서기님하고 모산 구장님은 이쪽에 앉으시면 되겠네."

황인술 혼자 왔을 때는 다른 손님을 맞느라 신경도 쓰지 않던 지내리 구장이 스스로 안내를 했다.

"요새 박태수씨 형편이 어려운개뷰?"

"태수가 면장한테 소를 외상으로 샀잖여. 근데 그기 작년 가실에 뒈져버렸어. 장마에 떠내려온 여론가 먼가 하는 독초를 먹고 뒈졌다는 구면. 그것 땜시 타격이 클 껴. 소가 있을 때는 나무해다 팔고, 동리 사람들 학산까지 태워다 주는 걸로 재미가 쏠쏠했었잖여. 소는 뒈져버렸고, 남은 것은 빚 벆에 읎응게 요새 살맛 안나겄지. 근데 강 서기가 그걸 워티게 안댜?"

"언진가 농협조합에 볼일이 있어서 갔는데 김춘셉이를 보증 세워서 대출신청을 하고 있더라구유."

"사람 팔자는 아무도 모르는 거 가텨. 작년 슬에만 해도 우리 동리서 태수가 젤 택택하다고 생각했었는데 시방은 빚이 젤 많잖여. 그래도 요새 그 집에 살판났어. 그란 걸 보믄 사람은 죽으라는 벱은 없는 거 가텨."

동네 아낙네가 국수와 막걸리 주전자며 부침에 떡에 과일 등을 담은 쟁반을 들고 왔다. 빈속에 고개를 넘어 오느냐 배가 고픈 황인술은 아낙네가 국수그릇을 두레상에 내려놓기 전에 먼저 내렸다. 젓가락을 찾아 들어서 국수를 휘저었다.

"머 존 일이 생겼슈? 산에서 산삼이라도 캤남유?"

강 서기는 국수 그릇은 쳐다보지도 않았다. 황인술 앞에 있는 잔에 막걸리를 따랐다.

"부면장님이 자유당 영동지구당 위원장이 됐잖여."

"공천 받았다고 다 국회의원이 된다는 보장은 읎는 거지 머. 하지만 영동은 원래 자유당이 강센게 기대해 볼만은 할뀨."

강 서기는 황인술이 하는 말에 이병호에게 당한 수모가 떠올랐다. 생각 같아서는 이동하도 싸잡아 욕을 하고 싶다. 그러나 국회의원에 당선이 되면 언제 아쉬운 부탁을 할지도 모를 일이다. 그때를 생각해서 말을 곱게 해야 한다고 생각하면서도 퉁명스럽게 말했다.

"그렇구먼. 시방 여론이 워티게 돌아가고 있능 겨? 우린 꼴짝에 살고 있응게 당최 세상 돌아가는 알 수가 있어야지."

"자유당에서 공천을 받았응게 암만해도 민주당보다는 유리 하겠쥬……"

"좌우지간 그 집은 터가 좋은 건지, 묏자리를 잘 쓴 건지 머가 그렇게 잘 풀려 나가는지 모르겄어. 면장님은 일제 때 제우 임시직 면했잖유. 그른 사람이 면장으로 퇴직을 하지 않나, 군청에서 근무를 하던 부면장님은 및 계단을 뛰어서 부면장이 되지 않나. 인제 군수도 저리가라 하는 국회의원 되게 생겼응게 세상에서 겁날 거시 머가 있겠슈. 옛날로 치자믄 평안감사 부럽지 않는 처지가 된 거지."

황인술도 이동하가 자유당 공천을 받은 이상 국회의원 자리는 차지한 것이나 마찬가지라고 생각했다. 한 가지 걱정이 되는 점이 있다면 이동하가 군수 출신도 아니고 면장도 아닌 부면장 출신이라는 점이다. 일제시대나 해방 전에는 혼란기라서 운 좋게 몇 계단 뛰어 넘어도 별문제가 없었지만 요즈음은 사람들 의식이 달라지고 있다는 점이다. 아무리 자유당 공천을 받았다고 하지만 부면장 출신이라는 점 때문에 사람들이 가소롭게 볼 수도 있을 것이라고 생각했다. 그러나 강 서기의 말을 듣고 나니까 갑자기 이동하가 위대하게 보여서 술이 확 깨는 것 같은 기분으로 말했다.

"우리 면에서 근무를 하던 부면장님이 국회의원이 되신다믄 우리도 좋은 일이쥬. 그러나 원래 좋은 일에 마가 낀다는 말이 있잖유. 이럴 때일수록 조신하게 처리를 해야 하는 벱인데……"

"태수 아부지 말로는 요새 영동가면 굉장하다고 하데유. 벌써부터 국회의원 행세를 한다는 거 가텨. 경찰서장이나 세무서장 군수들하고도 자주 만나서 술도 마시고 밥도 먹는 다드만. 근데 사람들이 겉으로는 슬슬 기지만 속으로는 가쫗다고 여길지도 모르지. 제우 부면장 출신이 국회의원 자리를 넘본다고 하믄 당장 군수님도 안 좋게 생각하실거잖아. 또 민주당에서 대학 나온 사람이나 박사 같은 사람이 나오면 암만 자유당 끗발이 하늘에 나는 새도 떨어트린다고 하지만……"

"그건 구장님이 하나만 알고 둘은 모르는 소리유. 민주당에서 내보낸 사람이 박사 아니고 박사 할아부지라도 어림도 읎슈. 경찰서장부터 시작해서 군수며 세무서장, 소방서장에 우체국장까지 죄다 자유당을 밀잖유. 하지만 민주당 후보는 성분이 나쁜 골수분자 및 명이 선거운동을 해

봤자, 지덜 심만 빠지지 별 수 있겄슈."

강 서기도 황인술 말에 동의를 하고 싶었다. 그러나 가만히 생각해 보니까 모산 사람 앞에서 이동하에게 안 좋은 소리를 했다가 나중에 국회의원에 당선이 되면 좋을 것이 없다는 생각에 슬쩍 말을 바꾸었다.

"무소속으로 출마를 한 오인국인가 하는 사람은 도의원 출신이잖유. 또, 민주당 윤상밴가 하는 사람은 경기도에 굉장히 큰 공장을 하고 있어서 돈이 어마어마하다고 하든데?"

"츠, 돈이 및 천만 환만 있으믄 머 해유. 고무신짝 하나라도 돌렸다가는 선거법 위반으로 제까닥 쇠고랑 찰 건데……"

"강 서기는 내가 모산 같은 꼴짝에 산다고 무시하는 거유? 나도 알 만한 거는 다 알고 산단 말여. 지난 대통령 선거 때 고무신은 물론이고 막걸리로 잔치를 했어도 끄떡도 없는데 먼 놈의 선거법 위반이라는 거여?"

황인술은 강 서기가 하는 말이 무엇을 뜻하는 말인지 알고 있으면서도 슬쩍 옆구리를 찔러 보았다.

"허! 난 구장님이 모산에서 젤 똑똑한 냥반인 줄 알았더니 그기 아닌가 보구먼. 귀에 걸믄 귀걸이, 코에 걸믄 코걸이라는 말도 안 들어 봤는개비쥬."

"자유당에서 하믄 당원 단합대회고 민주당이나 무소속 출마자가 고무신짝을 돌리믄 선거법 위반이 되기라도 하는 거여?"

"역시, 구장님은 지식이 해박하셔. 맞아유 그랑께 그 뉘여 윤상밴가 하는 그 사람이 암만 돈이 많아도 그림의 떡이나 마찬가징께 위원장님이 당선은 따 놓은 거나 마찬가지쥬."

"그람, 강 서기도 위원장님한테 잘 보여야겄구먼."

"잘 보이고 싶어도 방법이 있남유. 나 같은 면 서기는 그냥 봉급이나 받아먹고 열심히 출장이나 댕기면서 근무를 하다 퇴직을 하는 것도 감지덕지. 한 가지 바람이 있다믄 암만해도 면사무소 보담은 군청이 근무여건이 좋다는 거 아뉴."

강 서기는 구장한테 접대를 잘 받아 봐야 삼계탕인데, 군청에서 근무를 하다 업자를 만나면 기생집에서 접대를 받고 용돈까지 받는다는 말은 입 밖에 내지 않았다.

"당장 오늘 즈녁이라도 설탕이라도 및 근 사서 찾아 가 보는 기 좋을 뀨. 아니지, 내 생각으로는 찾아가고 싶어도 얼굴 뵈기는 심들 껴. 시방도 영동에서 난다 긴다 하는 사람들이 위원장 빽을 만들라고 줄을 섰응께. 내가 아까 머라고 했슈. 경찰서장하고 군수도 이동하 위원장님을 벌써부터 국회의원 대우를 해 준다는 말을 안 했남?"

강 서기가 완전히 꼬리를 내리자 황인술은 이동하의 대변인이라도 된 것 같은 표정으로 속삭였다.

"출세를 할라믄 그 수백에 읊겼쥬."

황인술은 강 서기의 말을 듣는 순간 누군가 가슴이 벌렁벌렁 뛰기 시작했다. 이동하의 환심만 살 수 있다면 서울에서 전당포에 다니고 있는 광일이를 면사무소 임시직원으로 취직시키는 것은 식은 죽 먹기나 마찬가지 일 것 같았다.

옷깃을 파고드는 밤바람이 부드러웠다.

너럭바위는 이미 순배 영감이며, 변쌍출과 장기팔이 차지하고 앉아 있다. 평지에는 멍석을 깔고 아낙네들이 모여서 비스듬하게 눕거나 편한 자세로 이야기를 하고 있다. 남정네들은 담배를 피우기 위해서 너럭바위 반대편 들판 쪽에 모여 앉아 있다.

"어머도, 잠깐 일루 와 보셔유. 그리고 당신도 일루 와 보고"

박태수는 뒷간에서 나오는 청산댁과 캄캄한 정지에서 무언가를 하고 있는 상규네도 불렀다.

"야들은 방에서 뭐 하능 겨? 마당에 나가서 바람이라도 좀 쐬다가 자지."

"인숙이는 아까 부텀 자고 있슈. 상규하고 진규는 숙제 한다고 지덜 방에 있고……"

상규네는 안방으로 들어가기 전에 옆방 문을 열었다. 농협조합에서 대출까지 받아서 학비를 대고 있는 상규는 벌써 큰 대자로 누워 자고 있다. 학교에서 무엇을 했는지, 온종일 모를 심은 농사꾼보다 더 요란하게 코를 고는 상규와 다르게 진규는 방바닥에 누워서 무언가를 쓰고 있다.

"상규는 중학생이라서 숙제가 읎능 겨?"

"형은 일찍 자고 새복에 일어나서 숙제 한댜."

"너는 숙제를 하능 겨, 아니믄 또 그 머셔 웅변원고라는 걸 쓰능 겨."

"응. 다음 달에 6·25를 주제로 한 웅변대회가 있거든. 시방부터 원고를 써 놔야 연습을 하지."

"웅변 잘해서 머 할라고? 넌도 국회의원 선거 때 유세차 타고 따라 댕김서 연설할라고 그러냐?"

"츠! 난 정치 같은 거 안햐."

"그람 웅변 잘해서 워디다 써 먹을라고?"

상규네는 정치에 대해서 알지도 못할 진규가 정치를 안 한다는 말에 피식 웃었다.

"그냥 연단에 나가서 목이 터져라 외치는 거시 좋단 말여. 어머는 그런 기분 모를 껴. 학교 운동장에 전교생이 앉아 있는 걸 바라봄서, 내 맘대로 목이 터져라 외치고 나믄 속이 후련하단 말여."

"그려, 니 말 듣고 봉께 그럴 만도 하겄구먼."

상규네는 잠꼬대까지 해대는 상규를 노려보던 시선으로 진규의 머리를 부드럽게 쓰다듬었다.

"참! 어머, 형이 그러는데 향숙이 누나 귀신 들렸댜. 그기 참말여?"

진규가 돌아서는 상규네에게 갑자기 생각이 났다는 얼굴로 속삭이듯 물었다.

"상규가 머라고 했는데?"

상규네도 덩달아 목소리를 낮추며 반문했다.

"형이 그러는데, 향숙이 누나가 지덜 담임 선생님한테 이 달에는 절대로 나무에 올라가시지 말라고 그랬다능 겨. 나무에 올라 가믄 다친다고 말여."

"그려서?"

상규네는 진규의 말이 섬뜩하게 들려왔지만 내색은 하지 않았다. 그렇지 않아도 동네에서 쉬쉬하고 있지만 향숙이가 신 들렸다는 소문이 알게 모르게 돌고 있는 중이다. 향숙이 제 담임선생한테 그런 말을 했을 때야 필경 이유가 있을 거라는 생각에 긴장한 얼굴로 물었다.

"그란데 담임 선생님이 향숙이 누나 말을 듣지 않고 지난 일요일 날 마당에 있는 감나무에 올라 갔다능 겨?"

"별일도 다 있구먼. 안직은 감 딸 일도 읎는데 선생님이 뭐 하러 감나무에 올라가셨댜? 나이 어린아들이라믄 할일이 읎응게 재미삼아 올라간다고나 하지……."

"빨랫줄인가 머를 맬라고 올라 가셨다능겨. 그란데 발을 헛디뎌서 감나무에서 떨어지셨다능겨."

"그기 참말여?"

상규네는 소름이 쫙 돋는 것을 느끼며 빠르게 반문했다.

"참말여, 허리가 작대기 뿌러지는 것츠름 똑 뿌러져서 병원에 및 년동안 누워있어도 낳을까 말까라고 하든데."

"상규는 그 말을 누구한테 들었다는 겨?"

"선생님들이 병원에 병문안 가서 알았댜. 그래서 수업시간에 향숙이 누나한테 물어 본 모냥여. 윤향숙, 니가 참말로 담임 선생한테 나무에 올라 가믄 크게 다친다고 말했냐고 말여."

"어뜬 선생님인지 모르겄지만 참말로 대책 읎는 분이구먼. 그런 야기라믄 향숙이를 살짝 불러서 야기를 해도 될 텐데, 다른 학생들이 보는 앞에서 그런 말을 물었댜. 그 선생님 때문에 소문이 쫘악 돌았구먼."

상규네는 상황이 눈앞에 선하게 그려지는 것 같았다. 선생은 호기심 어린 시선으로 향숙에게 물었겠지만 마음이 여린 향숙은 그렇지 않았을 것이다. 자신도 모르게 불쑥 내 던진 말이 현실이 되어서 담임 선생님이 중상을 입었다면 충격을 감당하기 힘들었을 것이다. 그런 향숙을 위로해 주지는 못할망정 공개된 자리에서 소문을 낸 선생을 이해 할 수가 없어서 혀를 찼다.

"근데 참말로 향숙이 누나 귀신 들린 겨?"

"워쩌다 생각 없이 불쑥 던진 말 한마디를 갖고 왜 멀쩡한 아가 귀신이 들렸다고 소문이 났는지 모르겠다. 너도 가끔 니 생각이 맞을 때가 있잖여."

"그려, 나도 그런 적이 있어. 아침에 일어나서 오늘 학교 지각하겠구먼이라고 생각하는 날은 꼭 지각하드라. 그라고 숙제를 열심히 해 갔는데, 오늘은 선생님이 바빠서 숙제 검사 안 하겠구나, 하는 생각이 드는 날은 귀신같이 숙제 검사를 안 하능 겨."

"그것 봐라. 사람은 누구나 어떤 일에 대해서 알아맞추는 심이 생길 때가 있어. 그랑께 앞으로는 향숙이에 대해서 절대 소문 내지 마. 알겠지?"

"그려, 나도 그렇게 생각하구먼. 딴 누나라믄 몰라도 향숙이 누나는 절대로 그런 일이 읎을 껴."

진규는 비로소 안심이 됐다는 얼굴로 가슴을 쓸어내렸다.

"진규야, 너 그 말 누구누구한테 했냐?"

상규네가 갑자기 생각났다는 얼굴로 물었다.

"난 아까 형한테 들었어. 시방 어머한티 츰하는 건데. 왜?"

"암것도 아녀. 하지만 시방부터 그 말은 일절 하지 마라. 그릏지 않아도 향숙이 어머가 요새 향숙이 때문에 밥도 지대로 못 먹는다는데 그런 말을 들어봐라. 기분이 워떻겄어. 내 말 무슨 뜻인지 알겠지."

"응, 나도 기분이 엄청 안 좋은데 향숙이 누나 어머는 더 하겠지."

"니가 기분이 왜 안 좋은데?"

"기냥……"

진규는 상규네가 묻는 말에 얼굴이 빨갛게 물드는 것을 느끼며 얼른 방바닥에 누워서 웅변 원고를 쓰는 척 했다.

갸가 신 들었다는 말이 참말이구먼. 이 일을 워쩐댜.

상규네는 보통 일이 아니라는 얼굴로 윤길동의 집 쪽을 바라본다. 자식이라고는 향숙이 하나 밖에 없는 모리댁이 요즘 부쩍 말이 없어진 이유를 알 것 같아서 가슴이 아팠다.

"뭐, 입맛 좀 다실 거 읎어?"

상규네가 가까이 다가오길 기다렸던 박태수가 입을 열었다.

"입맛에 다실 거시 뭐가 있겠슈. 감자라도 쌂아 올까유?"

"금방 배터지게 밥 먹고 또 먼 감자여."

둥구나무를 향해 앉아 있는 박평래는 선하품을 하며 마른 입맛을 쩝쩝 다셨다. 너럭바위에 앉아 있는 순배 영감은 둥구나무에 기대어 다리를 쭉 뻗은 자세로 담배를 피우고 있다. 그 옆에 앉아 있는 변쌍출은 손을 저어가며 이야기를 하고 있고, 장기팔은 허리를 비스듬하게 숙이고 변쌍출이 하는 이야기를 경청하고 있다.

"먼 야기를 할라고 온 식구들을 모이라고 항 겨."

청산댁이 관절염 증세가 있는 무릎을 주먹으로 툭툭 치며 말했다.

"딴 기 아니고 말유. 작년에 소가 죽는 통에 증신이 읎어서 어머 환갑잔치를 못 해 드렸잖유. 그 문제로 상의 드릴 것이 좀 있구만유."

"야가 시방 먼 소리를 하고 있어. 우리 형편에 먼 얼어 죽을 환갑잔치여. 동리 사람들이 그렇지 않아도 요새 우리 사는 형편이 전만 못한 거 같다고 수군거리고 있는 판국에 환갑잔치를 한다고 해 봐라. 겉으로는 죽는 소리를 해감서도 안으로는 안직은 택택하다고 할 거잖여."

청산댁은 환갑잔치라는 말에 귀가 번쩍 떠지는 것 같았다. 그렇지 않아도 작년 환갑날 미역국 한 그릇으로 때우고 나서 내색은 안했지만 며칠 동안이나 기분이 짠했다. 그러나 이제라도 환갑잔치 운운하는 걸 보니까 올 가을에 소 값 치를 방도를 취해 놓은 것 같았다. 그렇지 않고는 환갑잔치 운운하지는 않을 것이라는 생각에 배시시 웃음이 터져 나오려고 했다. 하지만 시침을 뚝 떼고 어림도 없다는 표정으로 손을 내저었다.

이 예펜네가 오늘 즈녁을 잘 못 처먹었나? 왜 안 하든 짓을 하고 이른다.

박평래가 곰방대를 뻐끔뻐끔 피우다 말고 별일도 다 있다는 얼굴로 청산댁을 바라보며 속으로 고개를 갸웃거렸다.

"아녀유. 암만 끼니 꺼리가 읎다고 해도 어머님 환갑잔치를 해드려야 지덜도 맘이 편해유. 그리고 환갑잔치를 안 해드린다고 해서 하루아침에 부자가 되는 것도 아니잖유. 그랑께 형편 돌아가는대로라도 잔치를 할 생각이유."

상규네가 이미 박태수와 결정을 해 두었다는 표정으로 말했다.

"말은 고맙구먼. 허지만 남들이 욕하믄 워쩐다냐?"

"쓸데읎는 소리 그만 혀. 요새 니들이 얼매나 쪼달리게 살고 있는지 다 알고 있다. 상규 중핵교를 보내느라 날이믄 날마다 돈 걱정하는 거 니덜이 말 안 해도 다 알고 있구먼 그리고 남들이 보는 이목이 있지, 난 느 어머처럼 절대로 반대다. 환갑잔치를 한해 빠르게 한다는 말은 들어 봤지만, 한해 늦게 한다는 말도 츰 들어 본다. 우리 형편에 뭔 놈의 말라비틀어진 환갑잔치냐. 그 돈이 있으면 올 가실에 면장 어른 소 값 갚는데 보태 써라."

청산댁이 재차 거절 하는 것을 지켜보던 박평래가 세상은 오래 살고 볼일이라는 얼굴로 말했다.

"준비는 우리가 알아서 할 팅게 아부지는 가만히 계셔유. 먹고사는 것이 암만 심들다고 해도 할 것은 해야쥬. 이 사람 말대로 환갑이 해마다 오는 기 아니잖유. 그릏다고 잘 차리지는 못해유. 환갑상에는 떡이든 과일이든 머든 고봉으로 쌓아야 장수를 한다는 말이 있기는 하지만 차리는 시늉만 할 거유. 돼지는 못 잡고 그냥 열댓근 사다가 비린내만 풍길 생각유. 떡은 절편하고 인절미하고 합쳐서 서너 말 정도만 하고 이런저런 적이나 부치고, 국시나 삶고 하믄 돈도 얼매 안 들어 갈規. 그랑게 두 분은 그릏게들 알고 계셔유."

"너도 참 이상하다. 니 애비가 환갑잔치 같은 것은 필요가 읎다고 저릏게 결사반대를 하는데 왜 자꾸 우겼쌌는지 난 도시 모르겄다. 내 팔자에 먼 환갑상을 을어 먹겄다고……"

청산댁은 박평래가 노골적으로 반대를 하는 것이 너무 서운했다. 내가 저릏게 정이 없는 영감을 믿고 사십 년 세월을 살아 왔나 하는 생각에 눈물이 나올 지경이다. 남모르게 한숨을 내쉬며 하늘을 쳐다본다. 구름 한 점 없는 하늘에는 별들이 총총히 박혀있다. 바람이라도 불면 우수수 떨어질 것처럼 선명하게 별이 빛나는 하늘도 쓸쓸하게 보인다.

"허! 이 사람 좀 보게. 겉으로는 환갑이 먼 필요가 있느냐고 했쌈서도 속으로는 환갑상을 을어 먹고 싶어서 환장을 하는구먼. 나잇살이나 처먹었어도 저 지랄로 속읎이 지껄잉게 며느리가 고생을 하지. 쯔즈……"

박평래는 한심하다는 얼굴로 청산댁을 노려보다가 홱 돌아앉아서 곰방대를 입에 물었다.

"말 하는 것 좀 보라지. 내가 은제 환갑상을 못 은어 먹어서 환장을 한다? 옛말에 말 한마디로 천 냥 빚을 갚는다고 영감이라는 사람이 지 식구를 개밥에 굴밤처럼 여깅께 며느리가 시어머니 하는 말 알아듣기를 동네 개 짖는 소리로 듣지."

"어머니, 지가 은제 어머님 말을 동리 개 짖는 소리로 들었슈?"

"꼭 내 입으로 자근자근 씹어 줘야 니 입으로 삼키겄냐? 시아부지도 들은 말이 있응께, 나 때문에 니가 고생한다는 말이 나왔을 거 아녀?"

"쯔쯔……소갈머리 하고는. 아무리 배워 처먹은 것이 읎다고 하지만 저 지랄로 말을 못할까. 내가 은제 며느리가 시어머 말을 동리 개 짖는 소리로 든다고 항 겨? 당신이 그 지랄로 속읎이 지껄잉께 며느리가 고생한다고 했지."

"츠……그라는 영감은 보통핵교 문턱이나 들어 가 봤남? 개발새발 글자 좀 쓴다는 것 앞세워서 자식하고 며느리 앞에서 온갖 유세를 다 부리는구면. 에미는 내 말 똑똑히 들어. 난 워떤 일이 있어도 환갑상 안 받을 팅께 그렇게 알고 있어. 그라고 작년처럼 순배 영감이며, 팔봉이 아부지에, 시훈이 아부지까지 불러서 미역국도 끓여 대접 할 필요도 읎다. 엎드려 절 받기도 유분수지 팔봉이 아무지도 은어 먹는 환갑상도 못 은어 처먹는 주제에 미역국이 가당키나 한 거냐."

청산댁은 가만히 앉아 있으면 너무 서러워서 눈물이 날 것 같았다. 행하니 일어서서 신발을 꿰신는 둥 마는 둥 사랑채 앞으로 갔다.

"아부지는 먼 말을 그렇게 섭하게 해유."

방으로 들어간 청산댁은 방문을 쾅 소리가 나도록 닫았다. 사랑채를 바라보고 있던 박태수가 마땅치 않다는 목소리로 말했다.

"니덜도 참말로 답답하다. 상만 차린다고 환갑잔치를 하는 줄 아냐?"

"옷 때문에 말씀하시는 거 같은데 그 요량도 해 뒀슈. 돈이 넉넉하다 믄 아버님하고 어머님을 영동 읍내로 모시고 가서 한복을 맞춰드려야 겠지만, 사정이 여의치 않아서 그냥 기성복으로 한 벌씩 사 드릴 작정 유. 그리고 상규 애비하고 지는 장에 갈 때 입는 옷 빨아 입어도 머라고 하는 사람 읎을규."

박평래는 상규네가 미리 생각을 해 두었다는 얼굴로 금방 대답하는 말에 콧등이 짠해졌다. 평소 상규네가 동네에서 소문이 날 정도로 알뜰 하게 살림을 꾸려 나간다는 걸 모르는 것도 아니다. 그러나 제 자식들 공부시킬 욕심에 허리띠를 졸라매는 줄로만 알았지, 이럴 때에 이렇게 속 깊게 시부모를 챙겨 주리라고는 상상도 못했다.

"좌우지간 지가 애비하고 상의를 해서 환갑상을 차릴 팅께 그렇게 알 고 계셔유. 우리들보다 못한 팔봉이네도 환갑상을 차렸는데 우리가 모 르는 척 넘겨 봐유. 동리 사람들이 욕해유. 솔직히 친정아부지 어머는 환갑 나이도 못 사시고 돌아가셨잖유. 시방도 그기 얼매나 후회가 되는 지 몰라유. 그런 걸 생각해서라도 어뜬 일이 있더라도 준비를 할 팅께 아부지는 모르는 채 하고 계셔유."

"그려유. 외삼춘네 하고 여기저기 일가들 하고 그날 놀러 오라는 소리 를 할 셈유. 학산에 사는 어머 친구분들 한티도 그날 즘심 잡수러 오시 라고 알리겠슈."

"어이그! 난도 모르겠다. 니덜이 알아서 해라. 그리고 외삼춘네는 니 어머 형제지간잉께 알려야 한다고 하지만, 딴 일가들 한티는 머한다고 알려. 기냥 동리 사람들 찌리 밥이나 한 끼 먹는다고 생각할 일이지."

박평래는 자식부부의 뜻이 너무 기특해서 고집을 피울 수가 없었다. 슬그머니 일어서서 불이 꺼진 곰방대를 뒤춤에 꽂았다. 구부정한 허리에 뒷짐을 지고 둥구나무 밑으로 슬슬 걸어갔다.

"시방 및 시나 됐남?"

박평래는 하늘을 쳐다봤다. 밤바람이 서늘해지고 달이 머리 위에 있는 것을 보니 적어도 아홉시는 넘은 시간이지만, 면장 댁 대청에 불이 켜져 있는 것을 보니 열시는 넘지 않은 시간이다. 순배 영감이나 장기팔이 방으로 휑하니 들어가는 청산댁을 봤을 거라는 생각에 능청을 떨며 너럭바위에 앉았다.

"시간은 알아서 머 할라고? 졸리면 들어가서 자고, 안 졸리믄 더 있다가믄 그만인데……"

순배 영감이 세월아 네월아 갈테면 가고 멈출 테면 멈춰라 하는 표정으로 대답했다.

"아까 봉께 먼 일이 있던 거 같던데, 그 나이에 부부쌈 할리는 읎고 먼 일이 있던 겨?"

장기팔이 궁금해서 견딜 수 없다는 얼굴로 변쌍출에게 눈짓했다. 변쌍출이 짐짓 길게 하품을 하며 물었다.

"먼 일이 있기는, 작년에 소가 죽는머리 할망구 환갑잔치를 못 해 줬잖여. 사정이 있어서 못해 줬으면 못 해 준 걸로 끝나면 되는 거 아녀. 근데 태수 내외가 즈 어머 환갑잔치를 해 준다고 설치길래 내가 그랬지. 먼 놈의 말라비틀어진 환갑잔치냐고, 환갑잔치 할 돈 있으믄 면장님댁 소 값 갚는 데나 보태고 말여. 그랬드니 예편네가 내 말에 삐쳤는지 팽하니 들어가지 머여.”

박평래는 자랑 반 탄식 반이 섞인 목소리로 말을 하고 아낙네들을 바라본다. 바람이 차가워지기 시작하는데도 아낙네들은 뭐가 그렇게 할 말이 많은지 두런두런 속삭이고 있다.

“별일이여, 남들은 자식들이 환갑잔치 안 해준다고 눈치를 본다고 하든데, 자네는 해준다는 환갑잔치도 마다하다니.”

“환갑잔치라는 거시 상만 차린다고 대는 기 아니 잖여. 육십갑자를 산 기념으루다 옷도 한 벌씩 해줘야 하는데 그 돈이 짝은 돈은 아니잖여.”

박평래는 은근히 자식들이 새 옷도 해준다는 점을 자랑했다.

“이 사람 보게 제 증신이 아니구머. 아! 우리 나이에 은제 옷 한 벌 입어 입나. 인제 옷 은어 입을 기회라고는 죽어서 삼베 옷 한 벌 벾에 읎어. 이런 기회라도 놓치지 않고 옷 한 벌 은어 입어야 장날 장 보러 갈 때도 때깔이 나는 벱여.”

“그건 팔봉이 애비 말이 맞는 말이여……암만! 맞고 맞는 말이여.”

순배 영감은 죽은 자식 형제의 얼굴이 떠올랐다. 그놈들이 장가도 못 가고 이승을 하직 할 줄 알았다면 모르는 척 하고 환갑상을 받았어야 했다. 필요 읎다. 전생에 지은 죄가 많아서 니 어머를 젊은 청춘에 먼저 보내고 혼자 사는 홀애비가 먼 낯짝으로 환갑상을 받겄냐. 니들이 정 고집을 피운다믄 난 그날 읍내로 나가든, 비봉산으로 올라가 있든 집에 읎을 팅께 알아서 혀라. 형제가 환갑잔치를 해 주겄다고 번갈아 가면서 애원을 했지만 기어코 거절했던 것이 묵직한 슬픔으로 밀려왔다. 목이 메는 것 같아서 말을 끊었다가 두 눈을 부릅뜨고 둥구나무를 바라본다.

“내 생각도 두 분 생각하고 가텨유. 태수가 환갑잔치를 해 줄 능력이 있응께 해 주겠다고 하믄 못이기는 척하고 가만히 계시는 것도 안 좋은 일 가텨유. 돈이 펑펑 남아돌아가서 환갑잔치를 해주겠다고 하는 것도 아닌데……"

장기팔은 편지 한 장 없는 시훈이 형제 얼굴이 떠올랐다. 환갑잔치는 커녕 신 김치에 물 말아 먹는 밥이라도 겸상을 한번 해 봤으면 소원이 없을 것 같았다. 아무리 무소식이 희소식이라고 하지만, 죽었는지 살았는지 편지 한 장 없는 것이 못내 불안하기만 해서 밤이 되면 어둠이 고래심줄처럼 질기기만 하다.

"자네는 안직도 자식을 한테 편지 한 장 읎능 겨? 서울 워디서 봤다는 소문도 읎고?"

장기팔의 얼굴이 갑자기 어두워지고 있는 것을 느낀 순배 영감이 바튼 기침을 해대며 물었다.

"차라리 죽었다는 소식이라도 들었으믄 들 애가 탈규. 워티게 생겨 처먹은 놈들이 어릴 때는 안 그랬는데 서울 가서 완전히 딴 사람이 되기로 작정이라도 한것츠름 안직까지 함흥차사유. 즈덜이 돈 못 벌어왔다고 머라고 할 부모가 있는 것도 아니고, 공사판에서 일을 하다 다리가 팔을 못 쓰는 병신이 됐다고 해도 받아주지 않을 부모도 아닌데……"

"먼 일이 있겄지. 너무 재수 읎는 생각만 하지 말고 존 생각만 하고 있어. 우리 팔봉이도 서울 간지 오 년이 넘었지만 안직도 그냥 그렇게 살고 있어. 서울이라는데도 원체 똑똑한 사람들이 많이 사는 곳이라서 촌놈들은 자리를 잡을라믄 및 십 년이 걸린다능겨."

변쌍출은 남모르게 한숨이 나왔다. 전쟁이 끝나던 해에 서울로 올라간 팔봉이는 안직도 성냥공장에 다닌다. 인천에만 백 개가 넘는다는 성냉공장 기술자 월급은 돈이 정기적으로 한 달에 한 번 나온다는 것뿐이지 벌이는 서울역 지게꾼보다 시원찮은 모양이다.

"그람 촌에서 올라간 사람들은 평생 그렇고 그렇게 사는 수뱊에 읎다는 거여?"

"아뉴. 장사를 하믄 돈을 벌 수 있슈."

"장사를 할라믄 그 머여. 밑천이라는 것이 있어야 하잖여."

변쌍출은 순배 영감의 말에 대답을 하지 않고 둥구나무 가지를 멀거니 쳐다본다. 그 말은 팔봉이한테도 물었던 말이다.

"걱정 마셔유. 시방도 월급을 타면 끼니를 굶는 한이 있드래도 한 달에 천 환씩은 저금을 하고 있응게, 및 년만 고생하면 변두리에 쌀가게 하나는 읃을 수 있을뀨."

팔봉이 놈은 큰소리를 치고 있지만 부모가 걱정을 하고 있을 것 같으니까 안심시키기 위한 변명에 불과한 것 같았다. 뭔가 대책을 세워줘야 하는데 먹고사는 것도 힘든 판국에 자식 뒷바라지는 꿈도 꾸지 못하는 형편이라서 팔봉이를 생각하면 한숨 밖에 나지 않는다.

"요새 부면장은 영동에 살림을 차렸담서유?"

장기팔이 자꾸만 떠오르는 자식 형제의 얼굴을 지워버리려고 화제를 돌렸다.

"영동에다 집을 한 채 샀잖유. 영산동 쪽에 샀는데 옛날 일본 사람들이 살던 집이라 그른지 군수 사택 못지않고 크고 깨끗하드만유. 그 머셔 방이 네 칸짜리에다 식모방이 따로 있고, 목간하는 방도 있드만유. 뜨신 물을 삼나무로 맨든 통에다 붓고 목간을 한다고 하드만유. 그것뿐이 아뉴. 마당이 운동장처럼 넓은데 앵두나무며 소나무에 벗나무도 있드라구유."

　잠자코 앉아 있던 박평래가 마치 자기 집이라도 되는 것처럼 자랑스럽게 말했다.

　"그람 학산 들례가 살고 있는 집은 팔아 치웠는감?"

　"위원장님이 머가 답답해서 학산 집을 팔아유. 다 갖고 있으믄 돈이 되는 건데……"

　"하긴, 들례가 있응께 팔아치우지는 못하겠지."

　순배 영감이 대충 짐작이 간다는 얼굴로 말했다.

　"소식이 깜깜이시구먼. 들례 내보낸 지가 언진데유. 작년 십이월 초에 내보냈슈. 명색이 국회의원 선거에 나오실 분이 들례 같은 여자 땜시 안 좋은 소리가 나오면 곤란하잖유."

　"들례는 곱게 나갔댜?"

　순배 영감이 다시 물었다."

　"시방 먼 뜻으로 묻는 말유?"

　박평래는 자기 집 마당을 바라본다. 사랑방으로 들어갔던 청산댁이 안방으로 다시 들어간다. 화가 아직 안 풀린 모양이라고 생각하며 이해할 수 없다는 표정으로 반문했다.

　"들리는 소문에 위하면 들례 그것이 보통은 넘는다고 해서 묻는 말이 졌지. 형님 지 말이 맞쥬?"

　"내가 알기루는 들례가 학산에 발붙이고 산지가 십 년은 넘는 것으로 알고 있구먼. 헌데 직접 얼굴을 본 적은 한 번도 없어. 그란데 이발소 같은데서 행세깨나 하는 사람들이 주고받는 말을 들어 보믄, 들례가 한 브씩 신들린 여자츠름 눈빛이 돌아간다고 하드만. 하나를 알믄 열을 안다고, 그래서 묻는 말여."

"별걱정을 다 하시고 계시느만. 지까짓 것이 나가라고 하믄 나가야지. 옛날 부면장님 때는 심이 들었을지 모르지만 시방은 경찰서장도 위원장님 앞에서 설설 기는 판인데 문제 될 거시 머가 있겄슈."

"자네가 그걸 워치게 아능 겨?"

변쌍출이 상상외란 얼굴로 물었다.

"내 눈으로 봤응께 알지. 집을 사서 도배를 새로 쏵 한 다음에 집들이를 했잖여. 모산에서는 큰마님하고 작은마님이 올라가고, 옥천에 있는 중핵교 선생이며 영동 군청 댕기는 사위들이 죄다 모였드만. 난 잘 몰랐는데 학산면 사무소에서 소사질을 하는 김생수는 영동군 유지들을 죄다 알고 있드라구. 영동경찰서장님이야 정복을 입고 오셨응께 난도 짐작은 했지만, 군수님, 세무서장님, 농협조합장님, 연초조합장님, 소방서장님……좌우지간 영동에서 난다 긴다 하시는 분들은 죄다 모였다믄 더 이상 말이 필요 읎는 거지. 좌우지간 대궐처럼 넓은 집이 콩나물 시루처럼 꽉 찼다니께."

"그렇게 대단하신 분이 됐다믄 앞으로 태수 애비도 영동으로 이사 가야 하는 거 아녀?"

"지야, 면장님이 여기 계싱께 면장님을 뫼셔야주. 영동에는 사무실 직원들도 있고, 난중에는 식모도 구할 작정이래유. 요새는 영동에서 젤 큰 한정식집을 정해 놓고 하루 세 끼를 거기서 드신다고 하드만유. 그란데 저도 그 집에서 음식을 한 번 먹어 봤슈. 좌우지간 겅거니 수가 백 가지는 못돼도 서른 가지는 넘는 거 같드라구유. 내가 이 나이 살도록 쇠갈비라는 걸 그 집에서 첨 먹어 봤슈. 생일상도 아니고 환갑상도 아니고 밥상에 겅거니로 쇠갈비가 올라온다믄 겁나게 비쌀꺄. 내 모르긴 몰라도 한 상에 쌀 한 말 값 이상은 넘을 거 같든데……"

박평래는 말을 하면 할수록 흥이 난다는 얼굴로 입맛을 쩍쩍 다셔가며 말했다.

"좌우지간 부면장님이 국회의원에 당선이 되믄 잔치 벌일 집은 태수애비네 집 벢에 읎겄구면."

순배 영감은 박평래가 흥이 날수록 기분이 쓸쓸했다. 세상이 어떻게 돌아가는지 알 수는 없지만 이복만의 손자인 이동하가 국회의원이 된다면 그때는 지금보다 세상 살맛이 없을 것 같았다.

김춘섭은 본격적인 농사철로 접어들어서 나무 장사는 당분간 접었다. 그 대신 학산 배 목수한테 연락을 해서 일이 있으면 뒷모도로 불러달라고 부탁을 해 놨다. 하지만 좀처럼 연락이 오지 않았다. 이제나 연락이 오나, 저제나 연락이 오나 학산에 볼일 보러 갔다가 오는 사람이 있을 때마다 배 목수의 안부를 물었다. 돌아오는 대답은 배 목수를 만나긴 했는데 별다른 말이 없다는 반응뿐이었다.

장작 장사나 목수 뒷모도를 나가지 않으니까 농사를 짓는 수밖에 없었다. 농사가 많은 것도 아니다. 이병호한테 도지로 얻은 샘골 진논 서마지기가 전부다. 그러나 바쁘기는 열 마지기를 짓고 있는 박태수와 별로 다를 것이 없어서 새벽부터 일어나 일을 했다.

오늘도 컴컴한 새벽에 일어나서 장작을 지고 학산으로 향하는 대신 뒷간 구석에 모아둔 재를 바지게로 져냈다.

안개가 걷히고 들판이 내린 이슬이 바짓가랑이를 축축하게 적실 즈음에는 또랑으로 가서 세수를 하고 머리까지 감았다. 삼베 수건으로 젖은 머리카락을 털어내고 있는데 박태수가 똥장군 지게를 지고 오는 모습이 보인다.

"오늘 및 시까지라고 했남?"

박태수는 지게에서 똥장군을 내려서 들고 고무신을 신은채로 첨벙거리며 또랑 안으로 들어갔다. 지푸라기를 뚤뚤 만 것으로 똥장군을 씻으며 지나가는 말로 물었다.

"열 시에 출발한다고 하지 않았남?"

"해필이믄 이렇게 바쁜데 연설회를 한다고 지랄들이댜. 똑똑한 놈 뽑는다고 세상이 바뀌는 것도 아닌데 말여."

박태수는 하늘을 본다. 하늘은 흐리지만 바람은 선선하다. 바람이 선선한 걸 보니 오늘 날씨는 좋을 것 같다. 이런 날은 고추밭에 재를 뿌리기 딱 좋은 날씨다.

"내 말이 바로 그 말여. 국회의원……아니지 올게는 그 머셔 민의원이라고 하드만. 민의원 후보들 연설하는 거 들으러 영동까지 나가믄 한나절 다 허비해 버릴 거 아녀."

"한나절이 머여. 연설 끝나고 즘심을 먹는다잖여. 즘심만 먹어? 술 한잔씩 할티지. 그라다 보믄 오늘 하루는 공치는 거지 머."

박태수는 똥장군을 자갈밭에 옮겨 놓고 세수를 했다. 김춘섭처럼 아침을 먹고 열 시쯤에 영동 나갈 것을 대비해서 머리까지 감은 후에 밖으로 나갔다.

"엇지녁에도 구장을 만났는데 선거를 해보나 마나 부면장님이 당선되는 건 확실하다고 하든데. 요새 나무 장사도 안 하는데 사정은 괜찮은

게비네. 집이서도 파랑새를 피우는 걸 봉께."

김춘섭은 자갈밭에 앉아서 박태수가 나오길 기다렸다. 박태수가 주머니에서 파랑새 꺼내는 것을 바라보며 말했다.

"봉초 피운다고 보리밥 먹을 거 쌀밥 먹고, 파랑새 핀다고 쌀밥 먹을 거 보리밥 먹는 거 아니잖여. 마누라야 지랄을 하든 말든 봉초는 더 이상 안 필 참여. 사람이 살면 얼매나 오래 산다고 담배도 지 맘대로 못 피운단능기 말이나 되능 겨."

"상규어머도 승질 많이 좋아졌구먼. 어지간해서는 양보 할 사람이 아닌데, 그라고 말여. 우리가 꼭 읍내에 나가지 않아도 민의원 자리는 차지한 거나 마찬가지 아녀?"

"그것도 아닝개벼, 난도 자유당 공천을 받았응께 민의원 자리는 차려 놓은 밥상이나 마찬가지라고 생각했었거든. 근데 민주당으로 나온 윤상배라는 사람은 돈이 엄청나게 많은 사람이댜. 게다가 영동 읍내 사람이라잖여."

"누가 그른 말을 하는데?"

"아부지가 어지 면장 댁 큰마님이 걱정하는 말을 들었댜."

"하긴, 읍내 사람들 콧대가 여간 쎈 거시 아니지. 중핵교에 댕기는 쪼맨한 것들도 면소재지에서 나오는 학생을 보믄 텃세를 부린다고 괜히 밑 대씩 쥐어 박는다잖여."

"어른들이 그랗게 자라나는 아들이 멀 보고 배우겄어."

"당연히 학산 촌구석 사람이 민의원 되는 것 보담은 읍내 사람 되는 걸 원하겄지. 하지만 영동군이 십 개 면이잖여. 그랗게 치자믄 면 사람들이 더 많겄지?"

김춘섭은 봉초를 입에 물고 일어섰다. 오늘 철용이를 서울로 보내는 날이다. 황인술한테 광일이가 근무하는 전당포사장한테 말을 해서 취직 자리 좀 알아봐 달라고 몇 번이나 부탁을 했다. 그때마다, 이 사람은 참! 샴가에서 숭능을 찾아도 어느 분수가 있지. 서울이라는 디가 생각츠름 그렇게 만만한 데가 아녀. 광일이가 시방 알아보고 있다고 했응게 쫌만 지달려 봐. 금명간 좋은 소식이 있을지도 모릉게, 라고 맹꽁이처럼 같은 말만 되풀이 할 뿐 이렇다 할 대답이 없었다. 그래서 기다리다 못해 배 목수한테 부탁을 해서 영등포에 있는 철공소에 취직을 하기로 했다. 월 급은 없고 기술을 배우는 조건이지만 그런 자리도 흔치 않다는 생각에 오늘 서울로 올려 보내기로 했다. 하지만 막상 오늘 서울을 보낸다고 생 각하니까 기분이 묘했다. 애비가 못나서 이제 겨우 열다섯 살 먹은 자식 을 서울로 보내는 것 같아서 기분이 찹찹하다.

"솔직히 우리찌리 하는 말이지만 부면장이 머가 답답해서 우리 동리 사람들을 죄다 읍내까지 출동을 시키겠어. 그것도 공짜여? 돈 들어서 트 럭 대절 시켜, 즘심 사줘. 오랜만에 읍내 나가는 사람들이 즘심만 은어 먹고 그냥 올라고 하겄어. 구장한테 쫄라서 쇠주라도 한 잔씩 하자고 하 겄지. 하나부터 열까지 죄다 돈인데도 불구하고 우리들을 출동시킬 때 야 머가 캥기는 것이 있겄지."

"하긴 그려. 원래 있는 놈들이 더 야박한 법이잖여."

"돈 많은 사람 욕할 필요도 읎어. 억울하믄 출세하면 되능게."

박태수는 나무를 팔러 갈 때처럼 김춘섭과 보조를 맞추며 걸었다. 자 갈밭을 지나서 풀밭을 지나 방천 위로 올라갔다. 둥구나무 밑에 몇몇이 나와 앉아 있는 모습이 보인다.

"오늘 십 개 면 사람들이 죄다 영동으로 모이면, 영동이 들썩들썩하겠구먼. 그라고 봉께 오늘이 영동 장날이잖여."

"4일하고 9일이 영동장날인데, 오늘이 24일 잉께 장날이지. 장 볼일이라도 있능 개비지?"

"학산장 볼일도 읎는 사람이 영동장은 개뿔……"

김춘섭은 쓸쓸하게 웃으며 마을 어귀로 들어섰다. 해룡네가 그릇을 들고 밖으로 나오는 모습이 보인다. 문득 해장 한잔 하고 싶은 생각이 들었다. 그러나 이내 생각을 지워버리고 둥구나무를 바라본다. 순배 영감과 변쌍출하고 오씨가 너럭바위에 앉아 있다.

"오늘 열 시라고 항 겨? 열한 시라고 항 겨?"

너럭바위에 앉아 있던 오씨가 일어서며 김춘섭과 박태수가 가까이 오길 기다렸다는 얼굴로 물었다.

"왜유? 밤새 시간이 바뀐 규? 내가 알기루는 열 시까지 요 앞으로 모이라는 걸로 알고 있는데?"

"난도, 이 자리에 앉아서 구장이 하는 말을 똑똑히 들었는데 창세 저 놈이 자꾸 열한 시라고 우기잖여."

순배 영감은 한심하다는 얼굴로 오씨를 바라볼 뿐 말이 없었다. 변쌍출이 곰방대로 오씨를 가리키며 눈을 찡그렸다.

"그람 이따 봐유."

박태수나 김춘섭은 둥구나무 거리가 마당이나 다름없었다. 박태수는 지게를 받쳐 놓고 오씨 옆으로 갔다.

김춘섭은 철용이한테 아침을 먹기 전에 당부할 말이 있었다. 순배 영감한테 마른 웃음을 지어 보이며 집 쪽으로 슬슬 걸어갔다.

"아침 다 됐슈."

정지 안에 있던 철용네는 김춘섭이 오는 인기척에 된장이 끓고 있는 투가리를 행주로 싸들고 밖으로 나왔다.

"철용이한테 아침 먹기 전에 및 마디 해 줄 참이었는데 틀렸구먼. 철용이는 워딨댜?"

"밥상 앞에 앉아 있슈."

김춘섭은 헛간 기둥에 지게를 세워 놓고 방으로 들어간다.

방 가운데 있는 밥상 앞에는 철용이를 비롯해 철재, 철준이하고 막내인 영숙이가 앉아 있다. 다른 날 같았으면 잠이 덜 깬 얼굴로 눈을 비비며 앉아 있거나 꼬덕꼬덕 조는 아이도 있다. 그러나 오늘은 김춘섭을 바라보는 눈들이 모두 초롱초롱하다.

"밥 먹자."

김춘섭은 일부러 철용과 시선을 피하며 밥상 앞에 앉았다. 쌀이라고는 제사지낼 때 쓰려고 단지에 비축을 해 둔 쌀 밖에 없다. 그리고 오늘이 누구의 생일날도 아니다. 그런데도 보리와 쌀을 섞어 지은 밥그릇을 보니까 기분이 없잖다.

철용네도 기분이 맑지는 않다. 서울 가는 철용이를 주려고 특별하게 준비를 한 계란부침이며 멸치볶음, 콩자반이 든 접시를 말없이 철용이 앞으로 옮겨 놓았다.

"형은 서울 가믄 맨날 쌀밥만 먹겠네?"

온 가족이 무거운 얼굴로 밥을 먹고 있을 때였다. 둘째 철재가 계란부침을 부러운 표정으로 바라보며 철용에게 물었다.

"가봐야 알지. 안직 서울 귀경도 못한 내가 시방 워티게 알겄어."

철용은 계란 부침을 젓가락으로 잘라서 철재의 밥 위에 올려놓으며 기가 죽은 목소리로 말한다.

"그건 너나 먹어. 야들은 난중에 또 해믄 됭께."

철용네가 철재의 밥 위에 있는 계란부침 조각을 재빠르게 철용의 밥 위에 얹어 주며 철재에게 눈치를 줬다.

"서울 사람들은 맨날 달걀하고 밥 먹는다."

"누가 그라는데?"

철준이 밥을 먹다 말고 철재에게 물었다.

"우리 형 서울 간다고 항께 인자가 그러드라. 서울 사람들은 맨날 쌀밥만 먹응께, 철용이 오빠도 인제 팔자 폈다고"

"쯔쯔, 인자가 니 친구여? 너하고 같은 학년이여?"

철용네가 철재의 말에 웃어야 할지 울어야 할지 모르겠다는 얼굴로 물었다.

"인자는 이 학년이잖여. 나는 육 학년이고"

"어짜믄 너는 니 동생인 철준이보담 생각이 읎냐? 그만 지껄이고 어여 밥이나 처먹어."

철용네는 한심하다는 표정으로 철재를 흘겨보고 나서 계란부침 접시를 철용이 밥그릇 앞으로 아예 옮겨 놓았다.

저, 저 못난 놈 꼴 좀 보라지. 장에 내다파는 강아지만큼도 못한 놈이구먼.

철용네는 해가 바뀌기 전부터 보리밥이나 보리죽만 먹었다. 그런데도 철용의 굳어 있는 얼굴을 바라보고 있으니까 쌀이 섞인 밥을 먹어도 밥맛이 없다. 슬그머니 일어나서 밖으로 나갔다.

모두 아침을 먹으러 갔는지 둥구나무 거리는 비어 있다. 박태수 집 앞에서 중학교 교복바지를 입고 세수를 하는 상규의 모습이 보인다. 코끝이 짠해지면서 눈물이 핑 돌았다. 입술을 깨물며 정지 안으로 들어갔다. 아침밥을 지은 가마솥 뚜껑은 아직도 뜨끈뜨끈하다. 뚜껑을 열자 숭늉의 고소한 냄새가 풍긴다. 이놈의 자식이 서울로 가믄, 누가 이렇게 좋은 숭늉을 떠다 준댜. 밥 먹고 숭늉이나 지대로 마실 수 있는지, 하는 생각이 들면서 알맞게 끓어 갈색으로 변한 숭늉 위로 눈물이 뚝뚝 떨어진다.

아녀, 중핵교 나왔다고 죄다 잘 먹고 잘 사는 거는 아니잖여. 세상사는 거는 저 할 탓이여. 요새는 기술자가 최고라고 하잖여. 외려 일찍부텀 기술을 배우는 거이 더 빠를 수도 있어.

철용네는 치맛자락으로 눈물을 말끔히 닦았다. 그래도 행여 먼 길을 떠나는 철용의 눈에 눈물자국이 보일 것 같아서 코까지 휑 풀고 나서 숭늉그릇을 들고 방으로 들어갔다.

김춘섭은 숭늉을 마시고 여느 날처럼 방문 앞으로 자리를 옮겼다. 봉초를 말아서 입에 물고 창호지문을 물끄러미 바라본다.

학교에 갈 필요가 없는 영숙이는 밥상에서 물러나 아랫목 벽에 기대고 철용을 바라본다. 서울에 갈 철용은 윗목 벽에 기대고 앉아서 아랫목 위에 있는 벽장문을 멍한 눈빛으로 바라본다.

"오늘은 형 서울 가는 날잉께 암말도 하지 말고 그냥 가. 형한티 서울 가서 잘 있으라고 인사나 하고 가란 말여."

철용네는 안쓰러운 시선으로 철용이를 바라보다 이내 고개를 돌린다. 철재와 철준이 학교 갈 준비를 하기 위해 윗방으로 건너가는 등 뒤에 대고 말했다.

"형, 꼭 편지햐. 그람 네가 답장해 줄 팅게."

철재는 철용에게 싱긋 웃어 보이고 윗방으로 갔다.

"형, 집 걱정은 하지 말고 몸 조심햐. 알겠지?"

철준은 철재보다 어른스럽게 시무룩한 얼굴로 말했다.

"사람 사는 거는 서울이나 여기나 매한가지여. 저만 열심히 일을 하믄 얼매든지 성공을 할 수 있다, 이거여. 그랑께 니 동생들을 생각해서라도 이를 악물고 기술을 배워야 하능 겨."

철용네는 빈 그릇을 포개어 방바닥에 내려놓았다. 밥상위에 흘린 밥알이며 반찬은 빈 그릇에 따로 모았다. 뜨거운 투가리를 들고 올 때 사용한 행주로 밥상을 닦으며 철용이 아니라 김춘섭이 들으라는 얼굴로 말했다. 가장이라는 사람이 아직 머리에 피도 안 말랐을 어린 아들이 서울에 돈을 벌로 간다는데 돌부처처럼 앉아있다.

애비가 저 모냥으로 소견머리가 읎응께 자식들이 고생이지.

다른 집 가장 같았으면 자식을 눈앞에 앉혀 놓고 서울이라는 데는 이러이러한 곳이니, 정신 똑바루 차리고 살아야 한다고 당부를 할 것이다. 당부는 고사하고 철용이 얼굴이나 바라봐 줬으면 좋겠는데 담배 연기만 모락모락 피워내고 있는 모습이 얄밉기만 하다.

"내가 어린아여 그런 것도 모르게. 영숙아 큰오빠 읎는 동안 엄마하고 오빠들 말 잘 들고 있어야 햐. 그래야 오빠가 이담에 추석에 내려올 때 영숙이 꼬까옷 사 들고 오지."

"인제 나한테 글자 안 갈켜 주는 거여?"

"철재 오빠도 글자 죄다 알고 있응께 철재 오빠한티 알켜 달라고 햐."

"츠, 철재 오빠는 글씨 모른다믄서 맨날 대가리만 때리잖여."

"그럼, 철준이 한티 갈켜 달라고 혀. 철준이는 글자를 잘 읽응께."

"철준이 오빠가 나한티 글자 갈켜 줄 시간이 워딨어. 맨날 딱지치기만 하는데. 하지만 나는 엄마하고 작은오빠들 말 잘 듣고 있을 껴. 왜 그런 줄 알어?"

"왜 그라는디?"

"큰오빠가 불쌍항께."

영숙이와 철용이 주고받는 말을 등 뒤로 듣고 있던 김춘섭은 고개를 번쩍 들고 신경을 뒤로 곤두세운다.

"누가 그런 소리를 하는데?"

밥상 다리를 접고 있던 철용네가 맹랑하다는 얼굴로 영숙이를 바라봤다.

"엄마 어지께 콩 가리믄서 막 울었잖여. 느 큰오빠는 공부도 못 갈키고 돈이나 벌어오라며 서울로 보냉께 불쌍해 죽겠다고 말여."

"호적에 먹물도 안 마른 아를 데리고 앉아서 별소리를 다 쥐꼈구먼."

김춘섭이 철용이 서울 가는 마당에 이런 모습 보이면 안 된다고 생각하면서도 참을 수가 없다는 얼굴로 말했다.

"애비라는 사람이 서울까지 가는 자식을 눈앞에 두고 이릏다 할 당부의 말 한마디도 읎이 먼 산만 쳐다보고 있응께 워쨔. 나라도 한마디를 해야지."

"철용이 혼자만 서울 가는 줄 생각하는 모냥이구먼. 웬만한 집 자식들은 죄다 서울 가 있어. 그라고 서울이 머, 사람이 사는 데가 아니고 짐승들만 사는 덴가? 외려 여기 보담은 나. 서울 사는 사람은 적어도 끼니를 굶는 사람은 읎다. 걸어지도 하루 세 끼 밥은 먹고 산다는 구먼. 그라고,

우리 행편이 좋아서 상규츠름 중핵교라도 보낸다믄 서울을 왜 보냐? 행편이 안 됭게 보내는 거잖여. 그라고 누가 이렇게 살고 싶어서 이렇게 사능 겨? 부모한티 물려받은 재산하나 읎는 놈이 배운 것도 읎고 빽도 읎응께 이렇게 살 수백에 읎잖여. 그런 점은 저도 나이가 한두 살 먹은 철부지도 아닝께 다 이해 하겄지. 그라고, 아는 사람이 영판 읎는 서울 바닥도 아니잖여. 영동역에서 기차를 타고 서울역에 딱 내리믄 을지론가 하는 데 살고 있는 광일이가 서울역에서 지달린다고 했잖여. 그람 광일이가 가자는 데로 졸졸 따라서 가믄 되잖여. 오늘 밤은 광일이네 집 사장 집에서 하룻밤 신세지고, 낼은 앞으로 먹고 잘 철공소까지 직접 데리다 준다고 했잖여. 그람 그 집에서 먹고 잠서 착실히 기술이나 배우믄 됐지, 먼 걱정여. 철모르는 영숙이 혼자 서울을 보내는 것도 아니고, 옛날 같았으믄 장가라도 갈 나이에 서울 보내는데 먼 놈의 걱정이 그리 많응 겨. 에이! 이래서 암탉이 울면 집안이 망한다는 말이 생긴 겨. 마누라가 태수처 반만 되도 내가 그런 말 안 하지."

김춘섭은 철용네를 향해 돌아앉지 않았다. 한결 밝아진 창호지 문을 바라보며 스스로에게 다짐을 주고 다짐을 받는 목소리로 말하고 벌떡 일어섰다.

"꼴에 상규 아부지가 부러운개비구먼. 저릏게 매사가 엉뚱한데 심만 쏟고 있응께 남들은 다 보내는 중핵교도 못 보내지. 철용이 너는 절대로 니 아부지 닮으믄 안 된다. 서울이라는 데가……"

김춘섭은 홱 돌아서서 제멋대로 입을 놀리는 철용네에게 좀 조용히 하지 안 하겄어! 라고 버럭 고함을 지르고 싶었다. 그러나 철용이를 생각해서 입을 꾹 다물고 방문을 열었다.

자유당 만세

톡 까놓고 생각해서 우리를 영동까지 태워갈 재무시는 누가 불러 준거유?
우리 이동하 후보님이잖유.
그라고, 누가 즘심이며 술을 사준데유,
이동하 후보님뺵에 더 있슈?
딴 후보들이 탁배기 한 잔이라도 사 준다는거유?

초여름이지만 햇볕이 뜨거워서 바람이 시원했다.

나뭇잎이 어느 틈에 연초록에서 초록색으로 탈바꿈한 둥구나무 밑에는 동네 사람들이 모두 모였다. 나이가 든 순배 영감이며 변쌍출 같은 이들은 광목두루마기에 밤색이나 회색의 중절모를 쓴 차림이다. 그보다 젊은 층인 오씨 연배는 두루마기는 걸치지 않았지만 깨끗하게 빨래를 한 바지저고리를 입고 외출 때나 신는 흰 고무신에 댓님을 단정하게 맸다. 박태수나 김춘섭 또래는 염색을 한 군복이나 와이셔츠에 양복바지를 입었다. 여자들은 약속이나 한 것처럼 치마저고리를 입었는데 재질이 옥양목이거나, 검정색이거나 노랗거나 연두색 일색이다.

"자, 쪼끔 있으믄 재무시가 오기로 했응게 여기 좀 봐유……철용이 오늘 서울 가남?"

황인술은 잔기침을 하며 너럭바위 위로 올라섰다. 웅성거리던 사람들의 시선이 모으다가 철용이가 섞여 있는 것을 봤다. 갈아입을 옷을 쌌음직한 보따리를 들고 있는 철용이는 운동화에 새 옷을 입고 쭈빗하게 서 있었다. 서울에 가는 길 일거라는 생각에 살갑게 물었다.

"예……"

"걱정하지 말고 기차만 타. 서울역에서 우리 광일이가 지달린다고 했응게, 철용이 어머도 그릏게 알고 걱정 놓으셔. 자! 자! 사설은 이따 재무시를 탄 담에 하셔. 영동까지 갈라믄 빨리 가도 한 시간은 걸릴규. 차를 타고 감서 가만히 있으믄 심심할 팅게 야기는 그때 하셔. 시방은 이 쪽으로 좀 쳐다들 봐유."

황인술은 모든 사람이 들으라는 목소리로 말하고 반듯하게 서서 두 손을 흔들어 주위를 집중 시켰다.

"구장이 머라고 한다잖여. 좀 쬥이 좀 해 봐."

"그냥 재무시만 타믄 되지, 먼 할 말이 그릏게 많댜."

"젠장, 바빠 죽겄는 사람을 영동까지 데리고 감서 먼 할 말이 그릏게 많다능 겨."

"어허! 읍내까정 나가서 공짜 즘심 은어먹을라믄 구장 말을 잘 들어야 하능 겨. 그릏게 쬥히 하고 구장이 머라고 하는지 들어보자구."

사람들은 투덜거리면서도 너럭바위에 올라 서 있는 황인술을 향해 섰다. 둥구나무는 덩치가 너무 커서 벽처럼 보인다. 둥구나무를 배경으로 서 있는 황인술은 넥타이까지 맨 양복차림이다. 황인술이 넥타이를 맨 양복차림이라는 걸 새삼스럽게 확인을 한 사람들은 남녀노소를 할 것

없이 슬그머니 주변을 두리번거린다. 소매가 긴 와이셔츠만 입은 남자들은 몇몇 보이는데 낡기는 했지만 황인술처럼 정장에 넥타이까지 맨 남자는 없다. 그때서야 슬그머니 자세를 잡으며 황인술의 얼굴을 응시했다.

"여러분들이 이 자리에 모이신 이유는 다 알고 있겠쥬? 쪼끔 있으믄 우리를 태우고 영동국민핵교로 갈 재무시가 오기로 했슈. 재무시가 오기 전에 및 가지 당부의 말씀을 드릴테니 귀담아 들어주시기 바래유. 에……여러분들 중에서 그럴 리야 웂겠지만 혹시라도 착각을 하고 계시는 분들이 계실지 몰라서 노파심에 및 마디 해야겠습니다. 에……어떤 이들은 우리가 기냥 읍내 바람이나 쐬는 기분으로 가서 대충 선거연설이나 듣고, 즘심이나 한 그릇 때우러 가는 질이라고 생각을 하실 지 모르겠슈……해룡이, 너도 갈텨? 그랴, 한 사람이라도 더 가믄 좋지 머."

황인술이 인공시대의 치안대장처럼 뒷짐을 지고 연설하는 말투로 말하다가 해룡을 바라봤다. 해룡이가 추석날도 아닌데 잠뱅이에 밤색 깨끼조끼 차림으로 걸어오는 모습을 보였다. 해죽해죽 웃으며 다가온 해룡이는 둥구나무 그늘 밑으로 들어오지 않고 구경꾼처럼 멀찌감치에서 멈췄다. 해룡이를 불러서 가까이 오라고 손짓 한 후에 다시 입을 열었다.

"물론 즘심을 안 주는 거는 아뉴. 즘심뿐이 아니라 읍내에 있는 영산각에 가서 어르신들 입만 땡기는 대로 짜장면이믄 짜장! 짬뽕이믄 짬뽕! 우동이믄 우동! 맘대로 골라서 자실 수가 있슈. 거기서 끝나는 거시 아니고 비싼 탕수육도 대접 할 거유……우리 위원장님 말씀이 오늘만큼은 고향 사람들을 위해서 단단히 한턱 쓰시겠다는 말씀이 계셨응께, 여러

분들은……"

"술은 안 주남?"

머리카락에 물을 발라서 가르마를 탄 오씨가 불쑥 말했다.

"술이 왜 읎겄슈. 술도 디릴 팅게 마실 걱정은 난중에 하고 시방은 내 야기 좀 끝까지 들어 봐유. 우리는 시방 자유당 영동군 위원장님……그 러니까 기냥 옛날의 국회의원하고 급수가 같은 민의원후보 연설을 들으 러 가는 길이 아뉴……"

"시방 먼 소리를 하고 있는 거여. 시방 부면장 연설 들을라고 가는 길 아녀?"

"내가 알기로도 그렇게 알고 있는데?"

"에이, 이래서 조선말은 끝까지 들어 봐야 한다잖유. 당연히 이동하 민의원 후보 연설 들으러 가는 거지. 우리가 이 바쁜 시절에 제우 짜장 면 한 그릇 읃어 먹을라고 읍내까지 가능거유? 시방부터 여기 서 있는 구장의 말을 깊이 새겨서 들어봐유. 우리는 저 위에 있는 면장 댁의 자 제분인 이동하 민의원 후보님 선거운동원으로 가는 거시 아뉴. 왜냐! 이 동리에서 옛날의 국회의원과 같은 급수인 민의원이 나오믄 그거이 죄다 우리 동리의 자랑이고 영광이기 때문이쥬……"

"영광이 밥 멕여 주남?"

"그려, 개처름 살아도 배불리 먹고 사는 거시 최고지 머."

"참말로 헛심 빠져서 구장질 못해먹겠구먼. 제발, 여기 서 있는 구장 의 말이 끝나기 전에는 목구녕이 근질근질해도 쪼끔만 참아줘유. 내 말 은 이동하후보님이 당선이 되믄 우리 동리의 대단한 영광이기도 하지만 물질적인 혜택도 있다 이거유. 왜냐! 당장 면사무소에서 비료 배급 받을 때도 한 포라도 더 배급 받을 수 있다 이거유. 또 세금을 들 내도 들 내고, 하다못해 학산 장날에 가서 탁배기 한 잔을 마셔도 모산 사람이라고 하믄 짐치 쪼가리가 한 개가 더 나와도 더 나올뀨. 그랑께 이번 민의원 선거날에는 하늘이 두 쪽 나는 한이 있더라도 반드시 기호 일번 이동하 후보님을 찍어야 한다 이거유."

"벼룩도 낯짝이 있다는데 짜장면 한 그릇이라도 은어 먹는 사람 찍어 주는 건 당연하잖여. 그랑께 그 문제는 생략하고 당장 오늘은 워틱해야 하는지 그것부터 말해봐. 운동장에 퍼질러 앉아서 후보들이 연설하는 거 귀경만 하고 있으믄 되남?"

변쌍출이 수염하나 없는 턱을 문지르며 물었다.

"내가 알기루는 이번에 민의원 출마를 하는 사람들이 자유당하고 민주당후보만 있는 기 아니고 무소속도 및 명 나온다고 하는 걸로 알고 있구먼. 그 사람들만 연설을 하는기 아니고, 그 머여. 대통령 선거든 국회의원 선거든 도의원 선거든 그게 머여. 찬조 연설이라는 기 있드라고 그람 대 여덟 명이 연설을 할 거잖여. 오늘 날도 뜨거운데 그 많은 사람들이 연설할 동안 다 듣고 있을라믄 그것도 보통 일은 아니구먼. 구장이 이 동리 사람들은 무조건 죄다 나가야 한다고 해서 나오기는 했지만, 내 집에서 짐치에 보리밥 한 그릇 물 말아 먹는 거시 났지, 짜장면 한 그릇 은어먹을라고 그 먼 영동까지 간다는 거는 좀 그렇잖여."

"아이고, 영감님. 그른 걱정은 개털만큼도 하지 마셔유. 우리 후보님은 자유당이라서 무조건 젤 먼저 연설을 하게 되어 있슈. 순서도 찬조 연설을 하는 사람 야지리 끝난 담에 하는 거시 아녀유. 지가 알고 있기루는 젤 먼저 후보님 찬조연설을 하시는 분이 연설을 하시고, 그담에 우

305

리 이동하 후보님이 연설을 하게 되어 있슈. 그 두 분이 연설을 하시는 시간은 질어야 한 삼십 분유. 그 연설이 끝난 담에는 궁둥이 흙 털고 일어나서 영산각으로 가시믄 됩니다."

순배 영감의 말에 황인술은 두 손을 내저으며 시원스럽게 대답했다.

"그람, 딴 후보들이 가만히 있을까?"

"그려유, 자유당 지지하러 간 사람들이 죄다 궁둥이 털고 일어서믄 운동장에 찬바람만 불껴잖유. 그랑께 이왕 나선 김에 유세 끝날 때까지 앉아 있는기 도리라고 생각해유."

논도 매야지, 콩도 심어야지, 지난주에 심은 고추밭에 물도 줘야지, 열무도 심어야지, 할 일이 태산처럼 많은 상규네는 오늘 유세장에 따라나서고 싶은 생각이 손톱만큼도 없었다. 시아버지와 남편이 딴 사람은 몰라도 우리 식구는 죄다 참석을 해야 한다고 사정을 하는 통에 나선 참이다. 이왕 읍내까지 나갔으면 자유당 뿐만 아니라 민주당이며, 진보당이나 무소속으로 출마를 한 후보들의 연설을 모두 들어 주는 것이 본전 뽑는 것이라는 생각에 작심을 한 얼굴로 말했다.

"가만히 듣고 봉께 태수처 야기가 백번 맞는 말이구먼. 이왕 연설을 들으러 갔으믄 끝까지 들어 줘야지. 우리 편 아니라고 다 일어서믄 그 사람들은 연설 할 맛이 나겄어?"

장기팔이 손을 번쩍 들고 할 말이 있다는 얼굴로 황인술의 시선을 사로잡은 다음에 말했다.

"그기 문제가 아니고, 연설이라는 거시 일방적으로 한 사람 말만 들어서는 알 수가 읎는 법이잖유. 이우지에서 쌈이 나도 양쪽 사람 말을 모두 들어 봐야 어느 쪽이 잘못을 했는지 알 수 있는 거 하고 똑같은 이치라 이거유. 그랑께……"

박태수가 못마땅한 눈빛으로 상규네를 바라보고 있을 때였다. 박태수 옆에 서 있던 김춘섭이 상규네 편을 들고 나섰다.

"자! 자! 춘섭이는 잠깐 말을 끊고 내 말 좀 들어봐. 그리고 딴 사람들도 안 바쁘면 돈 달란 말 안할 팅께 여기 서 있는 구장 낯짝 좀 쳐다 봐유. 우신, 우리가 시방 한가하게 다른 후보 연설 듣자고 비싼 돈 주고 재무시 대절해서 가는 거는 분명히 아니라는 점을 밝혀 둡니다. 그릏다고 양심에 걸리는 문제도 아뉴. 톡 까놓고 생각해서 우리를 영동까지 태워 갈 재무시는 누가 불러 준거유? 우리 이동하 후보님이잖어. 그리고, 누가 즘심이며 술을 사준데유, 이동하 후보님벢에 더 있슈? 딴 후보들이 탁배기 한 잔이라도 사 준다는거유? 또 있슈. 부면장님이 민의원으로 당선이 되셔야 우리 동리가 발전이 되는데 도움이 된다 이거유. 똑 깨놓고 야기해서 시방 내 코가 석잔데 비싼 채비 들여서 영동까지 나가서 남 사정 들어 줄 여유가 있냐 이거유. 그리고……"

황인술은 자식들 좋은 데로 취직이라도 시킬 수 있고, 라는 말은 속보이는 말 같아서 하지 않았다. 이미 이동하를 만나서 민의원에 당선이 되든 안 되든 서울 전당포에 가 있는 광일이를 면사무소 임시직원으로 취직시켜 주기로 약속했다. 그런 소문이 나면 너도 나도 이동하에게 취직을 부탁할 것이고, 광일이 면사무소에 취직하는 것도 물 건너 갈 것이라는 계산에서였다.

"구장 말 듣고 봉께 일리가 있구먼. 그려, 팔은 안으로 굽는다는 말이 있잖여. 암만해도 부면장님이 민의원이 되시믄 머가 틀려도 틀릴 겨."

"정월에 농협조합에서 농자금도 다른 동리보담 많이 줄란가?"

순배 영감의 말이 끝나자마자 해룡네가 혼잣말로 중얼거렸다.

"언지부텀 해룡네가 농자금 받응겨. 내가 알기루는 농협조합에 농사꾼으로 등록이 되어 있는 사람만, 그것도 쥐뿔만큼 나오는 걸로 알고 있는데?"

"허! 척하믄 삼척이지. 농자금이 많아 나와야 해룡네 장사가 잘 될 거 아녀. 외상으로 마실 것도 이왕이믄 현찰 주고 마시고 말여."

"자! 자! 사견은 일절로 끝내주시고 재무시가 올 시간이 다 됐응께 내 말 좀 들어봐유."

"거기 가서 연설만 들으믄 되는 거 아녀?"

변쌍출이 곰방대에 담배를 쑤셔 넣다 말고 통명스럽게 물었다.

"별거 아뉴. 부면장님 찬조연설 할 때 손바닥이 아프도록 박수를 쳐주믄 되유."

"츰부터 연설 끝날 때까지 박수를 쳐주믄 딴 동리 사람들이 우리를 이상한 눈으로 쳐다 볼낀데."

"창세 형님! 그걸 말이라고 하는 거유?"

"그람 언지 박수를 쳐주믄 되는 거여?"

"거기 가면 전문적으로 박수를 유도하는 사람이 대기하고 있슈. 그 사람이 옳소! 하고 괌을 지름서 박수를 치믄 무조건 따라서 치믄 되는 거유. 그라고 부면장님, 아니 위원장님이 연설을 하실 때도 옳소! 옳소! 맞아유! 자유당만세! 이동하 후보님 만세! 하고 목이 쉬도록 박수를 치고 만세를 불러야 해유. 그래야 민주당 사람들도 위원장님 연설이 맞다는 걸 알고 얼떨결에 박수를 쳐줄거잖유. 이를테믄 학산장날 약장사가 타령을 할 때도 추임새를 넣어 줘야, 약장사가 흥이 나서 울고 넘는 박달

재만 부르고 끝날 것을 황성옛터까지 덤으로 불러주는 이치하고 가튜.
그런 의미에서 연습 및 번 해 봅시다."

"연습은 멀."

"만세야 해룡이도 할 줄 아는데 멀."

"츠, 연습 할 거이 따로 있지. 남부끄럽게 만세 연습은 멀······

황인술의 말에 여기저기서 쑥스럽다는 얼굴로 한마디씩 했다.

"그래두 연습은 하고 가시는 거 하고, 기냥 암 생각 읎이 가시는 거
하고 천지 차이유. 별로 어려운 것도 아닝게 한븐 연습해 봅시다. 자! 자
유당 만세!"

황인술이 숨을 힘껏 들이마셨다가 길게 내 뿜고 나서 두 손을 번쩍
들어 보였다. 몇몇이 자신도 모르게 손을 엉거주춤 들다가 싱겁게 내린
다.

"내 이럴 줄 알았다니게. 다 내 맘 같은 줄 알고 연습 안 하고 갔으면
모산 구장 흐지부지한 놈이라고 개망신 당할 뻔 했구먼. 딴 동리 사람들
이 모산 사람들은 죄다 병든 달구새끼만 동원시켰능개비라고 쑥덕거렸
을 거 아녀. 이렇게 맥아리가 읎어서 이따가 만세가 나오겄냐 이거유."

"어허! 구장은 먼 말을 그릏게 험하게 한댜. 츰에는 멋도 모르고 있었
지만 새로 하믄 잘 할 팅게 어여 먼첨 시작 해 봐."

박평래는 이병호집에 갈 시간이 됐다는 걸 알았다. 황인술을 나무라
기보다 동내사람들이 들으라는 목소리로 말하고 이병호 집 방향으로 바
쁘게 올라가기 시작했다.

"자! 그럼 요번에는 둥구나무 가지가 들썩 거릴 정도로 크게 해 봐유.
자! 자유당 만세!"

이번에는 절반 이상이 손을 들어 보이기는 했지만 만세라는 소리는 입 안에서 맴돌 뿐 밖으로 나오지 않았다.

"허허! 참말로 큰일났구먼. 내가 들어 볼 때 창세 형님 목소리 뻑에 안 들리는구먼. 거기 태수하고 춘셉이 말여. 나이도 젊은 사람들이 왜 그렇게 맥아리가 읎는 겨? 자, 다시 한 번 젖 먹든 힘까지 다 내서 만세를 불러 봐유. 자유당 마안세!"

"자유당 만세!"

"자유당 만세!"

"자유당 만세!"

황인술은 지금까지와 다르게 있는 힘을 다하여 발악을 하듯 두 손을 번쩍 치켜드는 사이에 와이셔츠 단추 하나가 도망가는 줄을 몰랐다. 하지만 효과는 있었다. 황인술의 만세 소리가 비봉산으로 메아리를 치기도 전에 둥구나무 가지가 들썩 거릴 정도로 우렁찬 만세 소리가 터져 나왔다.

"참 잘했슈. 이븐에는 이동하 만세! 만만세!"

"이동하 만세!"

"이동하 만만세!"

"진짜로 잘했슈. 인자 금방 재무시가 올 팅게 그동안 좀 쉬셔유."

황인술은 면장 댁 골목에서 박평래가 무언가 들어 있는 종이박스를 들고 오는 모습을 보고 너럭바위에서 내려왔다.

"저 사람들이 뉘여?"

검정색 치마에 흰색 저고리를 입은 아낙네가 면장 댁 골목을 바라보며 중얼거렸다.

"이따 짜장면 먹을 생각항께 증신이 워티게 된 거 아녀. 상규 할아부지 츰봐?"

"아니. 상규 할아부지 뒤에 따라오는 여자들 말여."

"가만있어 봐. 옥천댁하고 승철이 고무들 이잖여."

"맞구먼, 뚱뚱한 아가 옥천에서 중핵교 선생하고 산다는 천순이고, 그 뒤에 바짝 마른 이가 영동 사는 여순이 아녀. 즈 오빠 선거운동 한다고 엇지녁에 왔다가 하룻밤 지고 시방 나오는 질잉개벼."

젊은 아낙네들이 하는 말을 듣고 있던 날망집이 토를 달았다.

"자, 수고들 많쥬. 부면장님이 영동까지 기냥 오시는 거이 심심하다고 담배 한 갑씩 돌리라고 해서 갖고 왔슈. 아줌마들은 담배를 안 핑께, 사탕 한 봉지씩 나눠 드릴 팅게 받아가유."

박평래가 너럭바위 위에 종이박스를 내려놓았다. 한 갑에 백 환씩 하는 사슴담배를 꺼내 들고 흔들어 보였다.

"저거, 사슴 담배 아녀?"

"오늘 봉 잡았구먼."

"히히, 이왕이믄 돈으로 주지. 암만 먹어도 배가 안 부른 담배를 주믄 뭐 한댜."

남정네들이 우르르 너럭바위로 몰려들었다. 황인술이 재빠르게 박스 앞으로 가서 줄을 서서 차례로 받아 가라고 말했다.

"수고들 많으시네유."

"요새 한참 바쁘실텐데……"

마치 이병호 환갑잔치라도 하듯 똑같이 옥색 한복을 입은 여순과 천순이 사람들 사이를 다니면서 인사를 하기 시작했다.

"이건 또 머여?"

"보믄 몰라, 어깨띠 잖여."

"아니, 이걸 왜 주냐 이거여."

"허! 그기 바로 식권여. 그걸 어깨에 두르고 있어야 밥하고 술을 공짜로 주는 거여."

"내 참, 남부끄럽게 이기 머여. 즘심 안 은어 먹고 말지……"

"그려, 사람들이 우리만 쳐다 보믄 쪽팔리잖여."

"그때는 미친 척하고 먼 산 쳐다보고 있지 멀."

박평래는 담배만 주는 것이 아니라 어깨띠도 하나씩 건네주었다. 옥양목을 잘라 만든 어깨띠에는 <기호 1번 이동하> <영동발전의 풍운아 이동하>라는 글씨가 써져 있었다. 사람들은 그것이 어깨띠 인줄 알면서도 쑥스럽다는 얼굴로 한마디씩 했다.

"나……오셨구만유."

박태수는 한복을 곱게 차려 입은 옥천댁을 보는 순간 버스를 같이 탔던 기억이 떠올라서 얼굴이 화끈거렸다. 옥천댁의 손을 잡고 있는 승우에게 시선을 내렸다. 승우는 검고 맑은 눈빛으로 옥천댁이 잡고 있는 손을 빼고 인숙이가 있는 곳으로 걸어간다.

"네……승우 아부지가 오늘은 꼭 나와야 한다고 혀서."

옥천댁도 같이 버스를 타고 영동까지 갔던 때가 생각이 나서 얼굴을 붉히며 인사를 하고 승우를 찾는다. 승우는 상규네 앞에 있는 인숙이 앞으로 가고 있다.

"그람, 난중에 봐유."

"그렇지 않아도 바쁘실텐데……"

박태수가 황망한 얼굴로 돌아서서 옥천댁도 승우가 있는 곳으로 걸어 갔다.

"나, 영동 갈 껴."

"난도 엄마하고 영동 가는데……"

"나는 큰 차 타고 가는데 너는 뭐 타고 가능 겨?"

"큰 차?"

"응. 이만큼 큰 차."

인숙과 승우는 어제도 온종일 같이 놀았으면서도 오랜만에 만난 사이처럼 정겹게 말을 주고받는다.

"엄마, 우리도 큰 차 타고 영동 가능 겨?"

승우가 옥천댁의 치마를 잡으며 묻는다."

"그려, 이따 차가 올 모냥잉게 그거 타고 가자. 요새 엄청 바쁠낀 데……"

옥천댁은 승우가 묻는 말에 대답을 하고 상규네에게 말을 건다. 깨끗하게 빨아서 다림질을 한 무명치마저고리를 입고 있는 상규네의 얼굴은 볕에 그을려 갈색이다.

"바쁘기는유. 암만 바빠도 오늘 같은 날은 참석을 해야쥬. 야, 아부지도 딴 사람들은 몰라도 우리식구들은 먼 일이 있드래도 꼭 참석을 해야 한다고 및 번이나 당부를 하드만유."

상규네는 자신도 모르게 상전을 대하는 얼굴로 허리를 숙여 가볍게 인사를 했다.

"상규 할아부지가 원체 신경을 많이 써 주싱께 매냥 고맙지 뭐유."

옥천댁은 다른 곳으로 자리를 옮기고 싶었다. 하지만 승우가 자석에라도 이끌리는 것처럼 인숙이에게 바짝 붙어서 재잘거리고 있는 통에 서 있을 수밖에 없었다. 상규네에게 등을 지고 돌아서서 서 있는 사람들을 가만히 바라봤다.

여순과 천순은 자신들이 민의원 후보로 나서기나 한 것처럼, 남정네들이든 아낙네를 가리지 않고 불쑥불쑥 손을 내밀어 상대방의 손을 잡고 잘 부탁한다는 인사를 하고 다닌다. 박태수는 남정네들 틈에 섞여서 담배를 피우고 있다. 들판처럼 넓어 보이는 등을 계속 바라보고 있으면 박태수가 얼굴을 돌릴지 모른다는 생각에 슬그머니 방천길을 향해 뒤돌아섰다. 모를 일찍 심은 논은 땅내를 맡아서 짙푸른 색이고, 늦게 심은 논은 아직 땅내를 맡지 않아서 연초색으로 바람에 조용히 흔들리고 있다.

멀리 방천길에 검은색 시발차를 앞세운 재무시 두 대가 뽀얀 먼지를 꼬리에 달고 오는 것이 보였다. 옥천댁은 손수건을 쥐고 있던 손에 땀이 촉촉하게 배어있는 것을 느끼며 둥구나무를 향해 돌아섰다.

"저기 재무시 오는구먼."

"저 앞이 오는 건 시발차 같은디?"

"시발차야 가족들 타고 가는 차겠지. 우린 재무시 신세고."

"난생 첨으로 재무시 타고 읍내 가게 생겼구먼."

"이게 죄다 부면장님 덕분이여."

"자! 자! 줄을 서유, 줄을 서야 여기 있는 사람들이 죄가 재무시를 탈수 있슈. 남자는 이짝 줄에 서고, 아줌마들은 이짝 줄에 서유."

황인술은 마냥 신이 났다. 너럭바위에 올라서서 흥분한 얼굴로 웅성거리며 서 있는 동네 사람들을 향해 손뼉을 두들겨 보였다.

시발차가 먼저 둥구나무 거리 안으로 들어섰다. 동네 사람들은 누가 먼저라고 할 것도 없이 일제히 뒤로 물러섰다. 시발차는 재무시가 둥구나무 거리 안으로 들어 설 수 있도록 공간을 확보 했다. 재무시가 둥구나무 거리 안으로 들어선 다음에 후진을 했다가 방향을 바꾸어 방천 쪽을 향해서 멈췄다.

"저기, 지프차라는 거여?"

"무식하기는 시발차라는 거여. 저 앞이 써 있잖여 시발이라고 말여."

"우리 동리 생기고 나서 차가 석 대씩이나 둥구나무 거리에 들어 온 거는 츰이구먼."

"민의원 자리가 참말로 대단하기는 대단한 모냥여. 내 평생 우리 동리에 발통 네 개 달린 차가 한 대도 아니고 석 대씩이나 들어오게 될 줄은 참말로 몰랐구먼. 근대 대관절 이 차 한 대가 얼매씩이라능 겨?"

동네 사람들은 재무시는 거들떠보지도 않고 시발차를 두 겹 세 겹으로 에워쌌다. 차를 만져 보기도 하고 앉아서 밑바닥이 어떻게 생겼는지 모는 사람이 있는가 하면, 창문 유리 안으로 내부를 살펴보는 사람도 있었다. 시발차 운전사는 조수석 쪽의 문을 열고 자랑스럽게 서 있었다.

"내가 알기루는 쌀 이백 가마니는 넘게 준 걸로 알고 있구먼."

박평래가 뒷짐을 지고 마치 자신의 차라도 되는 것처럼 자랑스럽게 말했다.

"으메! 쌀 스무 가마니도 아니고 이백 가마니라면……

"이……이백 가마니라면 대관절 돈으로 을매라는 겨?"

아낙네들은 박평래의 말에 딱 벌어진 입을 다물 줄 몰랐다. 남정네들도 두 눈을 동그랗게 뜨고 박평래를 바라보던 시선을 운전수에게 옮겼다.

"운전수 양반 참말로 이 차가 그릏게 비싸데유?"

변쌍출이 믿어지지 않는다는 얼굴로 운전수에게 물었다.

"더 줬으면 더 줬지. 들 주지는 않았을 껴."

운전사는 여순과 천순이가 차에 올라타는 동안 문을 잡고 서서 자랑스럽게 말했다. 운전사의 말은 사실이었다. 처음 만든 차라는 뜻에서 시발(始發)차라는 이름을 붙인 시발차는 1955년 처음 최무성, 혜성, 순성 삼 형제가 만들었을 때만 해도 가격이 8만 환이었다. 그러나 국산차라는 점 때문에 구입하려는 사람들이 별로 없었다. 그러던 것이 1955년 10월 광복 10주년을 기념하여 경복궁에서 열린 산업박람회 때 최무성이 시발차를 출품하고 나서 상황이 달라졌다. 시발차가 최우수 상품으로 선정이 되면서 이승만 대통령으로부터 대통령상을 받았다. 그 사실이 신문에 대문짝만하게 보도되고 나서 사정이 달라졌다. 을지로 입구에 있던 천막 공장에는 시발차를 사려는 고객들이 문전성시를 이루었다. 8만 환짜리 시발차는 하루아침에 30만 환으로 몇 배나 올랐어도 없어도 못 팔 지경이 되었다.

대당 30만 환에 불과한 시발차 가격이 많게는 4백만 환까지 오른 것은 자동차 보유 대수가 급격하게 늘어남에 따라서 휘발유 소비량이 배 이상으로 늘었기 때문이다. 급기야 정부에서는 석유 파동이 올 것이라는 판단에 이 사실을 이승만 대통령에게까지 보고가 되었다. 그 결과 긴급조치가 발동되어서 1957년 5월 8일자 기준의 전국 자동차 수를 넘지 못하게 했다. 자동차는 제조를 못하게 하고 수요자는 급등하니까 자연스럽게 차 가격이 오르지 않을 수가 없게 되었다. 그래서 폐차를 하면 황색 딱지를 한 장 주는데 그것을 자동차공장으로 가지고 가야 차를 구입할 수가 있다. 그 황색 딱지 한 장 가격만 100만 환을 호가했고 시발차 가격은 부르는 값이 가격이 되었다.

"인숙아 나하고 같이 타고 가."

승우가 인숙이 손을 잡고 말했다.

"아녀, 인숙이는 나하고 같이 갈 모냥잉께 너는 엄마하고 어여 차에 타."

상규네는 어린 승우가 인숙이를 제 친구라고 끔찍이 위해주는 모습이 좋았다. 하지만 황송하게도 시발차에 같이 탈 수는 없다는 생각에 황망한 얼굴로 인숙이를 껴안았다.

"엄마, 나 인숙이하고 같아 타고 가도 되지?"

승우가 옥천댁의 치마를 붙잡고 물었다.

"그람, 상규네도 같이 가유. 어채피 영동 가실 거니께 인숙이 안고 타믄 되겠네유."

"아녀유. 지가 감히 이런 차를 탈 수가 있남유?"

상규네는 옥천댁의 말에 자신도 모르게 차 안을 살펴본다. 뒷자리에 여순과 천순이 타고도 한 자리가 남았다. 운전사 옆자리도 비어 있다는 것을 확인하고 나서도 얼굴을 빨갛게 물들이며 뒷걸음 쳤다.

"아따, 벌써부터 상규네는 딸내미 덕 보는구면. 어여 타. 이를 때 한번 호강해 보는 거지 머."

"그려, 어채피 영동 가는 질일께 같이 가도 되겠구먼."

"딴 사람은 몰라도 상규네는 타도 괜찮여. 상규 할아부지가 면장님댁에 여간 남다른 것이 아니잖여."

"그려유. 서로 모르는 사이도 아닝께 어여 올라 타유."

먼저 차에 올라 타 있던 천순이 자리를 넓혀 주며 말했다.

"인숙아, 니가 먼저 타라. 그람 어머도 따라서 탈 껴."

옥천댁의 말에 인숙은 잠깐 상규네의 눈치를 살치고 나서 시발차에
올라탔다.

"이거, 내가 이 차를 타도 되는 건지 모르겠구먼."

상규네는 인숙이 뒤를 따라 차에 올라탔다.

옥천댁은 승우를 안고 운전사 옆 자리에 올라탔다. 시발차는 동네 사
람들의 부러운 시선을 뒤로 하고 방천 쪽으로 방향을 틀러 천천히 나갔
다.

"이런디서 인사를 디려야 할지 모르겠지만 사정이 그렇게 됐구만유.
지는 위원장님 전속 운전사로 취직을 한 최광수라고 해유. 운전 경력은
군수님 차를 몰았던 거 하고, 택시를 몰았던 거 해서 한 삼 년 되느만유.
앞으로 잘 부탁해유."

"그렇구만유……"

승우는 옥천댁의 어깨 너머로 인숙이하고 노느라 정신이 없었다. 옥
천댁은 운전사에게 짧게 웃어 보이고 정면을 쳐다보았다. 아부지가 국
회의원이 되믄 남들이 시방보다 더 많이 손가락질 할 것이 뻔하잖아. 뒤
로 밀려가는 논밭이며 또랑을 물끄러미 바라보고 있으니까 애자의 말이
생각났다.

애자와 말자가 내려온 것은 겨울 방학 동안의 과외 공부가 끝난 후였
다.

오랜만에 딸들이 온 안방에는 웃음소리가 연이어 퍼져 나왔다. 애자와 말자는 승우의 재롱에 손뼉을 치면서 웃음을 터트렸다. 혼자 걷기 시작하는 승우는 오랜만에 만난 누나들의 손짓 발짓에 따라서 춤을 추며 재롱을 떨고 있었다.

"어어어! 넘어질라."

"말자야, 얼릉 붙잡아 문지방에 걸려 자빠지면 코 깨질라."

방문이 열리면서 옥천댁이 모습을 드러냈다. 승우는 문지방이 있다는 것도 모르고 쪼르르 달려갔다. 애자의 말에 말자가 얼른 뛰어가서 승우를 양손으로 껴않았다.

"승철이는 워디 강 겨?"

옥천댁이 육전을 담아 가지고 온 접시를 방 가운데 내려놓으며 물었다.

"지 방에서 만화책 보는 거 가텨."

"가서, 육전 먹으러 오라고 햐. 니덜 온다고 아침에 두부했잖여. 두부가 고소해서 그런지 육전이 엄청 맛있구먼."

옥천댁은 품 안에 안기는 승우를 무릎에 앉힌다. 젓가락으로 육전을 집어서 손톱만큼 떼어서 승우의 입에 넣어주며 말자에게 말했다.

"아니, 그러지 말고 말자 니가 이거 승철이 방에 가지고 가서 같이 먹어라. 난 엄마한테 할 야기가 있응께."

애자가 옥천댁에게 긴히 할 말이 있다는 얼굴로 말자에게 육전 접시를 내밀었다.

"언니는 맨날 밖에 나가 있으랴. 또 먼 야기를 할라고 나가 있으라능겨?"

말자가 육전 접시를 들면서 불만이라는 얼굴로 말했다.

"맨날 나가 있으라니?"

옥천댁이 애자와 말자를 번갈아 보며 물었다.

"아까 영동 아부지 사무실에서도 아버지한테 비밀로 할 말이 있다면서 나한테 나가 있으라고 했단 말여."

"언니한테 우리 말자가 들으면 안 될 야기가 있응께 그라겠지. 그라고 언니를 그런 얼굴로 째려보는 기 아녀. 세상에서 언니한테 잘못하는 동상이 젤로 나쁜께."

옥천댁의 목소리는 부드러웠지만 표정은 엄했다. 말자는 더 이상 할 말이 없다는 얼굴로 육전 접시를 들고 나갔다.

"승우는 누구하고 놀아. 우리 동네에 제 또래도 없는 거 같은데……"

"저 아래 상규네라고 있잖아. 상규 막내 동생 인숙이라고 있거든. 인숙이가 맨날 와서 노는데 오늘은 느덜 온다고 해서 안 왔구먼, 오랜만에 보니까 우리 승우 많이 큰 거 같지 않냐?"

"응, 어린아라 그른지 금방 금방 크는 거 가텨."

"니 말 듣고 봉께, 너는 어린아가 아니라는 말로 들리는구먼. 엄마 눈에는 우리 애자도 안직 어린아츠름 뵈는데."

"엄마, 난도 고등학생이여. 엄마는 날 안직 어린아로 보지만 알 건 다 알 나이란 말여."

"원래 어머 눈에는 자식이 환갑이 지나도 어린아로 뵈이는 벱여. 워떠, 우리 승우 참말로 잘생긴 얼굴이지. 달덩이츠름 휜하지?"

"근데 그라고 봉께 아버지는 하나도 안 닮았네. 엄마 얼굴만 빼다 박은 거 가텨."

애자는 바라만 봐도 귀여워서 견딜 수가 없다는 얼굴로 오물거리며 육전을 먹고 있는 승우의 볼을 가볍게 문지른다.

"왜? 아부지를 안 닮았어. 요기 좀 봐 마빡이 아부지도 닮았잖아……"

옥천댁은 지은 죄가 있어서 얼굴이 빨갛게 물드는 것을 느끼며 승우의 이마를 손가락으로 가리킨다.

"그라고 봉께 참말로 마빡은 아버지를 닮은 거 같구먼. 하지만 난 아버지 닮은 거 싫어."

"그기 먼 소리여? 자식이 애비를 안 닮으면 누굴 닮는다고?"

옥천댁은 승우의 이마를 가만히 바라본다. 그러고 보니 승우의 이마는 박태수의 이마를 닮은 것처럼 보인다. 아녀, 남정네들은 이마가 죄다 비슷하잖여. 하느님이 아니고는 승우의 이마가 박태수의 이마를 닮았다고 말 할 이는 없을 것이다. 그런데도 자꾸만 승우의 얼굴에 박태수의 얼굴이 겹쳐지는 것 같아서 일부러 꾸짖었다.

"바람을 핑계 밉지. 세상에 바람 피는 아버지를 좋아하는 딸이 워디 있겠어. 그라고 보면 엄마는 참말로 용햐. 아버지가 어제오늘도 아니고 십년이 넘도록 바람을 피워도 여즉까지 참고 사는 걸 보믄……"

애자는 날이 선 목소리와 다르게 웃는 얼굴로 승우의 볼을 부드럽게 쓰다듬다 뽀뽀를 해 준다.

"애자야, 시방 머라고 항 겨?"

옥천댁은 애자의 말에 승우가 태어난 이후로 잠시 잊고 있었던 들례의 얼굴이 떠올랐다. 이동하는 들례를 내보내고 나서 함구를 하고 있다. 옥천댁도 굳이 들례를 어디로 보냈느냐고 묻고 싶지가 않아서 입을 다물고 있었다. 이동하가 들례를 정리했다는 점을 떠나서 애자는 딸이다.

애비가 설령 잘못한 일이 있더라도 딸이 애비를 탓해서는 안 된다는 생각에 화가 난 얼굴로 물었다.

"내가 틀린 말을 항 겨? 아부지가 바람을 피우고 있는 것은 사실이잖여."

"어째서 아부지가 바람을 피웠다고 생각하능 겨. 아부지가 집을 나가서 살림을 차린 것도 아니고, 할무니가 집을 얻어 줘서 그렇게 된 거잖여. 그라고 설령 바람을 피웠다고 하드래도 그건 엄마하고 아부지가 처리해야 할 문제잖여. 딸내미인 니가 나서서 간섭 할 문제가 아니란 말여."

"엄마는 참 이상하다. 내가 누구여."

"내가 누구다니? 그건 또 먼 말여?"

"내가 남이여?"

"누가 너 보고 남이라고 했냐?"

"엄마 딸이잖여. 아무리 어른들이 해결할 문제라고 하지만, 남도 아닌데 엄마 딸이면 엄마가 아버지 때문에 속상해 하는 걸 그냥 두고만 볼 수 없는 일이잖아. 그라고 나도 참을 만큼 참았단 말여."

"참을 만큼 참았다니?"

승우가 사레가 들렸는지 기침을 한다. 옥천댁은 승우의 입을 벌려서 입 안에 들어 있는 육전 찌꺼기를 꺼내고 등을 토닥거리다 말고 애자를 바라본다.

"엄마한테는 말 안 했지만 중학교 이 학년 때 들렌가 하는 여자 집에 찾아갔었어."

"들레 집을 니가 왜 찾아 갔는데?"

옥천댁은 애자가 들례 집을 찾아간 사실을 알고 있으면서도 짐짓 놀란 얼굴로 물었다.

"그 여자 때문에 우리 집이 불행해 질 것 같은 생각이 들어서 공부가 안 된단 말여. 그래서 어떤 일이 있드래도 당신이 우리 집에 파고들어 올 틈은 없을 테니까 하루라도 빨리 학산을 떠나라고 통보를 했구만. 하지만 안직도 그 여자는 학산에서 살고 있잖아."

"야가 큰일 날 짓을 했구먼. 내 말 좀 들어 봐. 들례 그 여자는 작년에 학산을 떠났어. 그랑께 앞으로는 더 이상 들례 야기는 하지 마라. 좋은 애기도 아니고, 자랑할 일도 아닝께……"

"엄마, 그 말이 참말이여?"

"너한테 멀 은어 먹었다고 공갈을 치겄냐. 그라고 이 어머가 언지 그 짓말 하는 거 봤냐?"

"아부지가 정리를 했다는 말이 참말이구먼. 난 아부지가 날 달래줄려고 그짓말을 하는 줄 알았었는데……"

"알았으믄 더 이상 들례 야기는 꺼내지 않았으믄 좋겠구먼."

"난 솔직히 얼매나 걱정을 했는지 몰라. 들례 그 여자가 학산을 떠났다고 항께 하는 말이지만, 소문이 날까봐 얼마나 걱정을 했는지 몰라. 아부지가 국회의원이 되믄 남들이 시방보다도 손가락질 할 것이 뻔하잖여."

"들례는 보내 버렸다고 및 번이나 말해야 알아 듣겄어? 그라고 한마디 하겄는데 앞으로는 더 이상 으런들이 하는 일에 끼어들라고 하지 말았으믄 좋겄다."

옥천댁은 애자를 마냥 어린 딸로 여겼었다. 하지만 아직은 어린 고등학생이다. 어른들 사이에서 벌어지는 일. 그것도 자랑스럽지 못한 일에 끼어들었다가 어린 가슴에 상처를 입을지도 모른다는 생각에 엄한 표정으로 말했다.

"엄마는 아무리 생각해도 이해 할 수가 없어. 엄마는 들례 그 여자를 두둔하고 있는 거 가텨. 엄마는 같은 여자로 질투도 안 하는 거여?"

"그 여자가 인간 같았으믄 질투를 하겠지. 허지만 인간 같지도 않은 여자한테 질투를 한다고 머거 틀려지었어. 그라고 우리 승철이를 낳은 생모이기도 하잖어. 그런 여자한테 워치게 야박하게 굴 수가 있었어."

"엄마는 언지까지 바보처럼 살 작정인지 모르겠구먼. 인제 승우를 낳았응게 큰소리를 치고 살아도 되잖아. 앞으로는 아부지가 더 이상 바람을 피우지 못하도록 어떡하든 막아야 되는 거 아녀?"

"느 아부지가 어린아여? 어린아라믄 때리기라도 해서 교육을 시킨다고 하지만, 다 큰 어른이잖여. 느 아부지가 스스로 돌아설 때까지 지달려야지. 내가 학산 가서 들례 그 여자를 내 쫓을 수는 읎는 일여."

"난 죽으면 그냥 죽었지 절대로 엄마처럼 살지 않을래."

"그건 니가 안직 시집을 안 갔응게 모르는 말여. 여자는 자고로 집안 일에 충실해야 하고, 자식 뒷바라지 잘 하믄 되능 겨."

"엄마, 지금이 조선 시댄 줄 아나벼. 요새는 남녀평등 시대란 말여. 여자도 공부만 잘 하믄 변호사가 될 수 있는 시대라는 거 몰라?"

"야가, 시방 먼 말을 하고 있능 겨?"

옥천댁은 남녀평등이라는 말을 모르는 것은 아니다. 하지만 자신하고는 아무런 관련이 없는 먼 나라에 사는 여자들을 위한 말이라고 믿어왔다. 그 말을 다른 여자도 아니고 딸의 입에서 듣고 나니까 더 낯설게 다가와서 놀란 얼굴로 물었다.

"엄마는 이태영 변호사 모르지. 한국가정여성법률사무소 소장님이 여자란 말여. 이태영 변호사만 있는 것이 아니고, 우리 담임 선생님이 그러시는데 왜정 때 박경원이라는 여자 비행기 조종사도 있었다고 하드라……"

"그려, 여자가 비록 치마를 입기는 했지만 똑같은 사람잉께 남자가 하는 일을 하지 말라는 법은 읎겠지. 그렇지만 말여, 이 어머는 우리 애자가 다른 집 여자들처럼 여자답게 조신하게 커 줬으믄 좋겠구먼.

옥천댁은 자신도 모르게 애자가 남자라면 얼마나 당차게 컸을까 하는 생각이 들어서 깜짝 놀랐다. 놀란 표정을 감추느라 얼른 애자의 손을 잡아서 손등을 부드럽게 쓰다듬으며 말했었다.

시발차는 국도 초입에 있는 다리 앞에서 잠깐 멈췄다. 옥천댁은 룸미러를 통해서 뒤를 살폈다. 재무시에 빼곡하게 서 있는 동네 사람들의 모습이 보인다. 언제 준비를 했는지 재무시 적재함 앞에는 <기호 1번 이동하 민의원 후보를 꼭 국회로 보내자!>라는 현수막을 두 개의 말목에 붙들어 맨 것이 부는 바람에 펄럭인다. 현수막 뒤에 서 있는 황인술은 어깨띠를 두르고 마치 일정 때 학도의용군에 출정하는 학도병처럼 비장하다.

— 1부 3권에 계속 —

대하장편소설 **금강** 제2권

초판 1쇄 발행 2014년 1월 15일

지 은 이 한만수

펴 낸 이 최종숙
펴 낸 곳 글누림출판사

책임편집 이태곤
편　　집 권분옥 이소희 박선주
디 자 인 이홍주 안혜진
마 케 팅 박태훈 안현진
관　　리 이덕성

주　소 서울시 서초구 동광로46길 6-6(반포4동 577-25) 문창빌딩 2층(우137-807)
전　화 02-3409-2055(대표), 2058(영업), 2060(편집)
팩　스 02-3409-2059
전자메일 nurim3888@hanmail.net
홈페이지 www.geulnurim.co.kr
등록번호 제303-2005-000038호(2005.10.5)

정　가 13,000원
ISBN 978-89-6327-239-9 04810
　　　978-89-6327-237-5(전15권)

표지 디자인·디자인밥 출력/인쇄·성환C&P 제책·동신제책사 용지·에스에이치페이퍼

* 이 도서의 국립중앙도서관 출판시도서목록(CIP)은 서지정보유통지원시스템 홈페이지(http://seoji.nl.go.kr)와
　국가자료공동목록시스템(http://www.nl.go.kr/kolisnet)에서 이용하실 수 있습니다.(CIP제어번호: CIP2013029356)